Andreas Kollender • Von allen guten Geistern

Andreas Kollender

Von allen guten Geistern

PENDRAGON

Weil die Freiheit, der zu werden, der man ist (…)
auch für monströse Menschen gilt.

Antonin Varenne
„Die sieben Leben des Arthur Bowman“

Prolog

Im Sommer 1864 verkaufte ein Mann Zwangsjacken. Es war heiß auf dem Marktplatz am Heiligengeistfeld vor den Toren Hamburgs. Die Menschen bestaunten seine seltsame Ware.

Der Mann kam aus der Heil- und Irrenanstalt Friedrichsberg.

Er war kein Patient. Er war der Leiter.

Am Abend des Tages lachte der Mann Fanny Nielsen an und sagte, es sei keine einzige Jacke übrig geblieben. Nicht eine. Er habe den Zwang verkauft.

Fanny, einer Schauspielerin, gefiel diese Formulierung. Sie legte dem Mann eine Hand auf den Unterarm.

Bald darauf kam es zu einem Unglück.

1

Hamburg, Sommer 1880

Ludwig ahnte zu spät, dass sie alle dort sein würden. Schon als er zusammen mit Fräulein Hellmann die von ihm geleitete Heil- und Irrenanstalt in Göttingen verließ und in die Kutsche zum Bahnhof stieg, fühlte er jemanden nach seiner Kehle greifen. Der Zug fuhr über Hannover, von dort nach Lüneburg, der letzten Station vor Hamburg. Ludwig drehte dem sonnenwarmen Abteilfenster den Rücken zu und brachte Fräulein Hellmann mit Anekdoten aus seinem Psychiaterleben zum Lachen. Als der Zug nach Hamburg einfuhr, das Tempo drosselte und Ludwig die Dampfmaschine träger pauken hörte, trug er bereits eine grobe Schlinge um den Hals. Sie warteten auf ihn. Sie streckten die Hände nach ihm aus oder zeigten auf sein Gesicht und tuschelten miteinander. Sie waren bleichgesichtig und konturlos, Schemen wie aus Zigarrenrauch. Ihre Stimmen hauchten, aber die Angst in ihm wuchs, dass sich das bald ändern würde. Seine Irren. Seine Toten. Seine Liebe. Er spürte es in den Eingeweiden. Er wollte sich den schwarzen Binder und den Kragen wegreißen, unterließ es aber.

Das Kopfsteinpflaster Hamburgs klang hart und laut unter den eisenbeschlagenen Rädern der Kutsche. Die Pferdehufe klackten rhythmisch und immer wieder drückte Ludwig der Gedanke, sie mögen nicht aufhören. Weiterfahren, dachte er, einfach immer weiter. Aber das ging nicht. Fanny hatte ihn gerufen. Immer noch Fanny. Schwarzes Haar, grüne Augen, Eigensinn und eine kratzige Stimme.

Ludwig hatte damals alle persönlichen Kontakte in die Hansestadt abgebrochen und dem Drang widerstanden, zur Stätte seiner Triumphe, Niederlagen und Untaten zurückzukehren. Er hatte seine Erinnerungen mit Fallgeschichten zugeschüttet, mit Stöhnen und Wahn, entgleistem Eros, Psychosen und all dem anderen und sich um seine Patienten gekümmert, tags, nachts, immer.

Er nahm die Uhr aus der Westentasche und ließ den Deckel aufspringen. Seine Zeit schrumpfte auf dem schneeweißen Ziffernblatt zusammen.

„Wir sind bald da, Fräulein Hellmann“, sagte er.

Die junge Frau neben ihm auf den Polstern hatte die Hände im Schoß verschränkt und den Kopf gesenkt. Als die Kutsche vom Bahnhof aus Richtung Innenstadt gefahren war, hatte Ludwig die bordeauxroten Vorhänge vor die Fenster gezogen, und das Licht schimmerte wegen der prall scheinenden Sonne wie rötlicher Staub. Fräulein Hellmanns Gesicht war wie gepudert von diesem Schimmer. Sie war eine seiner Patientinnen, eine schmale, blonde Frau. Suizidal. „Kraftvoll und schwach“, hatte Ludwig neben Fieberkurven, Ernährung, Vita sexualis und Anamnese in ihre Akte geschrieben. „Alles gleichzeitig. Klug, intelligent – gefangen. Verfällt immer wieder in die gleichen Muster. Braucht Sicherheit und weiß, dass es die im Leben nicht gibt. Sie ist intelligenter als ihre Krankheit. Aber Intelligenz hilft nicht. Vier Selbstmordversuche.“

Er hatte ihr dazu geraten, die Reise aus der Anstalt in Göttingen mit ihm anzutreten. Sie würden ins Theater gehen, hatte er ihr vorgeschwärmt, eine der großartigsten Schauspielerinnen Deutschlands bei ihrer Abschiedsvorstellung bewundern können. Fanny Nielsen. Die Wundervolle. Die Beste. Sie müsse mal raus, sie liebe doch die Literatur und das Theater und sie sei seiner Diagnose nach ganz sicher so weit, diese Fahrt mit ihm gemeinsam antreten zu können. „Aktion bringt Satisfaktion, Fräulein Hellmann. Ausgewogenheit zwischen Aktion und Ruhe. Den eigenen Lebensrhythmus finden." Ludwig hatte wiederholt beteuert, wie gut er sie verstehe. Menschen mit Selbstmordgedanken hatte er immer gut verstanden. Er hatte Fräulein Hellmann verschwiegen, dass er es nicht geschafft hätte, alleine nach Hamburg zu fahren. Er hatte ihr ebenfalls verschwiegen, dass er es geschafft hätte, mit einem Freund zu fahren, der vielleicht etwas von Ludwigs geheimer Geschichte ahnte. Nein, diese kranke Frau mit ihrem traurigen, tapferen Herz war für ihn die einzig richtige Begleitung. Es war eigennützig von ihm, sie mitzunehmen. Das wusste er. Das gefiel ihm nicht. Aber er hatte es trotzdem getan und gehofft, diese Reise würde Fräulein Hellmanns Psyche weiter aufhellen.

Die Kutsche bog nach rechts ab. Wahrscheinlich fuhren sie am Bahnhofsplatz vorbei in den Besenbinderhof oder die Große Allee durch St. Georg Richtung Osten.

„Hamburg ist eine schöne Stadt", sagte er.

Fräulein Hellmann lächelte ihn an.

„Warum sind Sie dann nicht hiergeblieben, Herr Professor?"

Die Frage traf ihn wie ein Messerstich zwischen die Rippen.

„Wäre ich geblieben, hätten wir beide uns nie kennengelernt."

„Das wäre allerdings schade gewesen."

Wie schön, dass Fräulein Hellmann das sagte. Er schraubte den Flachmann auf und trank.

„Wie unhöflich von mir. Möchten Sie auch? Cognac."

„Es ist später Vormittag, Herr Professor. Da trinkt man doch nicht."

„Man macht so vieles nicht. Zu dumm, oder?"

Jetzt hätte er gerne aus dem Fenster geguckt, sah aber nur die sich leicht bewegenden Vorhänge. In den Stofffalten war das Rot dunkler als auf den Wölbungen. Räder und Hufe machten dumpfere Geräusche, der Straßenbelag war sandig und nicht mehr der steinerne der Stadt. Sie mussten bereits auf der Straße nach Wandsbek und Barmbek sein, an der Lübecker Pforte und dem Krankenhaus St. Georg vorbei. Irgendwann würden sie das Haus passieren, in dem Fanny aufgewachsen war.

Hätte er sich nach seiner Flucht nicht regelmäßig Zeitungen aus der Hansestadt schicken lassen, er hätte nie von Fannys Abschiedsvorstellung erfahren. Als er die Anzeige gelesen hatte, war ihm die Zeitung aus den Händen geglitten und auf den Boden seines Anstaltsbüros gefallen. Nicht weit entfernt hörte er einen von Dämonen verfolgten Mann schreien. Die kleinen Scheiben in seiner Bürotür vibrierten, als Wärter und Ärzte über den Flur rannten. Als kündige sich ein Erdbeben an. Ein Menschenbeben. Ludwig hatte viele davon miterlebt. Ohne hinzusehen, schob er die Zeitung mit dem Fuß unter den Tisch, das Papier raschelte, die Seiten stauten sich zu einem rutschenden Gebirge auf und er ging zum Fenster und starrte in den steingrauen Himmel. Einen Tag später war ein Brief von seiner Schwester Julia eingetroffen. Sie schrieb ihm, Fanny gäbe nicht nur ihre Abschiedsvorstellung, sie verließe das Land und ginge nach Amerika.

Er musste sie noch einmal berühren. Und dann schlich sich ihm der Gedanke ein, in Hamburg nicht nur Fanny ein letztes Mal zu sehen. Zwang sein Herz ihn schon, in die Stadt zurückzukehren, dann könnte er auch die Männer aufsuchen, die ihn damals vertrieben hatten. Vielleicht. Er war sich nicht sicher, ob er das schaffen würde. Es war viele Jahre her und er hatte gehofft, es würde aufhören. Aber die Geister seiner Vergangenheit erschienen immer öfter, je mehr Falten in sein Gesicht schnitten, je grauer das lange Haar und je größer die Müdigkeit wurde. Er hatte zum ersten Mal daran gedacht, sich zur Ruhe zu setzen. Ruhe – ein Irrenarzt und Ruhe!

Er schob die Gedanken und Gefühle weg, er drehte die Schuhspitze auf innen und fluchte.

„Was ist denn, Herr Professor?“

„Nichts, Fräulein Hellmann, nichts.“

Kaum hatte er das gesagt, hörte er den Kutscher „Brrr“ rufen. Die Kutsche kam mit einem kurzen Ruck zum Stehen. Die Fenstervorhänge schwangen. Da bin ich, rumorte es, da bin ich wieder. Die Kutsche schwankte leicht und dann schlugen Licht und Luft in das Wageninnere.

„Bitte sehr“, sagte der Kutscher und hielt die Tür auf.

Ludwig setzte einen Fuß auf die hölzerne Stufe, hielt sich am Türrahmen fest und betrat Hamburger Boden. Die Sonne stand hoch über der Straße. Ludwig klemmte sich die getönte Brille mit den kleinen, runden Gläsern auf die Nase. Der Himmel ermattete und die Baumkronen wurden mit dem bräunlichen Puder der Vergangenheit überzogen.

Eine Droschke polterte Richtung Stadt vorbei und ein Mann auf einem Rappen sah Ludwig an, wahrscheinlich, weil er so groß war und sein Haar zu lang und er diese ungewöhnliche Brille trug. Er schob die Augengläser auf die Nasenspitze und grüßte freundlich.

Er spürte eine Hand auf der Schulter, den festen Druck eines freundschaftlichen Willkommens. Überraschung und Plötzlichkeit durchschauerten ihn. Er sah sich um, wollte Guten Tag sagen. Da war niemand. Keiner, der sich von ihm entfernte und gerade noch die Hand nach ihm ausgestreckt haben konnte. Was war das? Ludwig wischte sich über die Schulter.

„Wer halluziniert“, sagte er, „wurde früher mit Brechweinsteinsalbe behandelt.“

„Wie kommen Sie denn jetzt darauf?“, fragte Fräulein Hellmann.

„Keine Ahnung.“

Er reichte ihr die Hand und half ihr aus der Kutsche. Das Kleid raschelte. Die junge Frau atmete tief ein, als könne das ihre Aufnahmefähigkeit vergrößern. Sie sah sich um, und Ludwig meinte, sie ein „Oh, là, là“ flüstern zu hören.

Er griff nach seiner ledernen Umhängetasche, schwang sie über die Schulter und bezahlte den Kutscher.

„Sie bleiben hier stehen“, sagte er. „Ich werde Sie ordentlich entlohnen, keine Sorge. Ich brauche Sie den ganzen Tag.“

„Den ganzen Tag?“

„Tun Sie mir den Gefallen.“

Ludwig bot seiner Begleiterin die Armbeuge.

„Mein Elternhaus“, sagte er.

Das verrostete Tor stand offen, die Auffahrt war mit rebellischen Grasbüscheln gesprenkelt. Zeit und Wetter hatten die Außenwände der Villa gebleicht, spröde gemacht und auf dem Boden und um die Fenster herum mit einem grünlichen Schimmer überzogen. Der Vorgarten verwilderte. Ludwig ging mit Fräulein Hellmann auf die Eingangstür zu. Er wies auf die lebensgroße Statue der Diana, grau und grün mittlerweile. Die Göttin der Jagd beugte sich leicht nach vorne, sie hatte einen Bogen in der rechten Hand. In den Falten ihres an der Hüfte gerafften Überwurfs war das Moos schwarz. Eine ihrer Brüste war nackt. Von seinem Zimmer aus hatte Ludwig die Jägerin stundenlang angesehen. Die verhüllte Brust, bei der sich der Stoff über der Brustwarze spannte, hatte ihn noch mehr erregt als die nackte. Die sehnsuchtsherbe Traurigkeit der Jugend war durch das Lächeln der Diana schwerer und leichter geworden.

„Was für ein schönes Haus“, sagte Fräulein Hellmann.

Er griff in die Rocktasche und zog den Schlüssel heraus.

Ganz langsam steckte er ihn ins Schloss und sah sich zur

Straße um. Der Kutscher saß mit verschränkten Armen auf dem Bock, sonst war niemand zu sehen. Die Straße führte weiter hinauf nach Wandsbek und von dort nach Ahrensburg. Die Heil- und Irrenanstalt Friedrichsberg war nicht weit.

Sein Lebenswerk.

Von dort hatte er nie wieder weggewollt. Und dann? Seine Feinde stellten ihm eine Falle. Und weil er sich seiner Sache damals so sicher war, tappte er hinein. Er hörte noch immer den Jubel seiner Widersacher.

Er wandte sich wieder dem spröden Holz der Tür zu und drehte den Schlüssel. Sein Herz pumpte. Er drückte die Tür auf.

In der Eingangshalle roch es nach Staub und stehender Luft. Der schwarz-weiß geflieste Boden war stumpf geworden und hallte unter Fräulein Hellmanns Absätzen. An einigen Stellen wellten sich die Stofftapeten von den Wänden. In der Mitte des Raumes stand ein kleiner Tisch mit Stühlen. Brot, Wurst und Käse, Tomaten, Wein, Wasser, geblümtes Geschirr. Julia, dachte Ludwig und lächelte über die Fürsorglichkeit seiner Schwester. Er zog Fräulein Hellmann einen Stuhl heran und bat sie, Platz zu nehmen.

Er goss seiner Begleiterin ein Glas Wasser ein und drehte den Korkenzieher in die Weinflasche. Im einfallenden Licht glänzte sie türkis wie das Meer bei hochstehender Sonne. Mit einer einzigen Bewegung zog er den Korken heraus. Wie oft ihm das geholfen hatte – Kraft, einfache Kraft. In all den Jahren, in denen er gedemütigt wurde und man versuchte, ihn zu diskreditieren. Wie oft hatte er da seine Faust angesehen und sich gesagt, er würde es schaffen. Hatte er schließlich auch. Friedrichsberg. Fanny. Für zwei Jahre. Zwei Jahre nur. Er stieß mit Fräulein Hellmann an, sagte „Zum Wohl“ und trank das Glas in einem Zug aus.

„Junge, Junge“, sagte Fräulein Hellmann. Diese kranke Frau machte häufig amüsante Bemerkungen. So wie er auch. Den Humor hatte er von seiner Mutter geerbt. Er hatte ihr heiteres Wesen geliebt, bis sie von Geistern tyrannisiert und ihre Lippen ganz dünn wurden. Und jetzt stand er hier und sah sich in der seit Jahren ausgeräumten Halle um.

„An dieser Wand dort“, sagte er und wies neben die Doppeltür zum Salon, „hing ein übergroßes Bild meiner Mutter. Mein Vater hatte wochenlang den Maler in seinem Atelier besucht. Er hat ihm meine Mutter genau beschrieben. Das Bild war wahnsinnig.“

„Warum hat sie denn nicht Modell gestanden?“

„Das Bild ist nach ihrem Tod gemalt worden.“

„Nach ihrem …? Oh. Das muss schlimm gewesen sein für Ihren Vater. Er hat sie bestimmt sehr geliebt.“

„Er war ein Feigling.“

Selber, flüsterte jemand.

Ludwig blickte sich um. „Haben Sie gerade etwas gesagt?“

„Dass es schlimm gewesen sein muss für …“

„Ich meine danach.“

„Nein, Herr Professor.“

Ludwig atmete die eingebildete Flüsterstimme weg und griff nach dem Umschlag auf dem Tisch. Sein Vorname war mit schwarzer Tinte darauf geschrieben.

Lieber großer Bruder,

es tut mir leid, dass ich nicht da sein kann, wenn du mit deiner Begleiterin ankommst. Aber wie du siehst, habe ich gut für euch gesorgt. Ich komme, sobald ich kann. Ich freue mich über alle Maßen, dich endlich wiederzusehen.

Küsse,
Julia

Liebe Schwester, dachte er, ich freue mich auch. Er sah die Treppe hinauf. Dort oben waren ihre Zimmer gewesen. Und das verbotene Schlafzimmer seiner Eltern. Er hörte die Schritte seiner Mutter auf den Stufen, das Rascheln ihres Kleides und den Klang ihrer Stimme. Er erinnerte sich an verwinkelte, schattige Verstecke, die er gesucht hatte, um sie beobachten zu können. Er hatte ihr helfen wollen. Wie ahnungslos er gewesen war – und alle anderen, sein Vater, die Ärzte.

Er schnitt eine Scheibe Brot ab, belegte sie mit Wurst und trank Wein dazu. Irgendwo murmelten wieder Stimmen. Ludwig machte eine weitere Schnitte fertig, bat Fräulein Hellmann um Verzeihung und ging hinaus.

Der Kutscher sah ihm missmutig entgegen, die Lippen

hart im Schwarz des Bartes. Ludwig reichte ihm das in eine Serviette eingeschlagene Brot.

„Auch Wein?“, fragte Ludwig.

„Um diese Zeit?“

„Was ist das eigentlich immer für eine Frage? Also, ja oder nein?“

„Wenn Sie es anbieten. Ich würde wohl ein Glas nehmen.“

Ludwig ging zurück. Fräulein Hellmann wirkte klein und dünn in dem hohen Raum, sie aß ein Stück Käse.

Ludwig brachte dem Kutscher ein Glas Wein.

„Sagen Sie, kennen Sie Friedrichsberg?“, fragte er.

„Diese komische Irrenanstalt? Richtung Barmbek?“

„Sie kennen Friedrichsberg.“

Der Mann setzte das Glas an die Lippen. Die Lichtreflexionen im Wein sahen aus, als trinke er einen Schluck Sonne.

„Ich war zwei Jahre in Friedrichsberg“, sagte Ludwig.

„Kann ich mir vorstellen.“

Ludwig grinste. Er mochte Menschen mit Widerstandsgeist. Dieser Kutscher musste ihm schon wegen der eleganten Kleidung ansehen, dass er aus sogenannten besseren Kreisen kam. Dennoch hielt das den Mann nicht davon ab, diese Bemerkung zu machen.

„Wollen Sie wieder dahin?“, fragte der Kutscher.

„Lieber nicht.“

Meyer, du Feigling.

Ludwig zuckte zusammen, eine Metallbürste kratzte über seine Schulterblätter. Er kannte diese Stimme gut.

Willi Boysen, der Tobsüchtige mit dem ausrasierten Nacken. Das konnte doch nicht wahr sein.

„Sie bleiben hier", sagte er. Als er zurück zum Haus ging, suchte er die Sträucher am Rande der Auffahrt ab. Laub raschelte, Äste knickten, er spähte in die Wirrnis von Baumkronen und hinter Dianas geheimnisvollen Rücken. Da war niemand.

„Geht es Ihnen nicht gut?", fragte Fräulein Hellmann, als er wieder in die Halle kam.

„Doch, doch", log er, setzte sich, hörte aber Fräulein Hellmanns Worte nicht mehr.

Der kleine Tisch wurde immer länger. Erst schlängelte er sich, dann gewann er Festigkeit und Kanten. Stühle formten sich an seinen Seiten. Ludwig hörte murmelnde Stimmen, Schemen schwammen, eine fließende Schulter hier, ein matter Haaransatz dort.

Er kniff die Augen zusammen. Fräulein Hellmann sagte wieder etwas, aber er verstand sie nicht. Er sah die lange Tafel hinab. Da saßen sie alle. Seine Mutter, Herr Mommsen, Willi Boysen und all die anderen. Wenn Ludwig blinzelte, verschwanden sie für Sekunden.

Er kippte ein Glas Wein hinunter.

Fräulein Hellmann wies mit dem Gesicht zu einem Gemälde, das an der Wand neben der Treppe hing. Es war das einzige Bild, das in der Villa geblieben war.

„Ein Segelschiff", sagte sie.

„In Hamburg hängen immer irgendwo Bilder von Schiffen."

Komm zur Sache, Meyer. Warum bist du hier? Wegen Fanny? Oder wegen etwas anderem? Boysen starrte ihn an.

„Halten Sie den Mund", sagte Ludwig.

„Wie bitte?", fragte Fräulein Hellmann.

„Ich meinte nicht Sie, gnädige Frau."

„Sie sind ein bisschen komisch, Herr Professor."

„Entschuldigen Sie, verzeihen Sie bitte." Er wollte seine Begleiterin nicht mit hineinziehen in diese Ausbrüche seiner Fantasien. Er musste Acht geben auf sie. Wer Fräulein Hellmann nicht so gut kannte wie er, wäre nie auf die Idee gekommen, dass ihr Leben ein einziger Balanceakt auf einem sehr dünnen Seil war. Er sah ihr einen Moment beim Essen zu. Sie schnitt Käse und Wurst. Sie genoss. Der Frohmut und die Beachtung angeblicher Kleinigkeiten bei Suizidalen – darüber würde er noch schreiben müssen. Oder hatte er das schon? Wahrscheinlich. Er wusste es nicht. Er blickte kurz zur Seite. Da saßen sie immer noch, und alle wollten etwas von ihm.

Er sah der Reihe nach die Stühle an. Die sind nicht da, dachte er. Immer deutlicher formten sich die Gestalten, gerade noch luftene Schemen bekamen erste Festigkeit durch Stoff und Haar, ein Oberkörper, eine Hand, ein Auge. Am klarsten formten sich seine Mutter und Willi Boysen.

„Ich habe sie alle freigelassen", sagte er. „Die Kranken. Die Irrsinnigen. Es war die Hölle. Ich war dort."

Fräulein Hellmann drehte das Gesicht von ihm weg, blickte zur Zimmerdecke und wandte sich ihm dann langsam wieder zu, als komme sie aus fremden Sphären zurück.

„Freigelassen? Hölle? Ich verstehe nicht."

„Meine Reformen. Mein Friedrichsberg. Dumm nur, dass einige die Hölle mitgebracht haben ins Hier und Jetzt. Damit hatte ich nicht gerechnet. Nicht so jedenfalls.“ Er räusperte sich, schlug sich mit der Faust vor die Brust. „Gut gekühlt wäre der Wein noch besser.“

Ach ja, jetzt wieder ganz fein? Willi Boysen lachte mit weit offenem Mund.

Ludwig zuckte zusammen, Wein spritzte auf seine Hand und lief kühl zwischen seinen Fingern hindurch.

Meyer, du Arschloch. Mir machst du nichts vor. Hast du nie. Und du weißt das.

„Seien Sie still!“

Ich krieg dich noch. Pass bloß auf.

„Seien. Sie. Still!“

Fräulein Hellmann starrte Ludwig an. Er spürte, dass ihm das Blut in die Wangen schoss.

„Kleine Verwirrungen“, lachte er, „das kommt vor. Klitzekleine Verwirrungen. In meinem Beruf. Kann man verstehen, oder?“ Er setzte das Weinglas an, fruchtige, kühle Feuchtigkeit auf den Lippen und in den Barthaaren.

„Sie machen mir ein wenig Angst“, sagte Fräulein Hellmann. Wie sollte er ihr erklären, was hier vorging? Er begriff es selbst nicht. Er wollte es nicht wahrhaben und er wusste, wie nah er dadurch den Menschen kam, die er sein Leben lang behandelt hatte.

„Was ist denn mit Ihnen, Herr Professor? Sie sind sonst immer so ausgesprochen höflich. Ihre Patienten lieben Sie. Sie sind so gut zu uns. Was haben Sie denn?“

So schön dieses Kompliment auch klang, war es für Ludwig in diesem Moment nur eine Beiläufigkeit. Er starrte das Segelschiff im Goldrahmen an und hörte den Wind rauschen und in die Segel drücken. Weg, dachte er, Amerika, Südsee, Afrika. Eine Irrenanstalt in Marrakesch aufbauen oder besser noch in Timbuktu. Nur weg. Er fluchte. Und lachte dann. Das hatte er von Fräulein Hellmann gelernt – ganz gleich, welch schlimme Dinge man zu berichten hatte: danach lachen, irgendwie.

Irgendwie.

Du verfluchter Mistkerl, Meyer, sagte Boysen. *Hol mich hier raus!*

„Sie bleiben, wo Sie sind!"

„Ich hatte nicht vor wegzugehen", sagte Fräulein Hellmann.

Ludwig seufzte und ließ Gesicht und Vergangenheit Schutz suchen in den aufgestützten Händen.

„Ich meinte jemand anderen", murmelte er in die warme Schwärze. „Friedrichsberg", sagte er. „Friedrichsberg war damals die beste und modernste Heil- und Irrenanstalt Deutschlands. Ich habe die ersten Pläne gezeichnet. Ich habe diese Anstalt gegründet. Keine Fenstergitter. Keine Ketten. Eine große Außenanlage. Glück für die Patienten. Ein Graus für meine Gegner."

Er sah die Tafel entlang. Sie wollten ihn. So schlimm seine Befürchtungen auch gewesen waren, mit solchen Wahnbildern hatte er nicht gerechnet.

Sollte er das ganze Hamburg-Unternehmen beenden? Was hatte er davon, Fanny wiederzusehen? Das brachte doch nichts mehr, das war alles längst vorbei. Die Geister hier am Tisch würden ihm nicht nach Göttingen folgen, jedenfalls nicht in dieser Deutlichkeit. Und Fanny?

„Frau Nielsen", sagte er, „Fanny – ist eine ganz hervorragende Schauspielerin. Und, wenn Sie gestatten, Fräulein Hellmann, sie ist unendlich schön."

„Was würde Ihre Frau dazu sagen, dass Sie so sehr von einer anderen schwärmen, Herr Professor?"

„Meine Frau und meine Söhne sind in Göttingen."

Er nahm Brot, Wurst und Käse nach. Das Essen tat ihm gut, die Stimmen wurden leiser.

„Haben Sie die Diana im Vorgarten gesehen? Von meinem Zimmer aus konnte ich sie betrachten."

„Das hat dem jungen Mann gefallen?"

Ludwig hatte geahnt, dass seine Begleiterin auf dieses Thema unvoreingenommen eingehen würde, im Gegensatz zu vielen ihrer und seiner Zeitgenossen. Vita sexualis. Psychopathia sexualis. In Deutschland gab es keinen anderen Ort, an dem so frei über Sexualität geredet wurde wie in einer Irrenanstalt. Oft zwar ziemlich vulgär, häufig auch abseitig oder mit Zügen gröbster Perversion – aber es wurde geredet.

„Wenn Sie fertig sind, zeige ich Ihnen mein ehemaliges Zimmer, falls Sie möchten."

Warum machte er das jetzt? Hatte er nicht vor wenigen Minuten noch überlegt, wieder abzureisen? Es ging nicht. So einfach war das. Es ging nicht.

„Fertig", sagte Fräulein Hellmann.

Ludwig bot ihr die Armbeuge. Sie gingen die Treppe hinauf, der Saum von Fräulein Hellmanns Kleid wurde grau.

Er blickte zurück zur Tafel. Sie waren kaum noch zu erkennen, einer von ihnen zeigte auf ihn.

Sie kamen auf der Galerie an, Ludwig legte die Hand auf die Klinke zu seinem ehemaligen Zimmer. Warteten sie auch hinter dieser Tür auf ihn? Ich wollte doch nur ein guter Mensch sein.

„Da drin“, sagte er, „habe ich angefangen, meine Beobachtungen und Gedanken zur Psyche in Kladden zu schreiben. Ich wollte Wissenschaftler sein. Ich war viel zu jung. Meine Mutter, wissen Sie … Meine Mutter, Fräulein Hellmann, war Ihnen nicht unähnlich. Sie hatte nur keine Hilfe.“

„Was ist aus Ihrer Mutter geworden, Herr Professor?“

„Sie wurde umgebracht. Im Krankenhaus in St. Georg.“

„Umgebracht?“

„Andere auch.“

Sag bloß, Meyer.

Boysen ist nicht da, dachte Ludwig. Keiner von denen ist da.

Er schloss die Hand um die Klinke. Die Verriegelung klemmte, er musste fest drücken, dann gab sie mit einem Quietschen nach und er stieß die Tür auf.

2

Hamburg, in den 1840er-Jahren

„Das macht man nicht."

Die Stimme seiner Mutter zitterte. Tu dies nicht, tu das nicht. Ein Satz, der seine Kindheit eingefangen hatte und jetzt versuchte, in sein Erwachsenwerden zu greifen. Von seiner Mutter hörte er solche Mahnungen selten und wenn, dann sanft und leise und nicht in dieser kratzigen Bestimmtheit wie jetzt.

Sie standen vor den geblümten Vorhängen im Salon. Auf dem sonnenhellen Fenster flatterte ein Schattengewirr der Sträucher und Bäume im Garten und löste die Scheibe in fließenden Glanz auf. Es roch nach Sommer und Blumen. Das Hausmädchen Klara hatte gelüftet, Ludwigs Mutter hatte die hohen Glastüren wieder geschlossen und gegen die Rahmen gedrückt, als wolle sie das Haus vor einem Sturm verriegeln.

„Wenn man einen anderen Menschen so intensiv anschaut, wie du das in letzter Zeit bei mir machst", sagte sie, „dann ist das sehr, sehr unangenehm. Warum machst du das denn, Ludwig?"

„Ich weiß nicht", log er.

Seine Mutter fragte, ob er heute schon seine Klavier- und Fechtübungen gemacht habe und erzählte ihm von Mozart.

„Man sagt, der habe ein ganz wildes Leben geführt, viel getrunken und gefeiert. Der soll gar nicht so vornehm gewesen sein, wie er auf den Porträts immer aussieht."

Eine Böe stieß durch den Garten und verwirbelte das Gesprengsel von Licht und Schatten auf Mutters Gesicht.

Sie hörten die Vordertür des Hauses klacken, Ludwigs Vater, zurück aus dem Büro in Hamburg, redete kurz mit dem Hausmädchen, dann schritt er in den Salon, sagte „Guten Abend, meine Lieben" und ging auf die Doppeltür seines Arbeitszimmers zu. Ein großer, breitschultriger Mann, von dem Ludwig dachte, er sei aus Stein gemeißelt worden. Mit einem festen Ruck zog er die Tür hinter sich zu.

„Der Herr Kommerzienrat", murmelte Ludwigs Mutter. „Na komm, gehen wir in die Küche und machen uns eine Schokolade."

Seine Mutter veränderte sich. Der großen Frau entglitt etwas, ihr Strahlen erstarb in Blässe, der Mund wurde schmaler und oft presste sie eine Hand gegen die Lippen, obwohl Ludwigs Vater sie deswegen immer wieder scharf zurechtwies. Es schmerzte Ludwig, sah er seine Mutter sich dann abwenden, als erwarte sie eine Ohrfeige.

In der Küche rupfte das Hausmädchen ein Huhn. Ihr Schatten auf den polierten Wandfliesen bewegte sich hektisch. Ludwigs Mutter rührte zwei Tassen Schokolade an, und Klara schnitt mit einem hebelartigen Zurückziehen des Arms das Huhn auf und zog widerspenstige Innereien heraus.

„Du bist so komisch in letzter Zeit", sagte Ludwig.

Seine Mutter kam ihm ganz nah, er roch den Schleier ihres Parfums.

„Was willst du, Ludwig? Was?"

Sie verließ die Küche und wegen des weiten sonnengelben Kleides konnte Ludwig ihre Schritte nicht sehen, sie schwebte. Es gab keine Chance, ihr unauffällig nachzuspüren. Sie ging die Treppe hinauf ins Schlafzimmer. Der Zutritt zu diesem Raum war ihm und seiner Schwester Julia von klein auf vom Vater strengstens verboten worden. Manchmal rätselten sie, wie es hinter dieser Tür aussehen mochte oder was sich dort abspielte. Wenn er durch das Schlüsselloch guckte, sah er nichts. Der Schlüssel steckte, ein feiner Rand von Licht schimmerte um den schwarzen Querschnitt des Schlüsselbarts.

Klara warf die Innereien des Huhns in einen silbernen Topf.

„Bei mir daheim geht es anders zu, Ludwig", sagte sie und hielt sich einen blutrosafarbenen Finger an die Lippen.

Immer drehte seine Mutter sich in der Doppeltür zum Salon um, wenn Ludwig dort am Klavier übte. Ob sie ihm nicht ein wenig zuhören wolle? Sie wedelte mit dem Zeigefinger, als lehne sie entschieden eine unangenehme Aufforderung ab. Er begriff das nicht. Er pflückte Gänseblümchen, ließ sich von Klara eine kleine Vase geben und schenkte sie der Mutter.

Sie kaute an den Fingernägeln oder verzerrte ohne jeden Grund das Gesicht, diskutierte heftig mit sich selbst oder warf eine Blumenvase um und starrte minutenlang auf die Scherben und die wässrigen, grünen Stängel der Tulpen. Ein böser Geist schwebte lautlos durch die Räume, huschte hinter die Vorhänge, wehte die Treppen hinauf und hing in den Kronleuchtern, um sich auf Ludwigs Mutter zu senken. Manchmal meinte Ludwig, er könne diese dunkle Energie – oder was immer das war – beinahe anfassen.

Saß Ludwig nach der Schule, nach den Klavierstunden, nach dem Fechtunterricht im Garten auf der weißen Bank, kam Julia manchmal zu ihm. Wenn sie wusste, dass der Herr Vater nicht anwesend war und sie nicht sehen konnte, griff sie nach Ludwigs Hand.

„Ich habe Angst", sagte sie. „Was ist denn mit Mama?"

„Ich weiß es nicht."

„Weiß Mama es?"

„Wenn sie es wüsste, würde sie doch etwas dagegen tun, oder?"

Sie sahen ins Himmelblau über der Krone der Eiche.

Beim gemeinsamen Abendessen regte sein Vater sich über die deutsche Kleinstaaterei auf. Das sei unerhört und dieser Nation, die ja kaum als solche zu bezeichnen sei, nicht würdig. Da müsse etwas getan werden. Sie hier in Hamburg, immerhin eine Weltstadt, über zweihunderttausend Einwohner, aber wozu wäre Deutschland fähig, wenn es mit vereinten Kräften voranschritte?

„Es gibt Wichtigeres", murmelte Ludwigs Mutter.

„So? Wichtigeres, Annette? Was meinst du denn damit?"

Nach solch einem Essen erschienen häufig Freunde und Kollegen des Vaters, und die Männer zogen sich in den Rauchersalon zurück. Sie redeten laut über Politik, Handel und Zollgesetze. Die große, schwere Tür hielt ihre Stimmen nicht ab.

„Ein wenig mehr Ruhe von den Herren wäre auch mal schön", flüsterte Ludwigs Mutter. „Das war nur ein kleiner Scherz, meine lieben Kinder." Sie hielt Zeigefinger und Daumen einen Zentimeter weit auseinander. „Ein klitzekleiner Scherz. Strukturen, wisst ihr. Einer muss der Herr im Haus sein."

Sie kicherte. Dann wühlte sie das Gesicht in ihre Hände.

Ludwig merkte sich, welche der Stufen knarrten, welche Dielen quietschten und wo im Haus sich schnell erreichbare Verstecke anboten. Julia weinte häufig und kam nachts in Ludwigs Zimmer geschlichen, um bei ihm in die Wärme des Bettzeugs zu krabbeln.

„Wenn Vater dich bei mir im Zimmer erwischt, dann setzt es was."

„Er hat doch schon kontrolliert, oder?"

„Manchmal kontrolliert er zweimal."

Er konnte Julia nicht erzählen, wie streng der Vater ihn ansah, wenn er sagte: „Die Hände über der Bettdecke! Ist das klar? Warzen. Rückenmarksschwund. Hirnerweichung."

Ludwig wusste nicht, wann es begonnen hatte, dass Mutter sich so seltsam benahm. Früher hörte er sie mit Klara in der Küche lachen, sie sorgte immer dafür, dass frische Schnittblumen in den Zimmern verteilt waren und beim Klavierspielen alberte sie herum und spielte sicher und gut. Sie erlaubte es sich, Scherze mit dem Vater zu machen, sie schaffte es, diesen Mann zum Lachen zu bringen. Sie ging immer beschwingt durchs Haus, trällerte „Wie schön, wie schön“ und Ludwigs Vater sagte, eine Frau, die so aussehe und zudem noch Annette heiße, müsse ja beschwingt sein. Wenn der Herr Vater solche Sätze nur öfter gesagt hätte. War es allerdings zu solch einer Formulierung gekommen, verschloss der Vater sofort danach das Gesicht, als habe gerade ein anderer gesprochen.

Ludwig spielte manchmal mit seiner Mutter vierhändig Stücke von Robert Schumann, die Sonate Nummer zwei in g-Moll und die Nachtstücke, und seine Mutter flüsterte: „Schumann liegt einsam und verlassen in einem Krankenhaus. Der ist ganz unglücklich vor verschmähter Liebe. Der Gute hat versucht, sich zu ertränken. Wegen der Liebe, Ludwig. Wegen der Liebe.“ Flitzten ihre hellen, langen Finger zur Reliquie in C-Dur von Franz Schubert über die Tasten oder zur c-Moll-Sonate seines Todesjahres, sagte sie, kurz vor dem Tod sei der Mensch immer der beste.

„Immer nur dann. Immer nur dann.“

Seine Mutter ließ ihn allein auf dem Klavierbänkchen zurück. Tod? Versinkende Liebe? In seinem Zimmer nahm er das Übungsflorett aus dem Ständer und focht gegen unsichtbare Geister, bis der Schweiß sein Hemd nässte und die Umwicklung des Florettgriffs feucht war. Er hätte schreien können. Er wollte schreien. Er tat es nicht. Er stellte sich ans Fenster und sah Diana an.

Mit dick eingeschäumten Wangen stand Ludwig vor dem Spiegel. Sein Vater klappte das neue Rasiermesser auf, die Schneide funkelte fischsilbern.

„Schön vorsichtig damit. Die Klinge nie auch nur einen Zentimeter in Längsrichtung bewegen, du schneidest dich sofort. Du bist erwachsen, Ludwig. Fleiß, Treue, Pflicht, Ordnung. Deine Leistungen in der Schule sind sehr anständig. Welche Stellung willst du später in der Firma bekleiden?"

Sein Vater wartete keine Antwort ab, er hatte die Ärmel des Hemdes hochgekrempelt, legte Ludwig eine Hand aufs Haar, beugte seinen Kopf zur Seite und zog mit dem Messer über die rechte Wange. Eine hautfarbene Spur entstand im Rasierschaum. So nahe wie jetzt war Ludwig seinem Vater nie zuvor gewesen. Er solle genau hinschauen, er zeige es ihm noch einmal. Das Messer schabte über Ludwigs Haut, die Spur im Schaum wurde größer. „Wenn es dann an den Kieferknochen geht und unter die Nase, nun, da hilft nur Grimassenschneiden."

Sein Vater blies die Wangen auf und drehte sich mit schaumweißen Fingern die Nase krumm. Ludwig musste lachen.

Er nahm das Messer, der Griff war warm von der Hand des Vaters. Am liebsten hätte er sich umgedreht und seinen Vater umarmt, aber das ging nicht, so etwas tat man nicht. Ludwig zog mit dem Messer eine neue Bahn in den Schaum. Sie redeten über Segelschiffe, bis Ludwig nicht mehr an sich halten konnte.

„Was ist eigentlich mit der Mutter?"

Ludwig sah im Spiegel nach den Augen seines Vaters. Der hatte immer noch ein lachendes Gesicht, aber sein Blick war aufmerksamer geworden, als lauere er auf Gefahren. Ludwig setzte vorsichtig die Klinge an die Wange und zog das Messer durch den Schaum.

„Gut“, sagte sein Vater. „Gleich noch mal. Lass den Rasierschaum nicht eintrocknen. Ruhig, aber zügig rasieren.“

Ludwig rasierte erst die Wangen, dann mit hochgestrecktem Kopf die Haut vom Halsansatz zum Kieferknochen hin. Er trug einen Sahneschnurrbart.

„Ich glaube manchmal“, sagte er, „dass die …“

„Es ist alles in Ordnung, Ludwig. Es ist nichts. Gar nichts, verstehst du?“ Auf Ludwigs „Aber“ schnitt sein Vater einen Satz in Scheiben. „Lass. Den. Schaum. Nicht. Eintrocknen.“

Ludwig zog die Lippen ein und kratzte den Schaum zwischen Nase und Oberlippe weg. Er hatte sich nicht ein Mal geschnitten. Mit Händen voll kaltem Wasser wusch er sich.

„Mit Mutter stimmt etwas nicht.“

Sein Vater krempelte die Ärmel des Hemdes herunter, knöpfte die Manschetten zu und griff nach dem Gehrock.

„Du hörst sofort auf mit diesem Unsinn. Rede nicht über Dinge, von denen du nichts verstehst. Das gehört sich nicht.“ Er drückte ihm den Zeigefinger auf die Brust. „Hör auf, deine Mutter zu beleidigen. Ist das klar?“

Sein Vater zog den Rock an, als sei der aus Metall und nicht aus grünem, gutem Stoff von Ladage & Oelke. Er schlug die Tür hinter sich zu.

Abends saß Ludwig an seinem Schreibtisch und schlug die Kladde auf, die er sich von Klara hatte besorgen lassen. Sein Herz drängte. Er wollte zu Papier zu bringen, was mit

Mutter geschah. Heute erst war sie weinend vom Tisch aufgestanden und aus dem Haus gelaufen. Sein Vater hatte den Kopf geschüttelt. „Solch eine Haltlosigkeit. Unerträglich. Ihr bleibt sitzen." Ludwig wollte ihr Verhalten als „komisch" bezeichnen, aber das stimmte nicht, auch kannte er keine lateinische Vokabel für „komisch". „Seltsam" traf es besser, es barg ein Geheimnis, es konnte Gefahren ausdrücken. „Mirus oder insolitus." In wissenschaftlichen Schriften musste Lateinisch geschrieben werden. Die Spitze des Stiftes blieb Millimeter über dem Papier stehen, als halte jemand Ludwigs Handgelenk. Was, fragte er sich, was geschah mit seiner Mutter?

Es gab ja nicht nur die Menschen, mit denen etwas nicht zu stimmen schien, es gab auch die, die umgehen mussten mit den „Seltsamen". Es gab ihn, Ludwig, überfordert, unglücklich, unwissend – alle Kissen der Kindheit und Jugend weggerissen. Er begriff es nicht. Er versuchte, theoretisch zu werden, er dachte, wenn er etwas aufschriebe, würde es vielleicht greifbarer. Es gelang ihm nicht.

Er schlug die Kladde zu, schob sie über den Schreibtisch und legte sich ins Bett. Er starrte an die nachtgraue Decke, lauschte dem Rascheln des Windes in den Bäumen vor dem Haus, wälzte sich von links nach rechts und fluchte. Er setzte sich an den Schreibtisch und schlug die Kladde wieder auf. Im Kerzenschein spiegelte sich eine Hälfte seines Gesichts in der Scheibe, die andere war dunkel. Er sah dieses zweigeteilte Gesicht lange an. Er legte den Stift schräg aufs Papier, ließ die Kladde offen und ging wieder ins Bett.

Ludwigs Vater hatte die Kutsche vorfahren lassen.

„Am frühen Sonntagnachmittag durch Hamburg zu flanieren", sagte er, „ist immer gut. Präsenz zeigen, einen geraden Rücken haben."

Sie fuhren über die Lübecker Straße Richtung Stadt. Die Kutsche war weich gefedert und bewegte sich manchmal wie ein Boot auf leichten Wellen. Julia lachte. Ludwigs Vater sah sie an und hob einen Mundwinkel. Er wies aus dem Fenster auf ein Haus mit verwildertem Garten.

„Die Nielsens", sagte er. „Vater Musiker, Mutter Schauspielerin, der Bruder des Vaters Maler, glaube ich. Und das kommt dabei raus." Mit eisernem Finger zeigte er auf ein Mädchen, das auf der Wiese Räder schlug. Das Haar der Kleinen zauste lockig und wild und das geblümte Kleid hatte grüne und braune Flecken von Gras und Erde. Sie winkte mit kleiner, schneller Hand.

„Fanny Nielsen", sagte Ludwigs Vater. „Was soll aus dem Kind bloß werden?"

„Fanny ist meine Freundin", sagte Julia. Sie winkte jetzt auch.

„Fanny ist doch ein süßes Mädchen", sagte Ludwigs Mutter.

„Süß? Annette, ich bitte dich! Diese vollkommene Haltlosigkeit. Musik und Malerei sind ja wichtig und gut. Aber diese Haltlosigkeit."

Ludwig sah Fanny nach. Sie wischte sich mit dem Unterarm Schweiß von der Stirn. Er beobachtete, wie Mutters Hand nach der des Vaters tastete, der sah aus dem Fenster und zog seine weg. Mutters Finger lagen auf den Polstern, erst gespreizt, dann immer enger, bis sie die Hände schließlich im Schoß versiegelte.

Sie gingen auf die Mühlenbrücke und den Turm von St. Nikolai zu, Mutter bei Vater eingehakt und auf Vaters Zylinder strahlte ein Streifen Sonne. Einige Spaziergänger grüßten Ludwigs Vater, Männer lüpften den Hut und irgendwo in einer Seitengasse wieherte ein Pferd und Hufeisen klackten. Auf der Brücke trat Ludwigs Mutter an das Geländer und sah hinab ins Wasser und auf die Mühlräder, die nach nassem Moos rochen. Vater redete auf Julia ein und sie lief in die Gasse und drückte die Nasenspitze an ein Schaufenster. „Na, na, na", sagte Vater und Julias Kopf nahm Abstand. Ludwig stellte sich neben seine Mutter an das Geländer. Er schaute hinab in das fließende Wasser mit den geschlängelten Sonnenflecken und dann auf das Profil seiner Mutter. An ihren Händen traten die Knöchel weiß hervor. Ihr Blick stürzte hinab.

„Warum sagst du denn nichts, Mama?", fragte er. Seine Stimme verschwamm mit dem Rauschen des Wassers. Seine Mutter wackelte ein wenig mit dem Kopf und presste die Lippen zusammen.

„Kommt ihr?" Julia stand plötzlich neben ihnen. „Was macht ihr denn hier? Vater wartet."

Ludwigs Vater hatte den Hut abgenommen und klopfte sich damit auf den rechten Oberschenkel. Sie bogen auf den Neuen Wall ab, Mutters Arm wie aus Holz bei Vater eingehakt. Auf Geheiß des Vaters blieben sie vor den polierten Schaufenstern von Ladage & Oelke stehen. Hier ließ Ludwigs Vater seine Kleider schneidern, das sollte Ludwig auch bald tun, sagte er, zu Ladage & Oelke gebe es in ganz Hamburg keine Alternative.

„Sehr schöner Chesterfield, nicht wahr, Annette?“, sagte Ludwigs Vater und wies auf eine hölzerne Schaufensterpuppe in einem hellbraunen Wollmantel.

„Oh ja“, sagte Ludwigs Mutter, „welch ein schöner Mantel.“ Ludwig sah erst seine Mutter an, dann ins Schaufenster. Ein Mantel, dachte er. Ein Mantel.

„Hätte es nur diesen Brand nicht gegeben“, sagte Ludwigs Vater. „Das gute alte Hamburg. Jetzt sind hier solch moderne Architekten am Werk. Ich sage, man hätte es wieder so aufbauen sollen, wie es zuvor war.“

„Aber es wird doch schön“, entgegnete Ludwigs Mutter.

„Ach, Annette, ich bitte dich. Man will doch, dass alles so bleibt, wie es ist.“

Auf dem Rückweg polterte die Kutsche über das metallisch glänzende Kopfsteinpflaster und Ludwig sah Mutters Gesicht vibrieren und zittern. Als löse es sich auf, als verliere es die Konturen. Zu Hause ging seine Mutter ohne ein Wort die Treppe hinauf. Ludwigs Vater rief ihren Namen. Sie verschwand wortlos auf der Galerie.

„Sie war so komisch auf der Brücke“, sagte Ludwig.

„Ruhe“, sagte sein Vater. Julia lief in den Garten und Ludwig presste die Lider zusammen, als könne die Dunkelheit ihn schützen.

„Geh in dein Zimmer!“

„Geh du zu ihr, Herr Vater.“

Sein Vater zeigte die Treppe hinauf. Ludwig steckte die Hände in die Hosentaschen und nahm langsam und schlurfend Stufe um Stufe.

„Geh anständig! Wie ein richtiger junger Mann! Was ist los in diesem Haus?"

Als er sich nach seinem Vater umdrehte, war die Halle leer. Auf dem schwarz-weiß gefliesten Boden lag eine gelbe Raute aus Licht, das durch die Scheiben in der Haupttür fiel. Ludwig setzte sich aufs Bett und ließ die Florettklinge durch die Luft peitschen.

Etwa eine Dreiviertelstunde später wurde unten die Tür geöffnet, er hörte die Stimme seines Vaters und eine andere männliche, aber hohe Stimme. Ein Klang, den Ludwig mit dem Abhorchen der Brust und dem süßen Geruch von Hustensaft verband. Doktor Stanislowski. Schritte auf den Stufen, das Gespräch wurde lauter, je näher die beiden Männer Ludwigs Zimmer kamen, aber er konnte sie nicht verstehen. Ludwig wartete einige Minuten und schlich über die Galerie. Die Tür zum verbotenen Schlafzimmer stand einen Spalt weit offen.

„Es ist das Gemüt", sagte der Arzt.

„Also nichts", sagte Ludwigs Vater.

„Ach wo, nein. Mal ordentlich ausschlafen, regelmäßig spazieren gehen. Vielleicht eine Reise. Lediglich eine kleine Verstimmung. Ja, nun, sicher, gesunde Ernährung. Bewegung. An der Luft. Der frischen. Draußen."

Wieso sagte sein Vater nichts zu diesem Gestammel des Doktors?

„Wenn überhaupt somatisch, natürlich", sagte der Doktor.

„Ich kann Ihrer Gemahlin Beruhigungstropfen dalassen. Machen Sie sich keine Sorgen. Und Sie, gnädige Frau, ruhig auch mal ein Glas Wein, einen kleinen Porter, das schadet nichts."

Ludwig hörte die Stimme seiner Mutter, verstand sie aber nicht. „Ach wo, ach wo", sagte Stanislowski und lachte.

Sein Vater und der Doktor erschienen auf der Galerie und sahen zu Boden. Vater zog die Tür zur Mutter heftig zu. Er wollte wegsperren, was auch immer in diesem Zimmer war.

„Was heißt somatisch, Doktor Stanislowski?", fragte Ludwig.

„Ach, der junge Herr Meyer. Somatisch? Somatisch heißt körperlich. Es ist ja alles Körper, nicht wahr?"

Zurück in seinem Zimmer holte Ludwig die Kladde mit hastigen Bewegungen aus dem Schubfach hervor.

Somatisch = körperlich. Gemüt. Verstimmung.

Beruhigungstropfen. Welche? Und wogegen?

Zum Abendessen erschien Ludwigs Mutter nicht. Sein Vater erklärte Julia Details zum Deutschen Bund und Ludwig hätte beinahe lachen müssen, weil Julia so großäugig dasaß und offensichtlich kein Wort verstand.

Die Abendsonne schien durch die Fenster mit den langen Vorhängen auf das Porzellan. Auf Mutters Teller lag ein schräger Streifen Licht.

Ludwig ging in die Küche. Sein Vater rief ihm erbost

hinterher, folgte aber nicht. Ludwig ließ sich von Klara einen Teller Suppe für seine Mutter geben und wickelte einen Silberlöffel in eine dicke Serviette.

„Du betrittst dieses Zimmer nicht", rief sein Vater. „Das ist ein Befehl!"

Ludwig ging hinauf, den Dampf von Gemüse in der Nase, tippte als Klopfzeichen mit dem Fuß an die Tür und drückte mit dem Ellenbogen die Klinke zum verbotenen Zimmer hinunter. Seine Mutter saß in einem großen Bett, das rote Haar lang und weit aufgefächert. Sämtliche Lampen im Zimmer brannten.

„Geh raus."

Er stellte den Teller auf den Nachttisch, legte den Löffel daneben und wagte es nicht, seine Mutter anzusehen. Auf der Treppe wischte er sich über die Augen. Als er wieder ins Esszimmer trat, zeigte sein Vater auf ihn.

„Eine Woche Stubenarrest."

Warum war es so schwer, zu widersprechen? Er ging zu Klara in die Küche und sagte, er wolle sofort einen Kaffee trinken. Der Geruch des Kaffees war für ihn immer bitter und abschreckend gewesen, jetzt wollte er ihn. Kaffee, das war das schwarze, ölige Getränk der Erwachsenen.

„Dann kannst du aber nicht schlafen, Ludwig", sagte Klara.

„Kann ich sowieso nicht."

Klara öffnete die schneeweiße Kaffeedose und roch daran.

„Die Bohnen kommen aus Guatemala", sagte sie. „Von ganz weit her. Vielleicht ein bisschen so wie deine Mutter."

„Von weit her, meinst du?“

„Ach Ludwig. Allmählich wird es mir hier bei euch zu unheimlich.“

„Du willst doch nicht gehen?“

„Nein. Nein, nein, Ludwig. Ich habe dich und deine Schwester schon im Arm gehabt, als ihr noch Säuglinge wart. Und deine Mutter, so eine nette, fröhliche Frau. Und so hübsch.“

„Und jetzt?“

„Ich kenne mich mit solchen Dingen nicht aus. Aber es macht mir Angst.“ Sie goss Ludwig eine Tasse Kaffee ein, gab Milch und Zucker dazu und reichte sie ihm. „Ist wohl das Leben“, sagte sie.

Man halte die Füße mit ganzer Sohle auf dem Boden, Oberschenkel mit dem größten Teil auf der Sitzfläche, Kopf gerade, den linken Unterarm ganz, den rechten zur Hälfte auf dem Tisch – so sitze ein anständiger Junge, nicht anders, sagte sein Lateinlehrer Doktor Brauer. Ausnahmen seien nicht gestattet, nie und nimmer, und das gelte ebenso für alle anderen Regeln. Ausnahmen – Brauer lachte –, Ausnahmen, was das schon solle. Wer sich oder anderen Ausnahmen gestatte, sei augenblicklich auf dem falschen Weg, der balanciere am Abgrund.

In den Pausen wichen Ludwigs Kameraden ihm aus. Einer fragte, was mit ihm sei, er schaue so böse in die Gegend. Eine Fliege, die auf seinem Pult ziellos über den Schatten des Fensterkreuzes eilte, hielt seine Aufmerksamkeit mehr in Bann als mathematische Gleichungen oder deutsche Grammatik. Er wollte gerne mit einem seiner Freunde reden, aber er schaffte es nicht. Was hätte er auch sagen sollen? Manchmal drückten Tränen in seine Augen.

Die Monate zogen zäh über das Haus. Ludwig ballte oft die Fäuste, um seine Wut nicht hinauszuschreien. Auf seinen Vater war er häufig wütend gewesen, mal auf Kameraden in der Schule – aber jetzt verwandelte sich seine Sorge um die Mutter in Abneigung. Er konnte das niemandem sagen, er schaffte es nicht, es in die Kladden zu schreiben, aber es gab auch keine Möglichkeit, dieses Gefühl zu leugnen. Manchmal wollte er seine Mutter anschreien – und vielleicht, so versuchte er sich zu rechtfertigen, wollte er das nur, um einen Weg zu finden, etwas aus ihr herauszuholen, endlich ein Wort von ihr zu hören, das einen Hauch mehr Klarheit erzeugen könnte.

Klavierlehrer Toomsen meinte, Ludwig spiele in den letzten Monaten zwar eher unsauber, aber mit beachtlich viel Gefühl. Ludwigs Mutter ging an ihnen vorbei, Toomsen sah ihr hinterher. Sie blieb vor der Tür zum Garten stehen, zuckte mit den Schultern und verließ den Raum wieder. Toomsen atmete tief durch und ließ kurz den Kopf hängen.

„Da ist etwas Gutes im Gange“, sagte er, „wenn die Mathematik der Musik, der Noten, der Intervalle und Intermezzi zusammentrifft mit einem menschlichen Herzen. Darum geht es, Ludwig, ums Herz. Immer nur darum. Warum sonst sollten wir Musik machen? Wäre ja Unfug.“

Toomsens Hemdkragen stand offen, er war unrasiert

und seine Kleider rochen nach kaltem Tabakrauch. Ein Wunder, dass Vater einen solchen Mann überhaupt ins Haus ließ.

„Was ist übrigens mit deiner schönen Frau Mutter?"

„Was soll denn sein?"

Ludwig schlug in die Tasten und ging. Toomsen stotterte ihm hinterher.

Oben vor dem Zimmer zu Mutter saß eine vom Vater eingestellte Krankenschwester mit Haube und blau-weißer Schwesterntracht und der strikten Anweisung, niemanden ohne die Erlaubnis des Vaters dort hineinzulassen. Ludwig fühlte sich, als lebe er in einem anderen Haus, einem schlechten Haus. Es war still, die Frau vor der Tür schaute ihn herausfordernd und besserwisserisch an.

Am frühen Abend verschwand Vater mit Doktor Stanislowski im Schlafzimmer und als sie wieder herauskamen, sah Ludwig seinen Vater hart und blass.

„Besuch, Besuch ist auch gut", sagte der Doktor. „Die Mutter Ihrer Gemahlin, die Geschwister. Ein wenig Ablenkung."

Ludwig zog die Tür seines Zimmers auf. Sein Vater sollte wissen, dass er gelauscht hatte. Der Doktor ging steifbeinig die Treppe hinab. Vater drohte Ludwig mit dem Zeigefinger. Unten half Klara dem Doktor in den Mantel, er wechselte dabei die Tasche von der linken in die rechte Hand und wieder zurück und setzte sich den Zylinder auf den grauhaarigen Kopf.

„Es ist nur eine Verstimmung", sagte Ludwigs Vater. „Eine Gemütssache. Frauenunsinn."

„Frauenunsinn?“

„Werd nicht frech.“

Etwas krachte und klirrte von innen gegen die Tür des Schlafzimmers. Ludwig und sein Vater, nur noch wenige Zentimeter voneinander entfernt, starrten die Tür an. Es krachte wieder, etwas platzte, Scherben regneten. Ludwigs Vater schrie nach Klara.

„Der Doktor, Klara! Holen Sie um Himmels willen den Doktor zurück.“

Er rannte auf die Schlafzimmertür zu und es sah aus, als wolle er auf die Klinke einschlagen. Er blieb stehen. Dieser Mann schaffte es nicht, die Tür zu seiner Frau zu öffnen. Das unangetastete Familienoberhaupt, ein erfolgreicher Geschäftsmann, der täglich zur Neuen Börse und zum Handelshaus am Hafen ging, Geschäftsfäden bis ins britische Indien spann, Konsuln aus aller Welt kannte, zu Banketten eingeladen wurde und Reden vor dem Senat hielt. Jetzt spannten seine Schultern den engen Gehrock und er schaffte es nicht, diese Tür zu öffnen. Er machte einen Schritt zur Seite. Es war eine Aufforderung. Ludwig legte die Hand auf die schwere Klinke, die ersten Zentimeter bewegten sich ganz leicht, dann musste er fester drücken, um das Schloss zu öffnen. Als Erstes nahm er den Duft von Blumen wahr, die auf der Fensterbank und auf einem Nachttisch standen, die Tür schabte über knirschende Scherben. Seine Mutter stand auf dem Bett. Sie griff nach goldgerahmten Miniaturen, einer Karaffe, einem Buch, alles flog quer durch das Zimmer. Ein so dermaßen verzerrtes Gesicht hatte Ludwig noch nie gesehen.

Sie riss den Mund weit auf, kniff die Augen zusammen, ballte die Hände zu Fäusten und schrie. Ludwig hatte bis zu diesem Zeitpunkt nicht gewusst, dass ein Mensch so viel Lautes und Wortloses aus sich herausbrüllen konnte. Eine menschliche Explosion, ungeheure, freie Energie und Kraft. Doktor Stanislowski drängte an ihm vorbei. Im nächsten Moment hatte er ein Kissen im Gesicht und gab ein dumpfes Geräusch von sich. Er warf seine Arzttasche auf das Bett. Ludwigs Mutter trat sie weg. In sicherem Abstand zog Doktor Stanislowski eine Spritze auf.

„Ich habe hier etwas sehr Schönes für Sie."

Ludwigs Vater stand noch immer weißgesichtig und bewegungslos in der Tür. Die Krankenschwester warf Ludwigs Mutter mit einem gewaltigen Armschwenker um. „Stillhalten!", befahl sie. In diesem Moment spürte Ludwig eine harte Hand auf der Schulter. Sein Vater schob ihn aus dem Zimmer und knallte die Tür zu. Ludwig stieß sie wieder auf und die Tür traf seinen Vater im Gesicht. Er hielt sich die Nase und stöhnte. Wieder drückte er Ludwig weg, diesmal wurde die Schlafzimmertür von innen verschlossen. Ludwig hörte seine Mutter schreien. Julia und Klara standen auf der Galerie. Klara legte einen Arm um Julias schmale Schultern. Irgendwer in Ludwig sagte Du bist ein junger Mann, du bist ein junger Mann, aber er ging doch zu den beiden anderen und hielt sie fest.

„Ich finde es entschieden nicht gut, was diese Frau da macht, bei allem Respekt, Herr Kommerzienrat“, sagte Stanislowski unten in der Halle.

„Ich bitte Sie inständig um Verzeihung, Herr Doktor. Das Benehmen meiner Frau ist in der Tat so nicht tragbar.“

Er zog das Revers zurecht.

„Was … nun, was war das gerade, Herr Doktor?“

„Hm, ja, ich denke, Tobsuchtsanfall wäre ein Terminus technicus, der nicht gänzlich … man könnte eventuell, aber sicher ist das nicht … Oder weibliche Hysterie – weibliche Hysterie –, an sich harmlos, eine Frauensache. Die wir zum Glück nicht kriegen. Ich habe ihr Bromkalium gegeben, das sollte sie ruhigstellen. Wenn das alles … Wenn sich das wiederholen sollte … Nun, so etwas könnte, unter gewissen Umständen und beim Zusammentreffen besonderer Vorkommnisse ja ein wenig – ich will nicht sagen …“

„Stanislowski, Herrgott.“

„In unserem Allgemeinen Krankenhaus gibt es eine gute Abteilung für solche … Hat einen sehr ordentlichen Ruf. Ich selbst war natürlich noch nie dort, aber man hört doch eigentlich nur Gutes.“

„Eine Abteilung wofür, Doktor?“

„Es liegt an Ihnen, Herr Kommerzienrat. Ihre Gattin … ich möchte mir nicht anmaßen, kritisch zu sein, aber man kann sich auch zusammenreißen.“

„Welche Abteilung meinen Sie, Doktor?“

„Gemütskrankheiten. Schwankungen des Geistes. So etwas eben.“

„Kommt nicht infrage“, sagte Ludwigs Vater.

Doktor Stanislowski kam eine Zeit lang jeden Tag. Er roch nach Zigarren und die lederne Arzttasche schien mit seiner Hand verwachsen.

„Sollte man einen Experten hinzuziehen, Herr Doktor?", fragte Ludwigs Vater. „Und falls ja, dann muss das diskret vonstattengehen. Der Ruf der Familie steht auf dem Spiel." Er tippte sich auf die Lippen. Das hatte Ludwig noch nie gesehen. „Aber eine Irrenanstalt! Das kann nun weiß Gott nicht Ihr Ernst sein, Doktor."

„Ach wo, Herr Kommerzienrat, das war lediglich eine vorschnelle Idee. Darum geht es nun wirklich nicht. Das ist ja etwas gänzlich anderes. Die sind ja alle verrückt da. Bei Ihnen und Ihrer Familie kann es kaum um so etwas gehen. Ich meine, wohin kämen wir denn dann?"

3

„Das war das erste Mal, dass ich das Wort Irrenanstalt gehört habe“, sagte Ludwig zu Fräulein Hellmann. Sie standen in seinem ehemaligen Zimmer. Es war noch leerer als eine Tobsuchtszelle in Friedrichsberg, die Luft roch nach Staub. Ludwig hatte das Fenster geöffnet.

„Da stand mein Schreibtisch.“ Er deutete auf den Holzboden vor dem Fenster. Sein Stuhl hatte Kratzer hinterlassen, Spuren von Ungeduld und Wut.

„Man fühlt sich als Patient immer angegriffen. Ich meine – Irrenanstalt. Man hört das nicht gerne. Wer will da schon sein?“, meinte Fräulein Hellmann.

„Ich habe Friedrichsberg Heil- und Irrenanstalt genannt. Heil. Heilung.“ Ludwig sah Dianas nackten Rücken an, die Wölbung ihres Gesäßes, die langen muskulösen Beine. Der Kutscher saß mit verschränkten Armen auf dem Bock und hatte den Kopf tief gesenkt, wahrscheinlich schlief er.

„Ich wollte sie alle heilen“, sagte Ludwig. „Alle. Ziemlicher Größenwahn, nicht wahr?“

„Werden Sie mich heilen, Herr Professor?“

„Sie machen Fortschritte. Wir arbeiten daran. Und fühlen Sie sich nicht angegriffen, nur weil Sie in einem Krankenhaus sind.“

„In einer Irrenanstalt.“

„Die ganze Welt ist eine Irrenanstalt. Als ich Friedrichsberg eröffnete, 1864, da tobte zur gleichen Zeit der Deutsch-Dänische Krieg. Lauter klinisch gesunde Männer gingen da auf Teufel komm raus aufeinander los. Die spießten sich mit Bajonetten auf, zerfetzten sich mit Kanonenkugeln, hauten sich Arme und Beine ab. Da waren mir meine Irren lieber. Jetzt leben wir im Deutschen Kaiserreich, gab es bei der Eröffnung von Friedrichsberg auch noch nicht. Und woraus ist dieses geeinte Reich entstanden? Aus dem Krieg von 1870/71. Vollkommen verrückt. Ein Irrenhaus eben."

„Männer sind der Gewalt viel näher als Frauen", sagte Fräulein Hellmann. Ludwigs Hals wurde wieder eng.

„Manchmal muss man sich verteidigen", sagte er. Er ging zur Tür und sah nach, ob seine Geister die Treppe heraufkamen. Da war niemand, die Schemen saßen unten an der Tafel. Boysen sah zu ihm hinauf. Sag jetzt nichts, dachte Ludwig.

Er trank aus dem Flachmann.

„Ist Alkohol nicht auch eine Krankheit, Herr Professor?"

„Weiß ich nicht." Er wollte fluchen, lieh sich aber ein Lächeln aus seinem Repertoire von Verstellungen. „Kennen Sie Carl Schurz? Einer der Revolutionäre von 48. Er ist aus Deutschland geflohen, nach Amerika. War später Berater von Präsident Lincoln und General im Bürgerkrieg. Er hat geholfen, die Sklaven zu befreien. Hätte ich vielleicht auch machen sollen."

„Ich versuche manchmal, mir Sie als jungen Mann vorzustellen. Das geht irgendwie nicht. Meine Jugend war friedlich und schön. Mir ging es so gut, Herr Professor. Und dann?"

Fräulein Hellman legte die Hände vor das Gesicht.

„Dann sind Sie jemandem begegnet."

Sie drehte ihm den Rücken zu. Ein Kanonenschuss der Liebe hatte sie vom Weg gefetzt. Warum? Wieso so dermaßen tief? Nach allem, was er aus ihren und den Erzählungen ihrer Eltern wusste, hatte es bei ihr nie Anzeichen für schwere psychische Verstimmungen gegeben. Wobei Ludwig sehr genau wusste, wie gekonnt manch ein Kranker solche Symptome verbergen oder überspielen konnte. Er wollte ihr gerne eine Hand auf die Schulter legen oder sie gar umarmen.

„Fräulein Hellmann?"

„Es geht schon, Herr Professor. Es geht schon wieder."

Es hatte keinen Zweck. Er wurde hier von mehr Erinnerungen gewürgt, als er wahrhaben wollte und er spürte, wie ihm dadurch die Energie fehlte, sich wirklich therapeutisch um die junge Frau zu kümmern. Fanny, Boysen, Mutter. Er wagte nicht, weiterzudenken. Er musste hier weg.

„Guten Ta-hag!"

Ludwig erschrak, auch Fräulein Hellmann riss den Kopf hoch und sah zur Tür.

„Die Stimme haben Sie jetzt auch gehört, ja?", fragte Ludwig.

„Natürlich."

„Jemand da? Mein Bruder vielleicht?"

Jetzt erkannte er den Klang.

„Wir sind hier oben, Julia. In meinem alten Zimmer."

Er hörte seine Schwester die Treppe hinaufrennen und jauchzen. Sekunden später flog sie ihm entgegen, so schien es ihm. Er musste einen Ausfallschritt nach hinten machen, um nicht umgestoßen zu werden. Ludwig spürte, wie Julia sich an ihn drückte und jubelte.

„Bruder, Bruder, Bruder.“

„Julia. Du bringst mich noch um!“

Sie ließ von ihm ab, griff nach seinen Schultern und sah ihm in die Augen. Ihre vollen Wangen ließen sie vital wirken, Julia hatte immer so etwas Frisches an sich.

„Mein Gott, Bruderherz, wie lange ist das her?“

„Ewigkeiten.“

Ludwig stellte Julia und Fräulein Hellmann einander vor. Julia sagte ihr, dass Ludwig geschrieben habe, er werde in Begleitung kommen.

„Aber natürlich nichts über Ihre Erkrankung, Fräulein Hellmann. Mein Bruder ist die Diskretion in Person. Er hat sein Leben lang zu wenig gesagt.“

„Julia, bitte.“

„Ist doch so.“

Fräulein Hellmann lächelte. Es musste irritierend oder erhellend für sie sein, jemanden über Ludwig reden zu hören.

„Ich habe dir deine Kladden mitgebracht. Liegen unten auf dem Tisch.“

„Oh. Hast du in ihnen gelesen?“

„Natürlich.“

„Julia, Herrgott.“

Jetzt kicherte Fräulein Hellmann. Julia sagte, sie habe Kaffee mitgebracht, hakte sich bei Fräulein Hellmann unter, sagte: „Schönes Kleid“ und ging mit der jungen Frau die Treppe hinab.

„Weiß noch jemand, dass ich hier bin?“, rief Ludwig.

„Fanny.“

„Verdammt noch mal, Julia!“

„Hör auf, Ludwig."

Er trat die Tür zu. Mit einem Krachen schlug sie in den Rahmen, Staub rieselte. Ludwig zuckte zusammen. Er konnte Türenschlagen nicht ertragen. Er hörte Julia noch zu Fräulein Hellmann sagen, das habe er manchmal. Dann wurden die Stimmen der Frauen leiser. Fanny. Ausgerechnet. Hätte er doch nur seinen Degen hier gehabt, er hätte gegen Schatten gefochten und sie alle umgebracht. Sein Herz wütete.

Er atmete tief durch, öffnete die Tür und ging in die Halle. Die Geister waren nicht mehr dort. Julia redete auf Fräulein Hellmann ein, die ein wenig zurückgelehnt auf einem Stuhl saß und erstaunt schien wegen Julias Offenheit. Die beiden lachten. In der Mitte des Tisches lagen seine schwarzen Kladden, ledergedämpftes Sonnenlicht auf den Einbänden. Ludwig fühlte sich erschöpft und zerrissen. Er freute sich, Julia zu sehen und zugleich ärgerte er sich gewaltig darüber, dass sie seiner Bitte nicht nachgekommen war, niemandem von seiner Hamburgreise zu erzählen.

„Da draußen hockt übrigens ein ziemlich schlecht gelaunter Kutscher", sagte Julia.

„Interessiert mich nicht", sagte Ludwig. „Es tut mir leid, Fräulein Hellmann. Es ist eine Zumutung, ich weiß, aber wir fahren heute noch zurück."

Julia griff nach den Kladden und schob sie über den Tisch.

„Du fährst nirgends hin, Ludwig. Nicht wieder flüchten."

„Ich hatte ein hervorragendes Angebot aus Göttingen."

„Du wolltest nicht weg von Friedrichsberg. Niemals."

„Ich hatte mir unser Wiedersehen ein bisschen anders vorgestellt, Julia."

Fräulein Hellmann goss Wein in Ludwigs Glas und reichte es ihm. Ludwig war erstaunt über diese Geste, er war gerührt und verärgert und voller Bewunderung. Er nahm das Glas, seine und die Finger von Fräulein Hellmann berührten sich kurz.

„Wie geht es deinem Mann, Julia?"

„Bertram geht es gut. Er ist zu einem Medizinerkongress nach Bonn gefahren. Ich soll dich ganz herzlich grüßen. Er hätte sich sehr, sehr gefreut, dich einmal wiederzusehen."

„Ja, wirklich schade, dass er nicht hier ist." Ludwig klopfte auf die Ledertasche.

„Und bitte, niemand guckt in diese Tasche. Kann ich mich wenigstens darauf verlassen?"

„Was ist denn da drin?", fragte Julia.

„Fallakten."

„Und die machen eine solche Beule?"

„Fallakten. Finger weg. Bitte."

Meyer, ha, Meyer, du bist doch eine Flasche.

***

Er schrieb das Wort in die Kladde: Irrenanstalt, Irren-Anstalt, Irre, Anstalt, Anstaltsirre, mirus oder insolitus, Gemüt, Bromkalium, Hysterie, Stimmung, somatisch, Frauensache. Verrückt.

Er legte den Stift auf die Kladde. Die Liste mit Wörtern wurde länger.

Mutter beruhigte sich, sie nahm wieder am Familienleben teil, backte Kuchen, stickte, las, redete mit Julia, als sei nie etwas vorgefallen. Sie war eine andere, aber nicht wieder die, die sie früher gewesen war. Dieser unfassbare Zustand, in dem sie so lange gelebt hatte, schien ihr eine Rückkehr in ihr altes Leben zu verwehren.

In den nächsten Monaten kam sie Ludwig wie eine Marionette oder eine zum Bersten aufgeblähte Hülle vor. Wenn er sich zurückerinnerte an Spaziergänge im sonnengefluteten Wald an der Alster, wo seine Mutter so lange Späße machte, bis sein Vater den Kopf schüttelte und ein Lächeln nicht mehr unterdrücken konnte, dann erschienen ihm diese Bilder wie aus einem Leben, das er nie geführt hatte. Das Leid seiner Mutter nahm ihn so gefangen, dass die Außenwelt für ihn immer unbedeutender und blasser wurde.

Ich müsste in sie hineingucken können, schrieb er in die Kladde. Das muss das Ziel sein: in den anderen hineingucken können. Geht das?

Sein Vater sorgte dafür, dass kaum noch Besuch ins Haus kam. Er ließ sich ein Bett ins Arbeitszimmer stellen und Mutter jede Nacht allein.

Der Klavierlehrer Toomsen wurde entlassen. Ludwig lief ihm hinterher auf die Straße, drückte ihm die Hand und bedankte sich für alles.

„Es ist wegen deiner Mutter, nicht wahr? Sie ist eine außergewöhnliche Frau, Ludwig."

„Hat er Ihnen verboten, darüber zu reden?"

„Hat er. Ich hätte mich sehr gerne von ihr verabschiedet."

„In ihrem Zustand?"

„Warum nicht? Liebe, Ludwig. Solch eine Frau wie deine Mutter."

„Was meinen Sie denn damit?"

„Künstler und Ganoven", sagte Toomsen, „da ist Eros am größten."

Ein kalter Schauer durchfloss Ludwigs Körper. Toomsen lachte, legte ihm eine Hand auf die Schulter und zog ihn zu sich heran.

„Hingabe, Lust, Ludwig. Dein Vater hat doch keine Ahnung. Gott, was soll das alles?"

Sein Vater trug sie auf den Armen die Treppe hinab. Ihr Haar wogte wie Seetang. Er stammelte etwas von Fenster. „Sie wollte … sie wollte sich zu Tode stürzen."

Ludwig war, als trüge er kaltes Metall im Kopf und im Herzen. Er vergaß, seine Schuhe anzuziehen und sprang mit in die Kutsche. Mutter lag in Vaters Armen, winterhimmelweiß und der Kutscher brüllte die Pferde an und ließ die Peitsche unaufhörlich knallen. Die Eisenbeschläge krachten, das Kopfsteinpflaster klang hart in der Kutsche. Schneller, schneller, schneller, dachte Ludwig. So lang war ihm eine Fahrt in Richtung Stadt nie zuvor erschienen. Seine Mutter schlief oder war in eine andere Art von Abwesenheit geflohen, ihr Gesicht leuchtete hell und nass. Sein Vater streckte die Hand nach ihm aus.

„Sie hat mir davon erzählt, Ludwig. Dass du dir seit Langem Sorgen machst." Ludwigs Vater streichelte unaufhörlich die Wange seiner Gattin.

„Hör zu, Ludwig. Das muss unter uns bleiben. Auch deine Mutter will sicherlich nicht, dass das öffentlich wird. Wir werden eine Geschichte erfinden, zu Hause, mit Julia und dem Personal. Und wenn einer von denen es wagt, darüber zu reden, dann gnade ihm Gott."

Der kurze Moment, in dem Vater die Hand nach Ludwig ausgestreckt hatte und Ludwig sich ihm nahe fühlte, brach unter seinen Worten zusammen.

„Ich sehe das Krankenhaus", sagte Ludwig. „Wir sind gleich da, Herr Vater."

Die Nachmittagssonne tauchte das lang gestreckte Krankenhausgebäude in schwefelgelbes Licht. Die Dachziegel flammten rot. Ludwigs Vater sah sich in alle Richtungen um.

Zwei bleiche Hände tasteten aus der Kutsche, dann leuchtete Mutters rotes Haar auf.

„Fahren Sie ein paar Hundert Meter weiter", befahl Ludwigs Vater dem Kutscher. „Richtung Alster. Ich will nicht, dass meine Kutsche hier gesehen wird. Los, machen Sie schon."

Ludwig schloss seine Mutter fest in die Arme, ein Gemisch aus Schluchzen und Lachen drückte sich aus ihrem Körper.

Sie gingen auf das grauschattige Tor des Krankenhauses zu. Ludwig spitzten Steinchen in die schuhlosen Fußsohlen. Hinter einigen Fenstern in der ersten Etage erschienen bleiche Gesichter, die unteren Fenster waren schwarz vergittert. Ludwigs Vater reichte seiner Frau ein Taschentuch, dass sie sich das Gesicht trockne.

„Und jetzt", sagte er, „die Schultern zurück, strengerer Blick, Annette, stramm, sonst halten die dich noch für verrückt."

Sie traten in den Schatten der Einfahrt, in einem verglasten Pförtnerhäuschen saß ein kleiner Mann und blätterte durch eine Akte. Ludwigs Vater räusperte sich.

„Schicken Sie nach dem Oberarzt, sofort bitte."

Ludwig legte eine Hand auf den Rücken seiner Mutter. Er ging mit ihr in den Innenhof, der zur Hälfte in der Sonne lag. Kein Mensch. Wie ausgestorben. Die Seitenflügel waren nicht so hoch wie das Haupthaus, auch hier waren die unteren Fenster vergittert. Ludwigs Mutter bewegte sich auf den rechten Flügel zu. Ludwig blieb dicht bei ihr. Zwei weiße Hände klammerten sich um die Gitterstäbe eines schwarzen Kellerfensters. Ludwig starrte das blasse, unrasierte Gesicht dahinter an.

„Ei, ei, schönes Fräulein. Komm rein hier. Komm. Ich bin so allein. Komm. Komm schön rein hier."

Als wäre sie von einem Stein getroffen worden, zuckte Ludwigs Mutter zurück. Irgendwer zerrte den Mann da unten vom Fenster weg, sie hörten schrille Stimmen, etwas polterte und dann begann jemand zu singen, über Gott und all die Teufel.

„Um Himmels willen“, sagte Ludwigs Mutter. In dem Keller schien ein Tumult auszubrechen, Hände streckten sich aus den Gittern wie aus den Zellen Verhungernder.

„Gehen Sie von den Fenstern weg, gnädige Frau. Gehen Sie weg dort“, brüllte jemand. „Nimm deine Pfoten weg! Haust du ab! Du Ungeheuer! Na warte, Bürschchen!“ Ludwig hörte das Prasseln von Wasser und erneutes Geschrei. Er meinte, wilde Tiere bellen und fauchen zu hören, jemand heulte auf vor Schmerz. Seine Mutter taumelte. Ihr Atem raste, ihre Augen füllten sich mit Entsetzen. Sie wollten zum Haupthaus zurück, als sie auf Ludwigs Vater, einen Mann in einem weißen Kittel und eine Frau stießen. Solch eine Frau hatte Ludwig noch nie gesehen. Sie war so groß wie sein Vater, aber doppelt so schwer, ein grauer Kittel spannte sich über ihren Schultern und den monströsen Brüsten und sie atmete kurz und stoßweise.

„Frau Meyer“, sagte der Mann in dem weißen Kittel. Ludwigs Mutter wich zurück, ihr Blick raste zwischen der Frau und den vergitterten Fenstern hin und her. Sie rannte quer über den Innenhof auf den anderen Seitenflügel zu. Die Dicke hastete mit harten, kleinen Schritten hinter ihr her.

„Lassen Sie meine Mutter in Ruhe!“ Ludwig lief den Frauen nach. Seine Mutter schrie, viel heftiger noch, als sie es daheim getan hatte. Die Dicke war ungeheuer schnell. Trotz der kurzen, stampfenden Schritte holte sie die große, leichte Gestalt ein und streckte die Arme nach ihr aus. Ludwig wollte sie gerade von hinten anspringen, als jemand ihn festhielt und an den Schultern herumriss. Eine andere große Frau und ein Mann, beide in grauen Kitteln.

Der Mann trug ein fellgraues Stück Stoff bei sich, an dem Lederriemen mit Schnallen befestigt waren. Ludwig sah seine Mutter in einem Knäuel von Menschen untergehen. Die drei Graukittel zerrten sie auf eine Tür in der hinteren Wand des Haupthauses zu, eine ihrer Hände zuckte aus dem Gemenge hervor, dann leuchtete ihr Haar auf. Vater ging mit großen Schritten und kreidebleich ebenfalls auf die Tür zu, der Arzt redete von der Seite auf ihn ein und hielt ihn am Oberarm fest. Als Ludwig in dem kahlen Raum mit den gräulichen Wänden ankam, schlug er die Hände vor den Mund. Seine Mutter konnte sich nicht mehr bewegen. Sie war von diesem Stück Stoff gebändigt worden. Die Ärmel waren absurd verlängert und auf ihrem Rücken zusammengebunden, die Schnallen an den Lederriemen seitlich festgezurrt. Die drei Graukittel zogen sie durch eine Tür. Mutters Fersen schleiften über den Boden, sie verlor ihre Schuhe. Sie kreischte. Ludwig sah seiner Mutter in die grünen Augen. Die Tür wurde mit dem Fuß zugestoßen. Das Holz krachte laut in den Rahmen. Rums. Weg. Ein Schlüssel wurde von der anderen Seite im Schloss umgedreht. Ludwig rannte auf die Tür zu und rüttelte an der noch warmen Klinke.

„Mutter! Mutter!"

Sein Vater stand wie gelähmt. Der Arzt blätterte durch Zettel. Die Spitzen von Mutters Schuhen mit den glänzenden Stoffbändern zeigten aufeinander.

„Sie sind ein wenig erschrocken", sagte der Arzt. „Das ist nur zu verständlich. Und der junge Mann ohne Schuhe

– Sie sind sicherlich der Sohn. Machen Sie sich keine Sorgen.“ Der Arzt, krummbeinig und mit massigem Oberkörper, hatte Ludwig und dessen Vater in sein Büro geführt. Die beiden Fenster gingen zur Stadt hinaus, hinter der die Sonne zu sinken begann und Häuser, Giebel und Türme in gleißendem Licht ertränkte. Auf dem Schreibtisch stand das Modell eines der Länge nach durchtrennten menschlichen Oberkörpers. Herz und Lungen waren blassrot, die Leber braun, Adern hellblau.

Ludwig konnte dem Gespräch zwischen seinem Vater und dem Arzt kaum folgen. Er starrte das geköpfte Körpermodell an und würgte in der Fantasie dessen Herz so weit nach oben, bis es aus dem Hals auf den Schreibtisch plumpste und langsam zu pulsieren aufhörte.

Es klopfte an der Tür und ein Mann in schlotterndem Kittel betrat das Büro.

„Ah, Herr Reinhardt“, sagte der Doktor. „Der gute Mann hier ist unser Apotheker. Zudem hilft er ein wenig im Keller – also, was sage ich da, in der Irren…, äh, in der Abteilung für Gemütskrankheit. Sie wollen sicherlich wissen, ob des Herrn Kommerzienrats Gattin Medikamente zu sich genommen hat?“

„So ist es.“ Reinhardt war groß und irgendetwas schien ihn zu amüsieren.

Ludwigs Vater sagte, Doktor Stanislowski habe ihr seit Jahren etwas gegeben, irgendetwas Beruhigendes, er wisse es nicht detailliert.

„Bromkalium“, sagte Ludwig. Reinhardt sah ihn an, er hatte Ränder unter den Augen.

„Gut gemacht, junger Mann."

„Nun, ich muss Ihre Gattin in aller Ruhe untersuchen", sagte der Arzt. „Was halten Herr Kommerzienrat davon, wenn wir uns am morgigen Nachmittag hier treffen, gegen sechzehn Uhr?"

Ludwig begriff nicht, warum sein Vater einwilligte. Statt zu erfragen, was mit Mutter geschah und wie diese monströsen Graukittel mit ihr umgingen, wurde er immer blasser und räusperte sich mehrmals. Ludwig hätte ihn am liebsten geschüttelt.

„Tun diese Leute meiner Mutter weh?"

„Um Himmels willen, nein", beteuerte der Arzt. „Wir sind in einem Krankenhaus. Wir helfen Menschen. Stimmt's, Reinhardt?"

„Aber natürlich."

„Herr Meyer?"

Ludwigs Vater blieb bewegungslos sitzen, bis der Arzt seinen Namen wiederholte und ihm riet, heimzufahren und sich auszuruhen.

„Wer war der große Mann, dieser Wärter?", fragte Ludwig.

„Im Frauenflügel arbeiten keine Männer, selbstverständlich nicht", sagte der Arzt.

„Aber da war ein Mann dabei."

„Nur jetzt kurz für die Aufnahme", sagte der Arzt. „Sie müssen das so sehen, wenn ein Mensch einen Anfall bekommt, bedeutet jede führende Hand ein Stück Sicherheit für den Patienten. Der Wärter eben, Henning, hat nie und wird niemals den Frauentrakt betreten."

„Kann ich ihr noch auf Wiedersehen sagen?", fragte Ludwig.

„Nein, das geht jetzt nicht."

Ludwigs Vater verließ das Zimmer, gefolgt von Reinhardt. Der Arzt stand in seinem weißen Kittel in der Tür. Ludwig prägte sich das Körpermodell ein.

„Die Station für Menschen wie meine Mutter – sie ist unten, nicht wahr? Im Keller? Und die Fenster sind vergittert."

„Zur Sicherheit, ja." Er winkte eine Krankenschwester heran und sagte ihr, sie solle Ludwig zur Tür bringen.

Er entwischte ihr, sobald sie die Treppe vom Ärztezimmer hinunter ins Parterre gegangen waren. Er rannte den Flur entlang durch die Lichtfelder der Fenster zum Innenhof. Hell, dunkel, hell, dunkel. Wo war die Treppe nach unten? Zur Mutter? Rechtsrum, er rutschte auf seinen Socken. Er musste jetzt auf dem Gang über dem linken Seitenflügel sein. Einige Leute drehten sich nach ihm um und in seinem Rücken ertönten heisere Rufe. In einem der Zimmer stöhnte jemand laut. Da. Eine lackierte Tür mit kleinen, rechteckigen Scheiben. „Zutritt verboten". Er hastete darauf zu und dann wurde diese Tür von innen aufgestoßen, die Scheiben klirrten. Die dicke Frau, die Mutter eingefangen hatte, füllte den Türrahmen aus. Ludwig ließ sich seitlich fallen, drehte sich im Rutschen in die andere Richtung, sprang auf und wollte entkommen. Henning. Mit ausgebreiteten Armen, so wie Mutter ihn in der Kindheit empfangen hatte, wenn er auf sie zulief.

„Mutter!"

„Die, junger Herr, kann jetzt nicht antworten", sagte die Frau. Sie kam auf ihn zu, wurde immer größer, Schweiß glänzte auf ihrer Stirn, sie roch nach einem scharfen Mittel, Desinfektion oder Arznei. So ein großes Gesicht.

Als sie heimkamen, saß Julia im Salon auf dem Sofa und sah fassungslos ihrem Vater hinterher, der in Mantel und Hut in seinem Arbeitszimmer verschwand.

„Mama wollte sich umbringen. Stimmt das, Ludwig?"

Ludwig stammelte eine Mischung aus Ja und Nein, nein, nein.

Julia ging mit in sein Zimmer und setzte sich aufs Bett. Sie sahen sich an. Ludwig meinte, er könne durch die dicken Tränen in Julias Augen weit in ihre Seele blicken.

„Sie wollte uns alleinlassen?" Julias Stimme zerbrach. „Warum ist Papa denn jetzt nicht hier? Warum ist er nicht bei uns?"

Ludwig umarmte sie.

„Wir lieben Mama doch", sagte er. Wir lieben sie doch, dachte er. Er sah sich bei ihr sitzen auf der Bank im Garten, als ein warmer Wind an den Bäumen zerrte. Seine Mutter drückte ihre Hände in den Schoß und starrte auf die Wiese. Er hörte sie sprechen und es kam ihm vor, als sei das Jahrzehnte her oder nur wenige Sekunden: „Keiner mag mich. Keiner liebt mich. Ich bin nichts wert. Es ist alles zu viel. Ich kann nicht mehr."

Ludwig versuchte, die Zwangsjacke in die Kladde zu zeichnen. Ihre Ärmel mussten mindestens doppelt so lang sein wie an einer normalen Jacke. Stabiler Stoff, der harte Falten warf. Mit den Schnallen an den Seiten konnte sie dem Oberkörper angepasst werden – Mutters Oberkörper, bis sie sich nur noch winden konnte wie ein Fisch im verhedderten Netz.

„Was ist das?", fragte Julia.

„Die nennen das Zwangsjacke."

Unter die Jacke zeichnete er den Querschnitt durch den menschlichen Körper, wie er ihn im Büro des Arztes gesehen hatte. Er begann aus der Fantasie eine Skizze des Schädels, ein dicker, alles umschließender Knochen, ein Gehirn in wolkenartiger Struktur, Auge und Sehnerv, von dem er nicht wusste, wohin der führte, Nase und Rachenraum miteinander verbunden, Wangenmuskeln. Er schloss die Kladde. Bisher hatte er das schwarze Heft immer auf dem Schreibtisch liegen lassen, jetzt legte er es zwischen seine Hemden in den Kleiderschrank.

Er wischte sich über die Augen. Er verschränkte die Arme und sagte Julia, sie solle sich hinter ihn stellen und an seinen Händen ziehen.

„So fest du kannst."

Ludwig spürte Julias Hände. Er wehrte sich nicht. Er war in seinen eigenen Armen gefangen.

Ein verbitterter Vater verbot Ludwig am nächsten Nachmittag mit zum Allgemeinen Krankenhaus St. Georg zu fahren.

„Du bist zu jung dafür. Du verstehst das alles nicht."

Julia stieß Ludwig gegen den Rücken. „Los", flüsterte sie. Er ging seinem Vater hinterher und setzte einen Fuß auf das Trittbrett. Mit vom Fechten geschultem Reflex fing er die heranwischende Hand des Vaters ab.

„Ich komme mit."

Wieder leuchtete die große Hand mit gespreizten Fingern auf.

„Ich. Komme. Mit." Vaters ohnmächtiges Gesicht verblasste immer mehr im dunklen Inneren der Kutsche. Ludwig stieg ein und klopfte vorne gegen die hölzerne Wand. Die Kutsche ruckte kurz, Räder knirschten und Ludwigs Vater zog die kleinen Vorhänge an den Seitenfenstern zu.

„Darüber werden wir noch reden", sagte sein Vater.

Ludwig achtete darauf, dass ihre Beine sich nicht berührten.

Der Arzt empfing sie in der Tür zu seinem Büro. Seine Augen verengten sich, als er Ludwig sah und er wedelte mit dem Zeigefinger.

Ludwig bemerkte, dass die Hände seines Vaters zitterten. Das hatte er noch nie gesehen.

„Herr Doktor, wie geht es meiner Frau? Hat Annette sich wieder beruhigt? Es muss Ihnen klar sein, dass sie nicht hierbleiben kann. Die Reputation – meine, und die der Familie. Sie verstehen sicher."

„Melancholia, könnte man sagen", sagte der Arzt. „Fortgeschritten, ein gewisser Verlust der Willenskraft."

„Melancholie ist eine Krankheit?", fragte Ludwig. Der Doktor sah Ludwigs Vater an.

„Ich schlage vor, Ihr Sohn geht jetzt, Herr Kommerzienrat."

„Ich möchte bleiben", sagte Ludwig.

„Raus!" Die Stimme seines Vaters kam tief aus dem Bauch, so voller Wut und Unwillen, dass Ludwig sich nicht wehren konnte. Er verließ das Büro.

Apotheker Reinhardt lehnte an der Wand gegenüber im Flur, die Hände in den Taschen des Kittels.

„Er hat Melancholia gesagt, stimmt's? Das sagt er eigentlich immer."

Reinhardt sah den Flur in beide Richtungen hinab und musterte Ludwig.

„Sie haben gestern versucht, in die Keller zu kommen? Sie wollten da wirklich alleine rein?"

Ludwig antwortete nicht.

„Eine Limonade in meiner bescheidenen Kammer?"

Ludwig wollte zu seiner Mutter, sonst nichts. Das war alles. Aber immerhin hatte dieser Reinhardt sich gerade ein wenig lustig gemacht über den Doktor.

„Hier im ersten Stock", sagte Reinhardt, „ist das Zimmer des Pförtners, das Leinenmagazin, die Materialkammer, ein Kramladen und meine Wohnung. Das Operationszimmer ist im zweiten Stock, da ist dann – ironischerweise – auch die Zelle des Predigers und ein Zimmer zum Trocknen von Bandagen. Sehr durchdacht, das Ganze."

Er schloss eine Tür auf und schob Ludwig in eine winzige Diele, von der zwei Zimmer abgingen. Reinhardt führte ihn ins Wohnzimmer. Deckenhohe Regale voller Bücher und beschrifteter Flaschen und Ständer gefüllt mit Reagenzgläsern; vergilbte Zeitungen lagen auf Polstern, auf dem Boden und auf dem Tisch. Er solle sich setzen, die

Limonade komme sofort. Das Fenster ging zum Innenhof. Einige Leute saßen auf Bänken, wie Puppen, keiner bewegte sich. Links war der Gebäudeflügel, in dem Mutter gefangen war.

„Sie sind also ein rebellischer junger Mann?“ Reinhardt drückte Ludwig ein Glas in die Hand.

„Ich möchte meine Mutter sehen.“

Der Apotheker ließ sich in einen Sessel sinken.

„Was für ein Mann sind Sie?“

Diese Frage hatte ihm nie zuvor jemand gestellt. Er straffte die Schultern.

„Zutritt verboten. Das hält einen einfachen jungen, deutschen Mann normalerweise ab“, sagte Reinhardt.

Ludwig spürte, wie ihm Wärme in die Wangen schoss. Ihm war, als wachse er. Seine Männerschultern spannten die Jacke.

„Nun, dein Vater wird heute mit dem Ergebnis zurückkommen, dass deine Mutter nicht entlassen wird, aber in ein paar Monaten ein Einzelzimmer bekommt. Das kostet ihn mehr, bringt dem Krankenhaus Geld und fördert den Ruf, dass es den Patienten hier gutgehe.“

„Sie kommt nicht heim?“

„Kann ich mir nicht vorstellen. Die Wahrheit ist ganz einfach: Hier gibt es überhaupt keinen Arzt für Gemütskrankheiten.“

„Was?“

Der Apotheker blickte aus dem Fenster, das Gesicht ganz hell, und als er zu erzählen begann, schien er weit fort zu sein. Seine Stimme kam aus einer anderen Welt.

Es sei nicht lange her, da seien die Geisteskranken sich selbst überlassen worden, in Gefängnissen oder in Türmen vor der Stadt. Die wirklich Irren, sage man, seien früher auf Schiffe gesperrt worden. Narrenschiffe auf der Elbe, dem Rhein, der Donau. Man habe seltsame Gesänge gehört, Schreie, Frauen und Männer wurden zusammengepfercht. Furchtbar. Es habe auch prominente Fälle gegeben. Der Dichter Hölderlin zum Beispiel. Wahnsinn und Raserei.

Und es habe immer Stimmen gegeben, die gegen die Anstalten aufbegehrten, meist Familienangehörige. Er könne Ludwig Bittbriefe an die Behörden zeigen, in denen Menschen darum bettelten, ihre Verwandten wiederzubekommen. Das gehe aber nur mit Einverständnis der Gerichte. Ärzte hätten sich um diese Kranken gar nicht gekümmert.

„Doktor Krümmer, der Arzt, bei dem dein Vater jetzt sitzt und sich irgendeinen Unsinn erzählen lässt, hat keine Ahnung. Es interessiert ihn auch nicht. Stolz, Geldgier, Trunk und Onanie führen zu Wahnsinn." Reinhardt sperrte Augen und Mund auf und gaffte Ludwig an. Der ist ja verrückt, dachte Ludwig.

„Und dann kommt noch der Prediger. Bete, bete, bete. Eine Strafe Gottes sei das alles."

„Ich will sofort zu meiner Mutter."

„Da unten in die Keller dürfen keine Besucher."

Ludwig trat ans Fenster, vom hinteren Ende des Innenhofes aus ruderten zwei dunkel gekleidete Männer ein langes Boot über den St. Georgs-Wallgraben in Richtung Stadt.

„Das Leichenboot", sagte Reinhardt. „Die Begräbnisstätte ist am anderen Ufer."

„Wie viele sind da unten, Herr Reinhardt?"

„Hunderte."

„Und wer passt auf Mama auf?"

Reinhardt legte ihm eine Hand auf die Schulter.

„Ich, Junge, ich gebe Acht auf sie. Mach dir keine Sorgen."

„Aber Männer dürfen doch gar nicht da rein."

„Ich krieg das hin."

„Wir können sie doch da nicht alleine lassen."

„Oh, alleine ist sie nicht."

Reinhardt massierte sich die Augenbrauen.

„Sie wird doch wieder gesund? Herr Reinhardt?"

„Dafür müsste man ja erst einmal wissen, was sie hat."

„Aber die, die in diese Abteilung kommen, die müssen ja irgendwann auch wieder da rauskommen."

Reinhardt griff Ludwig am Revers, dass der Stoff knackte.

„Ich habe noch niemanden wieder da rauskommen sehen. Keinen einzigen."

***

„Er habe noch niemanden da wieder rauskommen sehen – das war es, was Reinhardt mir sagte." Ludwig hatte sich die Kladden in den Schoß gelegt, ein Paket stiller Wut.

„Unser damaliger Kutscher, der mochte Julia und mich

immer. Natürlich haben er und das Hausmädchen, Klara, sehr genau mitbekommen, was mit Mutter geschah. Nun, ich habe mich von ihm in den folgenden Wochen oft heimlich zum Krankenhaus fahren lassen. Und niemand hat es bemerkt."

„Ich schon", sagte Julia.

„Du wusstest das?"

„Wir haben damals viel zu wenig geredet, Ludwig. Und in all den Jahren danach auch."

„Man muss sich den Dingen stellen", sagte Fräulein Hellmann. „Das ist eine Ihrer Maximen, Herr Professor."

Na, Meyer, dafür reicht es bei dir nicht, hm? Diese dürre kranke Frau sagt dir, wo es langgeht. Ich lach mich kaputt.

Sie sind nicht da, Boysen. Sie kennen Fräulein Hellmann nicht. Sie sind nicht da!

Ludwig zog ein silbernes Etui aus der Innentasche, ließ es aufspringen und bot der jungen Frau einen Zigarillo an. Sie lehnte ab.

„Sie rauchen nicht, Sie trinken kaum."

„Das", unterbrach Fräulein Hellmann, „müsste Ihnen als Arzt doch gefallen."

„Nö", sagte er. Jetzt lachte die junge Frau.

„Sie sehen sie, nicht wahr?", fragte Fräulein Hellmann. „Ihre Mutter. Hier am Tisch."

„Ach wo."

Ludwig zündete sich den Zigarillo an, legte den Kopf in den Nacken und pustete Rauch aus.

Mich haben Sie doch nicht vergessen, oder, Herr Professor Meyer? Mich?

Friedrich Mommsen. Alter, lieber, tapferer Freund. Die Stimmen schwollen an, wurden immer zahlreicher, es waren Hunderte. Fallgeschichten, Forschung, Psychiatrie – Menschen. Lebendige Menschen, die trotz ihrer unergründlichen Krankheiten ebenso viele Sehnsüchte, Wünsche und Träume nach Geborgenheit, Eros und Frieden hatten wie alle anderen auch. Wie Fanny. Oder er. So viele. Ein grauer Strudel mit schwarzem, saugendem Zentrum. Alles drehte sich, Ludwig wirbelte um die eigene Achse.

4

Nachdem Ludwigs Vater seine Frau zum ersten Mal in St. Georg besucht hatte und Julia und Ludwig ihn mit Fragen bestürmten, sagte er, dass dieser Doktor Krümmer ein ausgezeichneter Mann sei.

„In den Räumlichkeiten, in denen eure Mutter untergebracht ist, bin ich natürlich nicht gewesen. Das ist wohl ein wenig schwierig dort wegen der anderen Patientinnen. Ich war mit ihr im Innenhof spazieren. Nun, Doktor Krümmer und ich sind der Ansicht, dass ihr sie in den nächsten Monaten nicht besuchen werdet."

Julia weinte, die kleinen Hände wie ein Kelch vor dem Gesicht.

„Aber Mama will uns doch sehen", schrie sie. „Mama will uns sehen!"

„Schrei nicht so, Julia."

„Sie will uns sehen. Sie will! Sie will! Sie will!" Bei jedem „Will" stampfte Julia mit dem Fuß auf. „Ich geh zu Fanny." Sie rannte hinaus.

„Du erzählst ihr nichts", brüllte Ludwigs Vater ihr hinterher.

Ludwig ließ sich ohne Wissen des Vaters regelmäßig zum Krankenhaus fahren. Er achtete darauf, weder Doktor Krümmer noch Henning oder der dicken Frau zu begegnen. Reinhardt lehrte ihn die Geschichte der Psychiatrie und Ludwig stand am Fenster und sah hinunter zu den Gittern der Irrenabteilung. Ich bin da, Mutter. Ich bin da.

Ludwig zog ein Bündel Briefe aus der Jackentasche.

„Vater meint, es sei gut für Mutter, wenn sie eine Zeit lang keinerlei Kontakt habe. Ganz für sich sei. Trotzdem." Er wedelte mit den Briefen.

„Im Prinzip wäre das für manchen Kranken gar nicht schlecht, was dein Vater da sagt. Sich mal ein paar Monate lang nur um sich selbst zu kümmern. Aber da?" Reinhardt zeigte auf die Fenster, hinter denen schwarze Vorhänge zu hängen schienen. „Schon in antiken Schriften kannst du darüber lesen, Ludwig. Bei Cicero zum Beispiel. Aderlässe, Diäten, Ölmassagen am Kopf, so hat man damals versucht, die Kranken zu behandeln – soweit man weiß, soweit man Überlieferungen überhaupt jemals trauen kann. Geredet und geschrieben wird immer viel. Gemacht eher weniger. Man hat die Kranken sogar Theaterstücke anschauen oder spielen lassen. Oder ihnen, um sie geistig anzuregen, philosophische Texte zu lesen gegeben und sich anschließend mit ihnen darüber unterhalten.

So etwas ist in den Kellern hier undenkbar. Da ist nur wahnsinnige Eintönigkeit und Elend."

Reinhardt legte sich auf das abgeschabte Sofa.

„Eine Insel in der Südsee, mit meiner Frau und dem Jungen", sagte er.

Ludwig sah zu den Fenstern der Irrenabteilung hinab. Von dort kam keinerlei Lebenszeichen.

„Im Mittelalter", sagte Reinhardt, „sind solche Kranken manchmal mit glühenden Eisen malträtiert worden. Oder Atementzug. Und wir heute? Stehen genauso ratlos da. Weshalb, hin und wieder, auf ähnliche Foltermethoden zurückgegriffen wird."

„Bei Mutter?"

„Dafür bezahlt dein Vater zu gut. Wenn eines der wenigen Separatzimmer frei wird, wird sie es bekommen. Ich weiß nur nicht, wann das sein wird."

„Meine Mutter muss da raus."

„Jeder muss da raus."

Die Tür wurde geöffnet. Eine kräftige Frau mit pechschwarzem Haar kam herein, lächelte Ludwig kurz an und umarmte dann Reinhardt. Die Gesichter der beiden verschmolzen vor Ludwigs Augen miteinander, aus zwei Mündern wurde einer, Nasen verbogen sich. Ludwig hatte nie gesehen, wie zwei Menschen sich küssten. Konnte sein Vater das? Seine Mutter wahrscheinlich – aber Vater?

Reinhardt und die Frau ließen voneinander ab und lachten sich an.

„Meine Frau Anna", sagte Reinhardt.

„Die Haare sind ein Überbleibsel des Mongolensturms", sagte Anna. Sie stellte ihr Haar zum Fächer auf und lachte. Ludwig war beschämt, konnte aber den Blick nicht abwenden. Er wollte sich auf der Stelle in ein Mädchen verlieben. Er kannte den Anblick von Frauen an der Alster, die Augenbrauen, die Lippen und die Dekolletés, die zu den Spitzen der Brüste hin immer heller wurden und er fragte sich, ob diese Brüste nun weich waren oder hart oder beides zugleich und ob Mädchennasenspitzen wohl kühl waren oder eher warm. Kein Rankommen, völlige Aussichtslosigkeit. An

Diana war alles hart, auch wenn es nicht so aussah. Neben die noch unklaren Anatomiezeichnungen in den Kladden, neben die ersten Fachtermini und Zusammenfassungen von Reinhardts Erzählung über Narrenschiffe und Hölderlin, schrieb Ludwig das Wort „Liebe“ und kreiste es ein.

Im Laufe der Monate konnte Ludwig Reinhardts Vertrauen gewinnen. Er spürte, dass Reinhardt ihm helfen wollte. Stand er in Reinhardts Wohnung am Fenster, sah er immer zum linken Seitenflügel des Krankenhauses und hoffte, hinter den vergitterten schwarzen Fenstern des Kellergeschosses das Gesicht seiner Mutter zu erblicken. Es geschah nie.

Auf seine Briefe hatte Ludwig nie eine Antwort bekommen. Reinhardt hatte versucht ihm zu erklären, dass Menschen, denen es so schlecht ging wie seiner Mutter, manchmal schlicht nicht in der Lage seien zu schreiben oder überhaupt irgendwie zu agieren.

„Weshalb man sie aber nie als schwach bezeichnen darf, meint Papa“, sagte Reinhardts Sohn Hartmut. „Richtig, Papa?“

„Richtig, mein Junge.“

Hartmut war ebenso dunkelhaarig wie seine Mutter. Er erschien Ludwig seltsam fröhlich und ausgelassen dafür, dass er an diesem tristen Ort lebte.

„Du kommst so oft hierher, weil deine Mama da unten drin ist, nicht?“

„Ja“, sagte Ludwig. „Und wegen deines Vaters. Er ist ein Freund geworden. Und wegen deiner Mama natürlich auch.“

„Und jetzt mach dich fertig, Sohnemann. Die Mama will mit dir in die Stadt."

Als der Junge fort war, griff Ludwig nach Reinhardts Schulter.

„Alfons, ich will sie sehen."

„Wenn ich dich heimlich dort unten hineinbringe und die Sache auffliegt, habe ich keine Arbeit mehr."

„Ich tue alles, was du sagst. Ich werde kein Wort darüber sagen. Nie."

„Gibt es eine Möglichkeit, dass du abends hierherkommen kannst? Eine Kopfbedeckung mitbringst, vielleicht sogar eine Perücke?"

„Alfons, bitte", sagte Anna.

„Ich werde sehr vorsichtig sein, Liebste. Es gibt ein paar erste zarte Bemühungen in der Medizin, sich mit Gemütskrankheiten zu beschäftigen. Auch in Deutschland. Hast du je von Philippe Pinel gehört? Ein Franzose, ich glaube, der war sogar Napoleons Arzt. Weißt du, was der in Paris gemacht hat? Er hat den Irren – den vermeintlichen Irren – die Ketten abgenommen. Hat sie befreit. Auf eine Wiese laufen lassen." Er zeigte nach draußen. „Da läuft niemand. Ich habe vor Jahren begonnen, Schriften über geistige Störungen zusammenzutragen. Ein mühsames Unterfangen und schwer ranzukommen."

„Ich komme heute Abend."

„Gut", sagte Reinhardt. „Ab sieben Uhr schaue ich alle halbe Stunde, ob du vor der Einfahrt stehst. Ich hole dich da ab. Wenn du bis neun nicht hier bist, blasen wir die Sache für heute ab. Läuft ja nicht weg."

„Oh Gott."

„Entschuldige", sagte Reinhardt.

Nebeneinander sahen sie aus dem Fenster über den Innenhof, der linke Seitenflügel legte einen eckigen Schatten auf Wiesen und Wege. Das Totenboot wurde über den Kanal gerudert, es schien ganz leicht durchs Wasser zu gleiten, still wie eine glänzende Schlange.

Während der Fahrt hopste die Kutsche ein Mal, und Ludwig hörte den Kutscher fluchen. Er glaube, er habe ein Huhn überfahren. Woher denn dieses verdammte Huhn jetzt gekommen sei, verdammt noch mal, das könne doch nicht wahr sein. Ludwig rief, dieses Dreckshuhn interessiere ihn jetzt nicht.

Je näher Ludwig seiner Mutter kam, desto flacher ging sein Atem. Er ballte die Fäuste, weil er etwas festhalten wollte, das nicht da war.

Anna Reinhardt hielt mit spitzen Fingern ein Kleid ins gelbe Licht einer Lampe, auf ihrem Schoß schien ein Tier mit dickem Fell zu liegen.

„Bist du bereit?", fragte Reinhardt. Anna legte sich das Kleid über die Schulter und hob das Tier an. Es war eine Perücke.

„Was tut man, um etwas zu erreichen? Was tust du?", fragte Reinhardt.

„Ist nur ein Stück Stoff. Eigentlich", sagte Anna.

„Und irgendein Kunsthaar", sagte Reinhardt. „Ich weiß gar nicht, woraus die gemacht werden. Pferd?"

Ludwig ließ den Kopf hängen. Das Kleid war rosa. Die Bänder rot.

„Oh nein“, sagte er.

„Blau gab es nicht“, sagte Reinhardt. Anna lachte ihn an.

Ludwig tastete nach dem Kleid und der Perücke, der Stoff war glatt, das Kunsthaar struppig, es fühlte sich an, als sei es verstaubt.

„Der Junge schläft?“, fragte Reinhardt.

„Hartmut? Tief und fest“, sagte Anna. „Keine Angst.“

Zuerst lag der Haaransatz der Perücke zu tief in der Stirn und Ludwig sah dumm aus, dann war der Ansatz zu hoch und das Gesicht im Badezimmerspiegel schien nachdenklich bis zur völligen Verwirrung. Er sah aus wie ein Mädchen, nur wegen dieser Kunsthaare. Als würde die Anatomie seines Gesichts durch die Perücke verändert. Was würden seine Schulkameraden sagen, könnten sie ihn so sehen? Oder Julia? Vor ein paar Tagen erst hatte er Fanny Nielsen in solch einem Kleid im Vorgarten ihres Elternhauses mit einem Buch in den Händen gesehen. Er sah noch einmal in den Spiegel und zog das Kleid an. Er versuchte, die Häkchen auf dem Rücken zu schließen, schaffte es aber nicht.

Oh Gott! Er trug ein Kleid. Er riss es runter, stand da in Unterhose und nacktem Oberkörper, der rosafarbene Stoff wie ein Vulkan um seine Füße.

Er konnte sich doch nicht als Frau verkleiden! Er starrte in den Spiegel. Was hatte Reinhardt gerade gefragt? Ob er bereit sei?

Jemand klopfte an die Tür.

„Ist nicht so einfach, hm?“ Reinhardt lachte. „Lass dir Zeit.“

„Sehr lustig, Herr Apotheker“, schimpfte Ludwig.

Ludwig zog das Kleid hoch und zwängte es sich über die Schultern. Er ging zu den Reinhardts zurück.

„Wen haben wir denn da?“, sagte Anna. Sie malte mit dem Zeigefinger einen Kreis in die Luft, Ludwig drehte ihr den Rücken zu und sie knöpfte ihm das Kleid zu. Er spürte ihre Fingerspitzen auf der Haut.

„Könnte klappen“, sagte Reinhardt. „Hübsch, hübsch.“

„Und wenn nicht, Alfons? Du bist Vater“, wandte Anna ein.

„Und unser Kind will, dass seine Eltern etwas tun, oder, Anna?“

„Du riskierst sehr viel.“ Anna Reinhardt sah Ludwig an. „Mach was daraus, junger Mann“, sagte sie. „Ich bin mit all dem nicht einverstanden. Also, mach was daraus.“

„Hör zu, Ludwig“, sagte Reinhardt. „Du sagst nichts. Du hältst den Kopf gesenkt. Wir tun so, als seist du eine neue Patientin. Eine ruhige, lange, dünne Patientin, die ich durch den Keller in eine andere Abteilung begleite. Ist das klar?“

„Wie ist es dort unten?“, fragte Ludwig.

„Es ist die Hölle“, sagte Reinhardt.

„Ich will da rein.“

„Das willst du nicht“, sagte Anna.

„Ich will da rein.“

„Wenn du jetzt wirklich mit mir da runtergehst – du wirst Dinge sehen, die du nie wieder vergisst.“

„Lass uns gehen."
„Das wird hart."
„Lass uns gehen."
„Dann komm, Ludwig."

Reinhardt führte ihn durch die dunkle Stille der Flure auf die „Zutritt verboten"-Tür zu. Er drehte einen Schlüssel im Schloss, huschte mit Ludwig durch die Tür und zog sie langsam und leise wieder zu. Ludwig hörte jemanden stöhnen. Die Treppe führte steil nach unten, ein flackernder Teppich von Licht lag auf dem nackten Steinboden. Es roch nach Feuchtigkeit und modrigem Schimmel. Jemand schrie, Ketten rasselten. „Halt die Schnauze, du blöde Kuh", brüllte eine tiefe Frauenstimme. Sie gingen weiter, je tiefer sie kamen, desto schlechter erschien Ludwig die Luft und die Feuchtigkeit hielt den Gestank gefangen. Die Wand zu seiner Rechten hatte große, graugrüne Flecken. Einzelne Fetzen blätterten ab und Farbspuren trockneten auf den Stufen wie Salzlachen. Stimmen wirrten, aus dem Flur drang ein chorähnliches Singen, das in dem tunnelartigen Gang klang, als riefen Leute in einen Tonkrug.

„Willst du wohl …" Ludwig erkannte die Stimme der dicken Wärterin. Etwas knallte. Es stank nach Fäkalien. Jemand kicherte laut. Reinhardt drückte ihn eng an sich. Sie bogen um die Ecke in den Flur. Ludwigs Augen wurden so groß wie viele der irren Augen, die ihn anstarrten. Er presste eine Hand auf den Mund. Das Grauen schnappte ihm den Atem weg. Eine Schar gebückter, verwahrloster Frauen kam auf ihn zu, einer hing das graue Haar in wenigen Strähnen von der sonst kahlen Kopfhaut, dürre Arme schlenkerten willenlos am Körper. Eine Frau mit überdimensionalem Hut stolzierte durch das stinkende Gedränge, sie hielt einen Schirm und zischelte etwas von Kultur. Auf dem dreckigen Boden wälzte sich ein Knäuel von Körpern und stöhnte tief. Ludwig sah Frauen mit grotesken Helmen aus Eisenstangen um den Kopf, er hörte das Knirschen von Ketten und starrte entsetzt auf ausgemergelte Wesen, die an die Wand gefesselt waren. Hände wurden nach ihm ausgestreckt, Reinhardt brüllte eine Frau an und sie duckte sich zusammen und kroch zurück ins Gewimmel. Es mussten weit über hundert Frauen sein, die in dem schmalen grauen Gang zusammengepfercht waren, und das Licht war schwach und der Gestank nach Schweiß und Urin, Alter und Angst ließ Ludwig würgen. In Zellen an den Seiten des Flurs waren Frauen an eiserne Betten gekettet, eine saß nackt auf einen Stuhl gebunden und zitterte, unter ihr schimmerte der Boden nass. Jemand rief grölend nach Gott, eine andere Stimme zischte „Teufel, Teufel, Teufel". Reinhardt stieß eine Frau zur Seite, die Ludwig mit gefletschten Zähnen beißen wollte. Eine andere riss sich das Hemd auf und zeigte ihre hängenden, vernarbten Brüste. Eine Gruppe von Frauen hockte im Dreck auf dem Boden und spielte ein Hüpfspiel. Die Frauen kicherten. Die dicke Wärterin kam aus einer Zelle und herrschte Reinhardt an, was er hier unten mache. „Das ist mein Reich hier, Herr Apotheker." Ludwig presste sein Gesicht an Reinhardts Körper, er konnte nicht genau hören, was Reinhardt sagte, wunderte sich aber, wie herrisch der

Apotheker mit der Wärterin sprach und mit welcher Gewalt er eine Frau wegschob, die sich Ludwig nähern wollte. Reinhardt zog Ludwig weiter.

„Gib dich bloß nicht zu erkennen“, flüsterte Reinhardt. „Sag kein Wort. Reiß dich zusammen. Da hinten sitzt deine Mutter. Du bleibst jetzt hier stehen. Rühre dich nicht vom Fleck. Wenn du von einer Patientin angesprochen wirst, sag kein Wort. Ich muss kurz mit deiner Mutter reden. Hast du verstanden? Tu gar nichts, hörst du.“

Ludwig lehnte sich ans feuchte Mauerwerk und sah Reinhardt zwischen einigen apathischen Gestalten verschwinden und sich zu jemandem herunterbeugen. Hier hinten im Flur war es etwas ruhiger. Vorsichtig drehte Ludwig sich um und sah sich den Weg an, den er mit Reinhardt zurückgelegt hatte. Es war, als bewege sich der Keller in dem gelbgrauen Licht. Die Masse an Menschen mit ihren langsamen Bewegungen, mit den schnellen Schritten, im Kriechen und Stolzieren, im Schreien und Jammern und Beten schien die Wände des Flurs zum Schwanken zu bringen. Nicht weit von ihm entfernt saß eine Frau auf dem Boden, glotzte auf ihre zerkratzten Beine und kreiste mit einer Hand unter ihrem Kittel auf ihrem Unterleib. Eine andere Frau saß neben ihr und sah Ludwig an. Sie schien etwas sagen zu wollen, blickte sich dann nach allen Seiten um, sah Ludwig wieder an und schüttelte den Kopf. „Mein Mann wollte mich loswerden“, flüsterte sie. „Verstehen Sie? Ich bin kerngesund – noch.“ Er spürte einen harten Griff am Oberarm. Reinhardt zog ihn fort. Ludwig hörte Gebete und das metallische Schleifen eines Napfes, den eine kriechende Frau mit dem Mund über den Boden schob. Eine schreiende Meute kam auf ihn zu und torkelte vorbei. Durch zwei abwesend im Gang stehende Frauen hindurch sah Ludwig die grünen, entsetzten Augen seiner Mutter. Ihr Gesicht verzerrte sich zu einem Schrei vor schimmelgrauen Wänden.

Als er später in der Nacht in der dunklen Kutsche saß, zog er alle Vorhänge zu und starrte vor sich hin, ohne etwas zu sehen. Das eisenbeschlagene Fahrzeug rumpelte ihn durch einen leeren Raum. Es war kühl. Das Gesicht seiner Mutter drehte sich von ihm weg, als könne sie nicht ertragen, dass er dort war, als wolle sie nicht, dass er sie sah. Sie war schreiend vor ihm davongelaufen und zusammengebrochen. Reinhardt ließ nach einem Arzt schicken und zerrte Ludwig am anderen Ende des Gangs ins Dunkle. Er jagte ihn eine Treppe hoch und stieß ihn in einen Waschraum.

„Kein Wort. Keinen einzigen Mucks, Ludwig. Reiß dich zusammen. Ich bring dir deine Kleider. Rühr dich nicht von der Stelle."

„Mutter?"

„Still jetzt." Reinhardt warf die Tür zu. Ludwig zuckte zusammen.

Über eine Stunde wartete er und zerrupfte die Perücke. Er riss sich das Kleid vom Körper und Tränen tropften auf seine Brust. Es hörte nicht auf. Die Schluchzer machten seinen Atem hart und er krümmte sich zusammen, nackten, kalten Boden an der Haut. Mama. Mama?

5

Einige Jahre später

Ludwig war der einzige Fahrgast in der Kutsche Richtung Süden. Er las Karl Philipp Moritz' „Anton Reiser. Ein psychologischer Roman", eine Empfehlung von Reinhardt. Der Apotheker hatte Hunderte Textstellen unterstrichen und Anmerkungen an den Rand geschrieben. Ludwig versuchte, Reinhardts Tinte mit dem Daumennagel wegzukratzen, aber die schwarzen Linien verwischten und er gab es auf. Einige von Reinhardts „Ahas" waren mit einem Ausrufezeichen versehen, hin und wieder stand auch ein „Oho" am Rand und Ludwig versuchte herauszufinden, ob „Aha" und „Oho" thematisch unterschiedliche Bereiche bezeichneten. Dieser Moritz, sagte Reinhardt, habe das „Magazin zur Erfahrungsseelenkunde" gegründet, eine erste Zeitschrift über empirische Psychologie, Ludwig solle das vorwärts und rückwärts lesen.

Medizinstudium. Das wollte er. Die Hand auf den Kopf einer Leiche legen, sägen, die Schädeldecke vorsichtig entfernen und das Gehirn ansehen. Wonach roch ein Gehirn? Wo in all den feuchten Windungen saß der Geist? Wo verbarg sich das, wonach er suchte?

Ludwig wusste nicht, wohin ihn das alles führen würde. Aber er würde nach Hamburg zurückkehren und wie ein schwarzer Orkan über Doktor Krümmer, den Wärter Henning und ihresgleichen hinwegfegen.

Seine Mutter hatte sich mit den Fingernägeln die Pulsadern aufgekratzt und war verblutet. Drei Tage, nachdem er sie in diesem stinkenden, schreienden Keller des Wahnsinns gesehen hatte.

Ab und zu huschte ein Baumstamm am Kutschfenster vorbei, nah genug, dass Ludwig ihn in der Dunkelheit erkennen konnte. Manchmal sah er kleine Lichter in der Ferne, flach nebeneinander oder sich übereinander setzend, wenn ein Dorf an den Hang gebaut war. Er öffnete das Fenster und sein Gesicht wurde kalt. Er versuchte, zum Kutschbock hinaufzusehen, aber aus dieser Position ging das nicht. Es war, als glitte das Gefährt führerlos durch die Nacht.

Aus einem kleinen Haus schien ein dunstiger Fächer Licht in die Nacht und auf das Ende des Schlagbaums, der die Straße versperrte. Ein Mann in Uniform verlud Koffer auf das Dach der Kutsche und fragte Ludwig nach seinem Pass. Ob er ein angehender Student sei? Er solle sich bloß aus politischen Umtriebigkeiten jedweder Querulanten heraushalten. Er solle das als guten Rat nehmen. Ordnung müsse sein, Ordnung. Wohin solle das führen, wenn jeder machen könne, was er wolle? Demokratie? Parlamente? Das sei doch unordentlich.

Ludwig betrat den gelb erleuchteten Schankraum der Post- und Zollstation und bestellte ein Glas Bier. Ein dicker Mann auf einem Holzstuhl stützte sich auf einen Stock, den er zwischen gespreizten Beinen auf den Boden stemmte. Zwei junge Männer hielten Bierkrüge und hatten Bündel neben sich auf dem Boden liegen. Er hoffte, dass die drei nicht alle in seine Kutsche wollten. Er trank sein Bier und fühlte sich, als sei er nicht da. Das konnte er. Ob er wollte oder nicht. Seit dem Tod seiner Mutter fühlte er sich manchmal, als beobachte er sein Leben, statt daran teilzunehmen.

Als sie dann alle zusammen in der Kutsche saßen, spreizte der Dicke die Beine wie zuvor im Schankraum. Sein rechtes Knie berührte Ludwigs Bein. Ludwig sah kurz zu dem Mann herüber, dachte, ein Blick würde sicher reichen, diese Aufdringlichkeit zu beenden. Aber der Dicke, den Kopf ständig ein wenig in den Nacken gelegt, blieb unverändert sitzen. Ludwig spürte die lebendige Wärme des fremden Knies durch den Stoff seiner Hose. Die beiden jungen Männer gegenüber grinsten ihn mitleidig an. Er konnte versuchen, ein Stück zur Seite zu rücken, aber auf der schmalen Bank, die zu einem Drittel von einer vernagelten Holzkiste eingenommen wurde, war kaum noch ein Spalt Platz. Außerdem wäre dieses Ausweichen ein Rückzug, eine Anerkennung des gegnerischen Sieges. Vielleicht spürte der Mann die Berührung auch gar nicht, wegen des Fettgewebes oder der Müdigkeit. Ludwig räusperte sich laut – ein diskretes, gesellschaftlich eingeübtes und anerkanntes Zeichen. Der Dicke schob die Unterlippe vor, bewegte den breiten Hintern auf der Bank, als wolle er in sie hineinrutschen und blieb unverändert sitzen. Einer der Jungen gegenüber zuckte mit den Schultern und lächelte. Der andere hatte die Augen geschlossen.

„Huber, Matthias", sagte der junge Mann und streckte Ludwig die Hand entgegen. Er hatte langes blondes Haar.

„Ludwig Meyer."

„Demokrat?"

„Ich weiß nicht. Wahrscheinlich."

„Im Jahre 1848", sagte Huber, „muss man Demokrat sein. Alles wird besser werden. Freier, gerechter."

Der Dicke hob den Stock und zeigte damit auf Hubers Brust.

„Diese Schlagbäume in Deutschland", sagte Huber, „müssen weg. Die elende Kleinstaaterei muss weg. Einheitlich, parlamentarisch, demokratisch. Pressefreiheit. So soll es sein."

Der Druck auf Ludwigs Bein wurde stärker. Er presste zurück. Der Dicke schien das nicht zu merken. Wie konnte einen Menschen der Körperkontakt zu einem Fremden so ungerührt lassen?

„Revoluzzer", sagte der Dicke. Er hob den bolzenartigen Zeigefinger. „Aber ich habe Ihren Namen, Herr Student Huber."

„Wenn Sie sich weiterhin so aufblähen", sagte Huber, „bleiben Sie eh in der Kutsche hängen."

„Unverschämtheit."

Ludwigs Bein wurde ganz warm. Er rückte ein letztes Stück zur Seite, ein paar Zentimeter nur. Das Knie mit der gespannten Hose sackte weiter in seine Richtung und war jetzt feuchtwarm.

„Wohin soll es denn gehen, Ludwig Meyer? Und zu welchem Zwecke?", fragte Huber.

„Ich will Medizin studieren. Und mich auf Psychologie konzentrieren. Letztlich aber ist es somatisch, körperlich, daher Medizin."

„Es?", fragte Huber.

„Das Geistige. Die Psyche. Ich werde Irrenarzt."

Im selben Moment zog der feiste Mann das Knie zurück, der Gehstock war plötzlich zwischen die Beine geklemmt und der Dicke sah Ludwig entsetzt an.

Ludwig und Huber unterhielten sich über Psychologie. Der Dicke sagte manchmal „Oh Gott" und der schlafende Mann lächelte so selig, dass Ludwig sich fragte, ob seine Träume frivoler Natur waren. Der Dicke hob den Stock und wollte offensichtlich den Jungen damit anstoßen. Ludwig packte die bernsteinfarbene Stockspitze und drückte sie zurück.

„Was erlauben Sie sich, Irrenarzt?"

„Lassen Sie den Mann in Ruhe. Sie projizieren Ihre Vorstellungen auf diesen Menschen und sehen etwas in sich selbst, das Sie ärgert", sagte er. „Sie wollen gar nicht die Träume des anderen unterbrechen, sondern Ihre eigenen, Ihnen unangenehmen oder gar gefährlichen Vorstellungen bremsen und ausschalten. In Ihrer Vorstellung vom anderen sehen Sie etwas, das Sie an sich selbst als negativ erachten würden."

„Ach du lieber Gott", sagte Huber.

„Da stimme ich ausnahmsweise zu", sagte der dicke Mann. „Pah, als ob ein Irrer einen Arzt bräuchte."

Ludwig dachte unterdessen darüber nach, was er gesagt

hatte. So schlecht war das nicht. Er lachte, fast explosionsartig war ihm diese Rede über die Lippen gekommen.

„Ich gehe davon aus", sagte Huber, „dass wir uns manch eine Nacht in Bonn die Köpfe heißdiskutieren werden."

„Und damit durch die Hitze nichts kaputtgeht", murmelte der Mann, von dem sie dachten, er schlafe, „gibt es dazu einen kühlen Humpen Bier." Er öffnete ein Auge und sah Ludwig an. „Schurz", sagte er, „Carl Schurz. Und eins sage ich dir, Ludwig Meyer, manchmal geht es nur mit Gewalt. Ob uns das passt oder nicht. Blut wird fließen. Für die Freiheit."

„Unerhört", sagte der Dicke.

„Leg dich nicht mit mir an", sagte Schurz mit wieder geschlossenen Augen. So konnte ein junger Mann also einem Fremden gegenüber auftreten. Ludwig war tief beeindruckt von diesem Selbstbewusstsein.

Die Kladden wurden für Ludwig noch wichtiger, weil sie während des Medizinstudiums zu empirisch-medizinischen und allgemeinverständlich-literarischen Tagebüchern wurden. So betitle er seine Schriften?, fragte Huber. Völliger Schmarrn.

Ludwig wohnte bei einer alten Witwe in einem Zimmer mit einem Fenster zum Garten. Für seine Bücher hatte er einen verglasten Schrank. Die Witwe hatte ihm einige Hausregeln gegeben, am wichtigsten war ihr, niemals Damenbesuch zu empfangen, nicht tagsüber, nicht abends, nicht mit Anstandsdame, überhaupt nicht eben. „Keine Frauen, Herr Student."

Huber lag bei Ludwig auf dem holzgefassten Sofa, rauchte und sah Ludwig zu, wie er vor dem Fenster auf und ab ging.

„Bei dir geht zu viel in den Kopf rein, da muss auch mal etwas raus", sagte Huber. „Also, Eure Heiligkeit – wie wär's mal mit einem Mädchen? Mit einer Romanze?"

Ludwig blieb am Fenster stehen. Er hatte über frontale Hirnlappen nachgedacht.

„Locken, ein herzliches Lachen, ein kecker Blick." Huber grinste ihn an. „Schöne helle Brüste mit rosigen Knospen."

„Keine Zeit", sagte Ludwig.

„Hast du schon einmal Brüste gesehen, Ludwig? Ich meine so richtig, in freier Wildbahn sozusagen?"

Ja, dachte Ludwig, habe ich. Im Keller von St. Georg. Grau, hängend, leblos und traurig. Er setzte sich, sah Huber an und erzählte ihm vom Tod seiner Mutter.

„Um Himmels willen, Ludwig. Jetzt wird mir einiges klar." Huber richtete sich auf. Ludwig fand das interessant. Als könne der Mensch schwierige und traurige Angelegenheiten nicht im Liegen besprechen. Das musste etwas mit einem Gefühl von Unangemessenheit zu tun haben.

„Wie kann es sein, dass jemand wie du so ruhig ist? Ich meine, du musst doch verrückt werden. Immer beherrscht, immer korrekt gekleidet, sehr auf Umgangsformen bedacht."

„Ja, ja." Ludwig knöpfte die Weste zu und zog das schwarze Samtjackett über. Heinrich Heine stand für heute auf dem Plan des Literaturzirkels. Der Zirkel traf sich bei gutem Wetter in einer Laube am Rhein, Bücher und Flaschen auf dem Holztisch mit der rissigen Platte und das Gewirr des Schattens, zusammengesetzt aus unzähligen Blättern wilden Weins – das irritierte Ludwig immer, vor allem, wenn der Wind dieses Durcheinander bewegte und der Tisch sich aufzulösen schien. Das war nichts für ihn. Er verlor mehr und mehr Halt, das Studium und die Bücher brachten keine Klarheit, sondern erzeugten einen chaotischen Strudel. Das Ploppen der Korken machte Ludwig zusätzlich nervös, aber von Huber hatte er nachdrücklich gelernt, dass sich das nun wirklich gäbe, wenn man einen großen Schluck nähme. Das tat Ludwig. Rheinwein. Schönes, gutes Deutschland. Genau darum gehe es ja, sagte Huber in die Runde, in der Ludwig der Einzige mit Halsbinder war. „Gerade jetzt, meine Herren, wird Heine erneut ungeheuer wichtig für uns." Sie stießen an, in manchen Gläsern war Sonne, in anderen Schatten. Wenn die Behörden nur erführen, worüber sie hier redeten, sagte Junker, Student der klassischen Staatskunde, würden sie schon inhaftiert. Nur der Rede wegen. Prost. Achtzehndreißig, meine Herren, sagte Jacobs, ein angehender Philosoph, sei lange her, aber die Wunden noch nicht geheilt. Prost. Huber sagte, Meyer habe sich in den letzten Monaten rhetorisch sehr ordentlich gemacht, er solle eine Rede halten. Ludwig stand auf und hielt eine Rede auf die Republik, die Rede war gut, aber er fühlte sich, als spreche jemand anderes und nicht er.

„Bemerkenswert jedoch ist, dass Heine nie solche Beklemmungen empfunden hat wie in der Londoner Irrenanstalt New Bedlam. Dort hat er an Gottes Existenz gezweifelt. Er war umringt von lauter Wahnsinnigen." Ludwig hielt sich die Stirn. „Könnt ihr euch vorstellen, wie das ist?"

„Ludwig, lass gut sein", sagte Huber.

„Des Weiteren", sagte Ludwig, „nennt Heine denjenigen glücklich, der in Charenton unterkomme. Das ist die große Irrenanstalt in Paris. Die Zelle des Wahnsinns sei diesen Menschen möglicherweise wie eine Heimat. Eine Heimat. Und die Zwangsjacken ..."

„Jeder Zwang muss abgeschafft werden", sagte Schurz.

„Du wirst ganz blass, Ludwig", sagte Huber. Er reichte ihm ein Glas Wein und flüsterte ihm ins Ohr. „Tu dir das nicht an."

Ludwig schob ihn weg. „Die Vorstellung, dass Wahnsinn eine Art Heimat sein könne ..."

„Jetzt ist aber gut", warf Jacobs ein. „Ich will dir ja nicht zu nahetreten, Meyer, aber Wahnsinn ist nicht exakt unser Thema."

„Politik ist kein Wahnsinn", sagte Junker, der Staatskundler, „nicht meinen ärgsten politischen Gegnern würde ich Wahnsinn unterstellen."

„Unfug", raunte Schurz. Ludwig setzte sich und trank noch etwas. Die anderen redeten über Parlamente und Versammlungen, über Berlin und die Paulskirche zu Frankfurt, über Dekrete und Unruhen, und Huber schimpfte über den preußischen Junker Bismarck. Ludwig versuchte der Diskussion zu folgen, schaffte es aber nicht. Er taumelte in Sonne und Weinrausch und hörte, so gehe das nicht weiter mit ihm und seiner uneindeutigen Haltung zur Republik. Sie sollen ihn doch lassen, sagte Huber. Der

Pfad durch die Rheinwiesen machte Schlenker. Jemand griff nach seiner Schulter. Es war Carl Schurz.

„Nur damit das klar ist, Meyer, ich finde das sehr gut, was du machst. Irrenarzt. Das ist gut, Meyer. Wirklich. Andere Wege gehen."

„Danke, Carl."

„Geh deinen Weg, Meyer."

„Ich versuche es. Geh du deinen."

„Darauf kannst du einen lassen."

Ludwig hatte in Heines Texten nicht nach Formulierungen über Wahnsinn oder Irrenanstalten gesucht. Als er dann innerhalb weniger Stunden nächtlicher Lektüre gleich auf zwei Textstellen stieß, ließ ihn das hochschrecken und er sah seinen Schatten im Kerzenschein über die gestreifte Tapete wandern, mal mit einem Buch in der Hand, mal mit einer Hand an der Stirn und der Schatten seines Kopfes wirkte wie ein berüsseltes Urtier. Wohin er auch blickte, Psychologie war überall. Seltsamerweise aber wussten das nur wenige.

„Wer es im Rücken hat", sagte sein Dozent für Physiologie, „der hat auch schlechte Laune, ist angespannt oder wird gar auf Dauer irre. Da sollte niemand denken, dass das etwas zu tun hat mit diesem modern werdenden Psychologie-Unsinn. Wirbelsäule, meine Herren, Hexenschuss." Der Dozent schaute von seinem Pult aus ins hölzerne Halbrund der tribünenartig angeordneten Bänke.

„Psychologie – wenn ich das allein höre. Humbug, sag ich Ihnen, reiner Humbug."

Wenn der Professor für Experimentalphysik seine Tasche packte, einen Studenten aufforderte, die Tafel zu wischen und auf seine Taschenuhr sah, sagte er immer, jetzt gleich erschienen die paar Magier der Psychologie; er gehe davon aus, dass die Herren, seien sie überhaupt bereit, sich das anzuhören, all diese vollkommen unhaltbaren Theorien nicht allzu ernst nehmen würden.

„Da redet jeder daher, wie es ihm beliebt. Und niemand vermag auch nur das Geringste von dem zu beweisen, was er da versucht, möchtegernwissenschaftlich zu formulieren. Wissenschaft, meine Herren, ist ex-akt. Alles andere ist schier unmöglich. Was soll das also sein? Psychologie? Irrenärzte. Meine Herren, wirklich, wofür braucht ein Irrer einen Arzt? Der versteht den doch eh nicht." Großes Lachen im Auditorium, viele Gesichter wandten sich Ludwig zu. Er wusste, dass über ihn gemurmelt wurde, zwei Kommilitonen klopften sich an die Stirn, einer streckte die Zunge raus. „Tja, Meyer", sagte der Professor. „Diese gesamte Angelegenheit ist dermaßen absurd. Sehen Sie zu, dass Sie sich nicht lächerlich machen."

Der Dozent für Botanik war einer der wenigen, der der Handvoll Psychologen wohlgesonnen gegenüberstand. Der kleine Mann liebte nichts auf der Welt so sehr wie Pflanzen. Ludwig hatte ihn einst in der feuchten Luft des Institutsgewächshauses dabei überrascht, wie er sich mit seiner Kapuzinerkresse über Musik unterhielt.

„Jetzt haben Sie mich aber sehr erschreckt, Herr Meyer", sagte er.

„Ich bin absolut diskret, immer und überall", sagte Ludwig. „Ich gewöhne mir das sozusagen jetzt schon an, um später meinen Beruf gut machen zu können."

„Sie schielen nach der Psychologie, höre ich. Also, wenn Sie mich fragten: nur zu. Hochinteressant. Nur mich würd's wohl verrückt machen." Er träufelte Wasser aus einer bleifarbenen Kanne auf die Kresse. „Ganz klein muss man anfangen. Im Kleinen schon pflegen, Obacht geben, aufmerksam sein. Jeden Tag schauen, ob da was aus der Erdoberfläche lugt, ein winzig kleiner grüner Halm. Dann züchtet man wahrhaft große Pflanzen." Der Botaniker formte die Hände, als hielte er einen Ball. „In der Natur fügt sich alles zusammen, wenn Sie verstehen, was ich meine."

„In der Psyche wahrscheinlich nicht, Herr Doktor."

Der Botaniker wedelte mit den Fingern. „Vordergründig vielleicht nicht, Herr Meyer, vordergründig. Aber es gibt nichts, das nicht irgendwie zusammenpasst. Man muss nur herausfinden, wie. Wissen Sie, ich war einmal im Dschungel Südamerikas unterwegs, ein wenig auf den Spuren Humboldts. Wie das da alles wächst. Unglaublich. Dieses Klima. Es ist das Paradies, Herr Meyer. Ein einziges bombastisches Ineinanderschlingen. Der Dschungel, junger Mann, der hat auch etwas von Wahnsinn. Irgendwie sollte ein Mann der Psychologie vielleicht für eine Zeit dorthin, in den Dschungel. Was halten Sie von dieser Theorie?"

Ludwig setzte sich auf einen hölzernen Klappstuhl zwischen Kübeln voller Setzlinge und schaute an den Stämmen der Palmen empor, deren Blätter gegen das Glasdach drückten.

„Keine Zeit“, sagte er. Der Botaniker folgte seinem Blick zu den Palmblättern, die Blätter waren hellgrün, wo sie das Glasdach berührten. „Müsste man vielleicht mal öffnen“, sagte Ludwig.

„Das würde schaden, Herr Meyer.“

Der Botaniker streichelte einige Ludwig unbekannte Pflanzen.

„Sie seien ein wenig seltsam, wird gemunkelt. Manch einer nennt Sie einen eleganten Spinner.“

„Das geht ja noch“, erwiderte Ludwig. „Hin und wieder nennt man mich auch ganz anders, häufig sogar.“

„Stört es Sie?“

„Nein“, log er.

„Falls doch, kommen Sie her und plaudern Sie mit meinen Pflanzen. Sind gute Zuhörer. Ist das verrückt, Herr Meyer?“

„Nicht einen Hauch, Herr Doktor.“

Sie kicherten, ein alter und ein junger Mann im satten Geruch und der Wärme sprießender, feuchter Pflanzen.

Ludwigs Medizinprofessor Schmidt hatte ihn flüsternd auf ausländische Magazine aufmerksam gemacht. Das „Asylum Journal“ aus England und die „Annales médico-psychologiques“ aus Frankreich. Hier bei ihnen in Deutschland gäbe es erst seit Kurzem „Die Allgemeine Zeitschrift für Psychiatrie“, gegründet von Damerow. Ludwig bat sofort um die Anschrift und verfasste einen enthusiastischen Artikel über die Zusammenhänge von Musik und Stimmung und die Bedeutung von positiver Stimmung für das Seelenleben. Er brachte den braun eingeschlagenen Text zur Poststation, um drei Wochen später von Damerow zu lesen, „Die allgemeine Zeitschrift für Psychiatrie" sei kein Witzblatt. Er solle sich tunlichst zurückhalten. Ob er überhaupt Akademiker sei? Einsendungen bekämen sie in der Redaktion genug, verwertbar sei ein Prozent, was er sich bei all dem gedacht habe und ob er nicht lieber Musikkritiker werden wolle.

„Mistkerl." Ludwig zerriss den Brief und warf die Schnipsel aus dem Fenster. Huber, der wie so oft in Ludwigs Zimmer auf dem Sofa lag, grinste. „Lach du nur, Huber, eines Tages werden die nach meinen Artikeln verlangen."

„So wie die Welt nach meinen Dramen", sagte Huber. „Meine Damen und Herren, wir sind geehrt und freuen uns sehr, Ihnen heute das neue Drama des unvergleichlichen Matthias Huber zeigen zu dürfen." Huber klopfte sich auf die Schulter.

„Menschen wollen, dass ihre Geschichte erzählt wird. Menschen wollen Geschichten hören. Eine gut erzählte Geschichte, Ludwig, das ist doch das Beste."

„Meine Mutter konnte ihre Geschichte nicht erzählen. Die konnte überhaupt nicht darüber reden, was in ihr los war."

„Wäre besser gewesen, sie hätte", sagte Huber. „Um die Form hätte sich einer wie ich kümmern können."

„Du kannst dir nicht vorstellen, wie es in einer deutschen Irrenanstalt zugeht. Wahrscheinlich würdest du es mir nicht einmal glauben, wenn ich es beschreiben würde."

„Dir auf jeden Fall. Wein da?"

„Ja, sicher.“ Ludwig entkorkte eine Flasche. „Erzählt man einem wahren Freund alles?“

„Der eine ja, der andere nein“, sagte Huber. „Die meisten erzählen nicht alles. Ist vielleicht auch gut so.“

Ludwig nahm den Degen aus dem Ständer und blickte über die graue Klinge.

Professor Schmidt lud ihn in seinen Garten ein, sie rauchten Zigarren und sahen hinunter auf den Rhein. Das Wasser floss in langen, flachen Wellen und Lastkähne lagen tief und schwer im Fluss. Der Professor mahnte Ludwig, sich Zeit zu lassen, er könne und dürfe sich nicht beeilen.

„Profunde Forschung, Meyer, und vor allem harte Erfahrung. Irgendetwas jagt Sie doch?“

„Mich? Nein. Nein, ich bin nur sehr, sehr interessiert an der Wissenschaft der Medizin. Mich jagt nichts, Herr Professor.“ Er hob die Hände, als werde er bedroht.

„Wenn Sie meinen. Nun, nach dem Studium müssen Sie als Assistent in einer Anstalt arbeiten. Nur dort werden Sie sich wahrhaft ausbilden lassen können. Waren Sie übrigens je in einer Irrenanstalt?“

Ludwig starrte auf das Monokel, das dem Professor im Auge klemmte, er sah auf die Lastkähne, die alle in die gleiche Richtung fuhren und ein Sonnenband durchquerten. Es gleißte so hell, dass die Kähne sich darin aufzulösen schienen. Ob er je in einer Irrenanstalt gewesen sei? Der Professor bewegte die rechte Wange, das Monokel saß jetzt noch fester und spiegelte einen Baum. Ludwig hörte das Rauschen von Stoff hinter sich. Eine junge Frau mit Bändern im Haar trat an den Tisch und machte einen Knicks. Sie hatte geschwungene Augenbrauen und die Haut an ihrem Hals war ganz glatt.

„Der Herr Papa hat wieder einen Musterschüler?"

„Einen Musterschüler, der sich gänzlich diesem ungewöhnlichen Thema verschreibt", sagte der Professor. „Du weißt schon, Liebes. Und kein Wort darüber! Zu niemandem! Nicht über dieses Thema."

Ludwig stand auf und verbeugte sich.

„Das ist ja niedlich", sagte die junge Frau.

Ludwig schoss Wärme in die Wangen.

„Ich wollte nicht stören", sagte sie. „Nur dem Herrn Papa die Post aus England bringen. Ich lasse die Akademiker jetzt weiterdiskutieren. Allerdings", sie hob den Zeigefinger, „wir Frauen werden auch noch reihenweise an die Brust der Alma Mater ziehen."

„Lassen wir die Kirche im Dorf, Mathilde, Kind", sagte der Professor. Ludwig sah der Frau hinterher, Blumen und hohe Gräser streiften den Saum ihres Kleides. Sie ging die Treppe zum Haus hinauf, trat durch eine Glastür und wurde zu einem hellgrünen Schemen, der hinter den Scheiben verschwand. Augen, Nase, Lippen, ein Hals. Brüste! Ein Po. Du lieber Gott. Ludwig atmete aus, als sei er weit in die Berge gewandert. Der Professor presste die Lippen aufeinander und tat, als habe er Ludwigs Reaktion nicht bemerkt. Ludwig hätte sich ohrfeigen können wegen seiner Unbeherrschtheit. Wie mochte Fanny Nielsen mittlerweile aussehen?

Sie diskutierten medizinische Probleme.

„Ihre Versuche, Meyer, außerwissenschaftliche Bereiche – wie per Exempel durch Musik erzeugte Stimmungen – in die Wissenschaft zu integrieren, nun, das könnte höchst interessant werden, wenn es präziser wird. Was Sie auch immer sagen und publizieren, es muss beweisbar sein, Meyer. Körperlich, physikalisch nachweisbar."

Der Professor ließ das Monokel in seine Hand fallen und klopfte auf den Poststapel. Er erwarte Ludwig übermorgen zum Shakespeare-Abend, die Charaktere von Hamlet, Othello und Lady Macbeth stünden auf dem Programm. Dass Ludwig morgen in Anatomie bestens präpariert sein werde, sei selbstverständlich und ob er wohl allein hinausfände?

„Und Meyer – unsere Gespräche über Psychologie bleiben unter uns. Ich verlasse mich auf Sie. Vorpreschen, unangenehm auffallen, das dient der Sache nicht."

Ludwig stieg die Stufen hinauf, die vor Minuten die Tochter des Professors hinaufgegangen war. Er kannte das Foyer des Hauses, aber nie zuvor hatten sämtliche Türen hier offen gestanden, ein Wind huschte. Mathilde lehnte an einer Tür, hinter der große Fenster zu dicht stehenden Sträuchern hinausgingen. Es sah so aus, als umarme Mathilde den Türrahmen. Hinter einem anderen Türausschnitt luden Wände voller Bücher ein.

Schmerzte es eine Frau eigentlich, wenn sie, so wie jetzt Mathilde, die Brust seitlich gegen etwas Hartes wie einen Türrahmen drückte? Fanny Nielsen hatte ganz kleine Brüste, wenn er sich richtig erinnerte. Durch diesen einseitigen Druck jedenfalls entstand ein Schatten auf Mathildes Dekolleté, eine dunkle, weiche Sichel.

„Sie sind ein rechter Schlacks, Herr Meyer, so groß", sagte Mathilde.

„Aha", sagte Ludwig und gratulierte sich zu seiner Schlagfertigkeit. Es war besser, sich die Bibliothek anzusehen. Mathilde stand jetzt kerzengerade und hatte eine Falte zwischen den Augenbrauen. Bis an die Deckenkante reichten die Regale aus rötlichem Holz, durch das Fenster schien ein Fächer gelben Sonnenlichts. Die Bibliothek hatte nur dieses eine Fenster und seltsamerweise standen nur drei Sessel in dem Raum aber kein Schreibtisch. Ludwig hätte gerne begonnen, die Bücher zu sichten, nach Fachgebieten zu stöbern und zu sehen, nach welchem System die Bände geordnet waren. Aber das gehörte sich nicht. Mit einem Seufzer wandte er sich ab. Mathilde war nicht mehr da.

Er studierte Zeichnungen in Anatomiebüchern, mit der Lupe manchmal, als bestehe die Möglichkeit, dass der Zeichner Winzigkeiten des menschlichen Körpers eingearbeitet hätte, die nur für die lernbegierigen Augen außergewöhnlicher Mediziner sichtbar waren. Ludwig besaß eine Ausgabe von Morgagnis „De sedibus et causis morbum per anatomen indagatis: Über den Sitz und die Ursachen der Krankheiten, aufgespürt durch die Anatomie." Es wurde behauptet, der Italiener habe über sechshundert Leichen seziert, männliche und weibliche, er habe die Schädel ebenso untersucht wie den Genitalbereich und die Füße.

Er stand mit einer Gruppe Studenten in der Mitte des Sektionszimmers um einen Tisch herum. Der Tote war ein etwa vierzigjähriger Mann mit einem dunklen, gesäuberten Loch mitten in der Stirn. Die Frage, woher dieses Loch stamme, blieb unbeantwortet. Der Professor hatte die Ärmel hochgekrempelt und gab Erklärungen ab, hielt nacheinander funkelnde Messer, Sägen und Spreizer in die Höhe und tippte sich mit der Spitze des Skalpells an die Stirn. Er führte einen forschen, y-förmigen Schnitt vom Hals an durch den Torso. Eine schwarze Zeichnung entstand auf dem Körper. Der triefende Eingriff ins menschliche Fleisch berührte Ludwig nicht. Einige Kommilitonen wandten sich ab, Ludwig hörte tiefe Atemzüge. Aber wenn ihn auch das graue Fleisch und die Helligkeit der jetzt gespreizten Rippeninnenseiten unberührt ließen, benebelte ihn der Geruch. Wie gasförmiger Unrat umschloss eine unsichtbare Wolke sein Gesicht. Verwesung, kranke Feuchtigkeit, Schleim. Ludwig blies die Wangen auf und sah aus dem Fenster, hinter dem graue, schnelle Wolken vor der hellblauen Weite des Himmels frische Luft erahnen ließen. Er wusste exakt, welche Organe sich wo im Körper befanden, welche Größe und welches Gewicht sie durchschnittlich hatten und dass die Konsistenz einer Lunge schwammig, die eines Magens stabil muskulös war. Trotzdem erstaunte es ihn, als der Professor die Organe entnahm, wie sie seitlich weich überhingen und er sie in die roten Hände seines Assistenten übergab. Der legte sie dann auf einen zweiten Tisch, wo sie zusammensackten wie Pudding.

Wie absurd ein separater Magen aussah. Diese glänzenden Einzelteile auf dem Tisch wirkten nicht, als hätten sie je eine vitale Funktion auszufüllen gehabt. Ludwig suchte etwas in all dem, er wusste aber nicht zu formulieren, was das war.

Die anderen waren bereits gegangen, der Anatomieprofessor redete mit seinem Assistenten und Ludwig sah diese ehemals menschlichen Einzelteile an, als erwartete er, dass sie zu sprechen begannen.

„Herr Meyer wieder ganz vertieft?“, fragte der Professor.

„Wann öffnen Sie den Schädel?“, fragte Ludwig.

„Übernächste Woche.“

„Es gibt Zusammenhänge, nicht wahr? Zwischen dem Gehirn und …“ „Na, na!“, unterbrach der Professor. Er tippte mit dem Seziermesser auf den Magen. „Alles Einzelteile, wie Bausteine. Zweifellos genial. Aber auch klar umfasst. Wenn der Magen krank ist, ist der Magen krank. Sonst nichts.“

Ludwig setzte an, etwas zu sagen. Der Professor hob das Skalpell.

„Lassen Sie es, Meyer. Kommen Sie mir nicht mit irgendwelchem schwächlichen Blödsinn.“

Er wusste, dass viele seiner Mitstudenten ihn für arrogant hielten, weil er sich so häufig in sein Zimmer bei der sturen Witwe zurückzog und oft abwesend erschien, wenn Chemie gelehrt wurde oder Experimentalphysik oder Tiersektion. Auf den Höfen der Universität gab es nicht wenige, die sich an die Stirn tippten, wenn sie den „Advocatus der Irren“ sahen, andere schnitten Grimassen. „Einen wie dich wollen wir hier nicht haben, Meyer.“

Bei einem Seminar über Hypochondrie war er der einzige Hörer und der Doktor unten am Katheder schlug seine Mappe nach wenigen Minuten zu und ging wortlos. Ludwig rief ihm hinterher, warum er nicht weitermache.

„Hypochonder? Das ist doch eh alles Unfug. Eingebildete Kranke."

„Aber, Herr Doktor, diese Menschen müssen doch einen Grund dafür haben."

„Das sind Spinner."

„Und dafür gibt es einen Grund", sagte Ludwig.

„Mein Gott, beschäftigen Sie sich mit etwas Vernünftigem, Mann."

Ludwig ließ sich auf die Bank sinken und sah sich im leeren Saal um. Die Hälfte der Sitze leuchtete cognacfarben im Sonnenlicht, die andere lag im Schatten. Vernunft, dachte er, was ist das eigentlich? Mutter? Versager-Vater? Ich? Er musste mit Huber reden. Der hatte kürzlich vorgeschlagen, er könne ein Drama über Ludwigs Mutter schreiben. Der Gedanke, die Leiden seiner Mutter dramaturgisch aufbereitet zu sehen, gefiel Ludwig, auch wenn er keine Ahnung hatte, was seiner Mutter widerfahren war. Und wer wusste es schon, vielleicht würde Fanny Nielsen eines Tages Annette Meyer spielen.

Er schlug sich auf die Schenkel und stieg die Stufen zwischen den Sitzreihen hoch. Oben hinter der Tür warteten vier Geschichtsstudenten auf ihn. „Meyer, du Spinner."

Er fieberte der ersten Schädelöffnung entgegen. Er wollte ein Gehirn sehen. Unbedingt.

„Eigentlich will ich sogar hineingreifen", sagte er.

„Also, ganz normal bist du auch nicht", sagte Huber. „Was ist übrigens mit deinem Gesicht passiert?"

Ludwig tastete nach der geschwollenen Augenbraue und dem Hämatom am Kiefer. Er winkte ab und wollte vom Fall eines Psychotikers berichten, aber Huber unterbrach ihn.

„Frankfurt, Ludwig. Frankfurt. Es tut sich was. Wir treffen uns heute Abend im Rheinstübchen. Schurz ist schon ganz aufgeregt. Wir wollen besprechen, ob gegebenenfalls eine studentische Delegation nach Frankfurt geschickt werden sollte. Mein Freund, es riecht nach Revolution."

„Hm?"

„Hast du wieder nicht zugehört? Ich hol dich, wenn es so weit ist, Ludwig. Ich habe übrigens mit dem Stück angefangen. In der ersten Szene könnte vielleicht nur eine einzelne Person auf der Bühne stehen und eine Zwangsjacke in die Höhe halten. Was meinst du?"

„Mir wird schlecht", sagte Ludwig.

„Dann ist's gut. So muss Theater sein."

Es war beinahe eine Entführung. Ludwig war betrunken.

Er hatte in den letzten Wochen kaum noch etwas mitbekommen von den politischen Ereignissen in Deutschland. Huber sagte immer wieder, die Zeichen stünden gut, die Pressefreiheit sei greifbar nahe, die Einführung von Geschworenengerichten und die Etablierung freier und gleicher Wahlen sowie das Ende der schmarotzenden Fürsten. Ludwig nahm das wahr wie hübsche Musik weit draußen vor dem Fenster seines Zimmers bei der Witwe. „Eigentlich, Ludwig“, sagte Huber, „geht’s doch nur um eine Welt, die ein bisschen gerechter und ein bisschen schöner ist.“

Er stapelte Ludwigs Bücher auf dem Schreibtisch und warf ihm eine Jacke zu.

„Da draußen, Ludwig, da draußen.“

Ludwig protestierte, er habe jetzt keine Zeit für so etwas, er müsse vorankommen, außerdem sei er betrunken und könne kaum geradeaus gucken. Huber drückte ihm eine weitere Flasche Wein in die Hand und zog ihn aus dem Zimmer. Es gehe nach Siegburg, dort versammle sich eine entschlossene Gruppe von Revolutionären.

„Man muss seine Stimme erheben, Ludwig. Sonst hört einen niemand.“

Die schwarz-rot-goldenen Fahnen der Revolution wischten wie Fischschwänze durch die Luft. Die Gassen wurden immer enger, Lärm hallte durch die Kleinstadt. Ludwig wusste nicht, wo er mit all den anderen gelandet war und er wunderte sich darüber, dass Huber auch hier die dünne Ledertasche mit seinen Manuskripten schräg über dem Körper trug. Dreck knirschte unter seinen Füßen. Ludwig kicherte albern und atemlos. Soldaten waren aufmarschiert, Lederriemen zum schrägen Kreuz auf dem Oberkörper. „Weg hier, Ludwig. Weg. Schnell!“, rief Huber. Ludwig rannte mit Dutzenden von Leuten zwischen Häusern umher, hörte gebrochenes Lachen, das sich nicht ganz ernst nahm, weil irgendwo Schüsse hallten. Neben ihm liefen zwei junge Männer, die Musketen hielten. Es gab Sekunden, in denen fühlte Ludwig sich, als schwebe er über dieser hastenden Meute, dann war er wieder wie ein Stein in sich selbst und hatte Angst, dass das alles nicht gut gehen würde. Weiter vorne rannte Huber, andere Mitstreiter aus Bonn schwangen Fahnen, Säbelklingen blitzten, Gürtel klapperten. Ludwig lief schneller und kämpfte sich zu Huber durch.

„Ich weiß auch nicht", keuchte der. Aus einer Seitenstraße kam ihnen ein breitschultriger Mann in Weste entgegen und winkte mit beiden Armen. Er wies in die Straße. Da lang! Da lang! Wie von Geisterhand geführt, bog die rennende Truppe der revolutionären Burschen, Arbeiter und Demokraten ab. Ludwig blieb stehen. Das Blut rauschte ihm in den Ohren. Er sah dem Mann in die Augen. Der schaute ihn kurz an und lief in die entgegengesetzte Richtung. Ludwig hatte die Augen gelesen. Er war sich sicher. Lüge, Missgunst, Verrat. Er hatte es gesehen. Er schrie Hubers Namen. Eine Seite der Gasse war orangefarben vom Abendlicht, die andere lag im Schatten. Ludwig sah die sich bewegenden Rücken, die Kappen, er hörte das Klatschen der Schuhe auf dem Kopfsteinpflaster und sah Flaggen links und rechts die Hauswände streifen.

„Huber! Komm zurück! Huber!"

Ludwig eilte den anderen hinterher, die hinter einer Biegung verschwunden waren. Eine Salve krachte. Menschen schrien. Noch eine Salve, schnelles Metall peitschte. Jetzt hetzte die Meute auf ihn zu. Die Gesichter waren irre vor Angst und Panik, das Gedränge roch nach Schweiß und Pulver. Keine Fahnen mehr. Ganz kurz, als die ersten Flüchtenden an ihm vorbeirannten, war er im Keller St. Georgs und die grünen Augen seiner Mutter leuchteten. Pulverdampf vernebelte das Ende der Gasse. Huber kam nicht. Jacobs, der Staatskundler, hielt sich den nassen, roten Arm. Weg hier, Meyer, schnell Mann, weg. Schurz rannte an ihm vorbei. „Das ist es!“, schrie er. „Das ist es!“

Ludwig hastete ein Stück mit im Keuchen der anderen, dann blieb er stehen, wurde angerempelt und ging die Gasse wieder zurück. Er machte einen weiten Schritt über die erste Leiche. Die Toten warfen flache Schatten. Viele hatten angewinkelte Arme oder Beine. Manchen sah Ludwig keine Verletzung an, andere bluteten aus Löchern in ihrem Leib. Das konnte doch nicht wahr sein. Ein Mensch konnte doch nicht einem anderen Menschen solche Löcher in den Körper schießen. Die Soldaten am Ende der Straße waren ruhig, sie schienen in Reih und Glied zu stehen, nur zwei oder drei von ihnen bewegten sich im Nebel schemenhaft in die Gasse, die Musketen schräg vor dem Körper. Es war vollkommen still.

„Huber?“

Ludwig stakste zwischen den Körpern herum wie ein Fischreiher. Manche bewegten sich noch. Er hole Hilfe, murmelte er den Verletzten zu. Ganz bald, man würde sofort helfen. Ein Mann lag auf dem Rücken, die Brust rot, nass und eingedrückt. Er starrte in den Himmel, als begreife er etwas Wesentliches nicht.

„Huber?“

Ludwig kniete sich neben den Rücken des Freundes. Er biss die Zähne aufeinander. Er nahm die Schulter in dem cremefarbenen Rock und drehte Huber um. Gleich mehrere Kugeln mussten seine obere Stirnhälfte getroffen haben. Sein Gehirn war grau und feucht, mit dünnen nassen Blutbahnen durchzogen. Es schrie ihn an. Hubers Augen standen schreckensweit. Um Gottes willen. Huber, bitte. Du lustiger Kerl. Ludwig setzte sich und nahm den blutenden, kaputten Kopf des Freundes in den Schoß. Seine Hände zitterten, als er Huber die Manuskripttasche abnahm.

Ein Schmerz krachte durch seinen Hinterkopf, ein Soldat glotzte Ludwig über die Seite des Gewehrkolbens blöde an, alles wurde schwarz, Fanny Nielsen winkte ihm und er hörte etwas brummen und fühlte sich elendig bedrückt und eng.

6

„Das ist ja schrecklich“, sagte Fräulein Hellmann.

„Eine Menge der Revolutionäre von 48 ist hingerichtet worden. Für mich gab es ein Jahr Festungshaft. Wegen politischer Umtriebe. Und mit meinem Studium in Bonn war es auch vorbei “, sagte Ludwig. „Ich wäre fast verrückt geworden in dieser Zelle.“

„Du bist verrückt“, sagte Julia. Als Ludwig sie anstarrte, lächelte sie. Wie schnell einem harten Satz der Ernst genommen werden konnte, sah oder hörte man den Sprecher.

„Es gab ein Fenster hoch oben in einer unglaublich dicken Wand. Gitter davor. Wie in der Irrenabteilung von St. Georg. Einer der Wärter machte keinen Hehl daraus, mir ins Essen gespuckt zu haben. Sei meine Sache, ob ich verhungern wolle oder nicht.“

Eine Zeit lang sagte niemand etwas, ab und zu nahmen die Frauen ein Stück Käse oder Brot oder Wurst. Ludwig dachte, die Wurst habe die Farbe einer offenen Wunde und dann lehnte er sich zurück, trank einen Schluck Wein und schalt sich einen Vollidioten. Assoziationen waren eine freie Wahl. Die Wurst sah aus wie Wurst und außerdem schmeckte sie gut und rauchig.

„Das Leben ist so schön“, sagte er. Die beiden Frauen sahen ihn an. „Ja“, sagte er, „das ist es.“ Er stand auf und drückte sich die Hände in den Rücken. „Während der Gerichtsverhandlung hatte ich darum gebettelt, mir die Ledertasche Hubers zu überlassen. Darin befänden sich die Dramen, die mein Freund geschrieben habe. Der Richter lachte, das interessiere niemanden. Er hielt die Tasche am Riemen hoch und übergab sie einem Gerichtsdiener zur Vernichtung. Nichts übrig von den Werken des Matthias Huber."

„Hast du gelesen, was er über Mutter geschrieben hat?", fragte Julia. Ludwig schüttelte widerwillig den Kopf.

„Julia und Reinhardt haben mir oft geschrieben. Natürlich waren die Briefe immer aufgerissen."

„Vater hat dir auch oft geschrieben."

„Keinen einzigen Brief", widersprach Ludwig.

„Er hat sie nicht abgeschickt. Geschrieben sehr wohl."

„Ja, ja", sagte Ludwig. Er sah sich auf dem kalten Boden der Zelle sitzen, die Arme um den Körper geschlagen, als trüge er eine Zwangsjacke. Er hatte viel über das Gefangensein nachgedacht. Eine Zelle. Ein Beruf, eine Ehe, der Alltag, die eigenen Gedanken – der Saft, in dem man briet.

„Mein Professor – Schmidt, ich habe von ihm erzählt –, der hat vor Gericht abgestritten, mit mir über Psychologie geredet zu haben. Für solch einen Schmarrn habe er keine Zeit und ich sei ohnehin immer ein wirrer Geist gewesen, ohne jegliche gedankliche Ordnung."

„Ordnung wird überbewertet", sagte Julia.

„Es gibt sie gar nicht", sagte Ludwig. „Nicht in einem Menschen jedenfalls."

„Wäre aber doch schön", sagte Fräulein Hellmann.

Ludwig ballte eine Faust und öffnete sie dann, als lasse er etwas fallen.

„Meine Feinde, Fräulein Hellmann, waren größtenteils Leute, die auf Teufel komm raus Ordnung haben wollten, immer und überall. Die haben meine Geisteskranken gehasst, abgrundtief und wirklich gehasst. Ich habe das nie verstanden."

„Ein paar von denen haben dich gehasst", sagte Julia.

„Der Mann, der heute dein Gatte ist, war mir anfangs auch nicht freundlich gesonnen. Aber du hast recht. Sie haben ihren Hass auch umgesetzt, ziemlich geschickt. Und ohne es zu ahnen, habe ich ihnen sogar einen Gefallen getan." Ludwig tastete nach der Ausbuchtung in der Ledertasche. „Diese gottverfluchten Mistkerle", sagte er.

***

Ludwig stand im Nieselregen vor der Einfahrt zum Elternhaus. Sträucher und Bäume am Wegesrand schimmerten nasssilbern. Regenwasser tropfte von Giebeln und Blättern, ließ Lackfarben glänzen und Fenster unruhig verschwimmen, der Himmel war so grau wie die Schatten. Manchmal wehte ein noch sommerlich warmer Wind durch den Regen und ließ die Tropfen schräg fliegen. „Lange nicht gesehen", sagte er zu Diana.

Die Tür wurde aufgerissen. „Endlich, endlich, endlich." Julia lief ihm entgegen und presste sich an ihn. Wie schön es war, die Schwester zu umarmen und die warme Lebendigkeit ihres Körpers zu spüren.

„Lass dich ansehen." Sie griff nach seinen Schultern und sah ihm ins Gesicht.

„Da war mein lieber Bruder im Gefängnis. Du machst aber auch Sachen. Na komm, lass uns hineingehen."
In der Halle stockte Ludwig. Der Garten samt Sonne war ins Haus transportiert worden. Seine Mutter stand auf der Wiese. Sie hielt Blumen in der Hand und sah Ludwig an. Das Bild war meterhoch. Seine Mutter schien jeden Moment aus der Gefangenschaft der Leinwand zu kommen, um ihm zur Begrüßung die Wangen zu küssen. Er hörte das Weinen, Jammern und Schreien aus dem Keller in St. Georg und er roch den Gestank. Hatte er sie im Stich gelassen?

„Das hat Vater malen lassen", sagte Julia. „Der Maler kannte Mama ja nicht. Aber er hat sich für viel Geld darauf eingelassen, dass der Herr Papa die ganze Zeit bei ihm im Atelier saß. Er hat sie ihm beschrieben. Dieser Maler hat Hunderte Skizzen gemacht. Ziemlich gut, nicht wahr?"

„Unglaublich", sagte Ludwig. „Sie … sie lebt." Julia streichelte ihm die Schulter. Klara erschien in der Küchentür und legte die Hände wie zum Gebet vor das Gesicht.

„Der junge Herr Ludwig."

Sie war stämmiger geworden, ihr Haar grau durchzogen.

„Ach, was machen Sie denn? Was machen Sie denn nur? Mein Gott, Ludwig, bleiben Sie doch in der Bahn."

Ludwig umarmte sie.

„Sohn."

Julia flüsterte Ludwig ins Ohr, er solle nicht zu hart sein, dann ging sie hinauf, Klara zurück in die Küche. Ludwigs Vater stand in der Tür zum Salon. Er sah abwechselnd Ludwig und seine Schuhe an.

„Herr Vater."
„Der einzige Mediziner, den ich noch in mein Haus lasse."
„Das hättest du dir früher überlegen sollen."
„Hätte ich das, ja?"
„Allerdings."
„Darf ich trotzdem bitten?"
Sie saßen schweigend beieinander, nur das Klacken der Tassen war zu hören, wenn sie auf die Unterteller gesetzt wurden, und der Regen, wenn eine Böe ihn vor die großen Fenster klatschen ließ.
„War es schlimm im Gefängnis?" Die Frage kam zögerlich.
„Nicht so schlimm wie in den Kellern St. Georgs."
„Bist du wenigstens halbwegs ordentlich behandelt worden, mein Sohn?"
„War auszuhalten. Sonst noch etwas?"
„Das Haus steht dir jederzeit offen, Geld für deine Studien spielt keine Rolle. Ich werde alles, was du tust, unterstützen."
„Wenn du mich jetzt entschuldigst. Ich bin nicht zum Plaudern hier", sagte Ludwig.
„Die Versorgung und Unterbringung der Geisteskranken in St. Georg sei tadellos, das sagte man mir. Sie entspreche den Normen in anderen deutschen Staaten."
Ludwig sah sich aufspringen und durchs Zimmer wüten. In Wirklichkeit blieb er sitzen, nur seine Stimme wütete.
„Normen anderer deutscher Staaten?"
Er versuchte, sich Mutters Blick aus dem Gesicht zu wischen. „Normen. Herrgott, Vater." Ludwig ging. Sein Vater rief ihm hinterher, er solle ihm doch bitte zuhören.

Abends saß Ludwig neben Julia auf dem Bett in seinem ehemaligen Zimmer. Der Schreibtisch, an dem er seine Notizen über das „Komische" im Menschen begonnen hatte, stand noch immer unter dem Fenster.

Sie redeten über ihre Kindheit, die Urlaube an der Ostsee und den Klavierlehrer Toomsen und darüber, wie sehr Mutter die Musik geliebt hatte. Julia erzählte, Mutter habe sich oft gefragt, ob die Musik in der Welt gewesen sei, bevor es den Menschen gab, oder ob sie vom Menschen geschaffen worden sei – Mutter sei zu dem Schluss gekommen, die Musik müsse vorher da gewesen sein und nur wenige begnadete Menschen seien in der Lage, ihr zu dienen.

„Sie hat immer an Menschlichkeit geglaubt", sagte Julia.

„Ich will alles ändern, Julia. Koste es, was es wolle."

„Ein ganz schlechter Satz, Ludwig. Denk mal darüber nach."

„Werde ich nicht, Julia."

Sie legte sich zurück und verschränkte die Arme hinter dem Kopf, das Bettzeug raschelte.

„Wie war es denn nun so beim Studieren?"

Ludwig begann, einen Vortrag über die Durchblutung des Gehirns zu halten. Je länger er redete, desto weniger konnte Julia ein Lachen unterdrücken.

„Ist ja gut, ist ja gut", sagte sie und kratzte sich mit der Fingerspitze am Scheitel. Dann schnellte sie hoch, winkte ihm und wünschte eine gute Nacht. Sekunden später öffnete sie die Tür noch einmal. „Ich soll dich übrigens von Fanny grüßen, Bruderherz."

„Wie geht es ihr?"

„Fanny geht es immer gut, glaube ich."
„Das gibt es nicht."
„Vielleicht doch, Ludwig, vielleicht doch. Gute Nacht."
Er öffnete das Fenster, sofort wurde das Prasseln des Regens lauter. Wie lange er keinen Regen gespürt hatte, keinen Wind, keine Sonnenwärme auf der Haut. Was sollte erst aus den Menschen werden, die für Jahrzehnte eingesperrt waren? Manch einer zu Recht, viele zu Unrecht. Das konnte niemand aushalten. Er holte seine Kladden aus dem Schrank, strich darüber und blätterte in seinen Aufzeichnungen. Wenn er über mehrere Jahre eingesperrt gewesen wäre, er wäre ganz sicher verrückt geworden. Also konnte der Wahn auch von außen kommen, dem Menschen eingequält werden. Er musste jetzt nur das Wort Gefängnis durch Irrenanstalt ersetzen und kam zum selben Ergebnis. Wer in die Keller St. Georgs geschickt wurde, war verloren – und das, er tippte mit dem Bleistift aufs Papier, das war nicht rein somatisch. Er nahm das Florett seiner Jugend aus dem Ständer und stellte stattdessen den Degen hinein. Von der Galerie aus rief er nach Julia. „Was denn noch?", fragte sie in der Tür. Sie trug ein hellblaues Nachthemd, der Stoff wie aus Wolken gemacht.
„Willst du mein Florett erben?"
Er warf es ihr zu, Julia fing es mit einer Hand.

Am nächsten Morgen regnete es immer noch. Beim stillen Frühstück spürte Ludwig die Blicke der anderen. Als wäre er ein Fremder an dem langen Tisch mit dem weißen Porzellan.

„Ich muss jetzt los ins Krankenhaus, Reinhardt besuchen.“ Ludwig stand auf und sah auf seinen Vater hinab. „Willst du vielleicht mitkommen, Vater? Doktor Krümmer etwas sagen?“

Zuerst duckte sein Vater sich weg, dann straffte er die Schultern.

„Auch du, Ludwig, wirst noch an deinen Zerreißpunkt gelangen.“

„Wir werden sehen.“

Ludwig streifte sich die Handschuhe über. Sein Vater hatte den Kopf gesenkt und starrte ihn von unten an. Menschen sahen dann immer böse und entschlossen aus, sie versteckten sich aber auch.

Die grauen Sträucher, die vereinzelt an der Außenmauer des Krankenhauses standen, schienen nicht gewachsen und wie damals bewegte sich kaum ein Mensch auf den Wegen vor dem Gebäude. Die Fenster waren leer und dunkelgrau. Ludwig ging langsam auf das Tor zu.

Der Pförtner war derselbe wie damals, er sah wächsern und müde aus hinter der Scheibe. Die Flure im Krankenhaus blinkten geputzt, Ärzte und Krankenschwestern gingen grußlos an Ludwig vorbei und senkten den Blick, wenn er sie anstarrte. Der Innenhof lag leer und nass. Die vergitterten Bodenfenster von den Kellerräumen der Gemütskranken waren schwarz. Hinter ihm brummte etwas, er sah sich um, eine Tür ging langsam zu und klackte ins Schloss. Ludwig wollte um sich schlagen, Türen eintreten, Fenster zertrümmern. Nicht weit von ihm hatte seine Mutter sich mit den Fingernägeln die Pulsadern aufgeritzt. Was hatten die mit ihr gemacht? Wozu hatten die sie getrieben?

Er klopfte bei Reinhardt an die Wohnungstür. Reinhardt wusste, dass Ludwig heute kommen würde, aber Pünktlichkeit zählte nicht zu den Stärken des Apothekers. Dann sah Ludwig ihn. Er kam mit dem Chefarzt Doktor Krümmer den Flur entlang. Wenn die Männer an einem Fenster vorbeigingen, wurden ihre Kittel heller. Krümmer sah genau so aus, wie er sich an ihn erinnerte, sein massiger Oberkörper schwankte auf krummen Beinen. Je näher das Gesicht des Arztes kam, desto härter wurde Ludwigs Magen.

Ich stech dich ab.

Reinhardt winkte, streckte die Arme aus und rief Ludwig beim Vornamen. Ludwig musste verhindern, dass der Chefarzt ihn wiedererkannte. Er eilte auf Reinhardt zu und drückte ihm so fest die Hand, dass der vor Schmerz die Brauen zusammenzog.

„Aufbauer. Ludwig Aufbauer."

Reinhardt hustete. „Ein alter Freund", sagte er.

„Kennen wir uns, Herr Aufbauer?", fragte Krümmer.

„Nicht, dass ich wüsste."

„Und der Herr kommt den fleißigen, wenn auch manchmal etwas – wie soll ich sagen – etwas modernen Apotheker besuchen? Nun, meine Herren." Ludwig sah dem Doktor hinterher. Er machte kleine Schritte und stieß mit den Händen die Kittelseiten an. Mistkerl, dachte Ludwig.

Der Arzt verschwand über die Treppe nach unten.

„Aufbauer. Ist dir nichts Besseres eingefallen?"

Reinhardt schob Ludwig in die Wohnung. In der kleinen Diele stand ein hölzernes Gestell voller Reagenzgläser auf dem Boden.

„Mein Sohn“, sagte Reinhardt. „Der mixt Tinkturen zusammen, möchte gerne Forscher sein. Ich bin sehr stolz auf ihn. Ich koche uns einen Kaffee.“

„Hat sich irgendetwas geändert? Unten bei den Gemütskranken?“

„Mach es dir gemütlich, Ludwig. Meine Frau ist mit dem Jungen bei ihrer Mutter. Ist ohnehin ein eher seltsamer Ort zum Aufwachsen.“

„Sind die Wärter von damals noch hier? Henning und die Dicke?“

„Henning ja. Was aus der Frau geworden ist, weiß ich nicht.“

„Hat sich etwas getan im Krankenhaus? Unten?“

„Nichts“, sagte Reinhardt. „Gar nichts.“

„Und du arbeitest noch hier.“

„Jetzt reicht es aber, Ludwig! Ich bin kein Sohn aus reichem Elternhaus, der vom Herrn Vater die Studien bezahlt bekommt. In meiner Ausbildung habe ich unter dem Tresen in der Apotheke am Gänsemarkt geschlafen. Kannst du dir das vorstellen? Ich habe Frau und Kind. Was soll das?“

„Du hast recht. Es tut mir leid, Alfons.“

„Ein paar einfache Begrüßungsfloskeln wären nach so langer Zeit nicht gänzlich unangebracht gewesen.“

Ludwig schämte sich, den Apotheker dermaßen überfallen zu haben. Er nahm einen Zigarillo aus dem Etui und reichte ihn Reinhardt.

„Lass mir ein paar mehr davon hier." Reinhardt zog den Kittel aus und warf ihn Ludwig an den Kopf.

„Ist ja gut, Alfons, entschuldige."

„Mein Chef damals war erster Vorstand des Hamburger Apothekervereins. Besonders bekannt für seine Laxantien, Abführmittel. Die habe ich oft auch nachts verkauft. Ein guter Schiss am Morgen verscheucht Kummer und Sorgen. Sei bloß vorsichtig mit Leuten, die nicht anständig kacken können – und wer raucht", er hob den Zigarillo an, „der kann eigentlich immer. Damals in der Apotheke, da ist regelmäßig ein Mann erschienen, der für seine Frau Laxantien und Emetica, Brechmittel, gekauft hat. Für eine gesunde Frau. Und warum, Ludwig? Die war ihm zu dick."

„Unglaublich. Weißt du, ob die Frau die Sachen geschluckt hat?"

„Ich weiß nur, dass der Mann irgendwann nicht mehr gekommen ist."

Der Apotheker hatte den Kaffee stark gemacht, Ludwig mochte das. Im Innenhof stolzierte ein winzig kleiner Mann mit Hut über die nassen Wege, schwang die Beine weit und grüßte überschwänglich eine Krankenschwester, die sich nach ihm umdrehte und schimpfte. Der Gnom zog den Hut und verbeugte sich.

„Einer der wenigen Geisteskranken", sagte Reinhardt, „den die Wärter ab und zu rauslassen. Machen sich einen Spaß daraus, wenn der Zwerg versucht, Frauen anzupacken. Sei froh, dass du nicht hier gewesen bist, als die Preußen nach all den revolutionären Unruhen einrückten.

Du weißt, dass es Tote gegeben hat? Auf Druck der Preußen ist es der Presse untersagt worden, Texte mit demokratischen Inhalten zu veröffentlichen. Eure Revolution ist auf ganzer Linie nach hinten losgegangen."

„Klinisch normale Menschen", sagte Ludwig.

„Wer?"

„Die, die Huber den halben Kopf weggeschossen haben."

Reinhardt legte ihm eine Hand auf die Schulter.

„Ich mach uns eine Flasche Wein auf."

„Guter Mann."

Der Apotheker goss Wein ein, er nahm große, laute Schlucke.

„Ich freue mich sehr, dich zu sehen, Ludwig."

„Ich mich auch. Sei mir nicht böse wegen der etwas missratenen Begrüßung."

„Ist schon gut", sagte Reinhardt. „Ich verstehe schon. Ich bin jeden Tag hier, Ludwig. Ich lebe hier. Ich könnte mir auch etwas anderes vorstellen."

„Lass uns tauschen. Und jetzt sag mir, wo ich diesen Wärter von damals finde. Henning."

„Was willst du denn von dem?"

„Weiß ich nicht."

„Und wenn der dich erkennt, Ludwig? Aufbauer funktioniert vielleicht nicht immer. Wieso das Risiko?"

„Wo ist er, Alfons?"

„Die Kammern der Wärter sind oberhalb des Irrentraktes für männliche Insassen."

„Und wo werden diese gottverfluchten Zwangsjacken aufbewahrt?"

„In verschlossenen Schränken am Eingang zu den Irrenstationen."

„In ein paar Jahren bin ich wieder da."

„Das wird was werden."

„Darauf kannst du dich verlassen, mein Freund."

Solche Sätze hatte Ludwig sich zurechtgelegt, aufgeschrieben und auswendig gelernt. Sätze voller Stärke und Selbstbewusstsein. Sie taten ihm gut, auch wenn ihr Fundament aus dünnem Papier bestand.

Als er in den Gang zu Hennings Kammer einbog, kam Doktor Krümmer mit dem Wärter die Treppe aus dem Irrentrakt herauf. Krümmer zog die Tür zu, Henning drehte den Schlüssel zweimal im Schloss. Die Männer lachten und rieben sich die Hände.

„Ah, der Herr Aufbauer, immer noch da", sagte Krümmer. Der Doktor klopfte auf das „Zutritt verboten"-Schild.

Ludwig sah Henning an, der große, schwere Mann hatte eine tiefe rötliche Narbe auf der Stirn, die er damals nicht gehabt hatte. „Habe mich wohl ein wenig verlaufen."

„Ja", sagte Krümmer, „ist ein großes Haus. Henning wird Sie zum Tor begleiten. Zwei Dinge noch, Henning: Fixieren Sie diese dusselige Nummer dreiundzwanzig und greifen Sie bei Nummer sieben hart durch. Wir sollten überlegen, sieben für längere Zeit zu separieren. Ich muss mich jetzt um Wichtigeres kümmern. Henning, Herr Aufbauer."

Ludwig sah zu Boden, bis der Arzt fort war. Henning wies mit fleischiger Hand den Weg.

„Was ist dort unten in den Kellern?", fragte Ludwig.

„Die Wahnsinnigen. Vollkommen irre. Mieses Pack.“

„Hat einer von denen ...?“ Ludwig wies auf die Narbe.

„Ein tobsüchtiges Arschloch. Willi Boysen. Den mach ich noch fertig.“

Willi Boysen. Ein Irrer. Der hatte Henning so verletzt, dass diese wurmförmige Narbe entstanden war. Gut gemacht, Willi Boysen, gut gemacht.

„Ist bestimmt schwer, mit diesen Menschen umzugehen“, sagte Ludwig.

„Menschen? Dass ich nicht lache.“

„Schwächlinge“, sagte Ludwig. „Wenn Sie mich fragen, Herr Wärter, widerliche Typen, die selbst schuld sind. Wobei es mich schon irgendwie interessieren würde, was denen so alles im Kopf herumspukt. Wie ist es denn da unten?“

Henning hielt Ludwig am Arm zurück und sah sich um.

„Interessiert's Sie?“

„Ja. Also, ja doch.“

„Haben Sie Geld, Herr Aufbauer?“

„Habe ich.“

Henning sah sich wieder um und kam Ludwig ganz nah, er roch nach Zwiebeln.

„Ich könnte Ihnen welche von diesen Irren vorführen. Kostet nicht viel. Die merken's ja nicht. 'Ne junge Frau? Ohne alles? Da kommen die meisten Zuschauer. Dicke Euter!“

Etwas Saures stieg aus Ludwigs Magen in die Speiseröhre. Die führen Patienten vor. Die stellen Menschen aus. Beherrsch dich, beherrsch dich, beherrsch dich.

„Haben Sie das schon oft gemacht?“

„Warum?“

„Ich mag ja elegante Frauen. Eine Rothaarige vielleicht?“

„So eine hatten wir mal. Hat aber zu viel rumgekreischt. Die hab ich nur einmal vorführen können. Ganz weiße Euter hatte die, mit dicken Warzen.“ Henning formte mit Daumen und Zeigefinger einen offen stehenden Kreis. „Solche Dinger waren das.“

Das war meine Mutter. Ludwig hustete, Ekelschleim stieg ihm in den Hals. Das war … meine … Mutter.

Beherrsch dich. Beherrsch dich. Beherrsch dich.

„War zu viel Aufwand, die da rauszukriegen. Außerdem hatte Reinhardt ein Auge auf die Zicke.“ Henning trat einen Schritt zurück. „Ist was mit Ihnen? Sie werden ganz blass, Mann.“

„Nein. Nein, alles in bester Ordnung.“ Ludwigs Fäuste in den Hosentaschen schmerzten.

„Also? Elf Uhr an der hinteren Mauer, da wo die Totenboote ablegen? Am Wallkanal? ’Ne nackte Kleine? Sie können die auch anpacken, überall, ist kein Problem.“

„Sind dann da nur Sie, diese Frau und ich?“

Henning nickte.

Der Abend warf ein graues, hartes Tuch über den Himmel. Ludwig setzte sich auf eine kühle Bank. Aus der Pfütze vor seinen Füßen schrien ihn die grünen Augen seiner Mutter an. Gelb erleuchtete Krankenhausfenster beobachteten ihn, das Haupttor war ein dunkler Rachen.

Was jetzt?

Wenn er sich hier zu erkennen gab, wäre alles vorbei.

Er schämte sich, er hatte heulen können. Was jetzt? Was? Er bebte vor Zorn und fühlte sich ohnmächtig. Er riss den Mund auf und schrie lautlos, er stampfte mit den Füßen auf. Verdammt, verdammt, verdammt. Irgendwelche Schläger aus St. Pauli anheuern? Wer sagte ihm, dass die nicht lieber eine nackte Patientin anglotzen würden, als Henning zu verprügeln?

„Feigling", murmelte er, „du bist ein Feigling." Boysen, dachte er. Der Name hatte sich ihm eingebrannt. Boysen, der Tobsüchtige. Der, der zuschlug.

Er ging zurück zum Tor und bat den Pförtner, nach dem Wärter Henning schicken zu lassen, es sei sehr wichtig. Als Henning Minuten später aus dem Innenhof kam, blieb er weit vor Ludwig stehen. Ludwig konnte nur die dunkle Silhouette des Mannes erkennen. Er hörte ein raues Lachen.

„Hab ich mir schon gedacht. Dass Sie keine Eier in der Hose haben, Aufbauer. Verschwinden Sie. Und kommen Sie mir bloß nicht in die Quere." Die Dunkelheit lachte, Ludwig sah den massigen, schwarzen Körper wippen.

Am nächsten Morgen beschwerte Julia sich über Ludwigs vorgezogene Abreise.

„Bleib doch noch, Ludwig. Du wolltest doch länger bei uns bleiben. Das hattest du geschrieben."

„Tut mir leid, Julia. Ich fahre nach Berlin. Heute noch. Ich muss die Studien vorantreiben."

„Und mische du dich nicht in Angelegenheiten, von denen du nichts verstehst, Fräulein Tochter", sagte Ludwigs Vater.

Julia bekam rote Wangen und ging mit wütendem Rücken. Die Frauen, dachte Ludwig, die armen Frauen. Sein Vater sah Julia hinterher und hob die Hand, als wolle er sie zurückrufen. Dieses Widersprüchliche war immer in Vater gewesen, es war Ludwig früher nur nicht aufgefallen. Manchmal, wenn der Vater Freunde und Kollegen in der Halle verabschiedete, winkte er müde ab, sobald sie fort waren, als wolle er eigentlich mit deren Gerede nichts zu tun haben.

Hätte sein Vater nur mehr auf diese Widersprüchlichkeiten gehört. Wäre er nur ehrlicher sich selbst gegenüber gewesen. Ludwig notierte sich das: „Die Ehrlichkeit der Geisteskranken? Die Ehrlichkeit der – angeblich – Gesunden? Selbsterkenntnis?"

Er lief hinauf in Julias Zimmer. Sie saß an ihrem Sekretär und tippte mit den Fingerspitzen eine Tänzerin aus Porzellan an.

„Die habe ich immer gemocht", sagte Ludwig. „Die ist so glatt. Und hat so eine hübsche Nase. Als kleiner Junge habe ich die manchmal in den Händen gedreht."

„Mama hat sie mir geschenkt", sagte Julia. „Vater sucht einen Gatten für mich."

„Das wird ein glücklicher Mann."

„Ja von wegen! Ich würde so gerne mit dir kommen."

Sie drehte ihm den Rücken zu und stellte sich zwischen die Vorhänge am Fenster. Ihr gelbes Kleid hatte die gleiche Farbe wie die Stofftapete.

„Wehe, ich bekomme nicht alle zwei Wochen einen Brief von dir, Bruderherz."

„Bruderherz ist ein schönes Wort. Immer gut, schöne Wörter zu sammeln. Die Briefe bekommst du, Julia. Versprochen." Wie sie jetzt dort am Fenster stand und das Licht ihr Profil mit heller Linie nachzeichnete, dachte Ludwig daran, dass sie es gewesen war, die ihn zum Vater in die Kutsche geschubst hatte. War seine Schwester durch den Tod der Mutter weniger aus der Bahn geworfen worden als er? Sie war nicht dabei gewesen, als Mutter zwangsbejackt weggezogen und die Tür krachend zugeschlagen wurde, dennoch fragte Ludwig sich, ob Julia stabiler war als ausgerechnet er mit seinen großen Plänen. Musste er ihr erzählen, was er gestern erfahren hatte? Vielleicht ja, vielleicht nein. Er konnte es nicht, nicht jetzt.

„Auf Wiedersehen, Julia."

„Wiedersehen, Ludwig", sagte sie und schaute weiterhin aus dem Fenster. Einen Moment lang meinte Ludwig, seine Mutter in all ihrer tiefen Betrübnis dort stehen zu sehen. Dann aber wandte Julia ihm das Gesicht zu, sie lachte, wedelte mit den Fingern und sagte: „Hopp, hopp, Ludwig, zeig's ihnen."

An der Tür stand sein Vater mit verschränkten Armen.

„Das Bild, das du von ihr hast malen lassen … es ist sehr schön", sagte Ludwig. Sein Vater räusperte sich hinter großer Faust und sah an ihm vorbei.

„Auf jetzt, Junge. Und, nun, vielleicht schreibst du mir hin und wieder einen Brief. Das wäre schön."

„Ich werde viel zu tun haben.“ Da war mehr in ihm als die Kühle, die er jetzt an den Tag legte. Aber er hielt daran fest.

Er nahm seinen Koffer und ging die Auffahrt hinunter zur Straße, wo der Kutscher wartete. Er wollte gerade einsteigen, als er jemanden seinen Namen rufen hörte. Die Hände im Türrahmen sah er die Straße hinab. Eine schwarzhaarige Frau in einem hellgrünen Kleid kam auf ihn zu und winkte. Das Gesicht hell, die Brauen dunkle Bögen.

„Der Herr Ludwig Meyer.“

„Fräulein Nielsen?“

„Fanny immer noch.“

Sie breitete die Arme aus und schien ihn herzen zu wollen, völlig perplex wich er zurück und gab ihr einen formvollendeten Handkuss. Langsam richtete er sich wieder auf, ob er wollte oder nicht, strich sein Blick dabei über Fannys Dekolleté, den Hals, die Lippen.

„Julia sagte, du würdest einige Tage bleiben. Herr Student. Erzähl doch mal.“

Mein Gott, was für eine Frau. Er wusste nicht, was er sagen sollte. Es ärgerte ihn, dass Fanny das genau zu merken schien und schelmisch lächelte. Ihre Nase wurde dabei etwas breiter, sie war schnurgerade, nur die Spitze brach ein klein wenig nach vorne aus der Linie aus.

„Ich höre, du hast einiges erlebt. Aber es geht immer weiter, nicht wahr?“

Ein Lächeln klammerte sich in sein Gesicht und er gab ungewollt ein Geräusch von sich.

„Es tut mir leid, Fräulein Nielsen, aber ich muss los. Es war schön, Sie einmal wiederzusehen."

„Wohin geht es denn jetzt?"

„Nach Berlin. Studieren. Assistieren."

„In die weite Welt. Das ist gut. Bist du sicher, dass du nicht noch bleiben willst? Für mich?"

Ein Jauchzen vibrierte in seiner Brust. Er sollte bleiben. Für sie. Dann kamen die Schläge. Keine Eier in der Hose. Die Gefängniswärter. Die Prügel während des Studiums. Wie sollte er vor dieser Frau bestehen? Er wurde still vor Unglück.

„Es geht nicht", sagte er. „Aber ich komme wieder, Fräulein Nielsen. Ich komme nach Hamburg zurück."

„Dann fahr los. Und bring mir Geschichten mit, Ludwig."

„Das mache ich, Fräulein Nielsen. Ganz bestimmt."

Er zog sich in die Kutsche, die Federn ließen das Gefährt kurz durchsacken und richteten es dann wieder auf. Fanny streckte den Kopf durch das offene Fenster. Ludwig wollte nach ihren Wangen greifen und ihre Lippen küssen.

„Hab ich dich ein wenig überfallen?", fragte sie. Er sah ihr kurz in die Augen. Er hätte ihr gerne spontan vertraut, ihr sein Herz ausgeschüttet, aber das ging nicht. Sein Selbstbewusstsein war ein Häufchen Asche, das er vor der Energie und der Unbekümmertheit der Fanny Nielsen schützen musste. Erst jetzt wurde ihm klar, dass er in den letzten Jahren oft an sie gedacht hatte.

„Ich muss jetzt los. Auf Wiedersehen, Fräulein Nielsen."

Ihr Gesicht wurde von einem Lachen erhellt. Sie schien

etwas zu wissen, das er nicht wusste. Sie war es, die dem Kutscher sagte, er solle losfahren. „Der Mann muss studieren", rief sie. „Ein Irrenarzt. Herrlich!"

Ludwig ließ sich zu Ladage & Oelke fahren und gab Gehröcke, Westen und Hosen in Auftrag. Dunkle Farben, blau, grau, schwarz, gerne auch ein dunkles Grün, bezogene Knöpfe, die Hosen andersfarbig als die Röcke, aber gedeckt, Wickelschleifen alle einfarbig, Hemden weiß. Die Rechnung solle der Schneider an den Vater schicken, der gebe ihm dann auch die Adresse, an die die Kleider zu senden seien. Zwei Paar Lederhandschuhe nehme er gleich mit.

„Der junge Herr Meyer tritt ja ganz in die Fußstapfen des ehrenwerten Herrn Vaters", sagte der Schneider. „Was machen Sie denn jetzt, wenn ich fragen darf?"

Ludwig beugte sich dem Mann über den Edelholztresen entgegen.

„Ich werde Irrenarzt."

Der Schneider nahm die Brille ab und lächelte gezwungen.

„Haben Sie etwas dagegen?"

„Keineswegs, Herr Meyer."

Ludwig bettelte beinahe darum, der Mann möge aggressiv werden. Aber was auch immer in diesem steif verpackten Stoffhändler und Schneider vorgehen mochte, er hatte sich unter Kontrolle. Und irgendwie beeindruckte Ludwig dieses Können.

„Wissen Sie, aus welchem Stoff Zwangsjacken gemacht werden?"

„Wie belieben?“

Er strich über den porzellanartig glänzenden Tresen. Bei Ladage & Oelke duftete es immer nach Politur, dazu kam der Geruch von Staub, der von all den Stoffballen ausging. Die vielen Kleider dämpften Geräusche. Ludwig spürte sich plötzlich ganz friedlich werden. Stimmungen, dachte er, Gemütsverfassungen. Musik. Boysen. Fanny. Er lachte.

„Ich komme wieder“, sagte Ludwig.

„Es ist uns stets eine Ehre.“

Auf der Straße rief er eine Droschke herbei.

„Zum Bahnhof, bitte. Aber fahren Sie an der Binnenalster vorbei, über den Jungfernstieg. Ich möchte diese Stadt noch ein wenig genießen.“

7

„Die Schocktherapie mit eiskaltem Wasser bringt den Patienten zur Besinnung“, sagte sein Vorgesetzter Doktor Wendt in der Charité in Berlin. „Der Nahrungsentzug lässt den Irren nachdenken. Der Drehstuhl sorgt dafür, dass im schwachen Kopf des Insassen alles wieder in Ordnung gerät.“ „Sicher“, sagte Ludwig. Ging er allein durch die Flure, die ebenso bestialisch stanken wie die in St. Georg, schob er einem Hungernden eine Schale Suppe zu oder ein Stück Brot mit Wurst, das er in der Küche geklaut hatte. Der Hausmeister der Charité wunderte sich, dass immer wieder die Zahnräder des Drehstuhls klemmten und die Schläuche für die Wasserzufuhr zur Dusche löchrig waren.

„Man könne fast glauben, da sabotiere jemand“, sagte er.

In den Verliesen der Charité waren die Menschen zur selben erbärmlichen Untätigkeit verurteilt wie in St. Georg. Sie wimmelten durcheinander, schrien und weinten, schlugen um sich. Und wer nicht schwer krank war, wurde es hier. Alle waren blass und ihre Haut kannte keine Sonne. Ein junger Erotomane und Onanist bekam von einem Wärter Kreide und malte Bilder wilder Orgien an die Wände. Er wurde von Doktor Wendt angeschrien und weggesperrt, der Wärter wurde entlassen – nicht dafür, dass er Patienten schlug, sondern wegen der Kreide.

Als Assistent war es Ludwig erlaubt worden, ein kleines Zimmer im Nordtrakt des Krankenhauses zu bewohnen und wenn er nach sieben, acht Stunden im Geschrei, Gejammer, im Weinen und Rasseln in den Stationen auf das Sofa sank und seinen stinkenden Kittel in die Ecke warf, war es ihm, als verfolgten ihn die Stimmen und die Blicke und die Wut. Er wusste, dass er unter diesen Anstaltsbedingungen niemanden würde heilen können und seine Ratlosigkeit den Krankheiten gegenüber machte ihn rasend. Er sehnte sich nach einer Apparatur, mit der er hätte Musik in seinem Zimmer hören können. Gute Stimmung erzeugen. Er versuchte, Skizzen für einen Musikhörapparat zu zeichnen und warf nach wenigen Minuten den Stift auf den Schreibtisch. Von Technik verstand er nichts. Es würde nie eine Möglichkeit geben, Musik zu hören, wenn man nicht ein Konzert besuchte.

„Geisteskrankheiten sind Fehlfunktionen der körperlosen Seele", sagte Doktor Wendt. „Sie sind Folgen von Sünden. Deshalb muss hart reagiert werden. Der Unsinn ausgetrieben." Doktor Wendt tippte sich mit dem Zeigefinger auf die Brust. „Ein Mensch, Meyer, das ist ein einziges Ding." Er hob den Zeigefinger in die Luft. „Einheitlich. Gerade. Und Sie, guter Mann, unterlassen es bitte, so dermaßen umfangreiche Fallberichte zu schreiben. Wer soll das denn alles lesen?"

Manchmal befahl Dr. Wendt einigen Kranken, sich nebeneinander an der Wand aufzustellen wie vor einem Erschießungskommando. Er schrie sie an, sie sollten sich nicht so anstellen, das sei doch alles Unsinn. Benehmen, meine Herren, Haltung, lassen Sie sich doch nicht so gehen. Sackte einer der Patienten während einer solchen Ansprache zusammen, riss ein Wärter ihn hoch und ohrfeigte ihn.

Nach einem dieser Vorfälle trat Ludwig in das Zimmer der Wärter und schloss die Tür hinter sich.

„Hören Sie auf damit", sagte er. „Keine Schläge und Misshandlungen mehr."

Der Größte der vier Männer ließ die Zeitung zwischen dicke Wurstbrote auf den Tisch sinken.

„Hier wird niemand geschlagen", sagte er, „wir sind in einem Krankenhaus."

„Hören Sie auf damit, unverzüglich!"

„Sie, Herr Assistenzarzt, haben hier gar nichts zu sagen."

„Ich werde Sie melden."

„Aha, und wem werden Sie mich melden? Doktor Wendt? Nur zu, Herr Meyer, nur zu."

Einmal, als Ludwig nach Dienstschluss auf sein Zimmer zuging, standen vier der Wärter mit verschränkten Armen vor seiner Tür. Zwei von ihnen waren ehemalige Feldwebel der preußischen Armee, einer ein entlassener Polizist, vom vierten hatte Ludwig nie gehört, woher er gekommen war. Ludwig wollte streng und stramm auf die Männer zugehen, aber sein Schritt verlangsamte sich. Er wusste genau, dass die Männer das sahen und ihm schoss das Blut in die Wangen. Die Männer sagten kein Wort, ganz langsam traten sie zur Seite und sahen zu, wie Ludwig den Schlüssel aus der Kitteltasche nahm und aufschloss. Hinter ihm stellten die Männer sich wieder Schulter an Schulter und starrten ihn an. Aus seinem Zimmer heraus erwiderte er ihre Blicke.

Bewegungslos und scheinbar ohne zu atmen, blieben die Wärter stehen. Langsam drückte Ludwig die Tür zu und einer nach dem anderen verschwand aus seinem Blickfeld. Er hörte sie lachen. Vier Männer. Er nahm den Degen aus dem Ständer. Komm jetzt. Nicht wieder zurück. Komm.

Er riss die Tür wieder auf. Die Männer waren fort.

Ludwig lernte Berlin nie wirklich kennen. Er aß und trank und arbeitete und schlief und las in der Charité. Er versuchte, sich im Wahn anderer Menschen zu vergraben und hätte jemand an der Tür zu seiner Kammer gelauscht, hätte er das Pfeifen der Degenklinge oft gehört in den Nächten. Passt doch, dachte er, vom Fechten verschwitzt mit offenem Hemd, mein Erzfeind Geisteskrankheit ist unsichtbar und du, mein Fechtgegner, dich sehe ich auch nicht.

Manchmal berichteten ihm andere Assistenten, wie sie nachts einschlägige Etablissements besuchten und was sie dort mit den Frauen machten. Ob er nicht einmal mitkommen wolle? Aber so groß der Druck auch war, Ludwig wollte keine Frau kaufen. Allein der Gedanke stieß ihn ab. Nackte Frauen sah er hier in der Charité häufig, und er konnte sich kaum dagegen wehren, welchen Schlag ihm das jedes Mal versetzte. Der Blick einer Frau veränderte sich, wenn sie nackt war. Manchmal war er voller Selbstbewusstsein, manchmal war es Angst oder Pein, Scham oder Entsetzen. Die Spannbreite war schier endlos.

Ludwig behandelte auch einen Onanisten, der seinen Körper so malträtierte, dass er kaum noch vierzig Kilo wog. In der Gesellschaft wurde alles Sexuelle weggedrängt, darüber durfte kein Wort gesagt werden – aber in einer Irrenanstalt war es Alltag. „Sie machen das doch auch, Herr Doktor", fuhr ihn der dürre Onanist an. Hatte Vater gedroht, Ludwig die Hände ans Bett zu binden und von Gehirnerweichung geredet, sagte dieser kranke Mann in seiner Zelle schlicht, wie es war. Menschlich. Natürlich tat Ludwig es. Was auch sonst? Als der Onanist ihm allerdings von bestimmten Griffen und Handhabungen erzählen wollte, lehnte Ludwig freundlich ab.

Der Drehstuhl war eine Art metallener Käfig, in dem der Kranke festgeschnallt wurde. Über dem Stuhl war eine runde Metallplatte angebracht und durch eine Vertiefung ein starkes Seil gezogen. Das Seil lief zu einem rechtwinkligen Knick in der Balkenaufhängung, wurde dort über Rädchen geführt und umwand auf Hüfthöhe ein Drehrad mit Kurbel. Wurde die Kurbel mit dem abgenutzten Griff betätigt, begann der Stuhl sich im Kreis zu drehen, wurde immer schneller, bis das Auge die einzelnen Metallstreben nicht mehr sehen konnte. Ludwig erwischte alle vier Wärter, die ihm vor seinem Zimmer aufgelauert hatten, wie sie abwechselnd die Kurbel drehten. Im Stuhl schrie ein Mann, Blutfäden spritzten ihm aus der Nase und klatschten gegen die Wände. Die Wärter johlten.

„Aufhören. Sofort."

Der Mann an der Kurbel drehte weiter. Die drei anderen Wärter bauten sich vor Ludwig auf und sahen ihn an.

„Hören Sie auf damit!"

Einer der Männer zog einen Zettel aus der Jackentasche, er krauste die Stirn und tat, als lese er angestrengt.

„Wenn mich nicht alles täuscht, ist das hier“, er hob den Zettel, „eine klare dienstliche Anweisung von Doktor Wendt.“

Ludwig konnte wegen der Geschwindigkeit das Opfer in dem Käfig nicht erkennen, meinte aber, dass der Mann den Kopf hängen ließ. Er schrie nicht mehr. Wahrscheinlich war er bewusstlos.

„Was wollen Sie denn jetzt machen, Herr Assistent?“

Der Mann an der Kurbel zog die Hand zurück, die Kurbel drehte sich noch eine ganze Zeit weiter, die Räder quietschten, dann wurde der Stuhl langsamer. Der festgeschnallte Mann erbrach sich in seinen Schoß.

„Ihr miesen Schweine.“

„Ganz vorsichtig, Meyer.“ Die Männer kamen langsam auf ihn zu und drängten ihn an die schmierige Wand. Sie grinsten sich an.

„Wir wissen, dass die Räder des Stuhls schon verklemmt waren“, sagte einer der Männer.

„Und wir wissen auch, dass das nicht noch einmal passieren wird, Meyer“, sagte ein anderer. Ludwig roch den verbrauchten Atem der Männer, er sah ihre Augen mit den Äderchen darin und gelblichen Ablagerungen in den Augenwinkeln. Keiner der Männer war größer als er. Aber sie hatten Gewalt und Gemeinschaft.

Ludwig räusperte sich, die Stimme durfte ihm jetzt nicht wegsacken.

„Letztens vor meiner Tür“, brummte er, „da hatten Sie

nicht den rechten Mumm. Vor lauter Angst waren Sie schon gegangen, als ich wieder herauskam."

„Ist das so, ja?"

Der Kranke im Stuhl stöhnte, Ludwig drängte sich an den verschwitzten Körpern vorbei, öffnete das Gitter, löste die Schnallen und half dem besudelten Mann aus dem Stuhl. Er sagte den Wärtern, sie sollten eine Decke holen und etwas zum Saubermachen. Die Männer waren verschwunden.

Ludwig schrieb Julia von dem Vorfall, er schäme sich, er sei ein Feigling. Julia schrieb zurück, das sei Unsinn. Vier kräftige Männer? Was er denn da bitte hätte tun sollen? Er solle sich nicht grämen. Das Leben sei kein Heldenepos, das Leben sei ganz anders: voller Glück und Leid, Liebe und Trauer, so schön und manchmal so schrecklich. Pinkel ihnen ins Bier, Ludwig, schrieb sie.

***

„Ich zeige Ihnen jetzt ein Krankenhaus, in dem ich all diese Foltermaschinen abgeschafft habe, Fräulein Hellmann", sagte Ludwig.

„Das hat er, mein Herr Bruder", sagte Julia. Wie gut es tat, solch einen Satz zu hören. Jahr um Jahr hatte er trotz all der Arbeit nie ein Wort der Bestätigung gehört. Er hatte mehr Abhandlungen geschrieben als alle anderen Assistenten, er hatte härter studiert, nächtelang gelesen und sich immer wieder dem Irrsinn der Patienten ausgesetzt. Er wollte „Es" erkennen. „Es" groß geschrieben. Eine Macht.

Die Sonne hatte den Zenit überschritten, die Luft war warm und die Schatten schräg und lang. Der Kutscher sah Ludwig an, als habe er etwas Bitteres im Mund.

„Zum Krankenhaus St. Georg", sagte Ludwig.

„Ist was passiert?"

„Eine ganze Menge."

„Entschuldigen Sie mal, erst fragen Sie mich nach dieser Irrenanstalt und jetzt soll es zum Krankenhaus gehen, obwohl Sie alle einen ganz gesunden Eindruck machen."

„Die Straße heißt Am Krankenhause", sagte Ludwig.

„Heute heißt die Lohmühlenstraße", sagte Julia.

Ludwig öffnete den Frauen die Tür. Es war dunkel in der Kutsche. Als Julia die zugezogenen Vorhänge öffnen wollte, hielt Ludwig sie zurück.

„Lass mich das machen", sagte er. Er spürte den verbrauchten Stoff in den Händen, dann ließ er das Licht herein, Bäume am Straßenrand, den gelblichen Straßenbelag und einen holzgerahmten Blick auf das alte Haus und die Schulter der Diana. Der Kutscher wendete, Hufeisen klackten unrhythmisch und Eisen quietschte.

Als sie einige Minuten die Straße Richtung Stadt gefahren waren, deutete Ludwig nach links aus dem Fenster auf ein gelbes Haus mit weißen Fensterläden und einer Wiese davor.

„Da hat Fanny mit ihren Eltern gelebt", sagte er zu Fräulein Hellmann. „Ein Zufall. Das Leben. Wie auch immer."

„Ich musste ihn treffen", sagte Fräulein Hellmann.

„Wären Sie nur wenige Minuten zuvor irgendwo nach

links statt nach rechts abgebogen – oder umgekehrt –, Sie wären ihm nie begegnet."

„Doch, Herr Professor, ihm wäre ich begegnet." Jetzt schwang wieder Aggressivität in Fräulein Hellmanns Stimme mit. Ludwig kannte das, er behandelte die junge Frau seit sieben Monaten.

„Sie sind dieser ominösen Fanny ja auch begegnet. Und mit Verlaub, aus Ihren Andeutungen schließe ich, dass da irgendetwas war zwischen Ihnen und dieser Frau. Zufall, Zwangsläufigkeit, Schicksal? Sie sind ihr begegnet."

Ludwig lehnte sich zurück. „Wie geht es ihr übrigens?", fragte er Julia.

„Sie ist aufgeregt. Amerika. Fanny ist nicht zu stoppen."

„Das war sie nie."

„Sie hat damals sehr gelitten, Ludwig."

„Wirklich?"

„Ja."

„Wir sind gleich da", sagte er.

„Du lernst es nicht, oder?"

„Ich bin hier, Julia. In Hamburg."

„Er ist nicht alleine", sagte Fräulein Hellmann.

„Ja nun", sagte Julia und klopfte sich auf die Schenkel.

„Das meine ich nicht. Er sieht Menschen, die wir nicht sehen."

Julia krauste die Stirn. Ludwig lachte, und er wunderte sich über die Ehrlichkeit dieses Lachens. Er steckte den Kopf aus dem Fenster, graue Haarsträhnen flatterten ihm vor die Augen. Er sah die gelbe, lang gestreckte Rückfront des Krankenhauses.

„Wo ist der Wassergraben?“, fragte er.

„In Hamburg hat sich viel verändert“, erwiderte Julia.

„Ich“, rief Ludwig, „ich habe hier viel verändert.“

„Der Hauch einer Neigung zum Größenwahn“, sagte Julia.

„Er hat mir das Leben gerettet.“ Fräulein Hellmann deutete einen Knicks an.

„Die Welt ist mit Ihnen besser, als sie es ohne Sie wäre, Fräulein Hellmann“, sagte Ludwig mit windkühlem Gesicht.

Er ließ den Kutscher vor dem Haupteingang des Krankenhauses halten und öffnete die Tür, noch bevor der Wagen ganz zum Stehen gekommen war. Wie viele Stunden seines Lebens er in den Kellern dieses Krankenhauses verbracht hatte, bevor Friedrichsberg bezugsfertig gewesen war …

Er sah nach links die Straße hinunter und konnte die Außenalster hinter den Bäumen funkeln sehen.

„Ich nehme an, ich bleibe hier stehen?“, fragte der Kutscher.

„Da liegen Sie ganz richtig.“

Ludwig bot Julia und Fräulein Hellmann je eine Armbeuge und ging in der Mitte der Frauen auf das Haupttor zu.

„Da drin ist unsere Mutter ermordet worden. Da habe ich Reinhardt kennengelernt. Und Boysen. Vielleicht der wichtigste Mann in meinem Leben“, sagte er.

„Und den kenne ich nicht?“

„Sei froh.“

Ketten rasselten. Boysen starrte ihn an, seine mächtigen Schultern rangen mit den Eisen. Bis heute glaubte Ludwig, dass dieser kranke Mann ihn sofort durchschaut hatte. Als Einziger vielleicht.

„Du beabsichtigst aber nicht, uns jetzt die Keller zu zeigen, oder?“, fragte Julia.

„Keine Sorge. Ich habe die Kranken alle dort rausgeholt. Die Anstaltspsychiatrie ist maßgeblich von mir begründet worden, Fräulein Hellmann.“

„Mein Gott, Ludwig, geht es auch etwas bescheidener?“

„Das sind simple Tatsachen, Julia.“ Er zog Julias Kopf an seine Brust und küsste sie auf den Scheitel. „Lass mich einfach. Ich brauche das manchmal. Es tut mir gut.“

„Du bist ein Fall für die Psychiatrie, großer Bruder.“

„Ja, das ist er“, sagte Fräulein Hellmann und kicherte.

„So, so, die Damen verbünden sich gegen mich?“

Er setzte sich auf den kiesigen Boden und verschränkte die Beine. Die lederne Umhängetasche legte er neben sich.

„Was machen Sie denn da, Herr Professor?“

„Carl Schurz hat mir mal aus Amerika geschrieben, dass die Indianer oft so sitzen. Wenn man das ein bisschen übt, ist das ganz bequem. Ansonsten sehe ich dieses Hamburger Krankenhaus an. Die Charité in Berlin war viel größer. Dort habe ich zum ersten Mal den Namen eines berühmten englischen Arztes gehört, der in meinen Vorstellungen zu einer Art Mentor wurde.“

***

In Berlin ging Ludwig stundenlang zwischen den gläsernen Vitrinen der Anatomieausstellung „Theatrum Anatonicum“ von Doktor Virchow in der Charité spazieren. In den nächsten Jahren werde er ein separates Museum für seine Präparate errichten lassen, sagte Virchow. Krankheit müsse den Menschen „zugänglich“ gemacht werden. Früher seien lediglich Präparate gesunder Menschen gezeigt worden, er zeige Missbildungen und Krankheit. Eintausendfünfhundert Präparate seien das.

Aus einem großen Glas wurde Ludwig von einem Ungeborenen angeglotzt, die Augen direkt neben der Nasenspitze. Grünliche Därme schlängelten sich durch trübe Flüssigkeiten, von Krankheit schwarze Lungen ruhten. Das Gehirn des Thomas Wittenberg dämmerte, Dementia praecox, vorzeitig völlig verblödet, ein Irrer, der hier in der Charité gelebt hatte. Das Gehirn Wittenbergs unterschied sich in Größe und Färbung in nichts von einem gesunden Hirn, Gyri und Sulci, die Windungen und Furchen in der Rinde, waren ohne Befund. Die Krankheit war nicht zu erkennen.

„Unsichtbar“, murmelte Ludwig.

Bei den Trockenpräparaten und Modellen starrte er auf die enge, dünne Verbindung vom Gehirn in die Wirbelsäule. Die Nerven – welcher Art mochten die Impulse sein, die durch sie hindurchglitten? Galvani hatte in Italien Stromstöße durch Froschschenkel gejagt, um elektrische Impulse im Körper nachzuweisen. Das hing doch irgendwie alles zusammen. Da stimmte doch etwas Grundlegendes nicht im aufkommenden Streit zwischen den Somatikern, die sagten, jede Geisteskrankheit habe körperliche Ursachen und den Psychikern, die versuchten, Geisteskrankheit als Folge von moralischen Verfehlungen und bösen Gedanken zu interpretieren.

„Haben Sie von Doktor John Conolly gehört, Herr Meyer?“, fragte Virchow. „Ein Irrenarzt aus England. Man sagt, er reformiere das gesamte Irrenwesen, indem er den Patienten mehr Freiheit gewähre. Er schafft wohl sogar die Zwangsjacken ab. Ist etwas mit Ihnen, Meyer? Sie sehen plötzlich so erregt aus?“

„John Conolly?“, fragte Ludwig.

„Doktor John Conolly, ja.“

In plötzlicher Aufregung notierte Ludwig sich den Namen. Abschaffung von Zwangsjacken!

„Es ist doch verrückt“, sagte Virchow, „mit welchen Argumenten meine Gegner mir zu Leibe rücken wollen. Humoralpathologie, Viersäftelehre? Dass ich nicht lache. Es ist die Zellularpathologie. Krankheiten kommen aus Störungen der Körperzellen. Da muss mir doch nichts erzählt werden von gelber oder schwarzer Galle oder anderem antiken Blödsinn. Es sind die Zellen, Meyer, es sind die Zellen.“

„Dieser Doktor Conolly hat Erfolg, indem er die äußeren Umstände ändert?“

„So hört man“, sagte Virchow. „Das könnte etwas mit einer Art Entfaltung zu tun haben.“

„Ent-falten“, sagte Ludwig.

Er verließ die Augen, Hirne und amputierten Körperteile und ging den Korridor hinab.

Conolly, Conolly, Conolly.

Er studierte und assistierte ein weiteres Jahr in der Irrenabteilung der Charité, er machte sich unter den Ärzten und Wärtern viele Feinde und es gab vier oder fünf junge Bewunderer. Manchmal blähte sich die Ratlosigkeit so weit auf, dass er vor einem Kranken saß und darum bat, er möge ihm doch wenigstens ein Stichwort sagen, irgendetwas, das ihm helfen könne, mehr zu erkennen in all den Schrecken und der Angst. Er schrieb eine umfangreiche Abschlussarbeit über Hysterie, Hypochondrie, Pyromanie und Manie im Allgemeinen sowie einen Anhang über Ohrknorpel. Es war die beste Arbeit seines Jahrgangs. Doktor Wendt anerkannte das, ohne zu zögern.

„Mich bringen die Patienten auf Gedanken, auf die ich selbst wahrscheinlich nie gekommen wäre", sagte Ludwig.

„Dementia praecox, Meyer? Worauf bringt Sie das denn?"

„Nicht alle Kranken bringen mich auf etwas. Das gilt für die Gesunden allerdings ebenso, Herr Doktor Wendt."

Mit einem tiefen, dunklen Brummen im Kopf verabschiedete er sich.

„In nicht allzu ferner Zukunft können Sie nach Hamburg kommen, um sich meine Anstalt anzusehen. Da lernen Sie dann, wie man mit Kranken umgeht."

„Ach, Jungchen", sagte Wendt. „Sie sind ja mal ein niedliches Großmaul."

„Sie gottverdammter Mistkerl."

Wendt blieb vollkommen entspannt. Der ließ sich einfach nicht provozieren. Das konnte doch nicht wahr sein! Ludwig wollte aufstampfen, wollte schreien.

„Sie taugen einfach nichts, Wendt."

„Das war jetzt aber nicht die feine Art, Herr Meyer."

Ludwig ging. Er verabschiedete sich von Patienten, die Vertrauen zu ihm gewonnen hatten und ihn anbettelten, sie nicht zu verlassen. „Ich muss", sagte er. „Es tut mir sehr leid, aber ich muss." Er drückte auch Menschen die Hand, die seine Anwesenheit nicht wahrnahmen, Leute, mit denen er Hunderte Gespräche zu führen versucht hatte, und die nicht einmal wussten, wer er war. „Ich werde Sie alle sehr vermissen", sagte er. Auf dem Platz vor dem Haupttor der Charité winkte er schräg gegen Wind und Regen geneigt eine Droschke heran.

„Zum Bahnhof, bitte." Auf dem Boden der Droschke stand ein kleiner, hölzerner Käfig. Das Huhn darin glotzte Ludwig ununterbrochen an und versuchte, durch die engen Gitterstäbe nach seiner Wade zu hacken.

8

Er saß auf den harten Holzbänken der Preußischen Staatseisenbahn, auf denen der Königlich Sächsischen Staatseisenbahn und denen der Königlich Württembergischen Staatseisenbahn. Zwischenstücke überwand er in Postkutschen oder Personenpferdewagen und manchmal wanderte er. Das hatte er seit Jahren nicht getan. Er übernachtete in geduckten Herbergen, er schrieb viel und fühlte sich frei, kam sich ein wenig wie eine Art Wandergelehrter vor und sog die Luft über den Feldern und im Wald tief ein. In Berlin hatte er seine eigenen Akten zu den Kranken angelegt, Fragebögen erstellt, Beobachtungen notiert, Äußerungen der Patienten gesammelt und Krankheitsverläufe chronologisiert. Aus allen Lehrbüchern und Fachartikeln stellte er Argumente und Gegenargumente zu einzelnen Theorien der Psychiatrie zusammen und wenn er ein Gehirn in seine Kladden zeichnete, tippte der Stift anschließend aufs Papier und Ludwig zeichnete hauchdünne Skizzen des menschlichen Herzens. Daneben schrieb er einen Namen: Fanny. Er sah oft ihr schönes Gesicht im Kutschfenster, wie sie gelacht und dem Fahrer gesagt hatte, er solle diesen angehenden Irrenarzt zum Bahnhof bringen. Sie war so frohgemut.

In Paris mietete er ein kleines Zimmer im Schatten des Gare de l'Est und bekam aufgrund seines Doktortitels eine Leseerlaubnis für die Bibliotheken der medizinischen Fakultäten. In einem Buchladen nahe des Montmartre fand er Pinels „Philosophisch-medicinische Abhandlung über

Geistesverwirrung und Manie". Er war vom Titel begeistert und bezweifelte, dass es in Deutschland Wissenschaftler gab, die bereit waren, das unendliche Thema der Geisteskrankheit philosophisch zu betrachten.

Ob er denn irgendetwas vom schönen Paris gesehen habe, fragte Julia brieflich an. Die Irrenanstalten und die Bibliotheken, antwortete Ludwig, saß da aber bereits gebückt in der winzigen, klammen Kabine eines Frachtseglers über den grauen Kanal nach England. Soviel er wusste, hatte Doktor Conolly nicht direkt in London gearbeitet, aber das von ihm begründete Non-Restraint-Programm – die Behandlung von Geisteskranken ohne den Einsatz von Zwangsmaßnahmen – hatte nach ungeheuren Anfangswiderständen die Irrenanstalten im ganzen englischen Königreich reformiert, selbst die sagenumwobene Anstalt Bedlam in der Hauptstadt.

Einen großen Teil seiner Akten hatte Ludwig nach Hamburg geschickt und seinen Vater angewiesen, in seinem alten Zimmer ein Büro für ihn einzurichten. Sein Vater bot an, Ludwig könne sein Arbeitszimmer haben, er brauche diesen übergroßen Schreibtisch nicht mehr. Ludwig lehnte ab. Einige Akten führte Ludwig in einer ledernen Umhängetasche mit sich, wie Huber seine Manuskripte immer dabeigehabt hatte.

Gegen Mittag verließ er in London das Schiff. Welch eine riesige Stadt! Westminster, der Tower, die Kuppel von St. Paul's, irgendwo vielleicht noch Shakespeares Theater, ein Atem von Weltreich, Unterdrückung und Kultur. Unmengen von Menschen drängten sich auf den Straßen. Die Luft roch nach Schweiß und Unrat. Die massive, hausbebaute Brücke über die Themse ließ ihn staunen, sie verband die Stadtteile miteinander und war selbst ein Stück Stadt und Ludwig befürchtete, dieses Gewicht würde bald mit staubigem Krach in den braunen Gewässern des Flusses verschwinden.

Er wollte sich sofort in der Anstalt Bedlam nach dem Aufenthaltsort des alten Conolly erkundigen, aber die Seereise und das flaue Gefühl im Magen veranlassten ihn, sich ein kleines Zimmer über einem Gasthaus am Ufer der Themse zu mieten. Im Haus roch es nach Hammelfleisch und vom Fluss her wehte ein fauliger Wind.

In seinem Zimmer gab es ein Spinnennest, unaufhörlich krabbelten die Tiere dort hin und her, stoppten, rannten, stoppten. Das Dachfenster war winzig und aus der Gastschänke begannen gegen Abend laute Stimmen, Gestampfe und grölendes Lachen über die schräge Treppe nach oben zu dringen. Ludwig wollte die Kosten für seine Reise so gering wie möglich halten, weil sein Vater einen Großteil davon bestritt. Er nahm das Geld zwar an, aber ein schlechtes Gewissen nagte trotzdem an ihm.

Er ging hinunter in den Gastraum und fand einen Platz an einem groben Holztisch. Neben ihm tranken Männer aus Bierkrügen und redeten laut. Die Mädchen, die Tabletts mit dampfenden Schalen trugen, hatten tiefe Dekolletés und die Männer sahen ihnen hinterher und fassten ihnen ans Hinterteil. Die meisten der Mädchen reagierten nicht darauf, eine aber, klein und kräftig, schimpfte.

Richtig so, dachte Ludwig. Er bestellte ein Bier und Braten und fühlte sich unsicher und fremd in all dem Lachen und dieser seltsamen Offenheit. Immer wieder hörte er von Brüsten und Schenkeln und anderen Dingen, von denen er nicht wusste, wann und wo er die entsprechenden Vokabeln gelernt hatte. Aber er kannte sie. Der Mann zu seiner Rechten schlug ihm hart auf die Schulter und fragte, was er denn für einer sei.

„Ein Irrenarzt aus Deutschland", sagte Ludwig. „Kloppenburg, Hannover-Wahnstein, Psychhausen am Rhein", murmelte er. Die Männer ließen ihn in Ruhe.

Am nächsten Morgen ging er über den grauen Stein der London Bridge hinüber in die Gassen Southwarks, wohin die Anstalt Bedlam vor etlichen Jahren verlegt worden war. Die Außenmauern waren festungsgrau und dick. Er stellte sich beim Pförtner als Ludwig Meyer, Doktor der Medizin, Facharzt für Irre und Geisteskranke vor, er sei angemeldet.

Der Anstaltsleiter, ein Doktor Seward, holte ihn im Aufnahmezimmer ab. Sewards Haar stand kraus vom Kopf ab, der Mann trug eine kleine Brille und sein linkes Augenlid zuckte.

„In Ihrem Brief, Doktor Meyer, klingen Sie sehr kämpferisch. Sie haben einiges vor drüben in Deutschland? Non-Restraint? Ich möchte Ihnen, junger Kollege, gleich sagen, dass das nicht immer funktioniert. Whisky?"

„Jetzt gerade nicht, danke."

„Haben Sie etwas dagegen, wenn ich …?"

„Bitte, nur zu." Seward zog einen übergroßen Flachmann aus der Innentasche des fleckigen Kittels und nahm einen Schluck.

„Auch wir“, sagte er, „halten noch einzelne Patienten unter strengsten – also gefängnisähnlichen – Bedingungen. Weil das in unserem Metier manchmal nicht anders geht. Klar? Seien Sie humanistisch. Aber nicht dumm. Jede Menge Menschen verwechselt das.“

„Kennen Sie Conolly persönlich?“

„Ich hab ein paarmal mit ihm geredet, ja.“

Auf der staubigen Schreibtischplatte lagen einige Bücher, Seward schob sie Ludwig entgegen. John Conollys „Aufbau und Verwaltung von Heil- und Irrenanstalten“, „Zeichen des Wahnsinns“ und „Die Behandlung Geisteskranker ohne Druckmittel“. Ludwig streichelte über den Einband, hob das Buch an, wog es und blätterte vorsichtig hinein.

„Sicherlich ein beeindruckender Mann“, sagte er.

„Beeindruckend ist der Mann ganz bestimmt. Vielleicht nicht auf die Art, die Sie erwarten würden. Und jetzt, denke ich, sollte ich Sie durch diese wundervolle Anstalt führen. Der borstige Himmel auf Erden.“

Durch die hellgrauen Flure wehte frische Luft. Sämtliche Patienten waren überirdisch untergebracht und nicht in schimmeligen Kellern. Die Fenster waren groß, überall Licht, freundliches Personal. „Handverlesene Wärterinnen und Wärter“, sagte Doktor Seward. „Ganz wichtig.“ Er zeigte Ludwig die Werkstätten, in denen die Männer Tischlerarbeiten verrichteten, er zeigte ihm die Handarbeiten der Frauen, das Musikzimmer und die Patientenbibliothek.

„Mein Gott, Sie lassen diese Leute all das machen?"

„Ausdrucksformen", sagte Seward. „Unser Mister Wilson malt Bilder mit Urin und Kot. Weiß nicht, ob sich das durchsetzen wird. Was glauben Sie, Meyer?"

„Sie lassen ihn das tun?"

„Lassen ist gut."

Er wurde von seinem Assistenten weggerufen und sagte, Ludwig möge warten, er schicke einen anderen Begleiter. Ludwig dankte, er gehe allein weiter, wenn es gestattet sei. Seward zog einen Zettel aus der Kitteltasche, benutzte Ludwigs Rücken als Schreibunterlage und kritzelte eine Skizze der Anstalt. „Damit werden Sie zurechtkommen", sagte er. Ludwig ging sofort hinüber in die Abteilung der Frauen. Eine alte Frau kroch über den gewischten Boden und schnüffelte daran, andere Frauen sahen aus dem Fenster in die verhangene Sonne und beteten. Eine Frau mit einem dicken ledernen Helm saß an die Wand gelehnt und biss sich auf die Finger. Die Zellentüren standen offen. Jede Kammer war heller, sauberer und freundlicher als sein Zimmer über dem Wirtshaus an der Themse. Ein Arzt kam ihm entgegen, der Kittel spannte sich eng um seinen Körper.

„Ein neuer Kollege?"

„Ludwig Meyer aus Hamburg. Ich bin zur Besichtigung hier."

„Doktor Seward hat das erwähnt. Wie gefällt Ihnen Bedlam?"

„Ich bin begeistert."

„Er ist begeistert. Von einer Irrenanstalt. Wie schön, wie schön. Es ist gar nicht so lange her", sagte der Arzt, „da haben bestialische Wärter kranke Frauen und Männer zu Aufführungen vor Publikum überredet oder gar gezwungen. Damit haben die feinen Damen und Herren Geld verdient. Stellten irrsinnige Frauen nackt zur Schau, ließen Männer onanieren."

„Ich weiß davon."

„Ja, Mr Meyer, das Tollhaus wurde von Tollen geführt. Haben Sie sich je gefragt, wer hier krank ist? Haben Sie sich je gefragt, ob wir – möglicherweise, zum Teil – die Falschen behandeln?"

„Allerdings."

Sie lachten.

„Die Falschen weggesperrt, die Richtigen draußen", sagte der Arzt, „Oder umgekehrt. Man kommt ganz durcheinander. Freiheit. Das ist kompliziert, Mr Meyer. Es ist ein Balanceakt auf einem ganz dünnen Faden. Manipulierbarkeit, Selbstmanipulation, Verwechslung von Realitäten. Wobei ich nicht sagen will, dass eine erfundene Realität keine Realität sein kann. Ich meine, jeder von uns hat ein Weltbild und all diese Weltbilder unterscheiden sich voneinander. Was also ist die Welt?"

Sie passierten eine Zelle, in der eine abgemagerte Frau mit Wollfäden Muster auf den Boden legte und unaufhörlich vor sich hin murmelte. In einer anderen Zelle zog eine Wärterin einer Frau ein Kleid aus dickem Stoff über den Kopf, ein anderes Kleid lag zerrissen auf dem Boden.

„Gehen Sie heute Abend mal in diesem Stadtbezirk hier auf die Straße, Doktor Meyer. Hurerei, Gewalt. Und zwar bei Menschen, die keineswegs krank sind. Trunksucht, Triebhaftigkeit, Raub, Mord, Betrug. Geben Sie dem Menschen einen Raum, in dem er sich frei fühlt und schon sehen Sie ein weiteres seiner Gesichter. Geben Sie ihm Dunkelheit. Dann erkennen Sie: Wir sind keine Einheit, oder aber wir sind eine Einheit, die ausgesprochen vielseitig ist. Rede ich zu viel, Mr Meyer?"

„Nur zu", sagte Ludwig.

„Nun, Alexander der Große … Cäsar … Napoleon: Nur Mord und Totschlag, noch und noch. Berge von Leichen und Krüppeln. Unzählige weinende Kinder. Wahrhaft große Männer, alle Achtung. Untersuchen Sie die Könige, Mr Meyer. Die Politiker. Die Generäle. Untersuchen Sie immer die, die Macht haben. Einer, nur einer von zehntausend Menschen kann mit Macht umgehen. Falls überhaupt."

Der Arzt eilte den Flur hinab, sprach kurz mit einer einäugigen Frau und verschwand durch eine Tür am Ende des Gangs. Eine glatzköpfige Frau mit kantigen Narben auf dem Schädel berührte Ludwig an der Schulter. Ihr linker Arm zuckte und zappelte unaufhörlich. Sie sprach undeutlich und leise, aber Ludwig hörte heraus, dass Doktor Hister der beste Arzt sei und sie es sehr bedauere, dass er so beschäftigt sei und so selten hier.

Doktor Seward erzählte ihm, dass es gegen den Druck, unter dem sie in ihrem Beruf stünden, nur zwei Möglichkeiten von Ausgleich gäbe: „Eros und Alkohol."

„Aha", sagte Ludwig.

„Nicht so nervös wie ich?", fragte Seward. „Schauen Sie sich das an." Er hielt seine rechte Hand über den Schreibtisch. Sie zitterte. „Ich kann nichts dagegen tun. Das ist meine Hand. Zeigen Sie mal Ihre, Herr Kollege."

Ludwig hielt seine Hand über den Schreibtisch. Er schaffte es, sie ruhig zu halten. So gut konnte seine Hand lügen.

„Wird sich ändern, Meyer, keine Sorge."

Ludwig erzählte von seinem Gespräch mit Doktor Hister.

„Nicht dumm, der Mann", sagte Seward. „Hister hält sich für einen großen Irrenarzt. Er sagt, er habe das bei den Wilden in Afrika und bei Mönchen in Indien gelernt. Der Mann hat Reden gehalten auf öffentlichen Plätzen hier in London. Hat um Audienzen beim Adel gebeten. Der hat nie etwas gelernt. Wie er sich all die Jahre, bevor er eingeliefert wurde, durchgeschlagen hat, ist mir ein Rätsel."

„Ich verstehe nicht."

„Nehmen Sie sich ein paar Sekunden." Seward lachte.

Ludwig legte sich eine Hand vor die Augen. Das konnte doch nicht wahr sein.

„Sie sind darauf reingefallen, Meyer. Sie sind reingefallen."

„Verdammt noch mal. Was dieser Mann sagte, war durchaus ernst zu nehmen."

„Vielleicht doch einen Whisky?", fragte Seward.

„Einen Großen, bitte."

Er fragte Seward nach der Organisation der Anstalt und notierte Ausgaben und Einnahmen, Ausbildung der Wärter, Auswahl der Assistenzärzte und Behandlungsmethoden.

„Eigentlich kann man unseren Beruf nur ein Jahrzehnt lang machen, höchstenfalls“, sagte Seward. „Danach muss man raus.“

„Ich muss erst einmal reinkommen. Kann ich eine Zeit lang hier als Assistent arbeiten, Doktor Seward?“

„Umsonst ja. Was sind Sie für ein Mensch, Doktor Meyer?“

Gute Frage, dachte Ludwig. Der Apotheker Reinhardt hatte ihn einst dasselbe gefragt. Es gab Hunderte Antworten oder eine oder gar keine.

„Nehmen Sie mich für ein, zwei Monate. Für ein halbes Jahr. Als Assistent? Von mir aus auch als Bote oder Hausmeistergehilfe oder sonst etwas, ist mir ganz gleich.“

„Wenn Sie wollen.“

„Und ich darf alle Fallberichte lesen?“, fragte Ludwig.

„Die sind allerdings ziemlich frei formuliert“, sagte Seward.

„Gibt es in Ihrer Anstalt Zwangsjacken, Doktor?“

„Zwei Stück.“

„Warum?“

„Was glauben Sie wohl?“ Seward schob sich die Brille auf die Nasenspitze.

Ludwig behielt das Zimmer über der Gaststube. Er verstopfte die Spinnenlöcher mit einem Gemisch aus Papier und Leim, kaufte Lampen und je eine helle Decke, die er über das Bett, den Tisch und die Kommode legen konnte. Er zeichnete Entwürfe für seine Anstalt und heftete sie an die Wände. Bei den Entwurfsskizzen achtete er darauf,

Bäume, Wiesen und Bäche einzuzeichnen und das Anstaltsgebäude in die Landschaft zu integrieren. Vielleicht würde Fanny Nielsen zur Eröffnung kommen. Wobei, wer sollte zur Eröffnung einer Irrenanstalt kommen? Er legte sich aufs Bett und verschränkte die Arme hinter dem Kopf. Er könnte Fanny einen Brief schreiben. Er könnte ihr berichten, dass er jetzt als Forschungsreisender in London weilte und selbstsicherer geworden sei, oder wenigstens annehme, selbstsicherer geworden zu sein. Er holte Papier und Stift hervor, vertiefte sich dann aber in eine nach Staub riechende Fallakte, die er aus Berlin mitgenommen hatte. Eine junge Frau, die sich immer wieder Arme und Oberschenkel aufritzte.

Das Haus des alten Conolly lag in einem Wiesental östlich von London. Der Mann, der dort abgeschieden wohnte, war der Begründer des Non-Restraint-Systems und einer der größten Reformer der Behandlung geisteskranker Menschen. Ludwig rieb sich die Hände.

Die dunkle Wolkendecke wurde von einem Fächer Sonnenstrahlen durchbrochen, die eine Schmalseite des Hauses beleuchtete. Ein totes Huhn hing dort an den Füßen aufgehängt. Ludwig ging den Hohlweg entlang auf das Haus zu, drückte das schräge Tor auf und klopfte an die Tür. Nach einigen Sekunden rumste es von innen, Ludwig zuckte zurück. Er wartete einen Moment und klopfte erneut.

„Kein Besuch." Die Stimme klang rau.

„Doktor Conolly? Ich bin Ludwig Meyer, Arzt aus Deutschland."

Wieder krachte etwas gegen die Tür.

„Gehen Sie weg."

„Ich muss aber dringend mit Ihnen über die Reformen sprechen."

„Hauen Sie ab, Mann."

Ludwig ging zur sonnenbeschienenen Seite des Hauses, das Huhn roch wie ein altes Federbett. Er spähte durch das Fenster. Das dunkle Zimmer stand voller Bücher, Boden und Schreibtisch waren übersät mit Papieren, aufgeschlagenen Folianten und Zeitungen. Ein Stuhl lag zur Seite gekippt.

Die Fensterläden an der Rückseite waren geschlossen. Auf der anderen Schmalseite konnte Ludwig in die Küche blicken. Geschirr und Töpfe stapelten sich. Von Conolly war nichts zu sehen. Er musste hinter der Haustür lauern. Ludwig klopfte an das Küchenfenster. Die Scheibe vibrierte im Rahmen.

„Doktor Conolly, ich muss mit Ihnen sprechen."

„Warum?"

Ludwig konnte nicht bestimmen, woher die Frage kam. Das Haus sprach.

„Damit in den Anstalten in Deutschland alles besser wird. Meine Mutter ist dort in den Selbstmord getrieben worden."

„Nichts wird besser", rief das Haus. „Tut mir leid mit Ihrer Mutter. Und jetzt gehen Sie endlich. Ich will meine Ruhe haben."

„Wir sind Kollegen."

„Das wäre ja noch schöner."

Ludwig ging auf die Sonnenseite zurück und zündete sich einen Zigarillo an. Er hielt das Gesicht mit geschlossenen Augen in die Wärme.

Das Fenster des Bücherzimmers wurde aufgestoßen. Ein Kopf mit weißgrauem Haar erschien. Conolly starrte Ludwig an.

„Sie sind ja immer noch hier."

„Ich habe das so an mir."

„Segeln Sie nach Deutschland und tun Sie, was Sie tun müssen. Ich will nicht mehr darüber reden."

„Warum nicht, Doktor Conolly?"

Der alte Mann verzog den Mund, als wolle er ausspucken. Sein Gesicht war zerfurcht wie das eines Bauern, der über Jahrzehnte bei jedem Wetter im Freien geschuftet hatte.

„Haben Sie noch so eine Zigarre?"

Ludwig bot Conolly einen Zigarillo an, und der Mann zog ihm den Zigarillo aus dem Mund und entzündete seinen damit. Er inhalierte tief.

„Bleiben Sie bei der Medizin, Mr Meyer. Psychiatrie richtet Sie zugrunde."

„Wir können heilen. Wir können das öffentlich machen."

„Dummer Junge."

„Alter Griesgram", sagte Ludwig. Er grinste Conolly an. Entweder wäre dieses Gespräch jetzt beendet, oder Conolly würde einlenken.

„Es gibt einen Tee, wenn Sie wollen", sagte Conolly. „Aber Sie kochen ihn."

Conolly öffnete. Er trug einen dunkelbraunen Morgenmantel, der nach Tabak roch. Im Haus musste jemand gewütet haben. Schachfiguren lagen auf dem Boden, überall Bücher und Papiere. An den Wänden hingen rahmenlose Zeichnungen. Mit dickem, schwarzem Kohlestift hatte jemand Menschen porträtiert, die mit wahnsinnigen Augen in die Welt starrten oder den Mund weit aufrissen.

„Haben Sie die gemacht?“, fragte Ludwig. „Die sind sehr gut.“

„Ja, ja. Kreativität kann etwas Therapeutisches haben, ist dann aber keine Kunst“, sagte Conolly. Ludwig merkte, dass der alte Mann ihn ununterbrochen ansah, manchmal etwas murmelte oder unwirsch mit dem Fuß über den Boden schabte. In der Küche suchte Ludwig eine Teekanne und einen Kessel zum Wasserkochen. Er fachte das Feuer im Eisenofen an und polierte zwei Tassen mit einem Tuch.

„Woher kommen Sie, Meyer?“

„Ich bin Hamburger.“

„Eine Auswandererstadt. Psychische Schäden durch etwas so Simples wie Heimweh. Von hier sind auch viele fortgegangen, nach Amerika meist. Suchen ihr Glück in einem anderen Land. Aber, Meyer, wo sollte ein Mensch Glück finden, wenn nicht bei sich selbst? Er kann gehen wohin er will, wenn er es nicht bei sich findet, findet er es nirgends.“

„Bei den meisten Auswanderern, Doktor, geht es eher um ökonomische Dinge. Armut, keine Arbeit.“

„Ja und? Ein Prozent dieser Menschen schafft es. Es geht nur vordergründig um wirtschaftliche Dinge. Was ich meine, ist, dass es vermehrt eklatante geistige Störungen gibt bei Menschen, die schwer krank werden wegen des Heimwehs. Sehnsucht. Heimaterde. Manche sagten, allein der Anblick dieser Weiten habe sie dermaßen geängstigt und verstört, dass sie es nicht ausgehalten haben. Außerdem schnippeln Indianer Skalpe. Das hört man einmal irgendwo und hat dann für den Rest seines Lebens Angst, selbst wenn man niemals einen Indianer zu Gesicht bekommt. Das ist Psychologie, Mr Meyer. Angstzustände. Elender Dreck." Conolly nahm den Tee entgegen und pustete so heftig in die Tasse, dass sein Morgenmantel nass wurde. „Je weiter wir kommen, desto mehr sehen wir. Die Krankheiten rennen und vermehren sich, wir kriechen hinterher."

„Dann müssen wir uns beeilen. Ihre Reformen?"

„Meine Reformen? Mein System? Lasst mich doch alle in Ruhe damit." Conolly ging aus der Küche. Im Bücherzimmer setzte er sich in einen Sessel am Fenster. Die Papierstapel hier waren teils einen halben Meter hoch.

„Fallgeschichten?", fragte Ludwig.

„Ja, ja", sagte Conolly. Er sah nach den irren Porträts, sein Blick blieb am Bild einer Frau mit dicken Augenbrauen hängen.

„Sie war krank. Ich habe sie trotzdem geliebt. Können Sie sich das vorstellen?"

„Ja, kann ich."

„So, so."

Conolly sah aus dem Fenster auf die Wiesenhügel, die gelbgrün waren, wo die Sonne sie beschien, und blaugrau im Schatten.

„Haben Sie eine Frau, Doktor Meyer?"

„Noch nicht."

„Aber es gibt eine, an die Sie öfter denken?"

„Ja."

„Einer Frau können Sie es nicht recht machen, Meyer, nie. Frauen haben keine Linie, weil sie allesamt Hysterikerinnen sind. Früher oder später. Liegt alles an der Gebärmutter. Wenn eine Frau Mutter geworden ist, dann hat sie für eine Zeit lang eine Linie, allerdings ist ihr dann auch alles andere gleich. Frauen sind dumpfe Sklaven ihrer Launen und weil sie das im Prinzip selbst wissen, stilisieren sie ihre Launen zu etwas Gutem oder gar Intelligentem und faseln uns darüber vor, dass wir keine Ahnung von Gefühlen hätten. Alles Nonsens. Eine Frau stört im Leben eines Psychiaters."

„Aha", sagte Ludwig. „Non-Restraint, Doktor Conolly."

„Herrgott Mann, ich war nicht viel mehr als ein besserer Hausmeister. Ich habe für Sauberkeit gesorgt und für Licht."

„Und für Beschäftigung", fuhr Ludwig fort. „Für Akzeptanz, für das Ernstgenommenwerden, für neue therapeutische Ansätze, für Forschung. Für Freiheit. Wie sollen wir die Krankheiten erkennen, wenn wir ihnen keinen Raum geben? Sie haben genau das getan, Doktor."

„Wir sollten sie einfach alle frei herumlaufen lassen, fertig."

„Das ist jetzt ein wenig simplifizierend."

„Unsinn."

„Kein Unsinn", sagte Ludwig. Conollys Gesicht ähnelte jetzt gefährlich einigen der Porträts. Er wackelte mit dem Zeigefinger.

„Küche“, sagte er, „der Schrank rechts vom Fenster. Gläser finden Sie schon.“

In dem Schrank stand ein Flasche Scotch. Ludwig wischte zwei Gläser sauber. Einen solchen Blödsinn über Frauen wie von Conolly hatte er noch nie gehört. Wie konnte ausgerechnet dieser Mann so verallgemeinern? Und wieso verunglimpfte er seine eigenen Leistungen? Ludwig goss das Glas für den Alten voll, sein eigenes nur daumendick. Er ging zurück.

„Die Flasche. Bringen Sie gefälligst die Flasche mit.“

Ludwig holte die Flasche. Durch lange Gespräche mit Doktor Seward wusste er, gegen welche Widerstände Conolly angekämpft hatte. Die Umsetzung der Anstalts- und Behandlungsreform hatte viel Geld gekostet, Geld, das keinen materiellen Gewinn brachte. Welche Regierung gab gerne Geld aus, wenn damit nichts zu verdienen war?

„Wir haben eine gemeinsame Leidenschaft“, sagte Ludwig, „Shakespeare.“

„Verfluchter Hurenbock“, sagte Conolly. „Der hat Frau und Kinder auf dem Land sitzen lassen und in London geschrieben und gevögelt, dass sich die Balken bogen, der irre Sack.“

Ganz kurz zuckte der Gedanke durch Ludwigs Kopf, dass Schreiben und Vögeln so schlecht nicht seien, aber so etwas durfte man nicht denken. Oder doch?

Mit dem Glas in der Hand zeigte Conolly aus dem Fenster.

„Wissen Sie, was mir hier am meisten gefällt? Keine Menschen. Kaum jemand verirrt sich hierher.“

„Und wie versorgen Sie sich?"

„Sie haben immerhin einen pragmatischen Ansatz, wie es scheint. Gefällt mir. Ich werde versorgt, keine Bange."

„Ihre Reformen, Doktor?"

„Ich schicke Ihnen den ganzen Kram zu. Hunderte, eng beschriebene Blätter. Behandlungsmethoden, Patientenberichte, Anstaltsaufbau, Verwaltung, den ganzen Kram. Lassen Sie mir Ihre Adresse hier. Wir nennen sie Irre. Wahnsinnige. Wir drängen sie weg. Warum, Meyer? Weil wir Angst haben. Wir haben Angst davor, etwas von uns selbst in diesen Menschen zu sehen. Wir haben Angst vor Erkenntnis. Und wenn Sie oder ich täglich mit diesen Gesegneten zu tun haben, dann wird's irgendwann furchtbar dunkel. Die Angst holt uns ein und bewahrheitet sich. Es hat alles keinen Zweck."

„Es gibt Heilung", sagte Ludwig.

Conolly kippte den Scotch hinunter und warf das Glas gegen die Wand. Es traf eine der Zeichnungen und fiel mit einem dumpfen Geräusch auf den Teppich.

„Ich schicke Ihnen das Zeug zu, versprochen. Machen Sie damit, was Sie wollen. Und jetzt gehen Sie."

„Ich bleibe so lange hier sitzen, bis Sie mit mir über Non-Restraint gesprochen haben."

Conolly kicherte. „Wenn Sie in einen Schweigewettbewerb gegen mich antreten wollen, dann viel Spaß."

Ludwig referierte über den theoretischen Ansatz der Somatiker, er erzählte von Fallgeschichten aus der Charité, beugte sich dicht zu Conolly und machte sich lustig über die Dummheit des Doktor Wendt. Aber was auch immer er Conolly erzählte, der alte Mann war nicht da. Er schwebte in anderen Sphären, die so dicht und echt sein mussten, dass er vollkommen unerreichbar war. Selbst als Ludwig ihm einen weiteren Whisky anbot, blieb Conolly regungslos und starrte aus dem Fenster auf die Wiese, die grau wurde im schwindenden Licht.

Von der Tür aus blickte Ludwig noch einmal zu Conolly zurück. „So weit weg kann man also sein“, sagte er.

„Ja, natürlich. Das müssen Sie lernen, Meyer“, sagte Conolly. Er drehte sich langsam zu Ludwig um, stöhnte leise, als schmerze ihn etwas. „Werden Sie Bäcker oder Tischler. Leben Sie wohl, Meyer. Sehen Sie zu, dass Sie immer einen Drink griffbereit haben. Das ist das Einzige, was hilft.“

„Eros und Alkohol, ich weiß.“

„Erzähl mir nichts von Eros“, schrie Conolly.

9

Er ging in St. Pauli von Bord des Frachtseglers. Der Himmel stand grau und hart über der Stadt, Schiffsmasten und Häuser schienen sich zu verkanten, als schwimme Hamburg oder die Schiffe wären von Teufeln getrieben in die Gassen hineingefahren. Ich bin wieder da, dachte er. Frachter wurden be- und entladen, straff gespannte Seile und quietschende Winden überall, die Tore der Lagerhäuser standen weit offen, Pferdewagen verstopften Straßen und Wege, Männer in grober Arbeitskleidung schoben Karren mit hochaufgetürmten Kisten, es roch nach Holz, Fisch, Früchten und Pferdemist. Ein kalter Wind wischte durch das Summen Hunderter Stimmen. Ludwig wurde angerempelt und sah einer Frau hinterher, die mit einem Kleinkind im Arm durch das Gedränge lief wie ein Fremdkörper. Er ging über das Johannisbollwerk in den Herrengraben nach Norden zum Neuen Wall, blickte zu den Türmen von St. Nicolai, St. Michaelis und der Neuen Post, einen Arm immer um die Tasche mit den Fallgeschichten gelegt. Manchmal ließ er die Fingerspitzen an Hauswänden vorbeistreichen. An der Binnenalster sah er zu den kleinen Fenstern des Zuchthauses hinauf. Auch hier wurden Geisteskranke eingesperrt. Menschen wie seine Mutter, weil niemand wusste, wohin mit diesen armen Seelen und es niemanden kümmerte.

Nach der schlingernden Enge auf dem Schiff tat es seinen langen Beinen gut, weit auszuschreiten. Er freute sich, wieder in Hamburg zu sein. Aber er war auch in einen Schleier bösartiger Rachegedanken gehüllt. Er sah sich an der Spitze der Insassen von St. Georg Doktor Krümmers Büro stürmen und den Mann in eine Zwangsjacke schnüren. Als er nach langem Marsch von der Straße an der Alster nach rechts in die Straße Am Krankenhause abbog, wurde ihm erst bewusst, dass es für ihn keinen anderen Weg gegeben hatte als den, der ihn vor das Hospital getrieben hatte.

Der Krankenhauspförtner war derselbe wie damals. Die Scheibe zu seiner Kammer war stumpfer geworden, der Mann wirkte blass. Ludwig musste darauf achten, seine Stimme nicht Krieg führen zu lassen.

„Entschuldigen Sie“, sagte er, „arbeitet Doktor Krümmer noch in diesem ehrenwerten Haus?“

„Ja, natürlich.“

Ja. Natürlich. Immer noch.

„Soll ich Sie anmelden?“

„Nein, nein, schon gut. Ich bin gerade von einer langen Reise zurückgekehrt. Doktor Krümmer, er ist ein alter Bekannter von mir. Ich werde mich bei ihm melden. Ganz sicher.“

Etwas vibrierte in seiner Brust. Er hatte Lust, den Pförtner an den Ohren hochzuziehen und ihm zu sagen, was er vorhatte. Was hatte er vor?

„Es gab hier früher auch einen aufrechten Wärter, Henning. Ist der Gute auch noch hier?“

„Ja“, sagte der Pförtner mit Misstrauen in der Stimme.

„Wie schön. Haben Sie Dank.“

Am Lübecker Tor fand er eine Droschke und ließ sich zum Elternhaus fahren.

Die Stimme seines Vaters tönte wie ein dunkler Ruf aus der Kindheit. „Mein Sohn." Der Mann stand in der Tür und sah auf Ludwigs Knie. Sein Haar war dünn geworden, glatte Kopfhaut leuchtete.

„Ist ein Paket aus England gekommen? Von Doktor Conolly?"

Die schüchterne Freude zog sich aus dem Gesicht des Vaters zurück.

„Nein, hier ist kein Paket angekommen. Die Post, weißt du, sie wird jetzt neu geregelt. Briefkästen statt Briefannahmestellen, da gibt es gerade in den Vorstädten noch ab und an Schwierigkeiten. Mäßiges Wetter hast du mitgebracht."

Ihre Blicke trafen sich. Ludwig schauderte. Was lag da jetzt alles drin? Mein Vater, dachte er, mein Papa. Versager, dachte er.

„Komm doch her, mein Junge." Der Mann breitete die Arme aus und ließ sie wieder sinken. Er gab ein unbestimmbares Geräusch von sich und breitete die Arme wieder aus. „Komm doch, Junge." Ludwig schluckte.

„Junge, bitte."

Auf steifen Beinen kam sein Vater die Stufen hinunter. Ludwig rührte sich nicht. Ich liebe dich, ich hasse dich, ich liebe, hasse, liebe.

„Ich weiß, Ludwig. Ich weiß ja." Sein Vater umfing ihn. Er umarmte Ludwig, wie er es nie zuvor getan hatte. Oberkörper an Oberkörper, eng umschlungen, Ludwig fühlte sich ganz klein und jung und das Haus war wieder das Haus seiner Kindheit, als Mutter noch lachen konnte. Einen Moment lang wollte er die Umarmung erwidern, wollte seinen alten Vater an sich drücken. Er legte ihm sachte eine Hand auf die Schulter.

„Guten Tag … alter Herr."

„Alter Herr, hm? Hast nicht unrecht, Junge."

Ludwig saß mit seinem Vater am Kaminfeuer, sie rauchten Zigarren. Ein Jahr Studium in Bonn, ein Jahr Gefängnis, zählte sein Vater auf, Kurzurlaub in Hamburg, weitere Jahre Studium und Assistenz in der Charité in Berlin, die Reise nach Paris und der Aufenthalt in London. Eine kleine Ewigkeit sei es, in der Ludwig kaum hier gewesen sei. Wenn er selbst einst Kinder haben werde, werde er erst merken, wie sehr man sie vermisse.

„Willst du Kinder haben, Ludwig? Mich zum Großvater machen?"

„Darüber habe ich noch nie nachgedacht."

„Es ist schön, Kinder zu haben. Deine Mutter …"

Ludwig verstand nicht, was sein Vater noch sagte. Die Erwähnung der Mutter riss sofort wieder die Tür zum Keller von St. Georg auf.

„Die Wärter haben Mutter nackt vorgeführt", sagte er. Ein Satz wie ein Kanonenschuss. Das Gesicht seines Vaters sah aus wie gemalt, wie festgehalten und zu keiner Regung mehr fähig. Der alte Mann stemmte sich aus dem Ledersessel hoch, verharrte aufgestützt und ließ sich wieder sinken.

„Sag, dass das nicht stimmt." Sein Vater röchelte, dann begann er zu husten. Tränen schossen in seine trüben Augen. „Annette", flüsterte er. „Annette." Er richtete seinen schwimmenden Blick auf Ludwig. „Das stimmt nicht, Ludwig."

„Es stimmt."

Sein Vater weinte still. Ludwig hatte nicht gewusst, dass in diesem Mann überhaupt Tränen vorhanden waren. Nach einigen Minuten nahm sein Vater ein Tuch aus der Jackentasche, trocknete sich das Gesicht, schnäuzte sich die Nase und tat dann etwas, das Ludwig ungeheuer vertraut war: er zupfte sich das Revers zurecht und zog den Binder gerade. Seine Stimme wurde fest.

„Das darf niemand erfahren, Sohn. Das hätte sie nicht gewollt."

„Das ist dir immer das Wichtigste, nicht wahr? Dass niemand etwas erfährt."

„Es geht um sie."

Ludwig holte eine Cognacflasche von der Anrichte, goss sich einen Schwenker halb voll und leerte ihn in einem Zug.

„Ich werde einige deiner Kontakte brauchen", sagte er. „Ich werde Geld brauchen, weiterhin. Ich …"

„Alles. Alles, was du willst."

Die Tür wurde geöffnet. Julia kam herein.

„Mein Bruder! Ludwig!" Sie lachte und breitete die Arme aus. Dann ließ sie die Schultern sinken.

„Was ist denn hier los?"

Ludwigs Vater stand auf, wischte sich mit seinen großen Händen über das Gesicht und trat ans Fenster.

„Papa?"

Er schwieg.

„Ludwig?"

Ludwig schüttelte den Kopf.

„Ihr seid unmöglich", sagte Julia. Sie reichte Ludwig die Hand wie einem entfernten Bekannten. „Wir gehen heute Abend trotzdem ins Theater", sagte sie. „Du und ich, Bruderherz."

„Ich muss zur Medicinalbehörde."

„Aber nicht am Abend. Unsinn. Es wird höchste Zeit, dass wir Frauen mehr Macht bekommen. Ihr seid zu verbohrt, um reden zu können. Das starke Geschlecht, ja? Papa?"

Der alte Mann barg das Gesicht in seinen Händen und schüttelte den Kopf.

„Kann mir jetzt mal jemand sagen, was hier los ist?"

Ludwig schwieg. Er wusste nicht, warum er Julia nicht einweihte. Vielleicht wollte er sie schützen, vielleicht schaffte er es schlicht nicht, noch einmal zu sagen, was mit Mutter geschehen war.

„Wenn ihr mich hier nicht mehr haben wollt, müsst ihr es nur sagen. Ich kann auch auf eigenen Beinen stehen, meine Herren."

Als Ludwig mit Julia von seiner Loge im Stadttheater aus in die anderen Logen und den Saal hinabblickte, sah er viele leer gebliebene Sitze. Ausgerechnet bei Shakespeare.

Sein Vater hatte den ganzen Nachmittag kein Wort mehr gesprochen. Was ging in ihm vor – was würde er tun? Was hätte dieser Willi Boysen gemacht, der Mann, dessen Namen Ludwig nie vergessen hatte? Oder ein Carl Schurz?

Ludwig hatte wenigstens den Hauch eines Planes. Er wollte in das System eindringen und es von innen heraus verändern. Und irgendwie zusehen, dass all die Krümmers und Hennings dabei auf der Strecke blieben.

Er griff nach Julias Hand. Er bewunderte sie dafür, wie schnell sie ihre gute Laune wiedergewonnen hatte.

Er trank Sekt und sah durch das Opernglas. Er machte Notizen über die Unterschiede des verkleinerten Blickfeldes mit größerer Sehkraft – wie beispielsweise erzeugt durch das Opernglas – im Gegensatz zum weiten, aber weniger deutlichen Blickfeld ohne Hilfsmittel. Wenn entweder die eine oder die andere Sichtweise durch eine Krankheit übersteigert wäre, welche Folge hätte das dann? Geisteskrankheit und Sehen? Was sehe ich wie? Und sieht irgendein anderer Mensch auf dieser schönen, furchtbaren Welt das Gleiche wie ich?

„Was machst du denn da wieder?", flüsterte Julia. „Lass doch mal los, Ludwig. Wenigstens für einige Stunden."

Als der Vorhang nach links und rechts zur Seite gezogen wurde, sah Ludwig ein Schloss und eine mit Blumenkübeln verzierte Terrasse. Ein einsamer Mann stand dort, einen Degen an der Seite und fragte immer wieder „Wer da? Wer da?" Ludwig gab sich hin. Ganz schnell notierte er noch: Ablenkung. Sich öffnen. Woanders sein. Verfluchte und gesegnete Gleichzeitigkeit.

Dann drückte Julia ihm auf die Schreibhand.

Eine zierliche, schwarzhaarige Frau erschien in Ludwigs gerändertem Blickfeld. Ophelia. Ludwig drückte das Glas stärker gegen die Augenbrauen. Wer war das? Ophelia erzählte ihrem Vater von den Avancen des Prinzen Hamlet. Sie war verwirrt. Aber die Schauspielerin verfiel nicht in große Gesten, es waren Andeutungen von Ratlosigkeit und Unruhe, ganz kleine Bewegungen und Blicke. Grübchen sichelten in ihre Wangen. Die Frau hatte einen schlanken Hals und eine klare Stimme. Warum würde Ophelia ins Wasser gehen? Weil Hamlet Wahnsinn vortäuschte. Als die melancholische Ophelia den Kopf zu seiner Loge hob und ihm direkt in die Augen zu sehen schien, ließ er vor Schreck das Opernglas fallen. Er bückte sich und stieß sich die Stirn. Mit dem Glas vor Augen richtete er sich wieder auf. Ophelia war fort. Julia kicherte.

„War das …?", fragte Ludwig.

„Das ist Fanny", sagte Julia.

„Fanny?" Einige Leute blickten sich zu ihm um. Er hielt sich eine Hand vor die Stirn, als blende ihn die Sonne.

„Fanny?", flüsterte er.

„Ja." Julia lachte.

„Sagenhaft. Sa-gen-haft."

Während der Heimfahrt in der Kutsche fragte Ludwig, wann der Hamlet erneut gespielt werde. Julia blätterte in einer Broschüre, hielt sie sich wegen der Dunkelheit dicht vor die Augen und sagte dann, übermorgen.

„Ophelia hat dir gefallen. Entzückende Frau, nicht wahr?"

„Julia, bitte."

„So hübsch. Und du kennst sie. Meine Freundin Fanny."

Ludwig sah aus dem Fenster und rieb sich den Bart.

Die nächste Vorstellung besuchte er ohne Julia. Sei ihr schon klar gewesen, hatte seine Schwester gesagt.

Schlug er morgens die Augen auf, sah er Fannys Gesicht vor sich. Es kostete ihn kaum Zeit, Ophelias Text auswendig zu lernen. Im Theater dann flüsterte er mit, wenn die schmale Fanny auf die Bühne trat und sich Szene um Szene dem Selbstmord näherte. Ist ja nur gespielt, beruhigte er sich, nur gespielt.

Eine Blumenverkäuferin schob ihren bunten Wagen auf der Dammtorstraße vom Theater fort, die Blüten vibrierten und schienen sich aufzulösen, einige lagen auf der Straße, wie eine Spur von Farbklecksen. Ludwig kaufte einen Strauß Rosen, hastete zurück zum Theater, drehte um und schenkte der Blumenverkäuferin die Rosen. Zwei Tage später dieselbe Prozedur, dann noch einmal. Die Blumenhändlerin sah ihn ungläubig an.

Müsse ja eine große Liebe sein, sagte sie.

Er habe keine Ahnung, sagte Ludwig. Er versuchte, über sein Benehmen in den letzten Tagen nachzudenken, kam dabei allerdings nicht gut weg. Wie ein Schuljunge gebärdete er sich, schlimmer noch. Ohne jegliche Souveränität, stillos fast und wenn er morgens seine Tasse Kaffee trank, verschwamm das helle Gesicht Fannys auf der schwarzen Oberfläche mit den Spiegelungen. Fanny Nielsen. Schöner Name. Fanny. So beschwingt. Er erinnerte sich nur zu gut daran, wie er weggeschrumpft war, als sie den Kopf in die Kutsche gestreckt hatte.

Was sollte das alles? Warum dachte er ununterbrochen

an diese Frau? Das war doch Murks. Er stellte das ab und es gelang für einige Minuten, in denen er sich – passenderweise – auf seinen Artikel über das natürliche Erröten konzentrierte. Er focht einige Übungen und saß abends in seiner Loge, ganz gleich, welches Stück gegeben wurde, und wartete auf Fannys Auftritte. Wenn sie auf die Bühne kam, erstrahlte etwas in ihm. Nachts verließ er manchmal sein Zimmer, nickte Diana zu und ging die unter seinen Sohlen knirschende Straße hinab bis zum Haus der Nielsens. Gelb erleuchtete Fenster, Rechtecke des Lichts in der Nacht. Ab und an bewegten sich Schemen hinter den Vorhängen wie weichrändrige Scherenschnitte. Hätte sie sich doch nur hinter einem dieser Fenster ausgezogen und dann ein dünnes Nachthemd über ihren Körper gleiten lassen.

Er stieß Türen auf, eilte Treppen rauf und runter und hörte das Rasseln von Ketten wie in der Irrenabteilung. Sein Herz pochte nervös. In einem Seitenflur fand er eine Tür mit goldener Aufschrift „Garderobe“. Er roch an den Rosen. Wie schnell würde er den Rückweg finden? In der Stille wurde ihm klar, dass er es immer noch nicht wagen würde, diese Frau anzusprechen. Er hätte einen Zettel an die Blumen stecken können: Für Ophelia von einem Verehrer. Das wäre durchaus galant gewesen und beruhigend konsequenzfrei. Die Frage war: Was sollte er dieser Frau sagen? Selbst wenn er Fanny nun ansprechen würde, könnte er ihr nie genügend Zeit widmen. Andererseits … Er war ein erwachsener Mann. Was sollte passieren, käme sie jetzt durch diese Tür? Er drehte sich um und ging den engen, weißen

Flur wieder zurück, die Rosen mit den Köpfen nach unten in der Hand.

„Sollten die für mich sein?"

Ihre Stimme war klar, Fanny verschluckte keinen Buchstaben, ein t war ein t, ein s scharf und klar. Er hörte sie näher kommen, wagte aber nicht, sich umzudrehen. Er wusste, dass sie das Haar hochgesteckt hatte, den Kopf ein wenig erhoben wahrscheinlich.

„Nun, mein Herr?"

Sie konnte nur noch Zentimeter hinter ihm stehen.

Ludwig drehte sich um. Fannys Augen weiteten sich.

„Ach nein. Mein Irrenarzt!"

Er hielt Fanny den Strauß entgegen. Er sah auf ihre Schuhe hinab. „N' Abend", sagte er.

Fanny lachte. „N' Abend."

„Verzeihung."

„Wofür, Ludwig?"

„Keine Ahnung."

Er lud sie zum Essen im Alsterpavillon ein. Als Fanny sagte, er habe es, wie es scheine, eilig, war er ebenso bestürzt wie verunsichert und befürchtete, einen unverzeihlichen Fehler gemacht zu haben.

„Nun, worauf wartest du?", fragte Fanny.

Er hielt ihr die Armbeuge hin und führte sie aus dem Theater auf das Kopfsteinpflaster der Dammtorstraße hinaus. Sein Arm wurde warm und diese Wärme streichelte weiter durch seinen ganzen Körper.

„Sie haben da noch ein wenig Schminke an der Spitze der linken Augenbraue", sagte er. Fanny lachte.

Mit dieser Frau neben ihm fühlte er sich noch ein Stückchen größer. Sein Herz lächelte. Es waren nur noch wenige Gäste im Pavillon und das Licht der Kronleuchter verfing sich auf Topfpalmen, Silberbesteck und in den großen Scheiben zum See und zum Jungfernstieg hinaus. Sie redeten über den Wahn und das zerstörerische Zögern des Prinzen Hamlet und Ludwig sagte, man hätte auch dem helfen können.

„Hättest du?", fragte Fanny.

Ludwig sah aus dem Fenster in die Dunkelheit.

„Ich werde sie alle heilen", sagte er. Fanny zog eine Augenbraue hoch.

„Alle? Ein bisschen viel, oder?"

Fanny trank von ihrem Wein. Sie begann, von ihrer Arbeit als Schauspielerin zu erzählen. Ludwig starrte auf ihren Hals und zwang sich, den Blick nicht auf das Dekolleté sinken zu lassen, wo die Haut immer heller wurde.

„Leben Sie allein?", fragte er. „Was essen Sie gerne?"

„Ludwig? Kannst du jetzt bitte aufhören, mich ständig zu siezen?"

„Und trinken? Kaffee? Tee? Wein? Magst du den Sonnenaufgang lieber oder den Sonnenuntergang?"

„Du bist ein wenig kecker geworden, als du aussiehst."

„Wie sehe ich denn aus?"

„Streng. Elegant. Manchmal abwesend. Sogar in meiner Gegenwart. Das will etwas heißen."

„Nicht abwesend. Eher an mehreren Orten zugleich, hin und wieder."

„Die eine Welt", Fanny sah dem livrierten Ober entgegen, „ist eng. Oh, da kommt unser Essen."

Sie hatte Zanderfilet bestellt mit Salzkartoffeln. Weil es Ludwig gleich war, hatte er dasselbe bestellt. Er tastete nach den Anstaltsskizzen in der Innentasche des Gehrocks. Er sah Fannys Augenbrauen an, den Nasenrücken und die Lippen und die Magie des Moments, wenn sie die Gabel mit dem weißen Fleisch des Fisches zum Mund führte. Er wollte die Skizze stecken lassen, legte sie dann aber doch zusammengefaltet auf den Tisch.

„Was ist das?“, fragte Fanny.

„Der Ort, an dem alles besser wird.“

„Guter Ort.“

Fanny redete schnell, als eile sie sich selbst voraus. Manchmal wedelte sie mit dem Zeigefinger, damit Ludwig nichts sagte, während sie noch kaute und kaum hatte sie geschluckt, redete sie weiter.

„Ich habe eine Gesangsausbildung gemacht. Tanz auch. Und Lesen, Herr Doktor Ludwig Meyer, Lesen ist etwas Wundervolles. Und Hamburg ist so schön. Warum sagst du eigentlich nichts? Aber es wäre gut, die Menschen wären freier und außerdem solltest du mir ganz viel von geisteskranken Menschen erzählen.“

Ludwig hatte selten jemanden so viel sprechen hören, er wusste gar nicht, dass das ging.

„Hast du viele Verehrer? Ich meine, eine Frau wie du.“

„Natürlich.“

„Natürlich. Ja. Ist von diesen Verehrern schon einmal einer bis vor die Tür zu deiner Garderobe gekommen, wenn ich fragen darf?“

„Die meisten kommen in meine Garderobe.“

„Das ist ja schön."

Das hatte alles überhaupt keinen Zweck. Er würde nie wieder das Stadttheater besuchen und keinesfalls noch einmal mit diesem Wesen reden.

„Deine schlimmsten Gedanken, Ludwig?"

„Bitte?"

„Deine schlimmsten Gedanken."

„Lieber nicht."

„Jetzt erst recht."

„Ein anderes Mal."

Jetzt hob Fanny beide Augenbrauen. Zu Ludwigs Erstaunen blieb sie ruhig, protestierte nicht, zeigte kein Entsetzen, sondern sah ihn nur an, fast schelmisch.

„Und nun zu den Geisteskrankheiten, Herr Doktor." Sie tippte auf die gefaltete Skizze. „Das hat doch etwas damit zu tun, nicht wahr?"

„Oh, ja, natürlich", sagte er und begann.

Als er spät in der Nacht beeindruckt und verwirrt und enttäuscht daheim ankam, sah er den Lichtschein eines Kaminfeuers aus dem Salon. Julia saß im Sessel und blätterte eine Partitur durch. Sie habe auf ihn warten wollen, sagte sie.

„Fanny", sagte er.

„Was Fanny?"

„Ich habe ihr von Dementia praecox erzählt und von anderen Krankheiten, und von Forensik und von", er rieb sich die Augen, „von Ohrknorpeln. Knorpel. Oh Gott."

Julia prustete.

„Du brauchst einen Cognac." Sie reichte ihm einen polierten Schwenker und stellte sich zu ihm in die orangefarbene Wärme des Kamins.

„Ich habe einen Liebhaber", sagte Julia. „Er ist verheiratet, hoch angesehen, hat drei Kinder. Wir treffen uns heimlich. Wenn unsere Liaison herauskommt, ist er gesellschaftlich ruiniert."

„Oh Gott."

„Es fühlt sich bei ihm immer so verzweifelt an. Als habe er kaum noch Zeit. Es ist sehr ... sehr intensiv." Julia legte sich eine Hand auf die Brust. „Du ... du verstehst schon."

Ludwig reichte ihr den Cognacschwenker, Julia leerte ihn in einem Zug und bekam glasige Augen. Die Lichtspiegelungen auf dem Glas blieben immer an derselben Stelle, obwohl Julia den Schwenker bewegte.

„In der Charité in Berlin", sagte Ludwig, „wo ich unter der Führung inkompetenter Ärzte idiotische Behandlungen an Geisteskranken vorgenommen habe – in der Charité waren viele, die krank waren vor Liebe. Und wegen des Eros. Suizidversuche waren nicht selten. In der Krankheit befreien sich Menschen von Zwängen. Ich habe Männer gesehen, denen wurden von den Wärtern die Hände wund geschlagen, damit sie nicht ... du weißt schon."

„Frauen machen dieses ‚du weißt schon' übrigens auch. Also einige jedenfalls", sagte Julia und sah zu Boden.

„Oh", sagte Ludwig und meinte, was er sagte und sah ebenfalls zu Boden. Sie kicherten.

„Bei mir ist er ganz anders als bei seiner Frau. Sagt er. Es wird zu Ende gehen. Irgendwann wird für ihn der Druck zu groß werden oder für mich die Enttäuschung, dass ich ihn nicht ganz haben kann. Wir wissen das beide."

„Vielleicht geht es auch anders aus."

Julia umarmte ihn. „Das wäre so schön", flüsterte sie. „Aber wir leben in einem Zeitalter und einer Gesellschaft der Skandale."

Sie rückten die Sessel an den Kamin, Ludwig legte Holz nach, seine Hände wurden warm. Er sah seine Schwester an, diese vollwangige Frau, die sich oft mit der Spitze des Zeigefingers am Scheitel kratzte.

„Bruder, ich spiele etwas auf dem Klavier. Auf Liebe und Freiheit." Sie spielte Mozarts „Türkischen Marsch". Ludwig war ganz trunken von Cognac und Julias Spiel, es ging ihm gut und er dachte an gar nichts.

In der Medicinalbehörde erfuhr er, dass seit Längerem über eine Separierung der Irrenabteilung von St. Georg diskutiert werde und diese Angelegenheit allmählich beschlussreif sei. Auch der leitende Arzt dort, Doktor Krümmer, befürworte das, obwohl er kurz vor der Pensionierung stehe.

Ludwig setzte sofort ein Bewerbungsschreiben auf. Er legte seine Doktorarbeit dazu, Bestnote. Er legte Abdrucke seiner zahlreichen Publikationen bei, schrieb über seine Berufserfahrung in der Berliner Charité und im Bedlam in London und machte aus dem Treffen mit Doktor Conolly ein Gespräch in den heiligen Hallen von Oxford.

Nachdem er den dicken Umschlag persönlich in der Behörde abgegeben hatte, setzte er sich an die Alster und rauchte eine Zigarre. Jetzt zählte es. Jetzt kam es darauf an.

Ludwig und Fanny spazierten durch den Zoologischen Garten Hamburgs. Es war nicht lange her, dass Alfred Brehm zum Direktor ernannt worden war. Ein Mann, der neue Wege ging. So wie ich, dachte Ludwig. Fanny sah einem Mädchen hinterher, das auf einem Elefanten ritt.

„So ein Elefant", sagte sie, „führt offensichtlich ein ausgesprochen gemütliches Leben. Auf Dauer ist das wahrscheinlich nicht das Wahre. Irgendwo hier muss es auch einen Bärenzwinger geben. Dieses Wilde, das ist aufregend."

Ludwig dachte an all seine Irren.

„Ich gehe viel spazieren", sagte Fanny, „ich mag die frische Luft. Ich beobachte gerne Menschen. Und ich zeig mich ganz gern." Sie sah ihn an und legte den Kopf ein wenig zur Seite. Ludwig wusste nichts darauf zu sagen. Eine schöne Frau, die sich gerne zeigte. Das war eine Art von Selbstbewusstsein, die er nicht einschätzen konnte.

„Du bist ganz, ganz außergewöhnlich schön."

„Herr Doktor."

„Ich stehe an einem Wendepunkt in meinem Leben, Fanny. Doktor Krümmer, dieser gottverdammte Mistkerl, will seine Stelle in St. Georg altersbedingt aufgeben. Ich will sie haben. Außerdem würde ich gerne viel mehr Zeit mit dir verbringen."

„Das ist ja nett."

„Ich habe nur keine Zeit."

Conolly hatte gesagt, eine Frau störe im Leben eines Psychiaters. Aber Conolly hatte auch sein Versprechen nicht gehalten, Ludwig das Paket mit seinen Schriften zu schicken. Verbitterter, einsamer, alter Mann, dachte Ludwig.

„Vielleicht ist es gut, dass wir uns in für dich turbulenten Zeiten kennenlernen", sagte Fanny. „In einem Drama muss Druck auf die Figuren ausgeübt werden."

„Ich glaube, in meinem Privatleben brauche ich kein Drama", sagte Ludwig.

„Vertue dich nicht."

Ludwig setzte sich und sah zu ihr auf. Eigentlich verbot es sich, dass der Mann, ohne ein Wort zu sagen, sich setzte und die Frau stehen ließ. Von unten betrachtet sah Fanny genießerisch aus und ihr Hals wirkte aus dieser Perspektive noch länger.

„Wir sind so nah am Paradies", sagte Ludwig. Er hatte keine Ahnung, wie er jetzt darauf kam. Fanny schaukelte mit seinen Händen. Die Haut ihres Gesichts musste ganz kühl sein in der frischen Luft.

Fanny lachte und zog seinen Kopf an ihren Bauch. Mein Gott, ihre Brüste waren nur Zentimeter von seinem Gesicht entfernt, wenn auch unter vielen Stoffbahnen verborgen. Ihre kleinen, kecken Brüste. Es bestand die Möglichkeit, dass diese Frau manchmal nackt war, ganz bestimmt sogar, musste ja, irgendwie. Was war das jetzt für ein vermurkster Gedanke?

„Na, komm weiter, lieber Ludwig."

Sie setzten sich in den Schatten der Eulenburg und sahen den Fischottern unten im See zu. Die Tiere schossen durchs Wasser, drehten sich nassfellig und die Rücken bogenrund, tauchten auf und verschwanden wieder im Wasser. Dann wollte Fanny nach den Bären sehen.

„Große, starke Bestien, grrr. Die Bären, das muss man

sich mal vorstellen, sind wahrscheinlich aus der Wildnis Amerikas hierher transportiert worden. Aus unendlicher, bewaldeter Freiheit."

„Ein Revolutionskollege von mir ist nach Amerika gegangen. Carl Schurz. Er schreibt mir ab und zu. Da in Amerika ist jetzt Krieg. Schurz hilft, die Sklaven zu befreien. Der Mann ist bis zum Berater von Präsident Lincoln aufgestiegen."

„Amerika, das wäre was", sagte Fanny. „New York und so."

Nicht weit entfernt sah Ludwig einen bulligen Mann mit Glatze in Begleitung einer Frau und zweier Kinder vor einem Gehege stehen. War das Henning? Der Wärter aus St. Georg? Der, der Mutter irgendwelchen Gaffern vorgeführt hatte? Ludwig hörte Fanny reden, verstand aber nicht mehr, was sie sagte. Der Mann drehte sich um und schien ihm in die Augen zu sehen. Ludwig ballte die Rechte zur Faust. Der Mann wies Frau und Kindern den Weg und verschwand hinter einer Hecke.

„Was sagst du denn dazu?", fragte Fanny.

„Verzeihung, wozu?"

„Na, zu dem, was ich dir gerade erzählt habe, Ludwig."

Jetzt hatte sie eine Falte zwischen den Augenbrauen. Sie war verstimmt. Das wollte Ludwig nicht, aber er konnte jetzt nicht anders. Er stand auf der Treppe zu den Kellern St. Georgs und hörte die Schreie der Kranken.

Ludwig holte Fanny nach einer Probe am Theater ab. Er sagte ihr, er habe einiges an Text für die bevorstehende Anhörung bezüglich der Irrenabteilung in St. Georg vorbereitet und wolle gerne mit ihr darüber sprechen. „Entweder hier auf der Bühne“, sagte Fanny und wies mit dem Daumen über die Schulter auf die helle Front des Theaters. „Oder wir gehen tanzen. Tanzt du? Wir werden tanzen gehen. Im Conventgarten, an der Fuhlentwiete. Und zwischendurch setzen wir uns auf eines der Sofas dort – die sind rot –, du bringst mir Champagner, und dann flüsterst du mir deinen Vortrag ins Ohr.“ Ludwig versuchte zu widersprechen. Fanny sagte „Na“, ganz kurz, das A verschwand fast. Er gab auf.

Er ließ sich von Julia Walzer beibringen. Eins, zwei, drei – eins, zwei, drei. Vor, seit, ran. Wirklich simpel. Trotzdem meckerte Julia ununterbrochen.

„Sehr beweglich im Geist, ein hervorragender Fechter, aber tanzen, mein Gott, Ludwig, die arme Fanny. Du bist steif in den Hüften.“

Das sagte Fanny einige Tage später unter den kreisrunden Gaslampen des Conventgartens nicht. Die Herren auf der Tanzfläche unter der Galerie trugen fast ausnahmslos schwarz, die Frauen grüne Kleider, rote, gelbe. Fanny trug hellblau und Ludwig tanzte viele Walzer mit ihr und sah erregt zu, wie winzige Schweißtröpfchen auf Fannys Nase und ihrem Dekolleté entstanden. Wie hätte er die Farbe von Haut beschreiben können? Schwer zu sagen bei Fannys Dekolleté. Die Farbe hellen Wachses? Die einer gelb angestrahlten Wolke? Ein junger Mann klopfte ihm auf die Schulter und wollte Fanny übernehmen. „Nein“, sagte Ludwig. Fanny lachte, das gehöre sich aber nicht, sagte sie.

Er führte sie zu einem der Sofas am Rande der Tanzfläche, besorgte zwei Gläser Champagner und setzte sich zu ihr. Sie legte eine Hand auf seinen Arm. Ludwig trug ihr im schwebenden Duft vieler Parfums Teile seiner Rede vor. „Du kannst ja mal eine ernste Stimme haben", sagte Fanny.

Einige Herren waren unbeeindruckt von Ludwig und küssten Fanny die Hand und plauderten mit ihr über vergangene Theaterabende, als sei er nicht anwesend und wenn er sich dann laut räusperte, warfen sie ihm einen desinteressierten Blick zu. Bei anderen schaffte er es, sie so grimmig anzusehen, dass sie sich nicht näherten. Als dann ein sehr gut aussehender Mann zu Fanny trat, stand Ludwig auf und freute sich über seine Größe, er schaute auf den Schönling herunter.

„Fräulein Nielsen hat keine Zeit. Ich verzeihe Ihnen, wenn Sie jetzt wieder gehen."

„Sind Sie so ein ungehobelter Amerikaner?"

„Irrenarzt."

Er war aufgeregt wegen des Wortgefechtes, aber auch glücklich. Das hatte er doch gut gemacht. Das ging in letzter Zeit besser. Fanny lächelte ihn von der Seite an, eine Augenbraue hoch in der Stirn.

„Mein lieber Herr Doktor."

Sie riet ihm, in längeren Sätzen seines Vortrags immer nur ein Wort zu betonen. Des Weiteren verlange ein Punkt nach einer kurzen, aber wahrnehmbaren Pause, Endungen müssten richtig betont werden. Und er solle sich ein mehrsilbiges Wort gedanklich zerlegen, dann spreche sich das ganz einfach.

„Zeig's ihnen, Ludwig. Du schaffst das."

„Ich werde dir die Tür zeigen."

„Was redest du jetzt wieder? Welche Tür?"

Ludwig blickte auf die Tanzfläche. Wie schön es gewesen wäre, seine Mutter dort in den bunten Drehungen, dem Lächeln und den Klängen des Walzers zu sehen. Seine Mutter in den Armen eines guten Mannes, der nicht Ludwigs Vater war.

„Du bist ein seltsamer Zeitgenosse, Ludwig."

„Ich weiß, Fanny, ich weiß." Er lachte sie an. „Aber dir macht das nichts, oder?"

„Gar nichts. Eine Tür also?"

„Morgen. Und jetzt ... darf ich bitten, gnädige Frau? Schenk mir Tänze, einen nach dem anderen. Es ist so schön, dich schwitzen zu sehen."

„Ich muss schon sagen, Herr Doktor."

Am nächsten Tag fuhr Ludwig mit Fanny zum Krankenhaus St. Georg. Er meldete sich beim Pförtner als Besucher an und zog Fanny hinter sich her.

„Das ist ja doch sehr selten", sagte Fanny, „dass ein Verehrer mich in ein Krankenhaus bringt." Sie tippte auf seine Hand. „Du tust mir ein bisschen weh, Ludwig."

„Oh. Oh, Verzeihung, Fanny. Das wollte ich nicht. Sollen wir wieder gehen?"

„Keinesfalls."

Er zeigte ihr die Tür, durch die seine Mutter verschwunden war. Er hörte es krachen, er hörte sie schreien.

„Sie hatte ihre Schuhe verloren."

„Hast du sie danach noch einmal wiedergesehen?"

„Ja, habe ich."

„Schlimm?"

„Du machst dir kein Bild."

„Erzähle mir davon."

„Das geht jetzt gerade nicht."

Fanny strich über die Tür.

„Es ist gut, wenn eine Geschichte an einer Tür beginnt. Ein wenig weiß ich ja von Julia. Furchtbar."

Ludwig verstand die Bemerkung wegen der Tür nicht wirklich einzuordnen. Manchmal erinnerten ihn Fannys Äußerungen an seinen toten Freund Huber. Er konnte es ihr nicht übelnehmen.

Sie gingen hinauf zur Wohnung des Apothekers Reinhardt. Ludwig klopfte an die Tür. Er hörte Reinhardt „Wer da? Wer da?" rufen, dann wurde die Tür aufgezogen.

„Das gibt es doch nicht! Ludwig. Und nein, eine Frau." Reinhardt drehte sich um und rief in die Wohnung. „Anna, Ludwig ist hier." Er sah Fanny tief in die Augen und lachte. „Mit einer Frau! Und was für einer."

„Du träumst, Alfons", rief Anna.

„Was soll das jetzt?" Ludwig schob Reinhardt zur Seite und ließ Fanny den Vortritt. Die Wohnung hatte sich kaum verändert. Ludwig stellte Fanny und Anna einander vor.

„Woher haben Sie denn dieses Haar?", fragte Fanny.

„Mongolen, sagt mein Vater."

Dann spürte Ludwig eine dünne, aber kräftige Hand auf der Schulter. Ludwig und Reinhardt umarmten sich.

„Mensch, ist das schön, dich zu sehen, Ludwig."

Ludwig merkte, dass Reinhardt Fanny beobachtete. Er hätte gerne gewusst, was der Mann darüber dachte, dass Ludwig mit einer so lebhaften und schönen Frau bei ihm erschienen war.

Sie tranken Tee und redeten über die endgültige Aufhebung der Torsperre in Hamburg. „Ja, ja, ja", sagte Ludwig. „Torsperre weg. Wundervoll."

Die Bürgerschaft, berichtete Reinhardt und hustete, sei es gewesen, die einen Senatsantrag zur Verlängerung der Torsperre überwältigend abgelehnt habe. Vielleicht seien auch das die Früchte der einst gescheiterten Revolution von 1848. Reinhardt hielt sich ein Tuch vor den Mund. „Ein kleiner Husten", sagte er. Ludwig griff nach Reinhardts Hand mit dem Tuch, rosenrote Flecken leuchteten feucht auf dem Stoff.

„Das ist nichts, Ludwig."

„Männer", sagte Anna. Sie ging und schlug die Tür hinter sich zu.

„Niemals Türen schlagen", brummte Ludwig.

Fanny deutete auf das Tuch. „Madame Bovary", sagte sie.

„Wer bitte?", fragte Reinhardt, winkte dann aber ab. „Frauen machen sich immer viel zu viele Sorgen", sagte er.

„Du musst dich behandeln lassen."

„Ja. Lass mich in Ruhe", sagte Reinhardt.

„Alter Freund. Wie geht es deinem Sohn?"

„Der ist wie du. Will Leiter einer Heilanstalt werden."

„Warum?"

„Musst du gerade fragen. Ich habe ihm abgeraten. Aber der Junge ist hartnäckig. Der macht, was er will."

Ludwig sah in den Innenhof und auf die vergitterten Fenster der Irrenkeller. Er hörte Schreie und gequältes Jammern und die herrischen Stimmen der Wärter, auch wenn sonst niemand das bis hierher hörte. Fanny stellte sich neben ihn.

„Wer ist diese Madame Bovary?", fragte Ludwig.

„Eine Romanfigur. Ehebrecherin. Die wird so gemütskrank, dass sie sich umbringt. Wenn ich mich richtig erinnere. Sie fühlt sich eingesperrt. Ich würde dann auch verrückt."

Ludwig sah sie an, Fanny ihn. Ohne dass etwas Konkretes gesagt worden war, schien es Ludwig, als lauerten sie beide – ebenso gespannt wie abwehrend. Er blickte sich zu Reinhardt um, der starrte mit hängendem Kopf auf das Taschentuch. Die Flecken waren dunkler geworden.

10

Ludwig wurde per Brief informiert, die nicht öffentliche Anhörung bezüglich der Neubesetzung der Stelle in St. Georg und der Separierung der Irrenabteilung finde in Ermangelung des beim großen Brand zerstörten Rathauses im Patriotischen Gebäude bei der Trostbrücke statt.

„Ist mir völlig gleich, wo das stattfindet. Von mir aus können wir uns auf irgendeinem Acker im alten Land treffen", sagte er zu Julia.

„Ludwig", sagte sie und zog das U lang. Sie lachte.

„Ist doch wahr", sagte er.

Im Gedränge vor der Tür trat ein Senator an Ludwig heran.

„Sie sind Doktor Meyer, nicht wahr? Ich habe einiges über Sie gehört. Höchst interessant, junger Mann."

„Danke, das ist sehr freundlich."

„Gestatten, Ulrich. Wir werden hart verhandeln, Herr Doktor Meyer. Hart und gerecht. Ich denke, es geht uns allen um das Wohl der uns anvertrauten Kranken. Wir werden eine gute Lösung finden. Einverstanden?"

„Ja, selbstverständlich."

Der Mann strich sich über die Glatze und lächelte. „Fing schon mit Mitte zwanzig an", sagte er.

„So kann es gehen, Herr Senator."

Ulrich sah ihn an, als suche er etwas oder wolle noch etwas sagen.

„Tja, so ist das wohl. Bis nachher also, Doktor Meyer."

Die Fenster liefen spitz zu und waren aus Buntglas. Viele Ecken lagen schattendunkel und die hölzernen Sitzreihen waren dicht besetzt. Wie in einer Kirche, dachte Ludwig. Das gefiel ihm nicht. Ihm war ein Tisch direkt vor dem Ausschuss zugeteilt worden, wenige Meter entfernt saß sein Mitbewerber Doktor Isen, ein schmaler, dunkelhaariger Mann mit Kinnbärtchen und silbergefasster Brille, der Schutz suchte in äußerer Ruhe. Du nicht, dachte Ludwig. Seine Hände waren feucht und er sehnte sich nach dem Flachmann in seiner Tasche, unterließ den Griff dorthin aber.

Senator Ulrich eröffnete die Verhandlung.

„Ich war immer der Meinung, dass eine Separierung der Irrenabteilung nicht zwingend von Nöten sei, aber in diesem Punkt werde ich nicht weiter widersprechen. Separieren wir also. So weit, so gut." Er lächelte Ludwig an und erteilte Doktor Isen das Wort.

„Das Krankenhaus muss von einer Hand geleitet werden. Ein Facharzt für Psychiatrie – soweit diese Wissenschaft überhaupt schon klar genug definiert ist – kann dort nicht sein eigenes, unabhängiges, von rein medizinischen Betrachtungen freies Regiment führen. Psychologie ist und bleibt ein Teilgebiet der alles umfassenden Medizin."

Senator Ulrich wies mit großer, geöffneter Hand auf Ludwig.

„Ich sehe keinerlei Problem darin, unter einem Vorgesetzten zu arbeiten", sagte Ludwig. „Die Fortschritte innerhalb der psychologischen Disziplin sollte man allerdings nicht unterschätzen. Wir stehen in der Tat am Wendepunkt. Am Anfang einer neuen Ära für die Behandlung und Heilung vieler geistig verwirrter Patienten. Mein Anliegen ist kein anderes, als Hamburg weit über die Grenzen hinaus auch in dieser Beziehung zu einer der führenden Städte Europas zu machen."

Ulrich nickte. „Das, meine Herren, ist ein schönes Anliegen. Ich denke, wir alle mögen es, wenn so gedacht wird."

Gut, dachte Ludwig. Endlich mal einer, der auf seiner Seite stand.

„Eine kleine Zwischenfrage nur, Herr Doktor Meyer, wenn Sie gestatten? Waren Sie nicht wegen politischer Umtriebe in Haft?"

Ludwig wusste einen Moment lang nichts zu sagen. Reiß dich zusammen, dachte er. Du hast die allerbesten Arbeiten geschrieben. Du hast Erfahrung. Du hast Fannys Hand schon gehalten.

„Das ist lange her, Herr Senator", sagte er. „Ich war jung."

Einige Bürgerschaftsabgeordnete lachten leise. Die politischen Gegensätze zwischen Liberalen und Konservativen bestanden nach wie vor. Die 48er-Revolution war nicht vergessen. Viele fortschrittlich denkende Mediziner waren damals für die Sache der Revolution eingetreten und verfolgt und eingesperrt worden. Die Vermischung von Medizin und Politik missfiel Ludwig.

„Wo stehen Sie heute, Herr Doktor Meyer? Politisch?", fragte Ulrich. „Wir wüssten gerne, welche Männer das sind, die in unserer wundervollen Stadt nicht unerhebliche Positionen übernehmen wollen. Also, verehrter Doktor Meyer? Politisch?"

„Auf Hamburgs Seite."

„Das hören wir gerne."

Der Senator schmunzelte. „Ein kecker junger Mann. Nun gut. Des Weiteren, lieber Herr Doktor", Ulrich zeigte auf ihn, „reden wir über Sünder. Sünder." Ulrich stellte eine Faust in die Luft. „Über Menschen, die sich nicht im Griff haben. Über Menschen, deren Erziehung wir nachholend übernehmen müssen."

Was passierte hier? Ludwig begriff diese schnelle Wendung nicht.

„Verzeihung, aber ganz so einfach ist das nicht", sagte Isen. Bevor er weiterreden konnte, sagte Ludwig: „Ich stimme meinem Kollegen Doktor Isen zu und scheue mich nicht, hier offen zu sagen, dass das Erkennen und Behandeln von Geisteskrankheiten äußerst komplex und kompliziert ist. Aber", er sah zu den bunten Fenstern hinauf, „dadurch, dass wir menschliche Wesen wegsperren und anketten oder noch viel schlimmere Dinge mit ihnen tun, wird nichts jemals besser werden."

„Früher sind Irre ins Gefängnis gesteckt worden", sagte Ulrich. „Es ist durchaus möglich, dass das etwas Gutes für den ordentlichen Rest der Gesellschaft hatte."

„Ich denke, es geht Doktor Meyer um eine vorsichtige Reformierung", sagte Isen. „In England hat ein gewisser Doktor Conolly das Anstaltswesen reformiert. Und das war nötig. Wahrscheinlich gab es nirgends in Europa solch katastrophale Verhältnisse wie in englischen Irrenanstalten. Die Bürger trauten sich nicht einmal in die Nähe dieser Trutzburgen des Wahns. Aber wir dürfen nicht vergessen, dass Conolly selbst sagt, er sei mit seinen Reformen letztlich gescheitert. Gescheitert insofern, als sich am Ende nicht genug gebessert hat."

„Blödsinn", sagte Ludwig.

„Ich muss doch sehr bitten", sagte Isen.

„Warum halten Sie die Aussage des Kollegen Isen für Blödsinn?", fragte ein Senator.

„Doktor Conolly", sagte Ludwig, „ist ein einsamer, verbitterter, alter Mann, der offensichtlich kaum noch in der Lage ist, seine Leistungen zu beurteilen. Die Reformen, die er durchgesetzt hat, sprechen für sich."

Ludwig berichtete über seine Arbeit in New Bedlam.

„Dort trifft man auf ein Krankenhaus, das würdig ist – und nicht auf so etwas wie die stinkenden Keller in St. Georg, wo Menschen in ihrem eigenen Kot sitzen."

Beifallsrufe und Protestschreie erfüllten den Raum.

„Wo vor zwanzig Jahren noch ein Drittel aller Patienten in England angekettet oder in Zwangsjacken gesteckt wurden, benötigt man heute noch zwei. Zwei Zwangsjacken. Auf weit mehr als hundert Patienten. In Bedlam sind Menschen in Zwangsjacken gestorben. Sie wurden umgebracht. Unschuldige, kranke Menschen."

Ludwig schlug mit der Faust auf den Tisch. Das wollte er nicht, niemals durfte man so etwas öffentlich machen. Er musste vorsichtig sein.

„Herr Doktor Meyer", sagte Ulrich, „Mit Elan gehen Sie vor, mit Verve. Gut, gut, junger Mann. Aber ist es nicht so, dass Ihre Frau Mutter geisteskrank war?"

Alle Anwesenden im Saal murmelten. Die tief stehende

Sonne drückte gefärbtes Licht durch die hohen Fenster, und Ludwig starrte auf einen roten Fleck auf Ulrichs rechter Schulter.

„Hat sie sich nicht trotz exzellenter Pflege durch den scheidenden Doktor Krümmer in St. Georg das Leben genommen?"

Ludwig sah wieder zu den Fenstern hinauf und suchte nach einem, das rot schimmerte.

„Herr Doktor Meyer? Hat Ihre Mutter, Gott sei ihr gnädig, sich das Leben genommen?"

Der rote Lichtfleck brannte sich in Ludwigs Gedanken.

„Meine Mutter ist dort gestorben."

„Eine Selbstmörderin. Tragisch", sagte Ulrich. „Sollte einer der anwesenden Kirchenvertreter jetzt auch noch so entsetzt sein: Frau Annette Meyer wird trotz allem von Gott gnädig aufgenommen worden sein. Aber, Herr Doktor Meyer, wenn Ihre verehrte Mutter eine Zwangsjacke getragen hätte, was denken Sie, hätte sie sich dann umbringen können?"

„Wenn ein Facharzt sich um sie gekümmert hätte, Herr Senator, ein Facharzt, dann wäre es niemals so weit gekommen. In St. Georg gibt es keinen Facharzt für Geisteskrankheiten."

„Kann ein Mensch sich umbringen, wenn er eine Zwangsjacke trägt, Doktor Meyer? Hätte eine Zwangsjacke Ihre Mutter von dieser furchtbaren Tat abgehalten?"

Ludwig starrte zu dem rot leuchtenden Fensterteil hinauf.

„Nun, Senator Ulrich, ich weiß nicht, wie die Patientin Meyer behandelt wurde."

„Ihre Mutter ist wegen suizidaler Tendenzen eingeliefert worden. Ergo war dieses Leiden bereits vorhanden, bevor Ihre Mutter eingeliefert worden ist. Sie hatte niemanden, der sie auffing. Sie war alleine."

Ulrich wippte auf den Hacken. Wäre Fanny jetzt doch hier, dachte Ludwig. Sie anzusehen, das würde Kraft geben.

„Treiben Sie persönliche Motive, Doktor Meyer?", fragte Ulrich.

Mutters Schuhe, das Zuschlagen der Tür, der Gestank in den Kellern, die Augen. Henning formt einen Kreis aus Daumen und Zeigefinger. „Solche Dinger." Ludwig wollte über den Tisch springen und Ulrich niederschlagen.

„Ich bin Wissenschaftler", sagte Ludwig. „Ich bin Mediziner, Doktor, mit Auszeichnung und Erfahrung. Nur wer Erfahrungen in einer Anstalt gewonnen hat, kann sie auch leiten. Es mag eventuell sein, dass Senator Ulrich nicht begreifen will, worum es hier geht. Ich sage, wir müssen das Behandlungswesen in unserer geliebten Stadt voranbringen."

„Aber die Frage ist doch, wie. Wie wollen wir das tun?", sagte Isen. „Ich kehre zurück zu meiner Feststellung, dass der ehrenwerte Doktor Conolly mit seinem System des Non-Restraint …"

„Was ist das bitte, Doktor Isen?", fragte jemand aus der Bürgerschaft.

„Das Non-Restraint ist eine Behandlungsform für Geisteskranke, in der auf jegliche Zwangsmittel verzichtet wird", sagte Isen.

„Mit Zwangsmitteln meint Doktor Isen folterähnliche Methoden", sagte Ludwig.

„Es gibt mehr als ein Beispiel dafür, wie irrsinnigen Individuen der Wahn hart ausgetrieben wurde", rief Senator Ulrich.

„Traktieren Sie ein Frau lange genug mit glühenden Eisen und sie gesteht, eine Hexe zu sein", sagte Ludwig. Seine Augen holten sich Hilfe im roten Glas. „War das auch ein medizinisches Verfahren? Wir leben in der Mitte des 19. Jahrhunderts, guter Mann."

„Eine Frau in Zwangsjacke hätte sich nicht umbringen können! Frau Annette Meyer könnte jetzt in diesem Moment einen Spaziergang durch Hamburg machen, hätte man ihr wenigstens kurzzeitig unter Zwang ihre Ratio zurückgegeben." Ulrich schlug mit fleischiger Faust auf den Tisch.

Jetzt schrei doch endlich, dachte Ludwig, schrei ihn doch an, schrei ihn kaputt, schrei endlich! Ludwig, schrei doch! Er presste die Fingernägel in die Handballen.

„Ihre Mutter würde noch leben. Annette Meyer. Ich hatte die Ehre, sie einmal kennenzulernen. Eine beeindruckende Frau. Sie könnte noch hier sein, Doktor Meyer."

„Was ich sagen wollte war, dass Conollys System in einer Art Befreiung besteht", sagte Isen. „Eine Humanisierung der Behandlung geisteskranker Menschen. Eine gewisse Beruhigung in den Anstalten, besser geschultes Personal, Fachärzte wie ich, die, im Gegensatz zu Doktor Meyer, unbelastet sind. Das alles fruchtet durchaus. Doktor Conolly hat bessere Rahmenbedingungen geschaffen und damit ein wenig Licht gebracht in die Dunkelheit, die in wahnsinnigen Menschen wütet. Aber …"

„Durch dieses Licht ergaben sich wissenschaftlich und gesellschaftlich wichtige neue Felder des Einblicks in die Psyche des Menschen", sagte Ludwig. „Conolly hat den Weg bereitet für mehr Verständnis den Kranken gegenüber. Mehr Verständnis bringt mehr Erkenntnis, bringt Heilungschancen und Aufklärung."

„Verständnis?", rief Senator Ulrich. „Verständnis? Meine Herren, wen will Doktor Meyer verstehen? Verblödete? Wahnsinnige? Böse? Onanisten gar? Sünde, schlechtes Gewissen, Boshaftigkeit, das machte diese Leute zu Irren. Und das ist keine Krankheit, die zu behandeln wir ach so vorsichtig sein müssen. Nein, das ist die freie Wahl eines Lebensweges, dem wir vorausschauend einen Riegel vorzuschieben haben. Zum Schutze der Gesellschaft. Man sollte doch auch sehen, dass es schon ein enormer Fortschritt ist, dass diese Irren in eigenen Abteilungen in gut geführten Krankenhäusern leben dürfen. Natürlich gibt es auch bedauernswerte Menschen, die nichts für ihre Krankheit können – Epileptiker und ähnliche, diesen Leuten müssen wir selbstverständlich ein akzeptables Leben, eine akzeptable Umgebung gewährleisten. Soll Doktor Isen es ihnen etwas heller machen. Gut. Soll er versuchen, dem Wahn dadurch wissenschaftlich näherzukommen. Auch gut. Meinetwegen. Aber noch ist Psychologie keine wirklich erkennbare Wissenschaft, die klare, belegbare Ergebnisse zeitigt. Nein, meine Herren, hier soll im Trüben gefischt werden. Hier soll Geld ausgegeben werden für etwas, das absolut unbelegbar ist."

„Für Heilung. Ergebnis davon wären weniger Patienten, ergo eine Senkung der Kosten", sagte Ludwig. „Es geht darum, dass Patienten ungehindert Besuch empfangen dürfen. Es geht darum, dass wir Mediziner das tun, was wir tun müssen: Forschen. In den stinkenden Kellern St. Georgs blamiert sich Hamburg vor der ganzen Welt."

„Wie können Sie es wagen?", rief Ulrich.

„Waren Sie jemals dort?"

Es war Ludwigs Vater, der laut und tief in den Saal gerufen hatte. Ludwig hatte nicht gewusst, dass sein Vater anwesend war. Er sah zu ihm hinauf und versuchte zu formulieren, was er fühlte, schaffte es aber nicht. Sein Vater war schon lange Mitglied der Bürgerschaft.

„Herr Kommerzienrat Meyer? Der Gatte der Selbstmörderin. Die ganze Familie", sagte Ulrich.

„Was glauben Sie eigentlich, mit wem Sie reden, Ulrich? Sie werden doch von keinerlei Kenntnissen belästigt. Sie haben keine Ahnung und spielen sich hier auf. Was wollen Sie eigentlich? Fortschritt verhindern? Die Medizin in dümmliche Schranken weisen? Halten Sie einfach den Mund und lassen Sie die beiden Doktoren dort unten Argumente austauschen. Und wagen Sie es nicht noch einmal, meine verstorbene Frau zu erwähnen."

„Wenn es der Sache dient, werde ich Ihre Gattin so oft erwähnen, wie ich es für richtig halte, Herr Kommerzienrat."

Einige Leute aus der Bürgerschaft klatschten, mehrere der Senatoren klopften auf das polierte Holz der Brüstung, einer zeigte auf Ludwigs Vater und malte ein Kreuz in die Luft, andere machten entsetzte Mienen ob der Worte Ulrichs.

„Ich habe hier den Bericht eines Journalisten aus Paris", rief Ludwig. „Dieser Mann reist durch Europa, um die Zustände in den sogenannten Irrenanstalten zu untersuchen. Der Artikel wird morgen in zwei hiesigen Zeitungen erscheinen.

Der Bericht stammt von einem Mann, der vom König berufen wurde, seine Beobachtungen in Deutschland zu präsentieren."

Ludwig las vor, was Appert, der seines Zeichens Mediziner sei, über die Irrenabteilung in St. Georg geschrieben habe und dem König in Preußen melden werde. Zuerst sei es überhaupt sehr schwer gewesen, den Oberarzt Doktor Krümmer zu Gesicht zu bekommen und ihm von der Erlaubnis zur Inspektion zu berichten. Danach habe Appert warten müssen, bis der Hausapotheker, Alfons Reinhardt, ihn zu seiner Verwunderung in tiefe Keller geführt habe. Dort laufe das Wasser die Wände hinab. Es stinke nach Schimmel und Fäkalien. Die Zustände seien jammervoller als in ungarischen Gefängnissen. Ein trauriges, scheußliches, unmenschliches Schauspiel sei das.

„Man denke sich mehr als fünfhundert Irre, Blödsinnige, Narren, Tobsüchtige durcheinanderwimmelnd, hin und her rennend, schreiend, weinend, singend, stöhnend. Ein Lärmen, eine Unordnung und Verwirrung, wovon sich niemand einen Begriff machen kann."

Ludwig sah wieder ins Rote. Er wollte rausschreien: Ich war dort! Er räusperte sich in die aufgekommene Ruhe.

„Aber ich spreche es aus – schreibt Appert –, dass der kernhafteste Mensch, der gesündesten und kräftigsten Sinne sich erfreuend, ebenfalls bis zur Raserei verrückt und vielleicht unheilbar verrückt werden müsste, versetzte man ihn nur für einige Tage in diese Hölle des Wahnsinns, von allem menschlichen Mitleid entfernt."

Einen Moment lang legte sich Stille auf den Saal. Ludwig merkte, dass Doktor Isen ihn von der Seite ansah. Hier und da wurden Köpfe zusammengesteckt, Senator Ulrich fuhr sich über die Glatze. Aus Gemurmel wurde lautes Reden, aus erhobenen Zeigefingern wurden Fäuste. Unglaublich. Wer schreibt so etwas? Ist das wahr? Ulrich schimpfte, dieser Appert sei sicher so ein liberaler Franzose, so ein Revolutionär, Isen massierte sich die Stirn, Bürgerschaftsabgeordnete redeten aufgeregt miteinander und einige Senatoren sahen Ludwig mit skeptischen Augen an.

„Wir wissen heute", rief Ludwig, „dass Geisteskrankheiten heilbar sind. Heilbar. Ein Wort, das bisher in der Irrenheilkunde kaum ausgesprochen worden ist. Gottes Gerechtigkeit, meine Herren, ermüdet – laut Appert – vor der Gleichgültigkeit Hamburgs diesen armen Menschen gegenüber. Das ist es, was der König über uns lesen wird. Über Hamburg. Das und nichts anderes."

„Woher haben Sie diesen Bericht?", fragte Ulrich. „Wieso weiß der Senat nichts von diesem Appert?"

„Das weiß ich nicht, Herr Senator. Es mag Sie vielleicht wundern, aber es gibt durchaus einige Männer, die so arbeiten wie ich. Wir stehen in ständigem Briefkontakt. Doktor Virchow, Doktor Griesinger, andere. Entscheiden Sie sich jetzt dafür, mir die Leitung der Abteilung für Geisteskranke zu übergeben und ich lade in nur einem

Jahr, einem einzigen Jahr, Monsieur Appert persönlich ein. Der Bericht, den er dann schreiben wird, dieser Bericht wird ein Loblied sein. Geisteskrankheiten, meine Herren, sind unsichtbar. Unsichtbar, aber heilbar."

Ludwig setzte sich hinter sein Pult und verfolgte das wilde Geschrei im Saal. Die Luft war warm und verbraucht. Die Sonne schlich aus dem roten Fenster. Isen schob seine Papiere zusammen.

„Unsichtbar? Wohlformuliert, Doktor Meyer. Trotzdem, Sie treiben es zu weit", sagte er.

„Es hat keine Grenzen, Doktor Isen. Wie sollen wir es da je zu weit treiben?"

„Keine Angst davor?"

„Doch, durchaus." Ludwig sah zu seinem Vater hinauf. Der saß zwischen Männern, die redeten und wild gestikulierten. Senator Ulrich schlug mit der Faust auf den Tisch, andere Senatoren drohten ihm mit dem Zeigefinger, wieder andere schlugen nach diesen Fingern.

„Erfreut es Sie, solch einen Tumult ausgelöst zu haben?", fragte Isen.

„Ich kenne jemanden, den das ganz sicher erfreuen würde", sagte er. Senator Ulrich starrte Ludwig an. Der will etwas sagen, dachte Ludwig, traut sich aber nicht. Er notierte seine Beobachtung und schrieb dazu, dass er selbst das nur zu gut kannte.

Der Vorsitzende erklärte die Anhörung für beendet.

Ludwig blieb sitzen, bis der Saal leer war. Er legte die Hände auf seine Akten und sah sich um. Doktor Krümmer,

Henning und jetzt dieser Senator Ulrich. Warum? Die haben Angst, dachte er. Vor Chaos, Dunkelheit und Unbegreiflichem. Vor dem extremen Fremden im Menschen. Ich nicht. Mich verunsichert das, mich lässt das ratlos zurück – noch. Aber ich habe keine Angst davor.

Als er das Patriotische Haus verließ, stand Senator Ulrich auf der anderen Straßenseite. Er hielt ein in Gold eingeschlagenes Büchlein in den Händen und streichelte mit dem Daumen über die Seiten.

Sie sahen sich an. Passanten und Droschken durchschnitten die Linie ihrer Blicke. Hufe klapperten, Menschen redeten, die Schatten waren lang und schräg. Er hörte jemanden seinen Namen rufen. Es war sein Vater, der die Tür einer Kutsche aufhielt.

„Komm mit mir nach Hause, Junge."

Die Wörter überwältigten Ludwig.

„Ja, ich komme", sagte er. Senator Ulrich sah ihm hinterher.

Fanny kam schon lange in Ludwigs Elternhaus. Die Freundschaft zwischen ihr und Julia hatte trotz der Einwände des Vaters in Jugendtagen begonnen und war durch den Tod von Annette Meyer enger geworden. Ludwig wunderte sich darüber, wie erfreut sein Vater Fanny jedes Mal begrüßte, auch wenn ihr „Guten Tag, guten Tag, guten Tag" sicher nicht den Normen seiner Anstandsregeln entsprach.

Als Fanny zum ersten Mal sein Arbeitszimmer betrat, vertiefte sie sich schnell in Ludwigs Schriften.

„Über Albinismus partialis? Körnchenzellen im Rückenmark? Encepha-lo-ma-lacia? Herrje, schweres Wort. Verbrechen und Geisteskrankheit? Ohrknorpel?"

„Kein Ohrknorpel", sagte Ludwig, „kein Hören von Musik. Wichtiges Ding, so ein Knorpelchen."

„Schwefelsaures Chinin und Nerven?", sagte Fanny. „Viscerale Syphilis, das klingt ja interessant. Sexualtherapie?"

„Ja nun", sagte Ludwig, „es gibt die sexuellen Fantasien und die Forderungen von Kirche, Glaube und Gesellschaft. Zwischen diesen Polen entsteht eine Spannung und diese Spannung kann einen Menschen krank machen."

„So, so", sagte Fanny.

„Ja, so ist das." Ludwig hasste seine aufblühenden Kapillaren.

„Mit all dem beschäftigst du dich?"

„Den ganzen Tag."

„Tja", sagte Fanny, „schwierig." Sie sah ihm in die Augen. Sexuelle Fantasien, dachte er. Sie hatten einen Namen. Sie hatten schwarze Augenbrauen, kleine Brüste und ein beachtliches Repertoire an Dramentexten.

Er saß in einem Liegestuhl im Garten, trug einen Strohhut und las durch die kleinen Gläser der Sonnenbrille unaufmerksam die „Allgemeine Zeitschrift für Psychiatrie", warf sie fort und presste sich so fest in den Stuhl, dass das Holz knackte. Wann, wann, wann? Die Antwort. Wann? Unter den entsetzten Blicken von Julia und Vater hatte er mehrere Weingläser zerdrückt, sich die Splitter aus dem Fleisch gezogen und gesagt, da könne man immerhin hineingucken.

Julia brachte ihm den Brief.

Das schwere Papier bog sich, der Siegellack glänzte. Wenn das eine Zusage war, würde er sofort loslegen. Aber was, wenn Senat und Bürgerschaft sich gegen ihn entschieden hatten? Er hatte nie über Alternativen nachgedacht.

Ludwig brach das Siegel auf. Rotes Wachs splitterte auf seine Hose und die Wiese. Das Papier war dick und cremefarben und es fühlte sich glatt und trocken an. Sein ganzes Leben war auf solch einen Brief hinausgelaufen, seit die Tür hinter der Verzweiflung seiner Mutter zugeschlagen war. Ludwig faltete den Bogen auseinander. Er sah in die Büsche und Rosensträucher, unter der Eiche stand noch immer die Bank, auf der seine Mutter oft gesessen und gestickt oder gelesen hatte. Die Bank war vermoost und an den Verschraubungen war das Holz schwarz und brüchig. Ludwig las. Die Worte flirrten vor seinen Augen. Medicinalbehörde, Finanzausschuss, St. Georg, Leiter der Irrenabteilung.

Er ließ den Brief sinken und krallte eine Hand um die Stirn. Julia tippte ihm an den Oberarm.

„Ludwig?“

„Ich kann in zwei Tagen die Stelle als Leiter der Irrenabteilung in St. Georg übernehmen.“

Julia pustete angehaltenen Atem aus. „Das ist ja wundervoll“, sagte sie.

„Zwei Tage!“ Er trat den Brief in die Wiese. Julia hob ihn wieder auf, glättete ihn und drückte Ludwig das grasgrün verschmierte Papier vor die Brust.

„Pass auf dich auf“, sagte sie.

***

„In diesem Krankenhaus ist nicht nur Mutter umgebracht worden", sagte Ludwig. Er sah aus seinem Indianersitz zu Fräulein Hellmann und Julia hinauf, „dort bin ich auch Boysen zum ersten Mal persönlich begegnet."

„Wer ist das eigentlich?", fragte Julia. „Und kannst du jetzt bitte aufstehen – aus deinem Schneidersitz da?"

Ludwig erhob sich, sein rechtes Knie knackte.

„Ich würde schon gerne wissen, ob Boysen noch lebt."

„War das einer von deinen Suizidalen?", fragte Julia.

„Boysen? Niemals."

„Gibt es viele Menschen, die so krank werden wie ich, Herr Professor?"

„Ich habe einige behandelt. In der Liebe ist es eine Frage der Zeit. Meist. Leute wurden zu Grabe getragen, Fräulein Hellmann. Das wird Ihnen nicht passieren. Über Liebe muss man reden, auch wenn es schmerzt. Sie, Fräulein Hellmann, müssen mehr reden."

„Ich kann nicht."

„Sie können."

„Kann ich nicht."

„Sie können. Sie werden. Sperren Sie sich nicht selbst ein."

Sie wandte sich ab, verlor ihren Blick Richtung Außenalster, die jetzt bleifarben hinter den Bäumen schimmerte. Ludwig kannte diesen Zustand, eine Lähmung fast, die sehr erholsam sein konnte.

„Wir sind viele, Fräulein Hellmann. Das ist eine Bereicherung, eigentlich. Aber manche Tür müssen bestimmte Menschen geschlossen lassen. Das ist keine Frage von

Schwäche. Wenn Sie in ein paar Jahren in eine ähnliche Situation geraten, ist es gut möglich, dass Sie ganz anders damit umgehen werden."

Sie sah ihn an. Sie wirkte so leicht, dass Ludwig dachte, er könne sie mit einer Hand in die Luft heben. Fräulein Hellmann hatte die Fäuste geballt. Das machte sie oft. In der Anstalt in Göttingen hatte Ludwig häufig mit ihr darüber geredet. Jetzt musste er nur auf ihre Hände zeigen und sie öffnete sie, widerstrebend zwar und langsam, aber ihre schmalen Finger lösten sich von dem, was auch immer sie da imaginär umklammert hatten.

Julia hatte die Arme verschränkt und sah zwischen Fräulein Hellmann und ihm hin und her. Ludwig wusste, seine Schwester war mental und emotional stark und stabil. Woher auch immer das kam, warum auch immer das so war – Julia war stabil. Natur, dachte er, Gegebenes. Sie war noch jünger als er gewesen, als ihre Mutter so schrecklich krank geworden war und in den Tod getrieben wurde. Julia hatte einst diese Affäre gehabt und nie wieder auch nur ein Wort darüber verloren. Sie war zufrieden.

Er griff nach der Ledertasche. Seine Hand berührte die harte Ausbeulung, die das Leder etwas heller machte. Wie so oft wusste er nicht, wohin er unterwegs war. Helden wussten das immer. Aber so einfach war das nicht. Ein Heldenleben war so frustrierend klar, dass es eigentlich nur furchtbar langweilig sein konnte. Er hatte einige Männer behandelt, die daran zu zerbrechen drohten, keine Helden zu sein.

„Hast du eigentlich mal jemanden umgebracht, Julia?"

„Wie bitte?"

„Fräulein Hellmann?“

„Nicht, dass ich wüsste.“

„Und du, Ludwig?“, fragte Julia.

„Noch nicht. Aber jemand, den ich sehr gut kenne. Leider hat er den Falschen erwischt.“

„Ach“, sagte Julia, „man könnte also auch den Richtigen umbringen, ja?“

„Ich weiß nicht. Könnte sein.“

11

Die Oberarztstelle von Doktor Krümmer übernahm ein Mann namens Nolten. Er ging mit Ludwig über die seifig riechenden Flure des Krankenhauses und grüßte die Schwestern mit einem tiefen Senken des Kopfes. Nolten war ein biederer, ruhiger Mediziner, der Ludwig sagte, er werde ihm in der Irrenabteilung freie Hand lassen.

„Es wird nicht lange dauern, und ich hole Ihnen all die Geisteskranken hier weg in eine eigene, nur für sie errichtete Anstalt irgendwo im Grünen."

„Das sind Ihre Träume, verehrter Kollege?"

„Aber felsenfest." Es gibt noch einen anderen Traum, dachte Ludwig, der ist zierlich, schwarzhaarig und so etwas von gesund. Aber auch ziemlich kratzbürstig manchmal.

Ludwig ging hinunter zum Büro von Doktor Krümmer. Der alte Mann packte Bücher ins flache Maul einer Aktentasche und strich mit den Fingerspitzen über den geräumten Schreibtisch. Ludwigs Herz pumpte. Irgendjemand in seiner Nähe wollte dem Mann einen Stoß geben, dass das Fenster zersplitterte und der Arzt vergebens nach Halt krallend zu Tode stürzte. Ludwig lehnte sich in den Türrahmen, Krümmer wandte sich ihm zu und grüßte.

„Meyer, Ludwig Meyer. Erinnern Sie sich an mich?"

„Kennen wir uns? Seien Sie mir nicht böse, aber nein. Bei all den Menschen, denen ich täglich begegnet bin."

„Der Name sagt Ihnen nichts? Vielleicht der meiner Mutter? Annette Meyer?"

Krümmer hielt inne. „Annette Meyer?“, fragte er.

„Hat sich in den Kellern hier die Pulsadern aufgekratzt. Erinnern Sie sich jetzt?“

„Ich befürchte nicht. Ich …“

„Groß. Rotes Haar. Wie lautete … wie lautete Ihre Diagnose der Krankheit meiner Mutter? Und jetzt kommen Sie mir nicht mit Melancholia.“

Der alte Mann setzte sich, beide Hände auf der Aktentasche.

„Scheren Sie sich zum Teufel“, sagte er.

„Ihre fachkundige Diagnose?“

„Ich hatte mich hier um wichtigere Dinge zu kümmern.“

„Antworten Sie.“

„Fachkundige Diagnose?“ Krümmers Stimme wurde hell. „Schwäche. Triebhaftigkeit. Undiszipliniertheit. Weichheit.“

„Sie war ein menschliches Wesen“, sagte Ludwig.

Er hatte lange auf dieses Zusammentreffen gewartet. Ludwig drückte die Tür hinter sich zu. Es wurde still.

„Was wollen Sie, Meyer?“

Jemand ballte Ludwigs Faust in der rechten Kitteltasche. Was wollte er?

„Denken Sie wirklich, diese Ausgeburten grotesken Wahnsinns haben mich interessiert? Glauben Sie, ich sei schuld am Tod Ihrer Mutter?“

Ludwig stand jetzt ganz dicht vor dem Mann und sah auf ihn herunter. Krümmer hatte Altersflecken auf der Stirn, ein paar Schuppen klebten am Scheitel. Krümmer wich hinter den Schreibtisch aus, er ließ den Mund offen stehen.

„Das sind Menschen“, sagte Ludwig.

Krümmer nahm die Tasche unter den Arm und drängte an Ludwig vorbei, ihre Oberarme berührten sich.

„Sie werden im Wahnsinn untergehen. Jeder geht da unter.“

„Raus.“

„Selbstmord ist ansteckend, Meyer. Eine ansteckende, elende Schwäche eines weichen Geistes.“

„Ihre widerlichen Wärter haben Schutzbefohlene nackt zur Schau gestellt.“

„Unsinn.“

„Wo ist Henning?“

„Verstorben.“

„Den hätte ich gerne wiedergetroffen. Und jetzt raus.“

„Was erlauben Sie sich?“

„Soll ich Sie für drei Wochen da unten einsperren, Krümmer?“

„Sie sind ja wahnsinnig.“

Ludwigs Fäuste schrien. Er zeigte erst auf Krümmers Brust, dann auf den Flur. Als der Doktor fort war, rutschte Ludwig an der Tür hinab zu Boden und schloss die Hände vor dem Gesicht.

Es reichte nicht. Die bösen Rachegedanken, die ihn immer wieder zermürbten, waren nicht befriedigt. Dieser Henning war tot. Einfach weggestorben, ohne dass Ludwig ihn hatte demütigen können. Und Krümmer? Der ging in den Ruhestand. Womit hatte der das verdient? Womit? Dieser widerliche Mann?

Ludwig arbeitete sich von Mensch zu Mensch durch die wimmelnden, schreienden und stinkenden Massen in den Kellern des Krankenhauses. Er versuchte zu beruhigen, wenn Menschen verfolgt wurden von giftigen Teufeln, von Toten oder geifernden Dämonen, er versuchte herauszufinden, warum religiös Wahnsinnige sich die Haut zerkratzten, warum Irre unaufhörlich versuchten, andere zu beißen und rund um die Uhr festgeschnallt werden mussten. Er schob sich durch das bitter riechende Gedränge in den Fluren und Zellen, durch das Schreien und Jammern, die furchtbaren Klagen fraßen sich in seine Gedanken und verklangen erst lange, nachdem er die Keller verlassen hatte. Diese Menschen mussten da raus, so schnell wie möglich.

Er schickte Wärterinnen und Wärter mit Eimern, Schrubbern und Seifenlauge in die Keller und wenn jemand dagegen protestierte, drohte er mit sofortigem Rauswurf. Oft packte er selbst mit an. An der Stelle am Ende des Flurs im Frauentrakt, dort, wo er viel zu jung seine Mutter hatte untergehen sehen, schrubbte er die Wand ab, bis die ohnehin blättrige Farbe sich löste und in nassen Flocken auf den Boden rieselte.

Er versuchte, mit jedem Patienten zu reden und dessen Fallgeschichte zu skizzieren. Einige nahmen ihn nicht wahr, sie dämmerten in tiefster Apathie und schienen kein erkennbares Ego mehr zu haben. Aber irgendwo in ihnen schlummerte es. Andere krallten sich die Hände ins Gesicht, wenn er mit ihnen zu reden versuchte. Manche spuckten ihn an.

Zu vielen Patienten in den Kellern hatte Krümmer keine

Akten angelegt. Im Männertrakt gab es zwei Greise, deren Namen niemand kannte. Der Großteil der Akten bestand aus fast leeren Blättern mit wenigen, bedeutungslosen Notizen.

Er bedrängte Doktor Müller wegen Geldes für neue Betten, für Renovierungsarbeiten zur Trocknung des Mauerwerks, er begann, auch mit schweigender Hilfe seines Vaters, Fühler auszustrecken nach Spendern für eine neue Irren- und Heilanstalt, er arbeitete an neuen Publikationen, mischte sich in den Streit zwischen den Psychikern und Somatikern ein und drängte Reinhardt zur Kur. Aber der Apotheker lehnte immer wieder ab und sah dabei seine Frau Anna an. Welche Art von Gemütskrankheit war das? Dieses ruhige, fast unbeteiligte Verdrängen?

Der Patient Willi Boysen, laut der kryptischen Akte von Krümmer wegen sogenannter Tobsucht in St. Georg, war angekettet. Ludwig hatte den Namen nie vergessen. Dieser Boysen hatte Henning die Narbe verpasst. Die Wärter sagten, den könne man nicht freilassen, der schlage alles kaputt und sei hochgradig gefährlich für die anderen Insassen. Er wurde oft in einer Separationszelle gefangen gehalten. Ludwig war in seiner Aufarbeitung der Fälle noch nicht bis zu ihm vorgedrungen. Eigentlich hatte er Boysen als einen der Ersten genauer untersuchen wollen, sich aber gescheut.

Als Ludwig ihn zum ersten Mal sah, stand er in Ketten gehalten an einer schmierigen Wand im Männertrakt. Er hatte enorme Schultern und pechschwarzes Haar, das im Nacken ausrasiert war. Ludwig sah ihn vom Ende des Flurs eine Zeit lang an. Ein geistig völlig zurückgebliebener Mann hakte sich immer wieder bei Ludwig ein und sagte „Lieber Herr Doktor, lieber Herr Doktor." Die Nähe zu diesem zahnlosen Menschen mit den glücklichen Kinderaugen löste ein Kribbeln auf Ludwigs Haut aus. Er redete freundlich auf den Mann ein und drückte ihn sanft zur Seite. Er ging den überfüllten Flur entlang und grüßte Boysen.

„Wann hast du eigentlich zum letzten Mal gefickt?", fragte Boysen.

„Wie bitte?"

Der Mann lachte, den Mund gaumenweit aufgerissen. Die dunklen Bartstoppeln machten die Lachfalten in seinen Wangen schwarz.

„Ist eine normale Frage, Meyer. Wenn ich dich so anseh ...", er lachte wieder, „auch so ein Hochwohlgeborener, was? Also, sag schon. Was glaubst du, wofür du einen Schwanz zwischen den Beinen hast?" Boysen zerrte an den Ketten, Eisen quietschte. „Ihr Arschlöcher habt doch alle keine Ahnung. Wenn ich dich so betrachte, du hast doch auch schon oft auf die Fresse gekriegt, was? Hast du dich gewehrt? Oder den Schwanz eingekniffen?"

„Ich habe zu tun", sagte Ludwig. Boysen lachte. Hahaha. Laut und rau. Dreckskerl, dachte Ludwig. Verfluchter, haltloser Dreckskerl.

Ludwig korrespondierte mit Doktor Seward in Bedlam, mit Virchow und Griesinger, er bat Nolten um neues, ausgebildetes Wärterpersonal, er führte längere Besuchszeiten für Angehörige ein und kehrte immer erst spät heim. Er hatte Fanny gesagt, dass er sehr viel Zeit in den Abteilungen verbringen würde. Er wusste, dass sie ihn verstand. Ließ er sich nachts heimfahren, sah er aus der Kutsche nach erleuchteten Fenstern in Fannys Elternhaus. Julia war es, die ihm sagte, Fanny sei vor Wochen ausgezogen und habe sich eine kleine Wohnung am Dammtor in der Innenstadt genommen.

„Eine unverheiratete Frau mit eigener Wohnung?"

„Ihre Eltern und jemand vom Theater haben da wohl irgendwie geholfen. Das wusstest du nicht?"

„Ich habe sie länger nicht gesprochen, leider."

„Du hast sie kürzlich versetzt, Ludwig. Ihr wart verabredet. Du bist nicht erschienen."

„Ich habe mit einer Patientin geredet, die in einer anderen Welt lebt …"

„Die glaubt, in einer anderen Welt zu leben."

„Sie lebt in einer anderen Welt. Und ich war es, der sie zum ersten Mal dazu gebracht hat, offen darüber zu reden. Frau Wiener. Ich konnte das nicht abbrechen. Fanny versteht das."

„Oh Gott, Ludwig."

Wann hast du eigentlich das letzte Mal gefickt?

Ludwig erschien mit Degen im Krankenhaus. Ärzte und Schwestern sahen ihm hinterher, als er die „Zutritt verboten"-Tür zum Frauentrakt aufriss und hinter sich wieder zuwarf, dass die Scheiben klirrten. Noch auf der stinkenden Treppe ins Gejammer und Gemurmel zog er die Klinge, eilte durch das erbärmliche Gewimmel im Flur und trat die Tür zur Zelle mit dem Drehstuhl auf. Mit wenigen blitzenden Schlägen zerhieb er das Seil, das vom Drehrad aus zur Aufhängung nach oben und von dort zum Kreisel über dem Stuhl führte. Einer toten Schlange gleich rollte sich das Seil auf dem Boden ein. Er stürmte zurück und preschte in den Männertrakt. Am liebsten hätte er geschrien, wie ein Soldat beim Sturmangriff.

Boysen, dunkel, voller Kraft in den Schultern, angekettet und unverständliches Zeug nörgelnd, starrte ihn an und begann zu lachen.

Minuten später war die Aufhängung des zweiten Drehstuhls vernichtet. Ludwig wedelte mit der Klinge durch die Luft, als sei sie eine Verlängerung seines Zeigefingers. Er verbot dem Hausmeister, die Stühle zu reparieren.

Sonntags ließ Ludwig sich mit Fanny durch die grünen Ebenen bei Eilbek, Wandsbek und Barmbek fahren, an Gehöften vorbei, an bewimpelten Brauereien und er schaute immer wieder auf die Schatten, die Fanny und er von der Droschke aus auf die Wege warfen. Je nachdem, in welche Himmelsrichtung die Kutsche fuhr und wo die Sonne stand, konnte er sich so hinsetzen, dass der Schatten seines Kopfes nicht zu sehen war. Beugte er sich dann schnell nach vorne, fiel ein zweiter Kopf aus der Silhouette von Fannys Profil.

„Was treibst du jetzt wieder?“, fragte sie.

„Ich habe keine Ahnung."

Er entdeckte eine Wiesenlandschaft mit altem Baumbestand bei Friedrichsberg nahe der Wandse. Er entfaltete seine Zeichnungen.

„Ich denke, ich werde in der Anstalt wohnen", sagte er.

Fanny wandte sich ab. „In der Anstalt. Ja sicher."

„Ein Arzt in meiner Position muss so nah wie möglich bei den Patienten sein. Immer."

„Ich wohne auch nicht im Theater. Ich bin öfter dort als andere, ich probe mehr. Aber wohnen? Das nun wirklich nicht."

Er sah über die Wiese und durch Baumkronen hindurch ins Himmelblau. Er breitete Fanny ein Tuch auf dem Boden aus. Auf einem flachen Wiesenstück schritt er Meter ab, er baute mit den Händen ein Haupthaus, lief zur imaginären linken Flanke, baute einen Seitentrakt, lief zurück, errichtete einen zweiten Seitentrakt und dann in der Mitte mit weit kreisenden Bewegungen ein großes Tor. Fanny klatschte und er tat, als steige er eine Treppe empor, legte eine Hand an die Stirn, als schaue er aus einem hohen Fenster ins Grüne und zum schmalen, dunkelgrünen Lauf der Wandse. Er spielte Klavier, dann Geige, er bemalte eine Leinwand, hämmerte Nägel in Holz oder bestickte ein Tuch. Er lief über die Korridore einer Anstalt, die nicht da war, die nur er sehen konnte, und vielleicht, so hoffte Ludwig, konnte Fanny sie auch sehen. Er breitete die Arme aus. „Hier wird sie sein. Genau hier." Fanny erwiderte etwas, aber er konnte sie nicht hören.

Ludwig hatte sich ein Bett ins ärztliche Büro im Krankenhaus stellen lassen. Den Wärtern und Wärterinnen hatte er unmissverständlich klargemacht, dass in St. Georg jetzt andere Sitten herrschten. Zwangsmaßnahmen dürften nur noch im absoluten Notfall und mit seiner persönlichen Zustimmung bei den Patienten eingesetzt werden. Schläge, Beleidigungen und Essensentzug seien ab sofort verboten und wenn er einen von ihnen dabei beobachte, dass er respektlos mit Schutzbefohlenen umgehe, werde derjenige augenblicklich entlassen.

Manchmal ging er nachts die verhasste Treppe hinunter und suchte Gespräche mit denen, die nicht in die Wonnen des Schlafes fanden, weil sie von afrikanischen Riesenameisen überrannt wurden oder die nicht ruhen durften, weil sie in ihren Träumen regelmäßig geschändet wurden.

Er goss einen Cognac ein, setzte sich an den Schreibtisch und schlug den oberen, grauen Aktenordner auf. Patientenakte Friedrich Mommsen, Pflegebericht, Anamnese, Gutachten, Fieber- und Krampfkurven, Tabellen zu Gewicht und Ernährung, private Briefe, Stammbaum, Schriftproben, Gesprächsaufzeichnungen. Der Ingenieur klagte, seit über fünf Jahren verfolgt und bedroht zu werden. Mommsen war bis nach England und Italien gereist, hatte in London einige Wochen Ruhe gefunden und es fertiggebracht, eine Anstellung zu bekommen. Dann tauchten auch dort geheimnisvolle Fremde auf, die nachts vor seinem Fenster heulten, ihn ständig verfolgten, glotzäugig vor ihm hockten und ihm mit ihren bohrenden Blicken das Leben zu einem morastigen Schlick machten, aus dem es kein Entkommen gab. „Anfangs waren es Menschen, die ich kannte", berichtete der Ingenieur. „Aber sie veränderten sich immer mehr." Die Gnome geiferten und raunten, sie kicherten hinter vorgehaltener Klaue. Mommsen schrie sie an, sie sollten in seiner Sprache reden, woraufhin sie sich wegduckten und ächzten. Der Ingenieur schrieb Gerichte in Berlin und Frankfurt an, er informierte die Polizeibehörden. Aber niemand glaubte ihm, gab er zu Protokoll, grauhäutig, ausgemergelt. Niemand.

„Ich bin in der Charité in Berlin vorstellig geworden, habe da mit einem Arzt gesprochen, Herr Doktor. Der hat gelacht. Der hat mich ausgelacht! Hat mich monatelang weggesperrt, mir kaum etwas zu essen gegeben. Ich wurde gefesselt und abgeduscht, mit eiskaltem Wasser. Können Sie das verstehen? Um Himmels willen."

Mommsen zitterte und legte eine Hand vor die Augen. Er hatte gescheiteltes Haar, wahrscheinlich ein letzter Halt, ein Klammern an eine Vergangenheit ohne Krankheit. Der helle Gehrock, den er bei der Einweisung angehabt hatte, war zerschlissen und verdreckt, aber der Ingenieur sagte, er wolle ihn so lange wie eben möglich tragen.

„Vergessen Sie alles, was dieser Arzt in der Charité Ihnen gesagt hat", sagte Ludwig. „Alles."

„Diese Verfolger kommen überall hin. Einmal erschienen sie in einem Restaurant – als ich noch frei war –, ich kroch unter den Tisch. Natürlich haben mich alle anderen Gäste angestarrt. Und kaum hocke ich da, hebt sich die Tischdecke ...", stammelte Mommsen.

In den stinkenden Kellern der Irrenabteilung in St. Georg, eingezwängt, verdreckt und nicht in der Lage, sich auch nur im Geringsten entfalten zu können, schrie Mommsen, rüttelte an Türen und Fenstergittern, weil er doch fliehen musste, rennen und wie ein richtiger Mann die Möglichkeit haben wollte, sich gegen seine Verfolger zu wehren.

„Sie sind da, Herr Doktor. Sie sind wirklich da. Glauben Sie mir? Sie müssen mir glauben."

„Warum sollten Sie mich belügen, Herr Mommsen?"

Mommsens Augäpfel bewegten sich hin und her. Er weinte.

„Ich habe eine Zeit in Hamburg gelebt, aber dann ist es wieder schlimmer geworden. Man hat mich nachts gefangen genommen, weil ich schreiend durch die Stadt gerannt bin. Die waren ganz dicht hinter mir. Aber als die Polizisten mich festnahmen, da haben die Gnome sich in eine Gasse zurückgezogen. Als ich den Wachmännern sagte, sie sollten die doch festnehmen, da haben sie mir die Schulter getätschelt. Haben gesagt, sie wissen sehr genau, wohin ich gehöre. Kurz darauf ... mein Gott, Herr Doktor, die haben mich in diese Keller hier gebracht. Das, das kann man doch nicht aushalten. Ich will doch leben, Herr Doktor."

„Haben Ihre Verfolger Sie je verletzt, körperlich?"

Mommsen schüttelte den Kopf.

„Können Sie sie jetzt sehen oder hören? Sind sie in der Nähe?"

Mommsen gab einen ängstlichen Laut von sich. Er sah sich um.

„Nein. Aber sie sind da, Herr Doktor. Sie sind da." Mommsen umfasste Ludwigs Oberarm mit beiden Händen.

„Anfangs waren es Bekannte, so sagten Sie. Wann wurden diese Menschen abgelöst von diesen furchtbaren Wesen, die Sie jetzt verfolgen?"

„Ich weiß es nicht."

„Denken Sie nach, Herr Mommsen. Es hat eine Veränderung gegeben."

Ludwig wäre jetzt gerne suggestiv geworden, hätte gerne gesagt, dass die Veränderung immer schlimmer wurde, je länger Friedrich Mommsen in deutschen Anstalten leben musste. Aber er beherrschte sich.

„Lassen Sie sich Zeit, Herr Mommsen. Ich bin immer für Sie da."

Mommsen sah ihn mit tränenweichen Augen an.

„Ich schäme mich, Herr Doktor."

„Passiert jedem von uns. Es ist gut, dass Sie das so offen sagen. Aber vertrauen Sie darauf, was immer Sie mir auch erzählen, niemand erfährt davon. Kein Mensch. Ich werde dafür sorgen, dass es Ihnen bald besser geht. Und es gibt keinen Grund, sich zu schämen. Gar keinen. Ich meine, wer hätte denn keine Angst vor solchen Wesen? Also ich auf jeden Fall, Herr Mommsen. Und wie."

Ludwig schloss die Akte. Er war noch nicht allzu weit mit Mommsen, aber die Bruchstücke und Tröpfchen seiner mühsam gewachsenen Erfahrung ließen ihn erste Vermutungen aufbauen, kleine, wacklige Teilchen summierten sich. Er musste Geduld haben, aber Geduld war nicht seine Stärke.

Reinhardt lag in einem Bett des Krankenhauses, für das er immer gearbeitet hatte. Er war blass wie eine weiße Kerze, die Wangen ganz hohl. Anna saß bei ihm und hielt seine Hand, er spielte schwach mit ihrem Mongolenhaar.

„Jetzt werde ich doch nicht mehr miterleben, wie du eine eigene Anstalt gründest", murmelte er.

Ludwig wollte sagen, doch, doch, das werde er, aber es wäre eine hilflose Lüge gewesen einem Mann gegenüber, der genau wusste, wie es um ihn stand. „Ohne euch wäre ich wahrscheinlich gar nicht hier", sagte er.

„Du sahst so fürchterlich aus mit der Perücke", flüsterte Reinhardt und lachte. Er hustete Blut.

„Wenn ich dir einen letzten Rat geben darf, lieber, guter Ludwig: Werde gelassener. Mit Krampf und ständiger Anspannung ist kein Problem zu lösen. Man muss gelassen sein den großen Vorhaben gegenüber."

Anna sagte kein Wort, immer wieder wischte sie sich Tränen aus den Augen. Ludwig erinnerte sich an ihre Worte vor vielen Jahren: Mach etwas daraus.

„Ich hole Kaffee", schlug Ludwig vor.

„Cognac", sagte Reinhardt.

„Alfons, ich trinke nicht während der Arbeit."

„Quatschkopf!"

„Also Cognac. Anna auch?"

Sie nickte.

„Ludwig." Reinhardt röchelte. „Kümmere dich um unseren Jungen, ja?"

„Natürlich. Versprochen. Mach dir keine Gedanken."

Reinhardt wachte am nächsten Morgen nicht mehr auf. Ludwig saß alleine bei der Leiche, er hörte Anna im Nebenraum weinen. Er nahm Reinhardts kalte Hand und starrte aus dem Fenster.

„Ich war zu jung, Alfons", murmelte er. „Als du mich mitgenommen hast in diese Keller. Ich war zu jung. Da unten, Alfons, da unten ist etwas in mir kaputtgegangen. Ich kann es nicht reparieren. Es ist da. In mir. Alter Freund. Ich danke dir für alles."

Als er Fanny während eines Mittagsspaziergangs auf der Straße vor dem Krankenhaus von Reinhardts Tod erzählte, hielt sie ihn am Ellenbogen. Sie sah zu ihm auf und dann umarmte sie ihn. Ihre Arme waren hart wie Holz und sie drückte ihn so fest, dass er sich über die ungeheure Kraft dieser Frau wunderte. Fanny hatte so viel Energie in sich.

„Lass uns heute Abend ein Glas Sekt trinken, Ludwig."

„Sekt? Alfons ist tot, Fanny. Hältst du das für angemessen?"

„Natürlich. Auf jeden Fall."

„Ich weiß nicht."

„Reinhardt war ein glücklicher Mensch, glaube ich. Wenn man unglücklich ist, dann ist der Tod ganz schlimm. Bei glücklichen Menschen ist er eine Begleiterscheinung. Es tut mir sehr leid um deinen Freund. Und jetzt komm, lass uns noch ein Stück gehen, bevor du zurückkehrst in dein heiliges Krankenhaus und ich ins noch heiligere Theater."

Sie spazierten weiter und Fanny erzählte ohne Unterlass.

Der Herr Doktor solle höllisch vorsichtig sein mit diesem Willi Boysen, warnten die Wärter.

„Wieso um alles in der Welt warnen Sie mich ausgerechnet vor Boysen?"

„Wir kriegen doch mit, wie Sie beide sich immer anstarren."

War das wirklich so? Ludwig musste sich eingestehen, dass Boysens Worte ihn immer wider seinen Willen tief berührt hatten.

Ein Tobsüchtiger, ein Teufel. Tobsucht war eines der Wörter, die ihren Weg aus den Anstalten in die Öffentlichkeit gefunden hatten und tolle Blüten trieben. Da wurde gesponnen von Menschen, die ungeheure Kräfte entwickelten, alles kurz und klein schlugen und gar Mauern zum Einsturz bringen konnten, wilde Schreihälse, vollgepumpt mit Wut, die mordsgefährlich waren. Boysen war binnen eines Jahres bereits zum zweiten Mal in St. Georg. Niemand in den Kellern steckte so oft in einer Zwangsjacke wie er. Boysen beobachtete alles ganz genau, ob er nun in einer Isolationszelle herumstapfte oder auf dem Flur angekettet war, immer huschte sein Blick hin und her, bis er auf einem anderen Patienten haften blieb. Boysen sah Ludwig hinterher, wenn er sich durch das Gedränge im Männertrakt arbeitete. Ketten knirschten am kräftigen Körper des Mannes. Wann er zum letzten Mal gefickt habe? Was ging den das an? Was bildete dieser kranke Mann sich ein? Ludwig hatte mit Fanny über Boysen reden wollen, das aber unterlassen. Er hatte sie in den letzten Wochen nur selten gesehen. Sie stand oft auf der Bühne, studierte Schriften zu

Theater und Schauspielerei und verhielt sich ihm gegenüber distanziert. Ludwig dachte oft an sie. Nichts Klares. Eher ein schwebendes Porträt.

Ludwig kam von einem Gespräch mit Mommsen zurück, half einigen Männern vom Boden auf und wollte ins Büro. Er spürte, dass Boysen ihn wieder anstarrte. Als Ludwig dicht an ihm vorbeiging, passierte es. Der Mann wand sich in den Ketten, er riss den Mund weit auf, beugte sich Ludwig entgegen und schrie so gewaltig, dass Ludwig zurückwich wie von einer Sturmböe getroffen und sich duckte. Der Schrei ging ihm durch und durch. Der große, dunkle Kopf des Mannes war reine, fressende Energie. Boysen klappte den Mund zu, schüttelte sich und stellte sich an die Wand zurück.

„Hilf mir doch, Meyer", sagte er ruhig.

In Ludwig pulsierte der Schreck, der Schrei tönte in ihm nach. Er ging langsam den Flur Richtung Treppe hinab.

„Kannst du nicht", flüsterte Boysen ihm hinterher. „Kannst du nicht. He, Meyer, du bist genauso ratlos wie all die anderen Arschlöcher vor dir."

„Das wird sich ändern, Herr Boysen."

Mit gesenktem Haupt starrte Boysen ihn an. Genauso mochte Ludwig vor Gericht gestarrt haben oder in der Charité den Wärtern gegenüber und in noch vielen anderen Momenten seines Lebens. Ganz kurz nur, ein Aufblitzen in der Schmach.

„Kennen Sie einen Mann namens Henning, Herr Boysen?"

„Sagt mir nichts."

„Sie haben ihm eine Narbe verpasst."

„Dann hat der die verdient."

„Er hat Sie in eine Zwangsjacke stecken lassen und verprügelt – nehme ich an."

„Davon stirbt man nicht, Meyer. Das steckt man weg. Gejammert wird nicht. Mann, du musst noch einiges lernen. Ich will jetzt ficken und saufen."

„Es gibt auch noch andere Dinge, Herr Boysen."

„Sag mal, Meyer, glaubst du, ich weiß das nicht? Komm her, du. Lass mich frei. Dann klären wir ein paar Dinge."

„Später, Herr Boysen, später."

Senator Ulrich und Doktor Isen als Vertreter der Medicinalbehörde tauchten unangekündigt in Ludwigs Büro auf.

„Wie sieht es hier aus?", fragte Ulrich. Er zeigte auf die Berge von Akten und Büchern auf dem Schreibtisch, der Fensterbank und dem Boden.

„Was wollen Sie?", fragte Ludwig.

„Uns ist gemeldet worden, dass Sie mutwillig Krankenhauseigentum zerstört haben", sagte Ulrich.

„Wer sagt das?"

„Haben Sie oder haben Sie nicht?"

„Ich habe die Drehstühle abgeschafft."

Ulrich strich sich mit halbrunder Hand über die Glatze. Doktor Isen hatte sich vor Ludwigs Bücherregal gestellt, den Kopf zur Seite gelegt und las die Titel auf den Buchrücken.

„Sie haben das mit der Krankenhausleitung nicht abgesprochen", sagte Ulrich. Er setzte sich Ludwig gegenüber an den Schreibtisch und griff nach einer Akte. Ludwig legte die Hand auf die Pappe.

„Das ist vertraulich."

„Als wüsste irgendeine dieser komischen Gestalten da, was Vertraulichkeit bedeutet", sagte Ulrich.

„Das wissen diese Menschen sehr genau", sagte Ludwig.

„Erzählen Sie mir doch nichts. Wie erkennen Sie eigentlich, ob ein Mensch geisteskrank ist oder nicht, Doktor Meyer? Man könnte Ihnen ja auch etwas vorspielen."

„Warum sollte jemand das tun? Um freiwillig in diese Keller da unten zu kommen?"

Isen verschränkte die Hände auf dem Rücken. „Eine Menge Shakespeare", sagte er.

„War ein echter Psychologe", sagte Ludwig.

„Sie melden diese Sache mit den Drehstühlen schriftlich der Behörde, Doktor Meyer", befahl Ulrich. „Ist das klar?"

„Aber sicher."

Ulrich grunzte. Er sah zwischen zwei halb leeren Flaschen Cognac und Ludwig hin und her.

„Geben Sie Gründe an, Meyer, medizinische Gründe. Vielleicht stellen wir Ihnen die Stühle in Rechnung."

„Haben Sie einmal gesehen, was mit einem Menschen gemacht wird auf solch einem Stuhl, Herr Senator? Wollen Sie mitkommen in die Keller? Soll ich Ihnen zeigen, was dort unten vor sich geht?"

„Was ich will und was ich nicht will, werde ich Ihnen schon zu gegebener Zeit sagen." Er stand auf, sein Kopf und sein Oberkörper im grauen Gehrock wurden durch das einfallende Sonnenlicht erhellt.

Sie sind nicht der richtige Mann hier, Meyer. Doktor Krümmer sagte mir, Sie hätten ihn nach präzisen Diagnosen zu Ihrer schönen Frau Mutter gefragt? Nun, Doktor Meyer, wie viele präzise Diagnosen können Sie denn bisher vorweisen?"

„Menschen sind nicht präzise."

„Schließen Sie nicht von sich auf andere, Meyer. Isen, kommen Sie."

Als die beiden Männer fort waren, legte Ludwig die Füße auf den Schreibtisch. Wenn er doch nur hineingucken könnte – in seine Patienten und in einen Mann wie Ulrich. Was trieb den um? Was wollte der? Ludwig wollte helfen, das war alles. Er wollte menschlichen Umgang mit diesen armen Teufeln da unten in den Kellern. Würden die sich einst entfalten können im wundervollen Friedrichsberg, dann ergäben sich für ihn so viele Forschungsmöglichkeiten. So viel Heilbarkeit.

Er zündete sich einen Zigarillo an und griff nach Mommsens Akte. Es wäre dumm gewesen, dem Mann zu sagen, diese Gnome, die ihn verfolgten, existierten nicht. Sie waren ganz real. So einfach war das.

Er zog Zettel und Stift zu sich. Diagonal über das Papier schrieb er einen Namen. Fanny. Manchmal dachte er, er würde tagelang nicht an sie denken. Aber das stimmte nicht. Immer wieder fragte er sich, was Fanny zu diesem und jenem sagen würde oder er sah sie vor sich, diese Frau mit der schönen Nase und den ganz, ganz kleinen Brüsten. Mommsen hatte ihm gesagt, er schäme sich. Ludwig schämte sich auch. Hatte er insgeheim Angst vor der Stärke, die er bei Fanny vermutete? Mit Reinhardt hätte er darüber reden können oder früher mit Huber. Heute blieb fast nur Carl Schurz in Amerika, der Ludwig viel öfter schrieb als Ludwig ihm. Sklavenbefreiung, Bürgerkrieg, Präsident Lincoln. Ludwig erinnerte sich genau daran, wie Schurz in der Gasse an ihm vorbeigerannt war und geschrien hatte „Das ist es! Das ist es!“ Er brauchte unbedingt einen weiteren Degen für sein Büro.

Ludwig saß Boysen in einer Separationszelle gegenüber. Wegen des unbestimmbaren Lichts waren ihre Schatten nur pulverartig auf Wänden und Boden zu sehen. Boysen war in eine Zwangsjacke geschnürt worden, trotzdem hielt Ludwig Abstand. Boysen bewegte sich wie in einem Kokon, hob abwechselnd die Schultern, verdrehte den Kopf, versuchte sich verbissen aus der Umklammerung des Drillichs zu befreien.

„Ich hole Sie da raus, Herr Boysen. Aber versuchen Sie, sich zu entspannen.“

Bei dem Wort Entspannung gab Boysen einen zischenden Laut von sich.

„Herr Boysen, wenn Sie einen Anfall bekommen, dann sind Sie außer sich. Nicht wirklich Sie selbst, richtig?“

Boysen hörte auf, sich in der Zwangsjacke zu winden. Er saß auf der Bettkante, rückte ein Stück nach hinten und lehnte sich an die fleckige Wand.

„Nicht ich selbst? Was redest du da, Mann. Sei du doch mal du selbst.“

„Das bin ich.“ Falsch, dachte Ludwig. Sein Tonfall war

viel zu aggressiv gewesen. „Tobsucht. Raserei. Wut. Besessenheit. Das muss doch eine Ursache haben. Und ein Ziel."

Boysen sah ihn an, sein Gesicht war verschwitzt. Er bewegte wieder die Schultern und begann zu stöhnen.

„Nimm mir diese verdammte Jacke ab."

Boysen zuckte, er warf die Schultern hin und her und begann zu brüllen wie ein Tier. Ludwig wollte etwas tun, aber er wusste nicht was. Er hatte Angst. Benommen und irritiert ging er zur Tür. „Ich hole Sie aus dieser Jacke raus, Herr Boysen. Ich hole Sie da raus."

Boysen schrie Ludwig lautlos mitten ins Gesicht. Ein bartstoppliges Gesicht, den Mund weit aufgerissen, Zähne, rotes feuchtes Fleisch und ein Rachen. Es sah aus, als wolle der Mann Ludwig verschlingen. Dieser stumme Schrei traf Ludwig noch mehr als das Brüllen einige Tage zuvor. Boysen begann zu brabbeln, seine Wörter überschlugen sich, die Sprache rannte. Ludwig versuchte zu verstehen, aber Boysens atemloses Gerede schien ihm wie eine nie gehörte, unbekannte Sprache.

„Ich will Sie verstehen, Herr Boysen."

„Du verstehst mich, Meyer."

Boysen sackte zusammen und ließ sich aufs Bett fallen.

„Meine Frau", murmelte er. „Meine Frau." Er starrte an die Zellendecke.

„Was ist mit Ihrer Frau, Herr Boysen?"

„Ich will ihre Hand halten. Ich will ihre Wange streicheln." Boysen sah ihn an, seine Augenlider zuckten. „Ich will sie durchficken, Meyer. Und weißt du was, du hochwohlgeborener Feingeist? Sie will das auch. Gefickt werden. Hahaha."

„Sie möchte Liebe machen. Möchte mit Ihnen schlafen."

„So fängt das an, Meyer. Nach ein paar Minuten aber will sie ficken. Was ist daran eigentlich so schwer zu begreifen?"

Boysen summte. Er wirkte plötzlich ruhig und ernst auf Ludwig.

„Du hast es auch nicht immer einfach gehabt, hä? Du guckst oft so verunsichert in die Gegend."

Ludwig lehnte sich mit dem Rücken an die gepolsterte Tür. Verunsichert? Das merkte dieser Kerl ihm an?

„Ich bin nicht verunsichert, Herr Boysen. Ist das jetzt klar?"

Boysen lachte. „Mach dir nichts draus, Meyer. Sieht ja nicht jeder."

Ludwig öffnete die Tür, Jammern und Stöhnen aus dem Flur drangen in den gepolsterten Raum. Boysen sah auf den Flur hinaus, ein schräger Lichtbalken drang durch die vergitterten Fenster, Staubteilchen schwebten. Ein Mann robbte vorbei, als wären seine Beine zertrümmert und er schleppe sich über ein Schlachtfeld.

„Du willst den ganzen Mist hier wirklich verstehen, Meyer?"

„Ja."

Boysen schmunzelte. „Aber dich versteht keiner."

„Nicht so viele, da haben Sie recht, Herr Boysen."

„Immerhin, Meyer, immerhin. Kompliment. Und jetzt hau ab."

Ludwig fand einen Verlag in Mitteldeutschland, der bereit war, Conollys Buch über das Non-Restraint zu übersetzen. Er verfasste ein kämpferisches Vorwort und während der akademische Streit zwischen den Psychikern und den Somatikern weiterging, steigerte sich die Diskussion über Conollys System ihrem Höhepunkt entgegen. Ludwig reiste zu Kongressen. Er musste seine Patienten den Wärtern und kurzen Stippvisiten von Doktor Müller überlassen und betonte noch einmal, dass er einen im Bereich der Irrenheilkunde erfahrenen Assistenten brauche.

Seine Spendenaufrufe fruchteten. Bei der Behörde zeigte man sich beeindruckt und seine Anhänger in Senat und Bürgerschaft signalisierten, dass auch von dieser Seite Geld für eine separate Irrenanstalt bereitgestellt werden würde. Ganz langsam sah Ludwig Friedrichsberg Steinreihe um Steinreihe in den Himmel wachsen und als helles, weites Gebäude auf der Wiese stehen. Eine Insel für ihn und sein eigentümliches Volk. Irgendwo in all dem musste er Platz für Fanny schaffen. Wie klein und zart sie auch erscheinen mochte, diese Frau brauchte viel Platz. Richtig viel. Das war ihm klar.

„Schöner Gedanke", sagte Fanny, „es eine Insel zu nennen."

Ludwig saß im Wohnzimmer ihrer kleinen Wohnung am Dammtor. Auf dem Tisch, auf Stühlen und Kommoden lagen Textbücher, Fanny hatte Eselsohren geknickt, Zettel oder Bänder in die Bücher gelegt, andere zerrissen und zu Boden geworfen. Ludwig zählte sechs Paar Schuhe, die verwaist herumstanden, die farbigen Bänder geschlängelt auf dem Holzboden. Ludwig hatte Fanny in den letzten Monaten ab und an einen Brief geschrieben und ihr von seinen Fällen berichtet. Ein einziges Mal schrieb Fanny zurück, ob es nicht ein wenig eigentümlich sei, brieflich miteinander zu verkehren, wenn man in derselben Stadt wohne.

Fanny trug ein moosgrünes Kleid, das am Nacken nicht zugeknöpft war. Ihre Halswirbel zeichneten sich unter der Haut ab. Sie setzte sich ans Klavier und spielte Ouvertüren von Mozart und Schubert. Ludwig trank Kaffee und Cognac. Er meinte, das Eau de Toilette eines anderen Mannes zu riechen. Fanny sah ihn an. Ludwig dachte, er müsse tausend Schritte machen, um die zweieinhalb, vielleicht drei Meter zwischen ihnen zu überwinden. Er wusste einfach nicht wie.

„Ich will viel, Ludwig." Sie schlug ein hohes C an. Der Ton stand zwischen den Wänden.

Was sollte das jetzt heißen? Er schluckte den Cognac hinunter und goss nach. Er dachte an die Keller in St. Georg. Er hörte seine Patienten, er roch sie und spürte ihre Hände an seinem Kittelkragen verzweifeln. Er wollte da raus, er wollte das jetzt nicht.

Fanny lächelte. „Ach, Ludwig", sagte sie.

„Wenn Friedrichsberg steht, wird alles besser", sagte er.

Sie stellte ein neues C in den Raum. Ludwig reizte das. *Wann hast du zum letzten Mal gefickt?*

Komm in meine Arme, dachte er. Komm doch. Fanny schaute auf die Wanduhr. „Ich muss gleich zur Probe."

Ludwig hätte jetzt gerne ihre Wange gestreichelt und

ihr eine Hand in den Nacken gelegt, auf dem sich einige schwarze Locken kräuselten.

„In Friedrichsberg … willst du dann wirklich in der Anstalt wohnen?"

„Es geht bestimmt auch anders."

Sie schaute wieder auf die Uhr und straffte die Schultern. Ludwig küsste ihr die Hand und ging. Draußen auf dem speckig glänzenden Kopfsteinpflaster zog er sich den Hut tief in die Stirn, setzte die kleine Brille mit den Sonnengläsern auf und fluchte. Er ging zum Krankenhaus, warf Gehrock und Mantel auf seinen Schreibtisch, streifte den Kittel über und stieg hinab in den Männertrakt. Boysen saß festgebunden auf dem Boden.

„Wieder nichts im Griff, Meyer?"

„Verflucht noch mal", zischte Ludwig. Er ging vor dem Mann in die Hocke und roch dessen scharfen Schweiß.

„Halten Sie den Mund, Boysen."

Boysen lachte laut. „Hahaha. Meyer!"

Ludwig schnellte hoch, er prallte gegen einen König mit einer Krone aus Papier, schob einige zuckende Gestalten zur Seite, wich einer Gruppe Betender aus und starrte auf einen Mann, der auf den Boden defäkierte und dabei stöhnte. Ludwigs Herz raste. Er rieb sich den Bart. Er ballte die Fäuste. Er drehte um, ging zu Boysen zurück und setzte sich vor ihn auf den Boden.

„Ich habe hier alles im Griff, Herr Boysen."

„Da bin ich ja mal gespannt. Wie geht es Frau und Kindern, Meyer?"

„Ich habe keine Frau und keine Kinder."

Boysen grinste. „Hättest du aber gerne. Kriegst du nur nicht hin."

Der Tobsüchtige legte den Kopf schräg und sah Ludwig in die Augen. Es war Ludwig, als blicke Boysen tief in seine Gedanken. Ihm wurde kalt.

„Du würdest mich doch jetzt gerne anschreien. Na komm, Doktor. Mach doch mal was."

Ludwig tippte ihm mit dem Zeigefinger an die Brust.

„Schreien ist würdelos, Herr Boysen."

„Furzverkneifer."

„Was soll das denn jetzt heißen?"

Und dann passierte es.

Einen Moment lang sahen die beiden Männer sich an, das Stöhnen und Weinen und der Gestank im Keller wurden zu einem fernen Hintergrund, Nervenstränge zogen sich zusammen, Gesichtsmuskeln zuckten, einer von beiden kicherte kurz. Dann lachten sie lauthals, beide, im Dreck.

12

Im schwindenden Licht verblasste das Gelb der Krankenhausfassade. Auch die Baumreihe an der Straße vor dem Hospital übergab ihre Farben der nahenden Dunkelheit der Nacht.

„Warst du je wieder in Friedrichsberg?“, fragte Ludwig.

„Bruderherz, bitte, was soll ich denn da? Deinen Freund Reinhardt junior besuchen?“

„Hartmut Reinhardt war kein Freund.“

„Ach. Ich dachte.“

„Ich krieg den noch, Julia.“

„Was meinst du denn damit?“

Ludwig umschloss die Ledertasche mit beiden Händen, sagte aber nichts. Er ging mit den Frauen zurück zur Kutsche. Fräulein Hellmann hatte sich in seine Armbeuge eingehakt.

„Ohne Sie wäre ich auch in solch einen Keller gekommen?“, fragte sie.

„Hätte passieren können, Fräulein Hellmann, hätte passieren können.“

„Ist es aber nicht“, sagte Julia.

„Genau“, meinte Ludwig. „Es lohnt nicht, darüber nachzudenken, was hätte passieren können. Sie haben ein schönes Zimmer bei uns in Göttingen. Und Sie werden dieses Zimmer bald verlassen.“

Fräulein Hellmann lehnte kurz den Kopf an seine Schulter. Er hätte gern über ihr Haar gestreichelt. Er hatte die junge Frau wirklich gern.

„Ich habe Hunger“, sagte sie.

„Das gefällt mir“, sagte Ludwig.

„Huhn“, sagte Julia. „Die Küche im Haus ist noch in Ordnung. Ich habe ein paar Leckereien auf Eis gelegt. Ich freu mich so, dass du mal wieder hier bist, Ludwig. Und ich freue mich übrigens, Sie kennenzulernen, Fräulein Hellmann.“

„Welch behuhnter Frieden, welch behuhnte Eintracht“, sagte Ludwig. „Hühner, die haben meistens Pech in meiner Gegenwart.“

„Du redest vielleicht manchmal einen Unsinn, Bruder. Wir werden es genießen.“

Ludwig ließ den Frauen den Vortritt in die Kutsche. Er wollte sich gerade selbst durch die Tür schwingen, als er es sich anders überlegte. Er ging zum Bock und sah zum Kutscher hinauf.

„Darf ich bei Ihnen da oben sitzen?“

Der Kutscher lachte müde. „Bitte, kommen Sie rauf.“ Ludwig kletterte auf den Bock, der Lederbezug war schwarz und rissig und einer der Gäule hob gerade den Schweif und ließ einen dicken Haufen Pferdeäpfel auf die Straße platschen. Beachtliche Beiläufigkeit, dachte Ludwig.

„Zurück zum Haus. Morgen früh sind Sie bitte wieder dort. Kann ich mich auf Sie verlassen, guter Mann?“

Ludwig zog den Flachmann aus der Jackentasche, schraubte ihn auf und hielt ihn dem Kutscher hin. Der Mann nahm einen tiefen Schluck.

„Ist in Ordnung“, sagte er. „Was machen Sie hier eigentlich, wenn ich fragen darf?“

„Geister besuchen."

„Na, dann fahren wir mal."

Die Luft war kühler geworden, und Ludwig hätte gerne mehr Fahrtwind gehabt, musste sich aber begnügen. Er hörte die beiden Frauen in der Kutsche kichern, einmal klopften sie an die kleine Scheibe nach vorne und er sah zwei Hände winken. Vielleicht löste Fräulein Hellmann sich ein wenig mehr, wenn er nicht zugegen war. Er wusste, dass sie ihm vertraute. Dennoch mochte es sein, dass sie in ihm nicht einfach nur einen guten Gesprächspartner sah, sondern vor allem den Arzt. Das Arzt-Patienten-Verhältnis war auch immer etwas gewesen, das er – in gewisser Weise – hatte abschaffen wollen. Aber auch das war ihm nicht geglückt.

Die Rücken der Pferde glänzten im Abendlicht, das Geschirr mochte aus dem gleichen Leder gefertigt sein, aus dem früher die Riemen für Zwangsjacken hergestellt worden waren.

„Ich war der Leiter der Heil- und Irrenanstalt Friedrichsberg. Professor Doktor Ludwig Meyer. Und was weiß ich? Wir stehen immer noch ganz am Anfang."

„Besser als nichts."

„Prost", sagte Ludwig und reichte den Flachmann wieder weiter. „Ich war der erste Lehrstuhlinhaber für Psychiatrie – in Berlin gab es noch Griesinger. Aber ich war einer der Allerersten."

„Das ist ja schön."

„Missgünstig?"

Der Kutscher sagte nichts. Manchmal bewegte er die

Hände auf und ab und die langen Zügel wippten über die warmen Rücken der Pferde.

„Sie sind Kutscher in Hamburg. Das ist ein guter, ehrenwerter Beruf. Ich bin Professor für Psychiatrie und Anstaltsleiter. Da müssen Sie keine Vorbehalte haben. Ist doch auch ein ehrenwerter Beruf, oder?"

„In Ordnung."

„Mir ist und bleibt ein zuverlässiger Postbeamter, ein aufmerksamer Kneipenwirt oder ein fleißiger Bauer immer noch lieber als viele meiner ach so gelehrten Kollegen. Die laden mich heute noch zu Kongressen ein, um über meine freiheitlichen Behandlungsmethoden zu reden. Ich geh da nicht hin."

„Die können Sie am Arsch lecken?"

Ludwig lachte. „Das hätte jemand, den ich mal gut kannte, exakt so formuliert." Er wollte gerne die Beine ausstrecken, aber er war zu lang. Er massierte sich die Knie und gähnte hinter vorgehaltener Hand, die Abendluft kühlte seine Mundhöhle und wurde vom Körper in die Lunge gesogen. „War ein langer Tag", sagte er. „Ist viel passiert. Innen drin. Da passiert immer am meisten."

„Deutsch-Dänischer Krieg 1864, Deutschland-Österreich 1866 mit Königgrätz, Deutsch-Französischer Krieg 1870-71 mit Sedan? Klingt mir nicht so innerlich."

„Ja, natürlich, das krachende äußere Ereignis. Keine Frage. Aber glauben Sie nicht, dass ein Mensch ungeschoren aus dem Krieg zurückkommt. Selbst dann nicht, wenn er äußerlich nicht eine einzige Schramme abbekommen hat. Ich habe Männer behandelt, die haben von morgens bis abends gezittert, ununterbrochen. Anderen hat es die Sprache verschlagen – im wahrsten Sinne des Wortes. Nur darf über so etwas natürlich nicht geredet werden. Staatsraison, Familienehre, angebliche Schwäche. Soldatische Tugenden. Kein Wort. Bloß nicht. Völliger Murks. Man muss es offenlegen. Das ist die einzige Lösung."

„Sie übertreiben."

„Es ist alles wahr, Herr Kutscher, einfach alles. Warum sollte ich Sie belügen?"

„Kommen aus dem Krieg und zittern den ganzen Tag? Wahnsinn."

„Normalität", sagte Ludwig.

Sie entzündeten die Kerzen von einem Dutzend fünfarmiger Kandelaber in dem alten Haus, Schatten tanzten auf schimmernden Stofftapeten und Julia bereitete in der Küche das Huhn zu. Fräulein Hellmann hatte sich zu ihr gesellt und Ludwig saß allein an dem Tisch in der Halle und wunderte sich, dass seine Geister nicht dort waren und ihn ansahen. Er konnte den Duft der gebratenen Hühnchenhaut durch die offen stehenden Türen bis hierher riechen und dachte sich, es sei vernünftig, eine Flasche Rotwein zu entkorken. Er sackte in befriedigende Gedankenlosigkeit und summte ein Liedchen, bis Julia plötzlich neben ihm stand.

„Fräulein Hellmann", sagte sie.

Er eilte in die Küche. Die Frau saß zusammengesackt auf einem Stuhl, hatte die Hände vor das Gesicht gelegt und weinte laut.

„Ganz plötzlich“, sagte Julia.

Ludwig kniete sich neben seine Patientin und umarmte sie. Er hielt sie fest, gab ihr menschliche Wärme. Das war so wichtig. Vielleicht würde es eines Tages Medikamente geben, die wirklich halfen. Er wusste von Forschungen mit Opiaten, Chloralhydrat, Eisenjodid, Arsenik und Trional. Aber was nützte das dem armen Fräulein Hellmann jetzt? Der Medikamentierung stand Ludwig skeptisch gegenüber. Ohne ging es nicht, das war klar – die Frage war, würden Medikamente heilen können oder lediglich Symptome lindern? Ludwig hatte immer und immer wieder referiert über die Stimmung. Das war eines der zentralen Wörter seiner Theorien. Wenn sich dunkle Stimmungen manifestierten, dann war es nur noch ein bedrohlich kurzer Weg zu einer echten Geisteskrankheit.

Fräulein Hellmanns Rücken bebte unter seinem Arm, krampfhafte Atemzüge ließen ihn pulsieren.

„Warum?“

Ludwig wusste nicht, ob er richtig verstanden hatte. Die Stimme der jungen Frau war dünn und hoch und eingesperrt in Tränen und Händen.

„Ich will nur ihn.“

„Es gibt immer noch jemand anderen“, flüsterte Ludwig.

Ach Fanny. Mein Gott, habe ich dein Gesicht geliebt. Was haben wir nur gemacht?

***

Als es so weit war und er den Brief von Senat, Bürgerschaft und Medicinalbehörde erhielt, warf er den Kittel auf den Schreibtisch, rannte aus dem Krankenhaus und ging so schnell er konnte zu Fannys Wohnung am Dammtor.

Im Treppenhaus kam ihm ein Mann in schwarzem Rock und grauer Weste entgegen. Er machte einen eigentümlich entspannten Eindruck auf Ludwig, er summte ein Liedchen.

„Wo kommen Sie her?“, herrschte Ludwig ihn an.

„Bitte?“

„Sagen Sie schon.“

„Sie sind ja verrückt.“ Der Mann lachte und stieg die Treppe hinab.

Ludwig klopfte an die weiße Tür. Komm, komm, komm, Fanny. Er hörte nichts und klopfte erneut.

Fanny öffnete, sie schürzte die Lippen.

„Ludwig? Willst du meine Tür einschlagen?“

„Wenn es sein muss.“

„Du weißt doch, dass ich spontane Besuche nicht so sehr schätze.“

Er hielt den Brief in die Höhe. „Friedrichsberg“, sagte er. „Ich. Ich kriege Friedrichsberg.“

„Du …? Sie geben dir die Stelle?“

„Keinem anderen.“

Fanny lachte und klatschte in die Hände.

„Das ist ja großartig. Komm rein, Lu, komm rein.“

Er zögerte. „Wie hast du mich genannt?“

„Lu. Du bist ab jetzt mein Lu. Das gefällt mir.“

Wie schnell sie war. Das war Ludwig häufig aufgefallen. Erst diese ruppige und unfreundliche Begrüßung und eine

Sekunde später wahrhaftes Lachen und Klatschen und Hereinwinken.

Sie ging barfuß, die Fußgelenke zum Zerbrechen dünn. Ihr Kleid war himmelblau.

Auf dem Tisch stand ein Eiskübel mit einer geöffneten Flasche Champagner, aber keine Gläser. Ludwig wollte fragen, ob sie Besuch gehabt habe, unterließ das aber. Fanny steckte sich das Haar im Nacken zusammen, ihre Brustwarzen zeichneten sich unter dem Kleid ab. Sie trug kein Mieder. Ludwig räusperte sich.

Fanny wies auf die Flasche. „Das wäre doch mal ein Anlass, oder?"

„Ich muss gleich wieder ins Krankenhaus", sagte Ludwig. Idiot, dachte er, du Idiot. „Trotzdem. Trotzdem, ja, du hast recht. Lass uns ein Glas trinken. Oder mehr. Du bist die Erste, die hiervon erfährt." Er hielt den Brief hoch. Fanny lachte.

„Das ist so schön", sagte sie.

Sie setzten sich auf das geblümte Sofa und stießen an.

„Ich freue mich sehr für dich, Lu. Du hast dich durchgesetzt. Was denkst du, mein Lieber, kehrt ein wenig mehr Struktur in dein Leben ein, wenn Friedrichsberg erst eröffnet ist? Ich meine, mehr Zeit?"

„Bestimmt."

Fanny nahm seine Hand und streichelte mit dem Daumen über die Adern auf seinem Handrücken.

„Ein ehemaliger Student, ein Doktor – aber du hast Pranken wie ein Bauer. Und groß bist du, meine Güte. Machst was her, Lu, wirklich."

Sein Herz war warm und friedlich und aufgeregt. Er wollte sich Fanny jetzt einfach entgegenbeugen und sie lang und innig auf den Mund küssen. Er wollte ihren Hals streicheln und nach ihren Brüsten greifen. Er nahm an, dass Fanny das wusste. Vielleicht wartete sie sogar darauf. Er trank Champagner.

„Dein geliebter Shakespeare kommt auf unsere Bühne. Othello. Wir malen den Hauptdarsteller schwarz an. Ziemliche Schweinerei, das Ganze. Wusstest du, dass zu Shakespeares Zeiten in England keine Frauen auf der Bühne stehen durften? Da mussten sich die Schauspieler immer als Frauen verkleiden."

„Hab ich auch schon", entfuhr es ihm.

„Was?"

Es war ihm heute noch peinlich und er hatte sich geschworen, niemals mit jemandem darüber zu reden. In den Kellern von St. Georg lebten zwei Männer, die Frauenkleider trugen. Ludwig wusste, welchem Horror durch die Wärter gerade diese Männer ausgesetzt gewesen waren, bevor er anfing, die Vorgänge in St. Georg zu kontrollieren.

„Du in Frauenkleidern? Perücke?"

„Fanny, bitte."

„Wieso? Kann doch lustig sein."

„Ich muss jetzt los."

„Lu?"

Sie legte ihm die Hände an die Wangen und küsste ihn kurz auf den Mund. Ludwig schloss die Augen. Über fünfhundert Patienten, dachte er.

„Kriege ich noch so einen Kuss?", fragte er.

Sie küsste ihn. Er hielt dabei wieder die Augen geschlossen. Er spürte ihre Lippen auf seinen. Ob sein Bart sie störte?

Meine Kranken, dachte er, ich kann die nicht alleine lassen.

„Ich mache alles wieder gut, Fanny."

„Was machst du wieder gut?"

„Keine Ahnung. Alles. Ich muss gehen, Fanny."

Fanny nickte. Sie lehnte sich zurück und verschränkte die Arme hinter dem Kopf. Er wollte ihr das Kleid aufreißen.

„Ich lasse mir nichts verderben. Gar nichts. Auch nicht die Laune", sagte Fanny.

„Fanny, bitte. Wenn ich dich in einer Theaterpause besucht hätte, dann würdest du jetzt auch wieder auf die Bühne gehen."

„Natürlich."

In der Tür legte er eine Hand an Fannys Wange. Wie schön ihre Haut sich anfühlte.

„Wir ...", sagte er. Fanny unterbrach ihn.

„Ich mag dieses Wort nicht so richtig. Wir. Das kann schön sein. Andererseits ..."

„Muss ich dir jetzt folgen können?"

„Weiß ich nicht. Verstehe ich ja selber nicht. Ist aber so. Und jetzt los, mein Herr Irrenarzt."

Zurück in den Kellern redete er mit Herrn Mommsen. Selbst in tiefste Angst verstrickt, versuchte der Ingenieur, einen Mann zu trösten, der weinend am Boden kauerte. „Man muss etwas tun, Herr Doktor", sagte Mommsen.

Nach dem verwirrenden Gespräch mit Fanny vermied

Ludwig den Kontakt zu Boysen und arbeitete sich durch den Frauentrakt. Besonders fasziniert und mitgenommen war er von Frau Wiener, die in einer anderen Welt lebte, sich gern mit ihm austauschte, ihm aber nicht sagen konnte, wer er sei, da er ja nicht in ihrer Welt lebte.

Einige Tage später erhielt er einen Brief von Senator Ulrich. Dieser hatte eine Gruppe von Bürgern aus Wandsbek und Barmbek zu Protesten bewegt. Der Grundstückspreis falle rapide in der Nähe einer Irrenanstalt, Ludwig solle nicht erwarten, dass er widerstandslos auf die Wiese bei Friedrichsberg zugreifen könne. Das sei noch nicht geklärt. Es sei nicht lange her, da habe man in Wandsbek böse Erfahrungen mit dem Verkauf des Schlosses gemacht. Wandsbek sei ein Ausflugsziel, die Eisbahn, die Wälder, Ludwig solle nicht davon ausgehen, dass er hier schon wieder machen könne, was er wolle. Ludwig legte die Bauskizze von Friedrichsberg auf seinen Schreibtisch und tippte darauf. „Und ob ich mache, was ich will“, murmelte er.

Am nächsten Tag erschien eine Abordnung von Bürgern aus Barmbek und Wandsbek bei ihm im Büro. Er sah sich zwölf Männern gegenüber, einige in feinen Gehröcken, andere im groben Stoff der Handwerker und Landwirte. Sie standen Schulter an Schulter im Halbkreis vor seinem Schreibtisch. Was hatte Boysen gesagt? Er wirke verunsichert?

Von wegen, dachte er und hörte halbherzig den Beschwerdeführern zu.

„Fertig?“, fragte er. Er fühlte sich arrogant, groß und

hart. Das machte ungeheure Freude. Aber er wusste, dass dieser Zustand nicht lange halten würde. Er musste die Chance nutzen. Boysen, kommen Sie her, dachte er.

„Friedrichsberg wird gebaut. Ende des Gesprächs. Und jetzt raus, ich habe zu tun."

Die Männer gingen zögerlich. Sie murrten leise.

„Schneller, wenn ich bitten darf."

Der Letzte von ihnen schloss unaufgefordert die Tür. Hat funktioniert, dachte Ludwig. Mies. Aber es hat funktioniert. Wäre Fanny doch dabei gewesen.

Im selben Monat beäugte Ludwig skeptisch die Symbole des technischen Fortschritts, die Dampffähre, die die gemütlichen Lastkähne zwischen Baumwall und Steinwerder am anderen Elbufer ersetzte und schwarze Rauchwolken in den schönen Himmel pumpte, und die Eisenbahnlinie, die von Hamburg aus durch Wandsbek in Richtung Lübeck verlief und nicht weit von Friedrichsberg entfernt die Luft verpesten und Menschen durch ihre aberwitzige Geschwindigkeit verrückt machen würde. Er stand mit Fanny an den Gleisen und tippte mit der Schuhspitze an das Eisen. „Wie soll ein Mensch klar im Kopfe bleiben, wenn er in einem Eisenbahnwaggon sitzt, der die Landschaft an ihm vorbeischleudert, hm? Wie? So schnell, dass jedes Auge und jeder Gedanke überfordert ist." Fanny lachte. „Ach, Lu", sagte sie, „worüber du dir den Kopf zerbrichst."

Über den Landungsbrücken für Dampfschiffe am Jonashafen hing immerzu eine graubraune Wolke, die von Weitem fast natürlich aussah, von der Ludwig aber wusste, dass sie schlecht roch und ungesund war. Segeln sei doch viel besser als dampfen, sagte er zu Herrn Mommsen und sie unterhielten sich lange über Segelschiffe und Lord Nelson, und Mommsen war wenigstens für die Zeit des Gesprächs relativ ruhig. Als Ludwig Boysen auf das gleiche Thema ansprach, brüllte Boysen „Dampf, Dampf, Dampf!" Ludwig notierte das.

Ludwig setzte ein langes Schreiben auf und forderte erneut und unmissverständlich einen Assistenten. Er würde sich ab jetzt stark in die Errichtung der Anstalt Friedrichsberg einbringen müssen und brauche einen Facharzt an seiner Seite. Es erstaunte ihn, dass diesmal ohne weitere Dispute zugestimmt wurde.

Als Assistent kam für Ludwig nur ein Mann infrage: Hartmut Reinhardt, der Sohn des toten Freundes. Reinhardt hatte Medizin studiert und in Irrenabteilungen assistiert – nicht lange, aber immerhin.

Ludwig machte das Haus des Vaters zur Zentrale des Bauvorhabens. Er hatte den Architekten Timmermann, der nach dem großen Brand am Entwurf der Alsterarkaden beteiligt gewesen war, gebeten, die Planung zu übernehmen. Der Mann hatte sich interessiert gezeigt und war beeindruckt von Ludwigs Skizzen.

„Alles, was mein Sohn macht, ist beeindruckend", sagte Ludwigs Vater. Er ging mittlerweile an zwei Stöcken.

„Was meine Tochter macht übrigens auch."

Ludwig wollte mit anpacken. Er empfing Wagenladungen großer Steine mit ausgebreiteten Armen, sah den Arbeitern zu, die sie stapelten und transportierten, die gruben und ausmaßen und den Anstaltskeller Stück für Stück in die dunkelbraune Erde trieben. Die ehemals schöne, grüne Wiese war zerfurcht von tiefen Rinnen der Wagenräder und Schleifspuren und überall lag Baumaterial. An die alte Rotbuche war eine große Zeichnung der Anstalt genagelt worden. Ludwig legte die Hand an die Flanken mächtiger, quietschender Kräne, klopfte auf Leitungsrohre, die dick gebündelt auf der Wiese lagen und durch die der Wind pfiff.

Julia erschien oft auf der Baustelle und brachte Marmorkuchen für die Arbeiter mit. Ihre Affäre war lange vorüber, einen Beruf hatte sie nie erlernt, sie kümmerte sich um den Vater, führte das Haus und schien seltsam schwerelos in der Luft zu hängen. Ludwig befürchtete, sie könne schwermütig werden und er wusste, dass Julia in den Augen vieler längst begonnen hatte, eine alte Jungfer zu werden. Es war so leicht, schlecht über Menschen zu reden. Viel leichter als gut zu reden. Warum wurden Frauen in der Gesellschaft so benachteiligt? Es gab Ausnahmen, Paradiesvögel wie Fanny, die erfolgreich waren und Mäzene hatten, über die Ludwig lieber nicht nachdachte. Aber wieso wurde es Frauen schier unmöglich gemacht zu studieren? Die Folgen solcher Zurücksetzungen konnten zu seelischen Krankheiten führen, das war doch vollkommen klar, das musste doch jeder Mensch wissen. Das waren keine moralisch verwerflichen Gedanken, wie die Psychiker sie als Auslöser für Geisteskrankheit postulierten, das war die Grausamkeit der Welt und anderer Menschen. Julia war so nett. Und wenn sie sich mit der Zeigefingerspitze am Scheitel kratzte, sah sie so lustig und hübsch aus, dass es doch Männer geben musste, die sie küssen wollten. Männer für eine selbstbewusste Frau, die über Frauenrechte redete und dabei amüsiert mit der Hand wedelte. Wer küsste Julia? Wen küsste sie?

Wer – außer ihm – küsste Fanny?

Ludwig hatte von Beginn an dafür gesorgt, dass die Baustelle auch nachts bewacht wurde. Manchmal schritt er in der Dunkelheit mit hochgehaltener Laterne die Steinhaufen und Holzstapel ab, guckte in Winkel und mögliche Verstecke und lauschte auf die Schritte gemeiner Räuber. Er trug bei seinen nächtlichen Inspektionen oft einen Kittel, der das Licht der Laterne spiegelte. Ludwig wollte gesehen werden von jedem, der es wagen wollte, sich an seinem Werk zu vergreifen.

Steinreihe um Steinreihe wuchs Friedrichsberg, Fensterausschnitte boten ihm Blicke über Träger und Streben, Seile und Werkzeughaufen und auf die Fugengitter unverputzter Wände. Zwischendecken wurden eingezogen, noch geländerlose Treppen voll knirschendem Baustaub führten in windige Höhen und Ludwig begann, den Umzug aus St. Georg nach Friedrichsberg vorzubereiten.

Manchmal saß Ludwig spätabends mit Hartmut Reinhardt in seinem Büro und sie diskutierten Patientengeschichten. Der Sohn des Apothekers war sofort auf Ludwigs Angebot eingegangen, in Friedrichsberg zu arbeiten. Er hatte das gleiche rabenschwarze Haar wie seine Mutter und die stramme Schlankheit seines Vaters.

„In den nächsten Jahren", sagte er, „werden mehr Medikamente gegen Geisteskrankheiten auf den Markt kommen."

Ludwig zündete sich eine Zigarre an und öffnete das Fenster. In den nachtschwarzen Scheiben spiegelte sich das gelbe Licht der Schreibtischlampe.

„Wie steht es um Veröffentlichungen Ihrerseits, Herr Reinhardt?"

„Ich bin nicht so der Mann des geschriebenen Wortes. Ich bin eher für Statistiken."

„Menschen wollen, dass ihre Geschichte erzählt wird", sagte Ludwig. „Unsere Patienten vielleicht ganz besonders. Ein Freund von mir hat einmal begonnen, die Geschichte meiner Mutter in einem Drama zu verarbeiten. Hätte ich gerne gelesen. Das Manuskript ist nach seinem gewaltsamen Tod von Staatsseite vernichtet worden. Einfach so."

„Mein Vater hat mir ein wenig über Ihre Erlebnisse erzählt. Und Sie meinen, unsere Patienten sollten schreiben?"

„Nun ja, eine gute Bekannte von mir, Fanny Nielsen ..."

„Die Schauspielerin? Eine sehr, sehr schöne Frau."

„Ah, ja. Nun, sie hat auch einmal davon geredet, ein Stück über Geisteskranke zu schreiben. Über psychiatrische Fälle."

„Der Held ist der Leiter einer Anstalt?"

„Vielleicht. Bei Fanny könnte es allerdings auch gut ein Insasse sein."

„Lieber der Leiter", sagte Reinhardt.

Für den Transport der schweren Fälle, für die Tobsüchtigen, die Suizidalen und die handlungsunfähigen Melancholischen, würde Ludwig geschlossene Wagen brauchen. Viele der Patienten hatten sich seit Jahren kaum noch außerhalb der Anstaltskeller bewegt. Erst bei Ludwigs Übernahme der Station in St. Georg wurden wieder für alle Patienten regelmäßige Spaziergänge im Innenhof eingeführt. Es war nicht abzusehen, wie die Insassen auf die Außenwelt reagieren würden, auf die Straßen der Stadt und die Wiesen bei Friedrichsberg – und auf die Blicke der anderen.

„Diese Blicke wiederum sind ebenfalls nicht einschätzbar", sagte Ludwig zu Fanny. Sie saßen zwischen Fässern im Innenhof der Brauerei Marienthal, mit der Ludwig in Verhandlung wegen eines Lieferauftrags für Friedrichsberg stand. Die Luft war angefüllt mit dem Duft von Bier. „Hunderte Geisteskranke, manche völlig apathisch, andere weinen, wieder andere schreien, beten, brüllen Befehle oder wälzen sich auf dem Boden. Ich bin gespannt, ob Schaulustige da sein werden."

„So etwas muss auf die Bühne", sagte Fanny. „In Deutschland gibt es zu wenige Frauen, die schreiben. Ich sollte mich da mal ranmachen."

„Mach das, Fanny. Mach das."

Ludwig zündete sich einen Zigarillo an und blies Rauch aus.

Fanny sah ihn an. Ludwig schaffte es nie, ihrem Blick lange standzuhalten. Wie fühlten sich wohl diese dichten schwarzen Augenbrauen an? Und ob Fannys Nasenspitze kühl war?

„Wie lange willst du eigentlich noch im Haus deines Vaters wohnen, Lu?"

Darüber hatte er sich nie Gedanken gemacht. Jetzt, da Fanny ihn darauf angesprochen hatte, versuchte er es, fand aber nichts außer Gleichgültigkeit.

„Ich werde auf dem Gelände der Anstalt wohnen."

„Alleine?"

„Mit Hunderten."

Sie streckte die Beine aus. Ihre Füße waren klein, ihr Kleid von einem Blau, als hätte sie sich den Himmel um den Körper gewickelt.

„Welche Literatinnen haben wir schon?"

Ludwig lachte. Die plötzlichen Themenwechsel von Fanny überraschten und erfreuten ihn immer wieder.

„Annette von Droste-Hülshoff, na ja. Aber in England zum Beispiel Mary Shelley. Shelleys Mutter war Frauenrechtlerin, wusstest du das? Und Mary selbst hat lange eine Affäre mit einem verheirateten Mann gehabt. Die beiden wurden in England dafür geächtet. Für ihre Gefühle, das musst du dir mal vorstellen, Lu. Und deshalb sind die dann mit Lord Byron und anderen Künstlern in ein Haus an einem See in der Schweiz gereist."

„An welchen See?"

„An einen See eben, Lu. Eine Menge Wasser mit hübschen Ufern drum herum. Das Wetter muss scheußlich gewesen sein. So schlimm, dass die alle kaum mal vor die Tür konnten. Was für ein Traum. Ich. Ich mit anderen Schauspielern, mit einigen Schriftstellern – und einem Irrenarzt – in solch einer Situation. Herrlich. So ein Irrenarzt passt bestimmt gut zu Künstlern, was meinst du? Nun, wie auch immer, Mary hat den Frankenstein geschrieben. Grrrr. Ich sage dir eines: Frankensteins Monster ist ein Teil von Frankensteins eigener Persönlichkeit. Na, was meinst du? Eine vielfache Persönlichkeit. So was gibt es doch, oder? Der wäre bei dir jedenfalls gut aufgehoben gewesen."

„Das ist eine interessante These."

Sie klopfte auf die Sitzfläche neben sich.

Ein Mann in grauem Hemd mit einer groben Weste darüber und einem Zettel in der Hand kam zu ihnen in den Hof.

„Und das ist dann für eine …", fragte der Mann.

„Irrenanstalt", sagte Fanny.

„Irrenanstalt?"

„Ja", sagte Fanny. Sie legte Ludwig eine Hand auf die Schulter. „Und dieser wunderbare Mann ist der Leiter dort."

Ludwig hatte die Ellenbogen auf die Knie gestützt. Er sah zu Fannys Gesicht hinauf.

„Wenn das mal gutgeht", sagte der Brauer.

„Jeder will doch mal ein Bier trinken", erwiderte Fanny.

„Ich kenne keine Frau, die Bier trinkt", sagte der Brauer.

„Hat sich gerade geändert", sagte Fanny.

„Was ist eigentlich mit dir, Meyer?", fragte Boysen, angekettet im überfüllten Gejaule des Flurs. Eine Gruppe Männer schob sich ächzend vorbei, am Ende des Gangs schrie jemand, als würde er gefoltert. Es stank nach Schweiß und Urin.

„Ich habe mit dreizehn angefangen zu arbeiten, Meyer. Hast du schon mal gearbeitet?“

Ludwig klopfte sich mit den Fingern an die Schläfen.

„Bücher gelesen, schön, schön. Ich habe nach Arbeit gefragt, Arbeit, Meyer. Ein Vorarbeiter, der einem Jungen einen Backstein in den Rücken schmeißt. Ein paar Münzen für die ganze Drecksarbeit. Massenweise hungrige Geschwister. Gute, aber verhärmte Eltern. Du kommst doch bestimmt aus reichem Hause.“

„Das ist ja kein Verbrechen, Herr Boysen.“ Ludwig musste schreien, weil es so laut geworden war im Flur. Hunderte Stimmen wirbelten herum, jammerten und litten.

Boysen lachte, die Ketten knirschten, er lachte immer lauter und krümmte sich zusammen. „Mir, Meyer“, kicherte er, „legt niemand mehr Steine in den Weg.“ Boysen wurde still, er schien nachzudenken und sah sich angewidert um. Durch eine Bewegung des Kopfes forderte er Ludwig auf, zu ihm zu kommen. Ludwig roch Boysens schlechten Atem und den Schweiß, der sich mischte mit dem Geruch der rostigen Ketten.

„Wenn wir in dieser neuen Anstalt sind“, flüsterte Boysen, „kann meine Frau dann zu mir kommen? In einen Raum nur für uns, Meyer? Meine Frau. Meine Frau.“

„Das hängt größtenteils von Ihnen ab, Herr Boysen.“

Boysens Augen verengten sich zu Schlitzen, er zischte: „Hanswurst. Einer wie du kann eine Frau nicht halten, jedenfalls keine richtige Frau. Kein Weib.“

„Es gibt verschiedene Lebensentwürfe, Herr Boysen.“

„Am Boden sind wir alle gleich, Meyer.“

„Ich habe letztens ein Dutzend Leute, die Friedrichsberg verhindern wollen, aus meinem Büro geschmissen. Was sagen Sie nun, Herr Boysen?"

„Ich bin begeistert." Boysen lachte. „Warum erzählst du mir das?"

Ja, warum hatte er Boysen das jetzt erzählt? Um sich vor dem Mann zu beweisen? Um ihm zu zeigen, was er alles fertigbrachte?

„Ich wollte es nur gesagt haben."

Der Innenausbau Friedrichsbergs begann. Fliesen und Hölzer wurden verlegt, glänzende Kessel für Küche und Waschküche wurden auf Leiterwagen an die Baustelle gefahren und wenn Ludwig seine Hand auf das Metall legte, blieb für einige Sekunden eine Spur von ihr. Polster für Isolierzellen wurden verklebt, Hunderte Fensterscheiben reflektierten das Sonnenlicht und ließen gelbe Flecken schnell und durcheinander über die zerfurchte Wiese flitzen, wenn die Arbeiter die Scheiben bewegten. Keine Fenstergitter. Nicht ein einziges. Er berichtete Carl Schurz brieflich davon. Der schrieb zurück, dass er kürzlich einen Ehestreit zwischen Lincoln und seiner Gattin mitbekommen habe. Sie habe ihn angeschrien, dann solle er sie doch in eine Irrenanstalt einweisen lassen. Dann wäre er sie los.

Die schweren Fälle, die schreienden und tobenden Patienten, würde er in einem hinteren Trakt der Anstalt unterbringen, entfernt vom Haupteingang und dem Aufnahmezimmer.

„Wie wäre es mit einer Empfangsdame?", fragte Reinhardt. „Eine hübsche. Jung. Oder, nun, wir nehmen Boysen als Pförtner? Sie beschäftigen sich sehr viel mit ihm, Herr Doktor."

„Nicht mehr als mit anderen, Herr Kollege. Ist das klar?"

Reinhardt hob die Hände. „Ja, natürlich."

13

„Wo schlafen wir eigentlich?", fragte Fräulein Hellmann. Sie hatte sich ein wenig beruhigt, Julia hatte ihr eine Tasse Tee bereitet. Ludwig saß auf dem Tisch und ließ die Beine baumeln.

„Sie schlafen in meinem ehemaligen Zimmer", sagte Julia. „Bruderherz im Salon. Und keine Sorgen, die Matratzen sind sauber und frisch bezogen."

„Bist du eigentlich noch oft hier, Julia?", fragte Ludwig. Sie wendete das Huhn im Bräter, es zischte kurz und duftete würzig.

„Ja, schon", sagte sie leise.

„Was ist aus dem Bild von Mutter geworden?"

„Steht im Salon, hängt eine Decke drüber. Viele andere Bilder habe ich verkauft, auch eine Menge Mobiliar. Ich hatte viel zu tun damals. Du bist ja verschwunden."

Fräulein Hellmann sah zu Ludwig auf. Der Kerzenschein beleuchtete eine Hälfte ihres Gesichts. Solch eine Art von Illumination hätte Fanny gefallen.

„Ich hatte den Ruf nach Göttingen, Julia."

„Das haben viele Leute geglaubt. Ich nicht. Fanny nicht. Reinhardt nicht."

„Reinhardt? Hör bloß auf mit dem."

„Wieso?"

Ludwig rutschte vom Tisch. Er hielt sich fest, seine Beine waren schwach. Doch zu viel getrunken heute, dachte er. Er verließ die Küche und ging durch die Dunkelheit in den Salon zurück. Das Kerzenlicht erhellte Türkanten, Kristallglas, einen Teil des Tisches, aber alles andere um ihn herum war dimensionslos schwarz und ohne Ende.

Er setzte sich und begann, eine Flasche Riesling zu entkorken. Würde gut zum Huhn passen.

Klar bist du verschwunden, Meyer, sagte Boysen. *Hast dich einfach aus dem Staub gemacht.*

„Ich würde gerne wissen, ob Sie noch in Friedrichsberg sind“, murmelte Ludwig.

Er packte die Flasche am Hals und ging in die Küche zurück. Fräulein Hellmann deckte den Tisch mit dicken, weißen Porzellantellern und legte Besteck dazu.

„Bewegung, Ablenkung, Aktion“, sagte Ludwig. „Das sind keine Kleinigkeiten, das ist psychologisch von äußerster Wichtigkeit. Durch die Freiheit in Friedrichsberg sind die Genesungsraten nach oben gegangen wie nie zuvor. Zum Ärger meiner Widersacher.“

Fräulein Hellmann wischte sich über die Augen und lächelte. Diese Gleichzeitigkeit von Lachen und Weinen, von Trauer und Freude hatte Ludwig immer fasziniert.

„Es gab Suizidale unter meinen Patienten, denen konnte ich in monatelangen Gesprächen beibringen, Ja zum Leben und Nein zum Tod zu sagen. Finden Sie den Kristall in sich. Traurigkeit gehört dazu. Manifestiert sie sich, wird man krank. Ich habe Menschen erlebt, Fräulein Hellmann, die haben durch diesen idiotischen Krieg damals solch grausame Verluste hinnehmen müssen – lassen Sie sich aber niemals sagen, über so etwas komme die Seele nicht hinweg. Sie kommt. Sie kommt darüber hinweg. Lassen Sie sich nie sagen, wenn einem Menschen dieses oder jenes widerfahren ist, kann er nie wieder glücklich oder zufrieden werden. Das ist Kirchenunsinn. Er kann."

„Fast immer", sagte Julia. Sie hob den Bräter vom Herd und stellte ihn auf ein dickes Tuch auf den Tisch. Ludwig guckte in den Topf.

„Bedauerliches Huhn", sagte er.

„Aber lecker", sagte Fräulein Hellmann.

Julia stach mit einer zweizackigen Gabel in das Huhn und tranchierte es mit einem großen Messer, dessen Klinge ab und zu im Kerzenschein aufblitzte.

„Fährst du nach Friedrichsberg, Ludwig?"

Er strich über die Ledertasche. „Besser nicht."

„Du solltest."

„Das Gefühl habe ich auch", sagte Fräulein Hellmann. „Sie können doch stolz auf diese Anstalt sein, Herr Professor." Ludwig hörte Boysen im Salon lachen.

***

Ludwig hielt den Schlüsselbund gegen den Himmel. Die Sonne zeichnete das Metall nach, den tiefen Schlüsselbart und den Ring. Alle Arbeiter waren fort. Groß und hell war Friedrichsberg geworden, viele Fenster, ein imposanter aber freundlicher Haupttrakt, zwei rechtwinklig dazu gebaute Seitenflügel und hinten an der Nordseite ein niedrigerer Gebäudetrakt, der die Enden der Seitenflügel verband. Ludwig lehnte am Stamm der Rotbuche, an der die vier Ecken der Bauskizze unter den Nägelköpfen hängen geblieben waren. Die Wiese war braun und zerdrückt, tiefe Spuren hatten die Grasnarbe aufgerissen und eine dunkle Landkarte gezeichnet. 880 000 Mark hatte der Bau von Friedrichsberg gekostet und war damit nur 10 000 Mark teurer geworden als von Ludwig kalkuliert.

Die Arbeiter hatten allen Bauschutt abtransportiert, lediglich ein paar Balken lagen noch wie Planken eines gestrandeten Schiffes. Ludwig hatte die Knochen eines abgenagten Huhns gefunden und einige braune Bierkrüge eingesammelt.

Er ging langsam auf die große Tür in der Mitte des Haupttraktes zu und strich über das dick lackierte Holz. Er steckte den Schlüssel ins geölte Schloss. Er ging leicht hinein, eher weich als metallen. Friedrichsberg, dachte er, Ludwigsheim, Meyerasyl. Heilanstalt. Er hatte an der Wandsbeker Straße im Norden der Anstalt ein „Besuch erwünscht"-Schild aufgestellt, eines an der Friedrichsberger Straße im Westen, eins an der Verlängerung der Holstenstraße im Osten und ein letztes auf dem Fußweg, der zwischen der Hauptfront und dem Lauf der Wandse entlangführte. Schöne weiße Schilder mit schwarzer Schrift. Er hatte sie selbst angefertigt und in seinem Büro in St. Georg hatte es lang nach Farbe gerochen.

Ludwig drehte den Schlüssel, spürte einen sanften Widerstand und hörte das Schloss aufspringen. Er zog die Tür auf. Er wurde von der Anstalt eingeatmet. Durch die gefärbten Scheiben des Badehauses am Ende des Foyers und durch Seitenfenster fiel Licht auf die Dielen. Es roch nach Putzmitteln. Links lag die Loge des Portiers, fast ganz gläsern, rechts das Aufnahmezimmer und dahinter sein neues Büro. Vom Schreibtisch aus konnte er in den Innenhof sehen, der noch kahl war und darauf wartete, dass Blumen und Sträucher gepflanzt würden, vielleicht Gemüse, gutes, frisches Zeug, unübertrefflich für gesunde Ernährung. All seine Bücher und Akten standen bereits hier, bis unter die Decken reichten die Regale. Seine Zeichnungen von Herzen und Hirnen hingen in dunklen Holzrahmen. Er lachte. „Ja", sagte er. „Ja, ja, ja!" Schon vor Wochen hatte er im Verlagshaus Adler vorgesprochen, die Firma war verantwortlich für feine, farbige Stadtpläne von Hamburg. Ludwig hatte dem Geschäftsführer einen exakten Lage- und Umrissplan der Anstalt vorgelegt und gesagt, Friedrichsberg müsse dann wohl in jedem zukünftigen Plan eingezeichnet sein. Am besten in Rot. „Irrenanstalt?"

„Heil- und Irrenanstalt", hatte Ludwig gesagt.

Seine Schritte hallten laut auf den Korridoren der Melancholischen, der Ruhigen und der angeblich Unheilbaren. Er trat fest auf, wollte sich hören. Er ließ die Fingerspitzen über Esstische streichen und sah durch all die offen stehenden weißen Türen in die unberührten Kammern und Zellen. Er ging die Treppe hinauf in die Pensionsanstalt, in der die betuchteren Insassen für neunzig bis hundertachtzig Mark Courant den Monat leben würden. Er hatte, auch auf Druck von Senator Ulrich, einer Unterscheidung zwischen gesellschaftlichen Klassen zugestimmt, damit konnte er eine Menge Geld machen, das die Anstalt dringend nötig haben würde. Die Flure und Zimmer hier oben wären leicht mit denen eines Hotels zu verwechseln gewesen, nur dass die Zimmereinrichtungen schlichter waren und den Patienten keine gefährlichen Gegenstände unbeaufsichtigt in die Hände geraten konnten. Aus einem Zimmer hinaus sah er über die geräderte Wiese auf den grünbraunen Lauf der Wandse. Mein Gott, es gab eine Kegelbahn, Werkstätten, ein Billardzimmer, freundliche Aufenthaltsräume, ein großes Außengelände und kein einziges Gitter vor den Fenstern. Einen Graben gab es, wie in einem Wildgehege im Zoologischen Garten. Auch diesen kleinen Sieg hatte er Senator Ulrich gegönnt.

Entfaltet euch, Menschen und Krankheiten, dachte er, entfaltet euch.

Er schreckte auf, zuckte und legte eine Hand an die Wand. Schritte?

Er lief leise zur nächsten Treppe, schlich hinunter und sah den Flur entlang. Die Schritte bewegten sich nach links an der Dampfwäscherei vorbei zum Frauentrakt. Ludwig folgte dem Geräusch. Wer immer das war – ein Einbrecher, einer seiner Feinde –, er hatte es nicht eilig. Ludwig schlich weiter, rechtsherum in den langen, hellen Korridor der Tobsüchtigen und Unreinen. Er stieß gegen Fanny.

„Himmel“, rief sie, „willst du mich umbringen?“

„Was machst du denn hier?“

„Du hattest mir gesagt, dass du heute alleine hier sein würdest. Ich wollte bei dir sein, Lu. In diesem Augenblick. Die Tür stand offen.“

Sie wollte bei ihm sein. In diesem Augenblick. Ihre Augen wurden immer tiefer. Er ertrank in ihnen.

Er schob sie in eine Isolierzelle mit weich verkleideten Wänden. Fanny ließ sich schieben. Er hörte sie durch die Nase atmen. Knöpfchen an den Stiefelseiten, Fannys schmale Waden, Dutzende Ösen und Bändchen am Korsett, er wusste nicht warum, aber das sah schön aus, es erregte ihn, obwohl es unpraktisch war und Spuren auf der Haut an Fannys Rücken hinterließ. Er zerrte ihr die Kleider vom Körper, hörte Stoff krachen und jene Schnürchen reißen und Sekunden später lagen sie nackt und wild auf der nagelneuen Pritsche für einen Schwerstkranken, kopulierten in der Irrenanstalt und sie stöhnten laut.

Es war ein Überfall. Ein ersehnter, erwarteter, erhoffter Überfall.

Sie war so unendlich viel kleiner als er. Und ihre Nasenspitze war kühl. Ihre Küsse tief und warm. Und ihre Brüste, endlich ihre Brüste, winzig, mit kirschfarbenen Brustwarzen. Ludwig verlor sich ganz in Fanny und krallte sich an sie, als könne sie plötzlich verschwinden. Er stieß in sie, und sie wollte das so und wollte immer mehr, er sagte ihr Wörter, die er nie zuvor gesagt hatte und Fannys Fingernägel zerkratzten seinen Rücken und ihr Unterleib überschwemmte ihn.

„Was war das denn jetzt?“, fragte Fanny nach langem Schweigen. Sie hatten die Gesichter voneinander abgewandt. Sie lagen Rücken an Rücken und Po an Po. Das war so schön.

„Liebe in einer Tobsuchtskammer", murmelte Ludwig.

„Hast du in deinem Häuschen auch so eine Kammer?"

Ludwig lachte. „Könnte ich für sorgen", sagte er.

Das Haus war, von Ludwig fast unbemerkt, früher fertig gewesen als Friedrichsberg. Fanny hatte ihn dazu überredet. Er hatte „Ja, schön, schön" gesagt und sich wieder der Baustelle der Anstalt zugewendet.

Fanny stand auf. Er sah ihr hinterher, wie sie sich ans Fenster stellte und ihr rechter Fuß das ramponierte Korsett auf dem Boden berührte.

„Kein einziges Haus in dieser Richtung zu sehen", sagte sie.

Ludwig sah ihre nackte Gestalt an, die geschwungenen Schatten unter den Schulterblättern, die kleine Vertiefung unten an der Wirbelsäule, die Rundung ihres Pos und die schlanken Beine. Ihm war vollkommen klar gewesen, dass Fanny keine Jungfrau mehr war. Aber er. Bis gerade eben. Er war zu schnell gewesen, keine Frage. Hatte sich nur nicht verhindern lassen. Ludwig stellte sich neben sie. Welches Bild würden sie für einen Passanten dort unten auf der Wiese abgeben? Ein nacktes Paar am Fenster einer leeren Irrenanstalt. Er blickte sich über die Schulter nach ihren Schatten um, sie waren langgezogen und eng beieinander im hellen Lichtfeld des Fensters.

„Ich liebe dich", sagte Ludwig. Wie leicht ihm das jetzt über die Lippen gekommen war. Er tastete nach der gepolsterten Wand. Wieso gerade hier?

„Ich weiß", sagte Fanny. Sie wandte sich ihm zu und legte eine Hand auf seinen feuchten, erschlafften Penis. So kurz nach dem Akt spürte er es kaum, da war nur eine leichte Wärme im Zentrum seines Körpers.

„Wird schwierig", sagte Fanny. Ludwig ließ den Kopf hängen.

„Sind meine Brüste zu klein?"

„Es sind die schönsten der Welt."

„Wie viele hast du denn schon gesehen?"

Mit einem Geistesruck war er wieder in den wimmelnden Kellern St. Georgs auf der Suche nach seiner verlorenen Mutter, wo er zum ersten Mal voller Entsetzen die nackten Brüste einer Frau gesehen hatte.

Fanny umarmte ihn. Ihr Kopf lag an seiner Brust.

„Das war schön, Lu." Er strich von ihrem Nacken über den Rücken bis zu ihrem Po hinab. „Aber du hast meine Oberschenkel noch gar nicht geküsst. Wir waren ja doch … recht schnell." Sie kicherte. „Ich mag es so gerne, die Oberschenkel geküsst zu bekommen. Und den Popo."

Sie stützte die Hände am Fensterbrett ab. Er kniete sich vor sie und legte die Hände an ihre Hüften. Er roch den Duft ihrer Vagina und des schwarzen Schamhaars, die Haut an den Innenseiten ihrer Schenkel erschien ihm noch weicher als die ihrer Wangen. Anatomieseminare und kranke Frauen in der Charité und in London hatten ihn viel gelehrt. Je länger er die Innenseiten von Fannys Oberschenkeln küsste und mit einer Hand nach ihren Brüsten tastete, desto heftiger atmete sie. Er würde Fanny nicht gehen lassen, ohne sie zu befriedigen. Niemals. Seine Zunge fand ihre Klitoris. Sein Genick schmerzte und seine Knie auf dem Boden. Aber er war so glücklich, als Fanny kam und den nassen Unterleib in sein Gesicht drückte. Sie schrie hell auf, den Körper gespannt, die Polster einer Isolierzelle am Rücken.

Doktor Isen, mittlerweile Medicinalrat bei der Behörde, und Senator Ulrich forderten eine Abschlussdiskussion vor dem Umzug nach Friedrichsberg. Ulrich begründete die Notwendigkeit „dieser irrsinnigen Angelegenheit“ damit, dass aus Doktor Meyers Publikationen klar hervorgehe, dass er das Non-Restraint-System Doktor Conollys ohne empirische Werte im Raum Hamburg umsetzen wolle. Das aber sei noch nicht beschlossen, es sei nicht einmal wirklich besprochen und schon gar nicht genehmigt. Doktor Meyer gehe sehr eigenmächtig vor und halte sich offensichtlich für unantastbar. Ihn, Ulrich, ärgere es ohnehin, dass sie über Reformen des Irrenwesens zu reden gezwungen seien, während deutsche Truppen im Norden im Gefecht stünden und viele Verwundete in Hamburg behandelt werden müssten.

Ach ja, dachte Ludwig, wir führen Krieg gegen Dänemark. Warum? Er wusste es nicht genau. Er zerbröselte eine Zigarre im Aschenbecher seines neuen Büros, als er die Ladung zur Debatte bekam. Er habe Besseres zu tun, sagte er und inspizierte die noch unbewohnte Anstalt. Der Koch bestückte mit seinen Gehilfen die Vorratskammern, der Mann in der Wäscherei streichelte die Rundungen der Dampfkessel und der Hausmeister klopfte auf die Rohre der Warmwasserheizung.

„Ist damit alles in Ordnung?“, fragte Ludwig.

„Auf dem neuesten Stand der Technik, Herr Doktor. Alles bestens. Wenn wir so weitermachen, wird keiner je wieder hier rauswollen."

„Nun, mein lieber Herr Hausmeister, es gibt wahrlich schlechtere Plätze, sein Leben zu verbringen."

Der Mann zog die staubfarbenen Brauen zusammen. Ludwig war selbst erstaunt über seine Aussage.

„Also, ich könnte mir schon was anderes vorstellen, Herr Doktor. Bei allem Respekt."

„Ja. Ja, sicher. Natürlich."

Das Wissen um Friedrichsberg stärkte ihm den Rücken wie ein Korsett. Er fühlte sich wohl, ohne dass er genau hätte sagen können, warum das so war. Seit dem Erlebnis mit Fanny in dem Isolationszimmer seiner neuen Anstalt hatte er sie nicht mehr gesprochen. Und sie nicht mit ihm. Er war bis spät in die Nächte hinein mit dem Umzug und der Vorbereitung für die neue Anhörung beschäftigt gewesen, außerdem hatte er sich um seine Patienten gekümmert und an seinen Publikationen gearbeitet.

Sein Vater hatte ihm gesagt, er werde nicht erneut zu der Verhandlung kommen. Er könne sich dem nicht aussetzen. Er habe schlichtweg keine Kraft mehr dafür. Ludwigs Vater saß jetzt oft auf einem Holzstuhl in der Halle und sah das Bild seiner Frau an.

Die zweite Verhandlung im Patriotischen Haus erschien Ludwig wie eine Wiederholung der ersten. Als er Fanny später davon erzählte, war es ihm, als sei das alles Jahre her, und er erinnerte sich nur an Bruchstücke. Er sah Senator Ulrich schreien, er hörte Doktor Isens Moderationsversuche und spürte noch die hölzerne Härte, mit der er seine Argumente vorgetragen hatte. Die Aufgabe der Wärterinnen und Wärter sei kompliziert und verantwortungsvoll, von jedem Mistkutscher erwarte man mehr als von einem Wärter in einer Irrenanstalt. Ulrich polterte, er habe Kontakt zu Doktor Wendt in der Charité aufgenommen. Der habe Ludwig damals schon für ein Großmaul gehalten. Ludwig konterte, der Herr Senator werde im Umkreis von fünfhundert Kilometern kein anderes Großmaul finden, das so viel Erfahrung in der Behandlung von Geisteskranken nachweisen könne wie er.

Ob er die Zwangsjacken abschaffen wolle? Wie dieser Conolly?

Alle.

Er sei ja ein haltloser Irrer.

Isen schüttelte nur noch den Kopf und gab seine Versuche auf, zwischen Ulrich und Ludwig zu vermitteln. Und dann schimmerte wieder das kleine goldene Büchlein in Ulrichs Händen.

„Sie wissen nicht, was Verantwortung bedeutet, Doktor Meyer“, rief Ulrich. „Sie sind ein selbstverliebter Narr. Ich werde es Ihnen schon noch zeigen!“

Mein Gott, wie wenig ihn das alles interessiert hatte. Auf Anraten seines Vaters hin erwähnte er oft die Stadt Hamburg und ihre Weltoffenheit und die Bedeutung, die Friedrichsberg für die Forschung haben werde. Hamburg würde wachsen. Und auf der Prioritätenliste der Wärter müsse ganz oben Humanismus stehen, Freundlichkeit. Was daran bitte schön ablehnungswürdig sei?

Am Morgen des Umzugs saß Ludwig im Büro und sah auf die Wiese vor der Anstalt hinaus. Die Spuren der Bauwagen waren undeutlicher geworden, das Gras wuchs gut hier draußen. Fanny kam durch sein Blickfeld, sie trug ein Tablett. Sie hatte sich mit Julia und Ludwigs Vater in seinem Häuschen nahe der Anstalt getroffen. Julia hatte gesagt, an diesem Tag müssten sie unbedingt einen Sekt zusammen trinken.

„Ich habe uns Kaffee gekocht", sagte Fanny und stellte das Tablett auf den Schreibtisch. Die Sonne warf eine blendende Reflexion auf das Silber.

„Aufgeregt, Lu?"

„Wenn ich dich sehe, immer."

„Charmant, charmant", sagte Fanny. Sie drehte eine Akte in ihre Richtung. „Criminalgesetzgebung?"

„Ich bin ab und zu als psychiatrischer Gutachter bei Gerichtsverhandlungen. Die forensische Psychiatrie wird jetzt intensiviert und die Stellung des Gutachters ausgebaut. Ich werde mich da voll und ganz einbringen."

„Da auch, ja?"

„Weißt du, wie viele nicht zurechnungsfähige Menschen zu Unrecht verurteilt werden?"

Fanny ließ die Akte auf den Tisch fallen. Sie murmelte etwas Scharfes, das Ludwig nicht verstand.

„Außerdem werde ich mit einem Kollegen in Berlin eine neue Zeitschrift herausgeben."

„Wie schön."

Du hältst mich nicht auf, dachte er. Er wollte das nicht denken, ganz und gar nicht. Er wollte Fanny küssen. Er wollte, dass sie ihn küssen wollte. Aber er dachte es. Eine fremde Stimme in ihm, unabhängig, hart.

„Pass gut auf deine Akten auf, Herr Doktor. Und auf die kommenden Zeitschriften." Sie ging.

„Fanny!"

„Lass mich."

Ludwig fluchte leise. „In diesem Jahr", murmelte er, „hat das Thüringische Strafgesetzbuch neben der allgemeinen auch die teilweise Seelenkrankheit als strafmindernd, wenn nicht gleich anerkannt, so doch ins Gesetz aufgenommen."

Er sah Fannys wütenden Rücken durchs Fenster. Er streckte die Hand nach ihr aus. Durch die Entfernung war Fanny so klein, dass er sie mit einer Faust ganz umfassen und auf seinen Schreibtisch stellen konnte.

Die neu eingestellten Wärter und Wärterinnen versammelten sich vor der Haupttür. Die Morgensonne strahlte warm und gelb auf die Wiese, Bauernhofgeruch lag in der stillen Luft. Die Wagen würden über den Eilbeker Weg kommen, nach Norden abbiegen, die Wandse überqueren und dann vor die Südfront der Anstalt gelenkt.

„Müssten gleich kommen, Herr Doktor", sagte Hans. Er war der neue Oberwärter. Er hatte einen dicken, festen Bauch und das Gesicht eines Mannes, der viel lachte.

„Jetzt brechen ganz neue Zeiten an, Hans, für jeden von uns."

„Ganz neu ist manchmal auch schwierig, Herr Doktor."

Wegen der Bodenvertiefung zur Wandse hin würden sie die Wagen erst sehen können, wenn sie unmittelbar vor Friedrichsberg auftauchten. Ludwig trommelte mit den Fingern an seine Oberschenkel. Als er merkte, dass Hans das sah, hörte er auf damit.

Dann sah er das erste wackelnde Wagendach, Pferdeköpfe mit Glanzstreifen von Sonnenlicht auf dem Fell, schwingende Zügel. Scharniere und Aufhängungen quietschten.

Der Wagen wurde durch ein kräftiges Ziehen an den Zügeln angehalten. Kein einziger Ton war aus seinem Inneren zu hören. Der Kutscher stieg vom Bock und öffnete die hinteren Klappen.

Vorsichtig, als steige sie in kaltes Wasser, kam Frau Traudel aus dem Wagen. Sie schnitt fürchterliche Grimassen, ihr Gesicht verformte sich so heftig, wie Ludwig es selten zuvor bei ihr gesehen hatte. Also gab es doch einen Zusammenhang zwischen Aufregung und Krankheit bei Traudel. Susanne Wilke warf sich sofort mit ausgebreiteten Armen auf die Wiese und wälzte sich im Gras. Sie war lange in St. Georg gewesen und hatte Ludwig, Reinhardt und jeder Wärterin gesagt, sie tue alles, nur um wieder hinauszukommen aus der Anstalt. Ihr lederhäutiges Gesicht strahlte vor Freude und aus ihrem kleinen Körper gluckten Töne der Begeisterung. Eine Wärterin half ihr hoch, Wilke entwand sich ihr und warf sich wieder zu Boden. Sie rieb die Hände im Gras und massierte sich dann das Gesicht. Elsa Müller, schwerste Melancholie, Absencen, war eingeschüchtert vom Sonnenlicht und der Weite und klammerte sich zitternd an eine andere Patientin. Frau Richter starrte auf die Außenwände Friedrichbergs und segnete sie erst mit imaginärem Weihwasser, um dann böse Flüche zu sprechen und ihren Herrn um Ungnade anzubetteln. Die verkrüppelte Grete Sommer mit dem monströs großen Schädel, den verwachsenen Schultern und den dicken Waden warf den seltsamsten Schatten von allen. Die Gewebewucherungen an ihrem Körper wurden immer schlimmer, die Atembeschwerden heftiger.

Bei jedem einzelnen Menschen, der von den Wärtern in die Anstalt geführt wurde, ging Ludwig gedanklich die Krankenakte durch. Eine Hälfte von ihm sah Frau Wiener hinterher, die mit offenem Mund das Gebäude bestaunte, die andere Hälfte sah Dutzende beschriebene Seiten, Daten, Verläufe, Diagnosen, Verwerfungen, schnelle Notizen im Gehen eingetragen auf dem Weg zum nächsten Patienten.

Friedrichsberg füllte sich. Wie die Arche Noah, dachte Ludwig. Die Stille der Anstalt wurde durchbrochen, Lichtfelder verschwanden von Boden und Wand, wenn eine Tür geschlossen wurde.

Wagen um Wagen wurde gewendet und zurückgefahren nach St. Georg, wo Reinhardt mit den männlichen Patienten wartete. Ludwig ging in den Frauentrakt, auf den Fluren wimmelte es. Die Wärterinnen hatten Listen in den Händen und versuchten, die wild wuselnden Frauen auf Zimmer und Stationen zu verteilen. Frau Richter betete laut, Frau Hubert krabbelte über den Boden, andere standen orientierungslos und verängstigt an der Wand. Ludwig versuchte sie zu beruhigen, sagte ihnen, das hier sei ihr neues Zuhause. Die Sauberkeit der Wände und Böden ließ Ludwig das Gewimmel klarer erscheinen, als es vor dem beschmierten Elendshintergrund in den Kellern St. Georgs gewesen war. Ein paar geistig schwerstbehinderte Frauen standen dicht vor der Wand, sie tippten mit den Zeigefingerspitzen gegen das Weiße, starrten dann die Fingerspitzen an und grunzten sich Worte zu. Ludwig wusste, dass sie erstaunt und verwirrt waren, keine kleinen Käfer oder Schaben an ihren Fingern zu finden. Glasscheiben zerklirrten zu Teppichen von Scherben – im Billardzimmer verwechsle wohl jemand die Sportarten, sagte Hans.

Die ersten Wagen mit den Männern drückten ihre Spuren in den Weg. Der Kutscher hatte die Doppeltür am Ende des Wagens gerade entriegelt, da flog sie auf. Die Türblätter schlugen hart und reflektierten kurz den Sonnenschein Ludwig wusste, wer da zugetreten hatte. Boysen sprang aus dem Wagen, federte in den Knien ab, sah sich um und rannte. Sein Körper war eine sich bewegende Kraftmasse. Einige Demente und Idiotische glotzten, andere Männer lachten schrill. Zwei Wärter wollten Boysen folgen.

„Lassen Sie mich das machen", sagte Ludwig. Er zog die Jacke aus und drückte sie einem Wärter in die Hände.

Boysen rannte die Wiese hinunter zu den Büschen am Ufer des Flusslaufes, die grauen Anstaltskleider wie ein sich hastig bewegender Stein. Durch Ludwigs Knie schossen Schmerzen. Aber je länger er rannte, desto geringer wurden das Ziehen und Zerren in den Gelenken. Das Rennen war wie eine Befreiung. Er kam dem Fliehenden näher, konnte ihn atmen hören. Boysen ruderte mit den Armen, um sich an der Hangneigung halten zu können. Er brabbelte etwas, schien heftig auf sich selbst einzureden. Ludwig streckte die Hand aus. Boysens Schulter war ganz nah.

Ich krieg dich doch, Boysen.

Du kannst nicht von mir weg.

Er hatte ihn. Er umgriff mit ausgestreckter Hand die Schultermuskeln. Boysen wirbelte herum und holte zum Schlag aus. Die Faust blieb neben seinem Gesicht stehen.

„Du?", keuchte er. Boysen schrie ihn lautlos an, das verzerrte Gesicht nass von Schweiß. Sie starrten sich an, beäugten sich. Ludwig war, als kenne er Boysen seit seiner Geburt.

„Wieso schlagen Sie nicht zu, Herr Boysen?"

Boysen kam ihm ganz nahe, Ludwig roch ihn, spürte beinahe die Wange des anderen an der eigenen.

„Das würde mir doch wehtun, Meyer. Ich bin immer bei dir."

Ludwig schauderte.

„Sie hören jetzt auf mit diesem Unsinn, Herr Boysen. Sie gehen jetzt mit mir da rauf. Nach Friedrichsberg. Sie tun, was ich Ihnen sage."

Boysen lachte. „Ich tue, was du mir sagst? Bist du dir da sicher, Meyer?"

Ludwig griff nach seinem Arm. Boysen blieb stehen, seine Muskeln waren hart. Bevor Ludwig etwas tun konnte, kam ihm der Mann ganz nah und nahm ihn kurz in den Arm.

„Jetzt gehen wir", sagte Boysen.

Am späten Nachmittag waren sämtliche Patienten aus St. Georg in Friedrichsberg untergebracht. Reinhardt kam mit dem letzten Wagen. Tief versunken ließen sich die Leute durch die Tür der Anstalt führen und würden von dort nie wieder in die Welt außerhalb zurückkehren, wenn Ludwig nicht alles gab, was er zu geben hatte. Ludwig zog die Haupttür zu, Licht wischte fort und ein dünner Faden Helligkeit lag unter den Türblättern wie frischer, beleuchteter Staub. Na also, dachte er und lehnte sich mit dem Rücken an die Tür, na also.

Er hörte Menschen schreien, jaulen und lachen, dazu das nachgemachte Wiehern eines Pferdes. Im Innenhof tanzten und rannten, hopsten und krochen seine Patienten, einige sprangen hoch in die Luft, streckten die Arme zum Himmel, Frau Wilke buddelte ein Loch und versenkte ihr Gesicht darin, der Ingenieur Mommsen machte Kniebeugen und atmete tief in den Brustkorb. Das Gewimmel war undurchschaubar.

„Na, ich weiß ja nicht", sagte Reinhardt.

Der Oberwärter Hans trat zu Ludwig und fragte, ob diesem Freudentanz Einhalt geboten werden solle. Nein, sagte Ludwig. „Lasst sie. Lasst sie nur." Er ging mitten hinein ins Getümmel. Er tanzte, schwang die langen Beine und lachte. Reinhardt, von dem er gedacht hatte, er würde sofort mitmachen, stand mit verschränkten Armen an einer Mauer und redete mit Hans.

Friedrich Mommsen weilte mitten im Gewühl und staunte. Ludwig legte ihm einen Arm um die Schulter.

„Ein neuer Staat, Herr Mommsen."

„Mit Respekt, Herr Doktor, irgendwann wandere ich aus. Oder?“

„Das werden Sie, Herr Mommsen. Das werden Sie.“

Spät in der Nacht, als der Himmel sich in der Farbe überreifer Pflaumen über die Anstalt zog, betrat Ludwig sein Häuschen und rief nach Fanny, Julia und auch seinem Vater. Es war niemand dort. Die hätten doch warten können, dachte er.

In dem Raum, der sein Wohnzimmer werden sollte, stand eine geleerte Sektflasche auf dem Boden, in der Küche lag ein halber Laib Brot. Bis auf sein Arbeitszimmer war das Haus unmöbliert, große Flächen blanken Holzbodens besiedelt nur von Schattenspielen in Licht und Dunkel. Als Arbeitszimmer hatte er den Raum gewählt, von dem aus er Friedrichsberg sehen konnte. Er öffnete das Fenster, setzte sich an den Schreibtisch und trank ein Glas Cognac. Er konnte die Lichter in einigen Fenstern der Anstalt sehen.

Er musste sich bei Mommsen entschuldigen, heute nicht ein einziges Mal ernsthaft mit ihm geredet zu haben. Ebenso bei Frau Wiener in ihrem fremden Land. Genau, dachte er, schlug sich auf die Schenkel und ging wieder. Er war froh, einen konkreten Grund formulieren zu können.

Ludwig, Reinhardt, der Oberwärter Hans und die Oberwärterin Frau Lund besaßen die Schlüssel zum Schrank mit den Zwangsjacken. Ludwig hatte den Schrank in eine dunkle Ecke am Ende eines ebenso dunklen Kellerflures stellen lassen. Er würde nicht mehr lange warten, bis er diese Dinger auf spektakuläre Art loswerden würde. Ein großes Feuer vielleicht oder ein tiefes Grab hier auf dem Land. Er wusste es noch nicht, aber er wollte ein Zeichen setzen. Er wollte an die Öffentlichkeit, er wollte berühmt sein.

Spätabends ließ er sich von Friedrichsberg zum Dammtor fahren, um Fanny von seinen Plänen wegen der Zwangsjacken zu erzählen. Er klopfte heftig an ihre Tür und hörte ein „Ja, ja" aus der Wohnung.

„Ludwig, keine unangekündigten Besuche bitte. Das sagte ich doch schon."

„Kannst du bei mir nicht eine Ausnahme machen?"

„Du bist eine Ausnahme, Lu. Komm rein."

„Ja, aber, wenn ich eine Ausnahme bin, warum dann immer diese ruppige Begrüßung?"

„Widersprüchlichkeiten. So ist das im Leben. Sonst wäre es langweilig. Also, was gibt es?"

Er erzählte ihr von den Zwangsjacken. Fanny nickte beinahe ununterbrochen.

„Gut", sagte sie, „manchmal muss man laut werden. Manchmal muss man einfach etwas tun. Eine Tat in die Welt setzen, für sich selbst, für andere. Was immer du bezüglich dieser Jacken vorhast, ich stehe an deiner Seite. Das wird großes Theater, Lu. Großes Theater."

„Ich habe eine Flasche Weißwein mitgebracht."

„Entkorken."

Auf dem Weg in die Küche schob er mit dem Fuß einige Textbücher beiseite und hob zwei Paar von Fannys Schuhen auf. Er entkorkte die Flasche und rieb zwei Gläser mit einem Tuch sauber. Als er zurückkam, lag Fanny auf dem geblümten Sofa.

„Die Ehe ist eine Zwangsjacke“, sagte sie.

„Muss nicht, Fanny. Muss nicht.“

Sie sah ihn an, eine Braue hoch in der Stirn. Sie trank von ihrem Wein und leckte sich die Lippen.

„Sag mal, du als Psychiater, warum sind Männer so versessen auf Brüste?“

„Männer? Plural?“

„Lenk nicht ab, Lu.“

„Ich muss gestehen, darüber noch nicht nachgedacht zu haben. Es wäre klug, wissenschaftlich relevant sozusagen, du würdest mir deine Brüste zeigen.“

„So, so.“

„Dann kämen wir einer Antwort näher.“

Sie wand die Schultern aus dem Kleid und zog es bis zum dunklen Rand ihrer Brustwarzen hinab.

„Versessen stimmt“, sagte er.

„Na, dann komm mal her.“

„Küssen?“

„Auf jeden Fall.“

„Erst dein Gesicht.“

„Auf jeden Fall.“

14

„Brauchen Sie eine Zwangsjacke?"

Um Ludwig herum summten Tausende Stimmen und die sommerliche Hitze flirrte über den gespannten Sonnendächern der Marktstände auf dem Heiligengeistfeld. Er zog ein Taschentuch aus der Jacke und wedelte Fanny Luft zu.

Trotz der seltsamen Situation zwischen ihnen hatte Fanny es sich nicht nehmen lassen wollen, an diesem Tag dabei zu sein. Julia hatte Ludwig nach dem Tag der Eröffnung Friedrichsbergs beschimpft, es sei sehr, sehr unhöflich von ihm gewesen, sie, den Vater und Fanny einfach dort in diesen leeren Räumen stehen zu lassen. Sie hätten ja warten können, hatte er erwidert. Julia hatte gesagt, er solle bloß nicht zum arroganten Schnösel werden.

Er setzte seine Brille mit den kleinen, dunklen Gläsern auf. Sofort rückte das Getümmel ein Stück von ihm weg und die Schatten wurden tiefer. Er stand mit Fanny, Reinhardt und zwei Wärtern unter einer Ulme unweit der Stelle, an der die hölzerne, von einem Sonnensegel geschützte Verkaufsfläche der Irrenanstalt aufgebaut worden war. In dicken Stapeln lagen die Zwangsjacken zu Vierecken zusammengefaltet auf den Brettern. Dem Hausmeister in Friedrichsberg hatte Ludwig aufgetragen, er solle ein Schild anfertigen, weiß mit schwarzer Schrift: Zwangsjacken. Das Schild hing am vorderen Querbalken des Sonnensegels und schaukelte, wenn eine Windböe über den Markt strich. Der weiße Lack glänzte in der Sonne.

„Ulrich wird uns die Hölle heiß machen", sagte Reinhardt. „Starkes Stück, Herr Doktor. Aber was, wenn etwas passiert? Wir bringen Zwangsjacken unters Volk und haben keine in Friedrichsberg? Was ist mit Boysen? Dann sind Sie ruiniert."

„In Friedrichsberg wird alles besser werden. Für alle Beteiligten."

„Ihre Zuversicht möchte ich haben", sagte Reinhardt.

„Sollten Sie, junger Mann. Sollten Sie unbedingt."

„Nun ja, wenn Sie verbannt werden, leite ich Friedrichsberg. Könnte schlechter sein."

„Friedrichsberg ist erst der Anfang, Herr Kollege. Sie bekommen Ihre Anstalt noch."

Ludwig sah Skepsis und Belustigung in Fannys Augen. Die Sonne schien von der Seite in ihr Gesicht und teilte es in hell und dunkel. Im Gegensatz zu den meisten anderen Frauen trug Fanny fast nie einen Hut. Ludwig wollte sie küssen, aber sie waren nicht allein. Manchmal fragte er sich, ob ihr diese Distanz zwischen ihnen auf eine gewisse Art vielleicht sogar gefiel. Was ihn betraf, war er sich nicht sicher. Immerhin aber gab es ihm die nötige Freiheit für seine Arbeit in Friedrichsberg.

Vom Land und vom Zentralviehmarkt im Norden her trieb der Wind einen Geruch von Dung und Staub über den Marktplatz. Das Gewirr der Stimmen wurde vielfältiger und lauter. Blumen standen in großen Kübeln, Käse wie gelbe, kleine Wagenräder, Tuche aus Übersee, hochgehalten zwischen ausgestreckten Armen, und aus dem Stadttor drängten unaufhörlich Menschen. Eine lackiert glänzende Kutsche holperte über das Kopfsteinpflaster und knirschte dann im Sand.

Vor der Auslage der Irrenanstalt waren die ersten Leute stehen geblieben. Männer in engen Gehröcken und Frauen in hochgeschlossenen, taillierten Kleidern.

„Nicht eine einzige Jacke wird übrig bleiben, Reinhardt. Nicht eine, jede Wette darauf", sagte Ludwig.

Zwischen Obstständen und dem Geruch reifer Äpfel hindurch ging er einen Bogen zum Stand der Irrenanstalt. Er hatte die Aktion in der „Allgemeinen Zeitung für Psychiatrie" ankündigen lassen und in den „Hamburger Nachrichten" sowie dem „Hamburger Fremdenblatt". Er hatte ausdrücklich darauf verwiesen, dass sein Name in den Artikeln zu stehen habe. Gerne fett gedruckt.

Er stellte sich in den Schatten eines Gemüsestandes, unter dem grüne Kohlrabiblätter und eine zermatschte Tomate lagen. Er beobachtete, wie sich Leute über die Auslage aus der Irrenanstalt beugten und den Kopf schüttelten. Die beiden Wärter und Reinhardt wurden angesprochen. Reinhardt lachte, wie so oft. Er griff nach einem der grauen Stoffstapel und hielt eine Jacke hoch. Die Ärmel waren viel länger als die Spannweite seiner Arme und hingen seitlich hinab, wurden nach unten hin schmaler und endeten in stabilen Bändern. An den Seiten der hinten verschließbaren Jacken baumelten Lederriemen mit abgegriffenen Schnallen. Vielleicht war das die Jacke, die seine Mutter bezwungen hatte.

„Original Zwangsjacken", rief Reinhardt. „Zwangsjacken. Schöne, gute Zwangsjacken."

Davon nehme er eine, sagte ein Mann und lüpfte den Zylinder. Reinhardt wickelte die Jacke zu einem Ballen zusammen und reichte sie über die Auslage. Der Mann zahlte und ließ die Jacke wieder ausrollen. Mit seiner Frau am Arm ging er weiter, einige Leute drehten sich nach ihm um. Nach Reinhardts Ausruf rückten die Leute näher an den Stand, immer mehr drängten dazu und reckten die Köpfe. Ludwig hörte Ausdrücke des Erstaunens und der Begeisterung. Ein junger Mann in dunkelblauem Anzug hielt seiner zierlichen Begleiterin eine Jacke vor den Körper und reichte achtlos Münzen in Reinhardts Hand. Ludwig bedauerte, den Gesichtsausdruck der Frau nicht sehen zu können. Er räusperte sich laut und ganz kurz blickte die Frau in seine Richtung. Ihre Augen waren groß vor Schreck oder Entzücken oder noch etwas anderem, das Ludwig so schnell nicht lesen konnte. Schreckliches Entzücken vielleicht oder entzückter Schrecken.

Eine alte Frau prüfte zwischen Daumen und Zeigefinger den dicken Stoff und griff nach drei Jacken. Ob Ludwig bald zufällig die Enkel der Frau in stabilen Hosen, geschneidert aus dem Stoff der Jacken, in der Stadt sehen würde? Er hatte die Jacken zweimal reinigen lassen und dem Mann in der Dampfwäscherei in Friedrichsberg zugeschaut, wie er sie zu großen Haufen zusammenlegte, daran roch und sagte, die seien wie neu.

Wer kaufte hier Zwangsjacken?

Und warum?

Reinhardt wurde gefragt, ob in dem Ding ein echter Irrer gesteckt habe.

„Waschecht und total irre“, sagte Reinhardt.

Einer der Männer, die sich jetzt an den Stand drängten, bekam ein dunkelrotes Gesicht. Weitung der Kapillaren, dachte Ludwig, untrügliches Zeichen. Durch das Getriebe und das Gewirr von Licht und Schatten hindurch meinte Ludwig zu erkennen, dass die Hände des Mannes zitterten. Wie paralysiert nahm der Mann einige Jacken in den Arm, drückte Hans Geldscheine in die Pranke und stahl sich mit gesenktem Gesicht davon. Ludwig drängte ihm hinterher über die weichgetretene Wiese. Er überragte die meisten anderen Menschen auf dem Markt um einen halben Kopf und konnte den Zwangsjackenkäufer im Blick behalten. Der Mann hastete über den Platz und stieß andere Menschen an. An einem Verkaufsstand, an dem auf tribünenartig aufgebauten Brettern rundäugige Puppen saßen, holte Ludwig den anderen ein.

„Verzeihen Sie“, sagte Ludwig.

„Gehen Sie weg. Lassen Sie mich gefälligst in Ruhe.“

Der Mann presste die Jacken an seine Brust und eilte weiter durch das warme Gedränge, rempelte gegen Schultern und sah sich nach Ludwig um. Er verschwand in der Masse und der Hitze. Ludwig stand nachdenklich und still da, um ihn herum redeten und strömten die Menschen. Ein Paar ging eingehakt an ihm vorbei, die Frau trug eine Zwangsjacke in der Armbeuge, darauf ein Schälchen mit Erdbeeren.

Ludwig sah Fanny mit einem Strauß Blumen im Arm, ein Mann in einem blauen Gehrock mit hohem Kragen beugte sich zu ihr hinab, flüsterte ihr etwas ins Ohr und die beiden lachten. Er fluchte, konnte sich jetzt aber nicht darum kümmern.

Er kehrte zurück in den Schatten des Obst- und Gemüsestandes. Es wurde immer wärmer, unter seiner Halsbinde sammelte sich Schweiß und der Gehrock war eng in den Achseln. Mode war auch so ein Irrsinn.

Reinhardt und die beiden Wärter gaben Zwangsjacke um Zwangsjacke heraus. Der dicke graue Stoff war steif in den Händen. Zwischen all den Leuten wirkten die Jacken wie tote Tiere mit ergrautem Fell. Manche Käufer sagten kein einziges Wort, andere scherzten, bis sie es aufgaben, weil Reinhardt doch immer noch eine Bemerkung mehr hatte als sie. Bis auf die alte Frau zu Beginn der Aktion trat keine weitere Frau an den Stand. Was waren die Unterschiede zwischen weiblichem und männlichem Wahn? Männer wurden größenwahnsinnig, Frauen nicht. Frauen wurden hysterisch, Männer nicht. Pyromanie gab es bei Männern, bei Frauen nie. Verfolgungswahn trat bei Frauen seltener auf, trieb die Opfer aber noch stärker und quälender vor sich her als männliche Verfolgungswahnpatienten. Männer brachten sich häufiger um als Frauen. Psychopathia sexualis. Eher bei Männern, wobei diesbezüglich nicht sicher war, ob Frauen alles mit diesem Thema Zusammenhängende nicht nur stärker unterdrückten und in andere Krankheiten flüchteten.

Die Hitze und das Warten machten seinen Hals trocken. Ob er ihm einen Apfel verkaufe, fragte er den Mann hinter der Auslage.

„Gerne, der Herr“, entgegnete der und wies auf den

Stand der Anstalt. „Die da drüben sind ja wohl völlig verrückt. Zwangsjacken verkaufen. Die haben ja nicht mehr alle beisammen."

„Ganz sicher nicht", sagte Ludwig. Er biss in den Apfel. Die Schale war hart, das hellgelbe Fruchtfleisch darunter voller Saft. Er musste kichern. Der Bauer sah ihn an, das Gesicht faltig wie eine Wurzel.

„Könnten Sie sich vorstellen, so eine Jacke zu kaufen?", fragte Ludwig.

„Was soll ich denn damit?"

„Tja, was soll man damit?"

Der Wärter Hans verließ mit einem Lederbeutel in den Händen den Stand. Reinhardt sah zu Ludwig hinüber und wies auf die Planken der Verkaufsfläche. Die Stapel waren niedrig geworden, einige ganz verschwunden. Ludwig trat neben Reinhardt und rieb sich die Hände.

„Bei Ihnen kauft doch niemand etwas", sagte Reinhardt. „Schauen Sie sich mal an, der Rock, der Hut. So elegant, Sie verscheuchen die Leute."

„Sie da!" Ludwig zeigte auf einen Mann, der aus den Augenwinkeln nach den verbliebenen Jacken geschielt hatte. Er war vorher schon mehrmals am Stand vorbeigelaufen, aber immer nur kurz stehen geblieben.

„Ja, Sie! Wollen Sie eine Zwangsjacke haben?"

Der Mann sah sich um, einige Leute grinsten ihn an, er zeigte mit dem Finger auf seine Brust, tat, als wisse er nicht, ob er gemeint sei.

„Ja, ja, ja. Nun kommen Sie schon", sagte Ludwig. Unsicher näherte der Mann sich. Ludwig packte eine Jacke und drückte sie ihm in die Hände. „Schenke ich Ihnen. Guten Tag."

„Das war gemogelt", sagte Reinhardt.

Das Treiben auf dem Markt ließ nach, die Schatten wurden länger und das Gesumm der Fliegen über den Äpfeln, Birnen und Beeren wurde lauter.

„Na also", sagte Ludwig. Er sah Doktor Isen und Senator Ulrich auf den Stand zukommen. Die Glatze des Senators glänzte wie eine Billardkugel.

Ludwig zog sich den Binder zurecht und strich den Gehrock glatt.

„Brauchen Sie eine Zwangsjacke, Senator Ulrich?", fragte er. Isen schaffte ein Grinsen, von dem Ludwig nicht wusste, wie es gemeint war. Senator Ulrichs pralle Oberschenkel drückten gegen die Platte des Verkaufsstandes.

„Ist dieser Unsinn hier genehmigt?" Er griff achtlos nach einer der Jacken.

„Natürlich." Ludwig zeigte Ulrich das Schreiben der Behörde. Der Senator las es und verzog den Mund.

„Von den Jacken ist kaum noch eine da, wie Sie sehen", sagte Ludwig. Reinhardt und der Wärter traten einen Schritt zurück.

Ulrich ließ die Jacke auf den Tisch fallen, Ludwig faltete sie ordentlich zusammen.

„In Ihrer Nähe sterben Menschen, Meyer."

Was meinte Ulrich damit? In seiner Nähe würden Menschen sterben?

„Was wollen Sie damit sagen, Herr Senator?“

„Meine Herren, meine Herren“, sagte Isen. Er nahm eine Jacke und hielt sie Ludwig ausgebreitet entgegen.

„Es wundert mich, dass ein gewissenhafter Mann wie Sie so vorschnell handelt.“

Isen faltete die Zwangsjacke wieder zusammen und legte sie zurück.

Die Anwesenheit von Senator Ulrich hielt andere Menschen davon ab, an den Stand zu treten. Es hatte sich ein kleiner Halbkreis von Leuten gebildet, die den Disput belauschten. „Die Stadt, der ich diene“, sagte Ulrich, „hat ein solches Theater nicht verdient. Wenn ich früh genug von diesem infantilen Unsinn gehört hätte, ich hätte der Behörde schon Beine gemacht. Sie diskreditieren sich bis ins Mark, Meyer. Ich schwöre Ihnen, so wahr mir Gott helfe, Friedrichsberg wird einen neuen Leiter bekommen. Ihre Tage sind gezählt.“

„Genau. Wir wollen Sie da nicht“, sagte ein Mann in dunkler Weste, seine Jacke in der Armbeuge.

„Ah, einer der Abgeordneten aus Wandsbek oder Barmbek? Guter Mann, Friedrichsberg ist eine Zierde für Ihre Gemeinde.“

„Hauen Sie wieder ab da mit diesem ganzen Dreckspack.“

„Werde ich nicht.“

„Wir wollen keine Irrenanstalt bei uns. Wir wollen die da nicht haben.“

Ulrich beugte sich über die Platte, Ludwig beugte sich ihm entgegen. Er roch den Pfefferminzatem des Senators und sah den Schweiß auf den runden Wangen.

„Sie stellen sich mir nicht in den Weg“, zischte Ulrich.

„Unsere Wege kreuzen sich nicht, Herr Senator.“

So nah wie jetzt Ulrichs Gesicht war Ludwig bisher in seinem Leben nur wenigen Menschen gekommen. Viele der Umstehenden starrten sie an und tuschelten. Ulrich wischte einige der Jacken auf den Boden und stampfte davon.

„Warum tun Sie das?“, rief Ludwig ihm nach.

„Pah.“ Ulrich fuhr mit der Hand durch die Luft, als schmisse er etwas weg.

„Ich wusste gar nicht, dass Sie solch ein Talent haben, sich wirkliche Feinde zu machen“, sagte Isen. Ludwig bückte sich nach den Jacken. Eine lag mit ausgebreiteten Ärmeln wie ein grauer Gekreuzigter auf der braunen Wiese. Isen half ihm, die Jacken aufzuheben.

„Zwangsjackenverkauf, Herr Doktor Meyer, verzeihen Sie, aber das ist doch … unverantwortlich. Vorschnell.“

„Haben Sie schon einmal einen Menschen in solch einer Jacke gesehen, Doktor Isen? Weg damit, sage ich. Weg.“

Einige Leute näherten sich dem Stand. Ludwig wurde gefragt, ob es Unterschiede gebe zwischen Jacken für Männer und Jacken für Frauen. Nein, gebe es nicht. Er verkaufte die letzten Zwangsjacken und streichelte mit beiden Händen über die leere Fläche. Ein Holzsplitter bohrte sich schräg in seinen Handballen. Mit spitzen Fingern zog Ludwig ihn heraus, sah ihn über die Sonnenbrille hinweg an und schnippte ihn fort.

„Mit Ulrich sollten Sie übrigens vorsichtiger sein“, sagte Isen. „Unterschätzen Sie den Mann nicht.“

„Haha.“

Die Händler begannen, ihre Waren in Kisten zu verladen. Ludwig legte den Gehrock ab, lockerte den Binder und schlug Holzzapfen aus den Verstrebungen. Er lehnte jedes Mal ab, wenn einer der Wärter sagte, der Herr Doktor müsse die Riemen nicht lösen, die Planken nicht stapeln. Er band das Zwangsjacken-Schild vom Querbalken. Die Lastkutsche der Anstalt hielt vor dem zerlegten Stand, und Ludwig und die anderen Männer luden Planken, Tuche und Streben auf die Fläche. Der Anstaltskutscher fragte, wo die Zwangsjacken geblieben seien.

„Alle weg, Jörg“, sagte Ludwig. „Alle weg.“

„Irre“, sagte Jörg. Ludwig, Reinhardt und die Wärter sahen ihn an.

„Gewagte Diagnose“, sagten Ludwig und Reinhardt unisono.

Ludwig schickte Reinhardt mit den Wärtern in der Anstaltskutsche zurück. Er ging mit Fanny den Fußweg Richtung Süden, kaufte zwei Äpfel aus gestapelten Kisten und sah zu, wie Fanny Stück für Stück abbiss. Sie hatte keine Blumen mehr bei sich.

„Wie fühlst du dich?“, fragte sie.

„Ich habe den Zwang verkauft.“

„Oh, sehr hübsch formuliert. Gefällt mir.“

„Großes Theater. Wolltest du doch. Steht morgen in jeder Zeitung.“

Sie gingen an den sonnengelben Fenstern des Konzerthauses vorbei, überquerten das Ostende der Reeperbahn und stiegen den Hang zur Elbe hinab. Ludwig wollte hüpfen, wollte Fanny an den Rippen kitzeln. Er fühlte sich leicht.

„Du wolltest die Zwangsjacken vernichten, Lu. Das hier war ein Verkauf."

Fanny hatte recht. Was war das nun? Eitelkeit? Provokation? Je länger er darüber nachdachte, desto klarer wurde ihm, dass ihm das alles schlicht einerlei war. Dieser öffentliche Verkauf der Jacken war einer der besten Tage seines Lebens. Er wollte nicht über Richtig oder Falsch nachdenken.

An einem engen, grauen Stück Elbstrand breitete er ein Tuch im Sand aus und Fanny setzte sich seitlich wie auf einen Damensattel. Ludwig zog Schuhe und Strümpfe aus und krempelte die Hosen hoch. Er ging zu einem großen Stein mit gespaltener Oberfläche, zählte von dort drei helle Kiesel nach links, machte zwei Schritte in das seicht anlaufende, kühle Wasser und tastete auf dem Grund nach der Schnur. Er fand sie schnell und drehte sie Windung um Windung um die Hand. Rechts von ihm wurden Lastkähne über den Fluss gezogen, links im Hafen und unten in Altona zeichneten Schiffsmasten ein nicht enträtselbares Strichmuster in den Himmel. Die Flasche kam an die Oberfläche, drehte sich hell und glitzernd im Wasser. Ludwig fischte sie heraus und entkorkte sie.

„Oh, là, là", sagte Fanny. „Gestern versteckt?"

„Für uns."

Sie nahm den Weißwein, und die tief stehende Sonne sprudelte in der Flasche. Fanny reichte sie ihm weiter, Ludwig sah sich um.

„Der gut erzogene Ludwig Meyer", sagte Fanny, „wilde

Theorien zur Psychologie aufstellen und hier auf dem Markt eine Veranstaltung machen, die es nie zuvor gegeben hat. Scheust dich aber, aus einer Flasche zu trinken. Dich soll mal jemand verstehen."

„Das sagt die Richtige. Wer war dieser Mann? Auf dem Markt. Blauer Gehrock, recht groß. Allerdings nicht so groß wie ich."

„Ein Bekannter." Sie sah zu ihm auf. „Jemand, der Zeit hat", sagte sie.

„Ein Schönling", sagte Ludwig. „Fürchterlich."

Sie klopfte neben sich auf die Decke und er setzte sich zu ihr.

Der Wein war kühl und leicht. Das Elbwasser schwappte braun und golden und wenn die Boote in das Goldene gerudert wurden, lösten sie sich auf, wurden von der gleißenden Farbe immer mehr zusammengeschmolzen. Gesichter wandten sich zu ihm und Fanny um, helle Ovale, die im Licht verschwanden. Es gab nicht zwei gleiche Geister auf der Welt. Ludwigs Gedanken wanderten wild umher auf der geheimnisvollen Landkarte der Psyche und der Geschichte ihrer Erforschung. Er segelte über tiefe Meere, deren Ränder sich ständig verschoben. Cook oder Humboldt hatten feste Küstenlinien entdeckt, an denen sie anlanden konnten, er hatte ein Meer voller Wunder und Entsetzen und durch die Art und Weise, wie er damit umging, wurde dieses Meer immer größer. Schon wieder wollten seine Gedanken weiter und der Anblick der Sonne auf der Elbe und des Lichts, das die ganze Zeit Menschen und Boote verschwinden ließ, machte ihn unruhig.

„Die Sonne strahlt, die Jacken sind weg, du bist da. Besser geht's nicht mehr", sagte er.

„Besser und mehr geht immer", entgegnete Fanny.

Ludwig lachte. „Musst du eigentlich immer das letzte Wort haben, Fanny?"

Als sie später oben an der Straße eine Droschke fanden und Ludwig sagte „Zur Irren- und Heilanstalt Friedrichsberg" und der Fahrer fragte „Wohin?", schob Ludwig den Hut in die Stirn und wollte weit ausholen. Fanny legte ihm eine Hand auf den Arm. „Richtung Wandsbek, bitte", sagte sie.

Die tief stehende Sonne machte aus den Pferden, der Kutsche und Ludwigs Kopf mit dem Hut einen langen, schrägen Schatten, der über die sandfarbene Straße huschte, über Gräser am Rand, an Baumstämmen hochschnellte und wieder wegkippte.

Sie fuhren an einem Gehöft vorbei, dessen eine Seite in der Frühabendsonne glühte, die Gräser am Haus waren gelb wie altes Papier. Ein Mann in grober Weste schlug auf einem Hauklotz einem flatternden Huhn den Kopf ab. Ludwig war, als hätte der letzte Blick des Tieres ihm gegolten.

Bevor der Kutscher vom dunkelgrünen Lauf der Wandse abbog, ließ Ludwig ihn halten. Er half Fanny aus dem Schlag und ging mit ihr über die Wiese auf die Anstalt zu. Die hellen Außenmauern des Gebäudes schimmerten durch die Kronen der Rotbuchen.

Julia und Reinhardt saßen auf den Stufen vor Ludwigs

Häuschen. „Herr Reinhardt hat mich eingeladen, auf ein Glas Champagner", sagte Julia.

„Oh ja", sagte Ludwig. „Es gibt wirklich einen Grund zum Feiern."

„Ich habe Papa mitgebracht", sagte Julia. Ludwig verschränkte die Arme.

„Hör endlich auf mit diesem Unsinn", sagte Fanny.

„Und lauf nicht wieder weg", sagte Julia.

Sein Vater sah ihn nicht an, als er Ludwig „von tiefstem Herzen" gratulierte.

Die Gläser klirrten aneinander, der Champagner perlte hellgelb, die Abendsonne schien durch die Gläser hindurch auf die Dielen und das Holz des Tisches.

„Ein paar Möbel wären nicht schlecht", sagte Fanny.

„Wenn ich einmal Zeit finde", sagte Ludwig.

„Ich könnte mich darum kümmern, Ludwig", sagte sein Vater. Er hatte beide Gehstöcke zwischen die Beine geklemmt.

„Ich mache das schon, danke."

Der Stuhl wirkte klein unter der großen, gebeugten Gestalt des alten Mannes.

„Doktor Krümmer ist übrigens verstorben, wie ich höre", sagte Ludwig. Sein Vater sah ihn an, der Blick fragte, was er hätte tun sollen. Ludwig kannte diesen Blick vom eigenen Spiegelbild. Was hätte Boysen getan?

„Hast du irgendetwas zu essen im Haus?", fragte Fanny.

„Ich esse fast immer in der Anstalt."

„Ich habe etwas mitgebracht", sagte Julia.

„Ich muss allerdings gleich noch einmal rüber."

Fanny, Julia und sein Vater sahen ihn an. Er zuckte mit den Schultern.

„Ich heute nicht mehr", sagte Reinhardt und bot Fanny den Arm, um sie hinter Julia in die Küche zu geleiten. Ludwig half seinem Vater hoch, der Mann roch nach Alter.

„Krümmer tot, Henning tot", sagte Ludwig. „Mehr hätten wir auch nicht tun können."

„Was meinst du damit, Sohn?"

„Keine Ahnung."

Sein Vater packte ihn am Oberarm und wies mit dem Kopf zur Anstalt.

„Da wäre es ihr gut ergangen", sagte er. „Ich bin stolz auf dich, Ludwig."

„Du weißt doch gar nicht, was ich hier tue."

Der alte Mann wandte sich ab. Ludwig legte ihm eine Hand auf die Schulter.

„Entschuldige, Vater. Es tut mir leid."

Er ging die Stufen hinauf und trat ins Foyer. Der Portier in seiner Loge grüßte ihn, das Aufnahmezimmer stand offen und leer. In der Küche fragte er, ob ordentlich gegessen worden sei und was es gegeben habe. Seit wann der Herr Doktor nicht wisse, was auf den Speiseplänen stehe?, fragte der Koch.

„War ein aufregender Tag", sagte Ludwig. „Die Zwangsjacken, Sie wissen schon."

„Gemüsesuppe, Herr Doktor. Soll ich Ihnen einen Teller ins Büro bringen?" Ludwig bat darum und fragte in der

Dampfwäscherei nach, ob ebenfalls alles in Ordnung sei. Aus dem nach Seife riechenden, warmfeuchten Nebel rief jemand ein „Jawohl, Herr Doktor."

Der Anstaltskutscher Jörg hatte das weiß lackierte Zwangsjacken-Schild hochkant an ein Bücherregal in Ludwigs Büro gelehnt. Ludwig stellte es quer auf den Boden, es sah aus wie ein Bahnhofsschild. Nächster Halt: Zwangsjacke. Über sechshundert Einwohner.

Er ließ nach dem Oberwärter schicken.

„Es ist ja kein Weltuntergang", sagte er, als Hans in der Tür stand und die Hände vor dem Bauch verschränkte.

„Was meinen Sie, Herr Doktor?"

„Wir hatten eine Vereinbarung", sagte Ludwig. „Die Jacken sollten verkauft werden. Alle."

„Ja."

„Hans?"

„Bitte?"

Ludwig kratzte sich ungeduldig am Kinn. Er hielt den Zettel mit den Verkaufszahlen hoch.

„135 Zwangsjacken", sagte er. „Es waren 136. Eine fehlt."

„Vielleicht, bei allem Respekt, hat Doktor Reinhardt sich verzählt. War großer Andrang. Das kann passieren."

„Sie haben sich zwischenzeitlich mit einem Lederbeutel vom Stand entfernt. Was wollen Sie mit der Jacke? Wozu, Hans? Eine Zwangsjacke?"

„Es war der alten Zeiten wegen, Herr Doktor."

„Was meinen Sie mit alten Zeiten?"

„Früher", sagte Hans. Ludwig starrte auf den leeren Suppenteller.

„Was wollen Sie mit der Jacke, Hans?"

„Nichts, Herr Doktor. Nur so."

„Nur so? Hans, das gibt es bei uns Menschen nicht. Wir machen nichts nur so."

„Also, ich schon, Herr Doktor. Meine Frau übrigens auch, ziemlich oft sogar."

„In einer Viertelstunde in der Küche, Hans. Ich will dabei sein, wenn Sie das Ding in den Ofen schmeißen. In diesem Haus hier gibt es keine Zwangsjacken."

„Eine. Eine einzige. Zur Sicherheit, Herr Doktor."

„Nein."

„Das kann doch nicht Ihr Ernst sein. Eine, Herr Doktor. Eine nur. Ich bewahre sie in meiner Kammer auf. Unterm Bett. Sie bekommen sie nie zu Gesicht."

„Nein."

278 Frauen und 345 Männer lebten zurzeit in der Anstalt. Ein grauer Ordner neben dem anderen, so standen die Schicksale und Krankheiten in den Regalen. Schlug Ludwig eine der Akten auf, wand sich ein fahles Gesicht daraus hervor, es schrie ihn an, es bettelte oder weinte, Boysens großer Kopf quälte sich aus dem Papier hervor und biss nach Ludwig. Die Akten: ruhige Menschen, hysterische, tobsüchtige, unreine, bettlägerige, Melancholiker, Paralytiker, Halluzinante, Epileptiker – Morbus sacer, die heilige Krankheit, an der auch Julius Cäsar gelitten haben soll. Teils Menschen, die nach Ludwigs Befürchtungen nie wieder die

Anstalt verlassen konnten. So wie es unheilbare körperliche Krankheiten gab, so konnte das Gehirn mit seinen durchschnittlich tausendzweihundert Gramm solch seltsame Verquickungen erzeugen, dass alle Türen zur anerkannten Vernunft zugeschlagen wurden. Ludwig war sich sicher, dass die Psychiatrie in den nächsten Jahrzehnten kontinuierlich an Bedeutung gewinnen und exakter und kenntnisreicher werden würde. Er fühlte sich wie einer dieser Männer, die immer weiter in den amerikanischen Westen vorstießen, ohne zu wissen, was sie erwartete. Wie Carl Schurz vielleicht. Ludwig bereitete den Boden für andere. Das machte ihn glücklich und zugleich traurig und manchmal wünschte er sich, hundert Jahre später geboren zu sein. Im Stillen hatte er seinen hohen Anspruch, annähernd alle Patienten in Friedrichsberg heilen zu können, längst als Irrsinn abgetan. Manchmal war es ihm, als schlüge ein Insasse, bei dem er weit gekommen war, einfach eine neue Tür zu einem dunklen Zimmer auf und sagte, da geht's weiter, Herr Doktor, und danach kommt noch eine Tür und noch eine und Ihre Wissenschaft und Ihre Erfahrung sind ein Bällchen, das wir Friedrichsberger am Rollen halten.

Schurz hatte ihm geschrieben, manch einer der Sklaven, für deren Befreiung Tausende von Menschen starben, zöge als marodierender Mörder und Frauenschänder durch die Gegend. Wenn er einen von denen erwische, schieße er ihm mitten ins Gesicht.

„Es gibt nichts Besseres als die Freiheit, Meyer. Sie ist ein Ungeheuer. Sie frisst uns auf. Kämpfen wir also für sie. Paradox? Ja. Weitermachen."

Hans kam in die Küche, er trug die Jacke auf ausgestreckten Händen. Ludwig entriegelte die Klappe und öffnete den Ofen, Hitze schlug ihm an die Beine, orangefarbenes Licht floss und der Boden schien zu glühen.

„Rein damit, Hans."

„Können wir nicht ...? Wenigstens diese eine?"

„Nur zu, Hans. Machen Sie."

„Das ist ein Fehler, Herr Doktor."

Der Mann sah den groben, dicken Stoff an wie einen verlorenen Sohn. Er faltete die widerspenstige Jacke in der Mitte zusammen und warf sie, ohne hinzusehen, in den Ofen. Es knisterte. Hans ging. Ludwig nahm ein Schüreisen vom Haken und breitete mit der Spitze die glimmenden Seiten der Jacke auseinander, machte die Jacke groß auf der Glut, und der Stoff bekam mehr und mehr schwarze Flecken, durch die kleine Flammen züngelten, Löcher machten und sich ausbreiteten. Die Lederriemen bogen sich zusammen, Ludwigs Gesichtshaut wurde heiß. Manche Stellen der Jacke zündeten wie Schwefelhölzchen, andere schmorten. Ludwig schloss die Klappe, Licht und Hitze waren auf einen Schlag verschwunden.

***

Fräulein Hellmann suchte nach einer Serviette, aber die hatte Julia trotz aller Fürsorge vergessen. Die junge Frau leckte sich die Finger ab. Ludwig beobachtete das. Beim letzten Finger schmatzte Fräulein Hellmann sogar. Das ging wohl nicht anders, dachte Ludwig.

„Sie haben die Zwangsjacken alle verkauft?"

„Auf dem Heiligengeistfeld", sagte Ludwig. „Alle weg."

Das war nicht gut, sagte Mommsen.

Ludwig sah sich zur Küchentür um. Da war nur Schwärze und ein Hauch von Licht, das die Kerzen in der Eingangshalle verbreiteten.

„In den nächsten Monaten geschah genau das, was ich vorhergesagt hatte. Die Krankheiten … nein, die Menschen entfalteten sich. Das Feld, auf dem ich mit Reinhardt arbeitete, wurde immer größer."

„Sie waren wirklich nur zu zweit? Nur zwei Ärzte?"

„Heute ist das ganz anders. Aber in den Anfängen, ja, Reinhardt und ich. Später wurde uns noch jemand von Ulrich auf den Hals gehetzt. Wobei ich nicht wusste, dass Reinhardt … na ja, der taugt nichts."

Jetzt leckte Ludwig sich die fettigen Finger ab. Julia sah ihn an, zuckte mit den Schultern und tat es ihm gleich. Ludwig goss Riesling nach. Seine Lider wurden schwer. Es schien ihm, als verliere das Kerzenlicht an Kraft.

„Und jene Fanny, Herr Professor, diese Frau, die immer wieder in Ihrer Geschichte vorkommt? Was wurde denn aus Ihnen und ihr?"

„Da bin ich ja mal gespannt", sagte Julia.

„Sie werden sie auf der Bühne sehen, Fräulein Hellmann."

„Mich fordern Sie immer auf, so klar wie irgend möglich zu antworten."

Ludwig schmunzelte. „Da haben Sie recht", sagte er.

„Du hast sie geliebt, Ludwig", sagte Julia.

Ludwig starrte die auf dem Weinglas krumm und lang gezogenen Kerzenlichter an.

„Du liebst sie noch, oder?"

Er schüttelte den Kopf. „Das kann man so nicht sagen. Ich habe Frau und Söhne."

„In Göttingen. Ich weiß."

Trotz des Ernstes mussten sie grinsen wegen Julias Schlagfertigkeit.

„Ich bin wirklich sehr zufrieden, Julia", sagte Ludwig.

„Du weißt, dass sie verheiratet war? Es hatte einiges an Gerede gegeben wegen Fanny, in dem Haus am Dammtor. Irgendwann wurde das alles zu unsicher. Ich glaube nicht, dass sie wirklich Ehefrau sein wollte."

„Glaube ich auch nicht. Was war das für ein Mann?"

„So groß wie du. So gut gekleidet wie du. Arbeitete bei einer Eisenbahngesellschaft. Ein anständiger Kerl. Er hat Fanny sehr verehrt. Er hat vor Gericht die Schuld am Scheitern der Ehe auf sich genommen."

„Kann ich mir denken."

Fräulein Hellmann verschränkte die Arme auf dem Tisch und bettete ihren Kopf darauf. Ein gutes Zeichen, dachte Ludwig, zwanglos werden, sich jetzt hier unter eigentlich fremden Menschen der gesunden Müdigkeit hingeben. Fanny hatte er auch ab und zu in dieser Haltung gesehen.

„Ich glaube, ich habe es von Anfang an gewusst", sagte Ludwig.

„Was gewusst?“, fragte Julia. Fräulein Hellmann sah ihn mit einem Auge an, das andere hatte sie zugekniffen.

„Dass es schiefgehen würde.“

„Mit Fanny?“

„Sie wird immer ein Stück in meinem Herzen besetzt halten.“ Er trank einen Schluck Wein, klein nur noch, fast vorsichtig. „Carl Schurz schreibt mir drei-, viermal im Jahr. 1865, als ich noch in Friedrichsberg war, berichtete er mir über die Ermordung Präsident Lincolns. Der Mann, der die Sklaverei abgeschafft hat, kriegt eine Kugel in den Kopf.“

„Furchtbar“, sagte Fräulein Hellmann.

„Und ich hab nicht aufgepasst“, sagte Ludwig. „Ich kannte meine Patienten, alle. Fast … alle. Aber ich habe in meiner unmittelbaren Umgebung keinen Verdacht geschöpft. Das war ein Fehler. Prost.“

Der Wein schmeckte jetzt schwer und vollmundig und breitete Dunkelheit in Ludwig aus.

„Verfluchte Dreckskerle“, sagte er. „Lassen mich ins offene Messer rennen.“

„Mein Gott, Ludwig, was hast du denn alles verschwiegen? Was ist denn passiert?“, fragte Julia.

„Ich werde meine Rechnung noch präsentieren“, sagte er. „Ich bin übrigens klüger geworden, Julia. Ich mache um halb sechs Feierabend, jeden Tag, ganz gleich, was noch anliegt. Und am Wochenende nehme ich keine Fallakten mit nach Hause.“

„Auf Reisen aber schon“, sagte Julia und zeigte auf die ausgebeulte Ledertasche. Ludwig lachte.

„Das ist ein ganz besonderer Fall“, sagte er. „Ich weiß noch nicht genau, wie der ausgehen wird.“

„Bestimmt gut“, sagte Fräulein Hellmann.

15

Manchmal saß Fanny bei Ludwig im Büro, las in einem Textbuch und machte Notizen an den Rand. Er erzählte ihr Patientengeschichten. „Ich bin gerne hier", sagte sie. „Komisch, oder?" Sie sah dabei aus dem Fenster in den Innenhof der Anstalt, wo Insassen in Blumen- und Gemüsebeeten arbeiteten oder apathisch auf dem Boden lagen oder atemberaubend sinnlose Schachpartien spielten. Manche rannten schreiend über den Hof und mussten überwältigt und mit Kraft beruhigt werden. Ruhe hatte Ludwig nie. Die Anstalt war laut. Der Gnom, Herr Wenzel, belustigte Fanny immer wieder, wenn er über die Wege stolzierte, die krummen, kleinen Beine weit schwang, die kurzen Arme kräftig bewegte und jeder Frau Obszönitäten hinterherrief und auf die selbst gebastelten Orden auf seiner Jacke klopfte.

„Hier bei mir kann er immerhin frei herumlaufen", sagte Ludwig. „Seit dem Umzug vor ein paar Monaten geht es vielen Patienten besser, Fanny. Obwohl, was Wenzel betrifft, dem ist damals in St. Georg schon ab und an erlaubt worden, im Innenhof spazieren zu gehen. Zur Belustigung des Personals wahrscheinlich."

„Ist schon ein wenig wie ein sehr komisches und zugleich trauriges Theaterstück, was du hier täglich zu sehen bekommst", sagte Fanny.

„Theaterstücke werden von jemandem geschrieben, der sich etwas dabei denkt. Hier ist das anders. Die Frau dort hinten mit den verschränkten Armen, Marion Düvenstedt. Amnesie. Sie hat fünf Kinder und einen tyrannischen

Mann. Sie erinnert sich an nichts. Das gesamte Leben vor ihrer Einlieferung ist verschwunden, Fanny. Restlos weg. Sie kennt ihre Kinder nicht. Sie hat keine Biographie. Auslöser für Gedächtnisverlust ist häufig Meningitis oder Epilepsie, ein Hirnschlag oder Alkoholmissbrauch. Nichts davon trifft auf Frau Düvenstedt zu. Sie hat einfach vergessen. Komplett. Alles. Ihre gesamte Identität gewinnt sie jetzt aus Friedrichsberg. Ihre geistigen Fähigkeiten im Hier und Jetzt sind nicht eingeschränkt. Lesen, schreiben, rechnen, sie macht Handarbeiten, ist normal intelligent. Aber diese Frau muss sich völlig neu erfinden. Sie kennt keine andere Welt als Friedrichsberg."

„Manchmal ist es ziemlich grausam hier", sagte Fanny. „Ich meine, zu sehen, was diese Menschen alles ertragen müssen. Wie besessen und verloren viele sind."

Sie legte sich das Textbuch in den Schoß und blinzelte ihn an. Wollte sie ihn jetzt fragen, ob auch er keine andere Welt außer Friedrichsberg kannte? Er hatte solche Lust, sie zu berühren, ihre Augenbrauen, die Wangen, er wollte mit den Fingerspitzen über ihre Lippen streichen.

„Was ist mit uns, Fanny?"

„Wir sind beide ziemlich versessen. Dickköpfig. Eigensinnig, was weiß ich. Ich fühl mich dir sehr nahe, Lu. Aber es ist immer, als stündest du auf der anderen Seite eines reißenden Flusses. Ich könnte mich in dir verlieren, Lu. Will ich aber nicht."

Sie reichten sich die Hände, ließen sie zwischen sich baumeln. Während der Krankheit und nach dem Tod seiner Mutter war Ludwig viel alleine gewesen, dann das

Studium, das Gefängnis, London, Hamburg. Er hatte oft mehr Kontakt zu seinen Patienten als zu anderen Menschen. Dieses Alleinsein hatte sich tief in ihn gegraben und er fühlte sich nicht unwohl damit. Es gehörte zu ihm. Und Fanny? Was wusste er über ihre Vergangenheit? Er sah auf seine Taschenuhr. „Das Konzert", sagte er.

Er zog den Kittel aus und hängte ihn auf einen Bügel in den Wandschrank des Büros. Heute würden einige Insassen ein Konzert geben. „Zu geben versuchen", wie Reinhardt geulkt hatte. Zu Veranstaltungen wie dem Konzert ging Ludwig immer ohne Kittel, dort wollte er nicht Arzt sein, sondern nur Zuhörer.

„Wir sehen uns nachher, Fanny", sagte er.

Ludwig ging vom Büro aus in den Südflur, wo die bettlägerigen und schwer melancholischen Männer untergebracht waren. Wilbers, Hausmanns, Heller, sie alle starrten regungslos an die Decke und reagierten nicht auf Ludwigs Einladungen zum Konzert.

Er schlenderte durch den Korridor bei den ruhigen Heilbaren vorbei, überquerte am Ende eine Ecke des Innenhofes, schloss die Tür zum Einzelhof auf, drückte sie von innen wieder zu und drehte den schweren Schlüssel zweimal im Schloss um. Er ging in den Nordtrakt zu den Unreinen und Tobsüchtigen. Boysen. Ludwig hörte ihn an die Zellentür hämmern. Er hatte die Türen von beiden Seiten polstern lassen, das Hämmern klang dumpf wie unter Wasser. Boysen war ein Maniker, die Phasen seiner Wut wechselten mit Phasen völliger Einkehr, der Furor maniacus und die „wahnsinnige Unruhe“, wie Ludwig Boysens Zustand auch nannte, verebbten manchmal in Stille. Boysens Gattin hatte auf einen Brief Ludwigs geantwortet, seine Auffälligkeiten hätten begonnen mit dem Einschlagen Hunderter Nägel daheim, einfach so, wie besessen. Bei der Arbeit am Hafen sei er wie von Sinnen gewesen, habe die anderen erschreckt mit seiner Wucht und seinem Einsatz, der bis zur totalen Erschöpfung geführt habe. Nach einigen Tagen seltsamer Ruhe dann die ersten Anfälle, das Zerschlagen, das Wüten – aber nie gegen sie oder die Kinder. „Ich will ihn wiederhaben“, schrieb sie. „Diesen Mann will ich wiederhaben.“ Ludwig konnte das kaum glauben. „Einen Besseren gibt es nicht“, schrieb Frau Boysen. Ihr Brief wimmelte von Rechtschreibfehlern.

Ludwig legte die Hand an die Tür zu Boysen, ganz vorsichtig öffnete er die Klappe. Boysen stand schräg zum Fenster und redete mit sich selbst, das Licht ließ seine rasierten Wangen und den geschorenen Nacken grau schimmern. Ohne sich umzusehen, sagte Boysen: „Na, Meyer.“ Ludwig schob die Klappe zu. Er lehnte die Stirn dagegen und öffnete sie wieder.

„Wollen Sie zum Konzert kommen, Herr Boysen?“

„In Ketten?“

„Unsinn.“

„Lass mal, Meyer. Lass mich jetzt einfach mal.“

Aus der übernächsten Zelle war tiefes Stöhnen zu hören. Ludwig schloss die schwere Tür in der Mitte des Nordtraktes auf und betrat den Bereich der Frauen. Friedrichsberg war spiegelbildlich aufgebaut, rechts Männer, links Frauen. Im Flur der Unreinen und Tobsüchtigen herrschte seltsamerweise vollkommene Stille. Als wären die Zellen leer.

Durch die Fenster zum Innenhof drang kaum noch Licht, der gewienerte Boden des Korridors war in dunkel- und hellgraue Rechtecke geteilt. Hinter jeder Tür zu Ludwigs Rechten lauerte eine schwere Krankheit. Henriette Magnusson hatte seit drei Monaten kein Wort mehr gesprochen, sie summte nur, beinahe ununterbrochen, und musste mit Unmengen an Wasser versorgt werden. Niemand wusste, was mit dieser alleinstehenden, kinderlosen Frau war. Sie ging nie zur Toilette, ließ alles unter sich, wo es sie gerade drängte. „Die macht uns die ganze schöne neue Anstalt voll", hatte eine Wärterin gesagt. Julia Neuer, Hermine Wiener, Sünje Hennings, Caroline Börnsen – jede Tür hatte für Ludwig einen Namen.

Er verließ den Korridor zum Innenhof und schloss ab. Ahnungslosigkeit. Dunkelheit. Weiter, weiter. Er setzte ein Lächeln auf, als er sich der kleinen Bühne und den im Halbrund aufgestellten Stühlen näherte. Fackeln waren in die Wiese gesteckt worden, ihre Flammen standen so still wie die der Kerzen auf dem Klavier. Susanne Wilke lag im Blumenbeet.

„Nun, Frau Wilke, wieder in der Botanik?"

„Aber ja, Herr Doktor." Frau Wilke war schwer zu verstehen, sie hatte kaum noch Zähne im Mund und schien immerzu zu kauen, tiefe Falten gruben sich von der Nase aus zu ihren eingefallenen Lippen.

„Die Welt ist schön, ist sie nicht?", sagte sie. „Da draußen die Menschen, Herr Doktor", Wilke zeigte über die

Mauern, „die sind doch alle meschugge. Nur Ärger und Terz. Geldgeldgeld. Rennen, bis das liebe Herz nicht mehr kann. Aber hier“, sie tippte einige Dahlien an, „hier, sehen Sie, all die Blumen. Von uns gepflanzt. Heute Mittag waren wieder ganz viele Schmetterlinge hier.“

„Ihnen geht es gut, Frau Wilke?“

„Prächtig, Herr Doktor.“ Sie betupfte ihr raues Gesicht mit erdigen Händen.

„Die Blumen leiden ein wenig unter Ihnen.“

„I wo.“ Wilke drehte sich ein Stück zur Seite. Eine junge Rose, deren Stängel hätte gebrochen sein müssen, wippte nach oben, schwankte einen Moment und stand still.

„Hoppla“, sagte Ludwig. „Das gibt es doch nicht.“ Er beugte sich zu der Blüte hinab. Nicht eines der zartroten Blätter schien geknickt.

„Da staunen Sie, oder?“

„Allerdings, Frau Wilke. Allerdings.“

Ludwig berührte die Blume und roch an seinen Fingern. Er sah Fanny mit Doktor Reinhardt in den Hof kommen. Sie hatte sich bei ihm untergehakt und redete auf ihn ein. Beide lächelten.

Die Wolken, einige grau, einige weiß, hatten sich auseinandergezogen und die tief stehende Sonne ließ die Kanten des Gebäudes hell aufleuchten. Fanny wurde von vielen Patienten gegrüßt. Eine junge Frau, Emilia Binder, machte ihr ein Kompliment, ein junger Mann bewegte die Zungenspitze zwischen den Lippen, als er sie sah. Der zwergwüchsige Wenzel stolzierte vorbei. „Tag, die Dame“, sagte er. „Heute schon gefickt?“

„Herr Wenzel, bitte“, sagte Ludwig.

„Ist 'ne gute Frage, Herr Doktor. Ist 'ne ehrliche Frage, Herr Doktor. Ich meine, wer will das nicht? Einmal am Tag ficken, hm? Ich will große Frauen ficken, Herr Doktor.“

„Ich wünsche Ihnen viel Glück dabei, Herr Wenzel“, sagte Fanny.

„Sehen's, Herr Doktor, Ihr Fräulein versteht's. Die Dame.“

An der Mauer der Nordwand lehnte Frau Sommer, die verwachsenen Schultern grotesk, die Krallenhände seitlich am zu großen Schädel. Übermäßige Knochenwucherungen, seit ihrer Kindheit. Makrozephalie, Großköpfigkeit, dazu stampferartige Waden. Sie gab kehlige Geräusche von sich, als Ludwig und Fanny grüßten, wollte etwas sagen, aber ihre Worte blieben hängen, stockten, bis Frau Sommer die Zunge rausstreckte und Fanny ansah und ihre Augen in den zu großen Höhlen zu kullern schienen. Ludwig riet ihr, sich einen Platz zu suchen, das Konzert beginne gleich. Frau Sommer schüttelte den Kopf und es sah aus, als müsse der Hals unter der Last knicken. Sie drehte sich zur Wand, tastete sich am Stein entlang und bewegte sich auf krummen Knochen und geschwollenen Gelenken durch die nächste Tür in den Frauentrakt.

„Diese Frau ist ihr Leben lang nicht berührt worden, bis jetzt“, sagte Ludwig. „Kannst du dir das vorstellen?“

„Gott bewahre.“

„Hier in Friedrichsberg aber, Fanny, hier gibt es ein paar Menschen, die sich davor nicht scheuen. Mommsen ist oft bei ihr.“

„Tja, was gibt es hier nicht?“, sagte Reinhardt.

„Sie können den Arm von Fräulein Nielsen jetzt übrigens loslassen, Herr Kollege."

Ludwig pflückte Fanny eine Blume und Frau Wilke rief, der Herr Doktor solle das doch bitte lassen, Blumen, die pflücke man nicht, die schaue man an. Da habe sie recht, rief Ludwig und bat um Verzeihung.

Reinhardt stand mittlerweile auf der Bühne und bat die Zuhörer, Platz zu nehmen.

„Wenn auch Frau Wilke bitte das Blumenbeet verlassen mag?"

Einige Leute kicherten. Auf eine erneute freundliche Bitte Reinhardts hin stieg sie aus dem Beet und klopfte sich das Kleid ab. Eine Art Schatten von ihrem Körper blieb, aber keine Blume war so beschädigt, dass sie nicht wieder aufstand.

„Was unser aller lieber Herr Doktor Meyer nicht weiß", sagte Reinhardt, „ist, dass wir heute keine bekannten Musikstücke hören werden. Nein, zu Ehren von Ludwig Meyer hat eine Gruppe von Ihnen ein Musikstück für Klavier, Geigen und Kontrabass komponiert. Federführend dabei war Herr Franz Scheuer." Scheuer stand auf und riss die Arme in die Luft. Augenblicklich begannen alle Patienten wild zu klatschen, sie johlten und trampelten mit den Füßen.

Der Ingenieur Mommsen saß bei Frau Wiener aus jenem unbekannten Land und versuchte, mit ihr zu reden. Mommsen hatte sich ängstlich bei ihr eingehakt und straffte immer wieder die Schultern, wenn sein Körper sich kleinmachen wollte. Er kämpfte um Haltung. Ludwig bewunderte ihn dafür. Seit der Ingenieur in Friedrichsberg lebte und sich frei bewegen konnte, wurde er stabiler.

„Das Stück heißt“, sagte Reinhardt, „Dem guten Ludwig, c-Moll, Opus 567. Ist ein fleißiger Mann, der Herr Scheuer.“

Scheuer war dünn wie ein junger Trieb am Baum.

„Sie müssen wissen“, rief er, „dass sowohl Händel als auch Haydn und Mozart gravierende Fehler gemacht haben.“

„Das vielleicht später, Herr Scheuer, im Gespräch nach dem Konzert“, sagte Reinhardt. „Ich denke, wir alle können stolz darauf sein, dass unser verehrter Doktor Meyer nicht mitbekommen hat, was hier geleistet worden ist – und das, obwohl wir alle wissen, wie aufmerksam der Doktor ist und dass ihm beinahe nichts entgeht, was innerhalb dieser Mauern geschieht.“

„Bähbäh“, rief einer der Männer.

„Lassen Sie das, Herr Müller“, sagte Reinhardt.

„Kleines Pimmelchen“, rief jemand.

Alle Frauen lachten, außer der frommen Frau Herbst und der im religiösen Wahn gefangenen Frau Richter, die sich immer wieder die Unterlippe zerbiss und häufig an Entzündungen litt. Von den Männern sagte keiner ein Wort. Einige zeigten Längenmaße zwischen Daumen und Zeigefinger. Der Gnom Wenzel hielt die Hände etwa einen Meter auseinander.

„Ach, du lieber Gott“, flüsterte Fanny. „Ist das wahr?“

„Nein“, antwortete Ludwig.

„Wie es auch immer um die anatomischen Gegebenheiten bestellt sein mag“, sagte Reinhardt.

Ludwig fragte sich, ob der liebe Reinhardt solche Auftritte genoss. Es schien immer so, als überrasche Reinhardt sich mit seinen Scherzen und seiner Fähigkeit zur Ironie selbst. Einige Patientinnen vergötterten ihn, wollten ihm ihre Brüste zeigen oder baten, er möge sie ganz gründlich und tief untersuchen.

„Nun also: Dem guten Ludwig. Meine Damen, meine Herren, darf ich bitten.“

Sie wankten und zappelten, sie verdrehten die Augen oder hielten sich die Ohren zu, einige quälten sich von den Stühlen und tanzten. Ein Konzert, dachte Ludwig, ein Konzert der Insassen von Friedrichsberg. Musik.

Es war das eigentümlichste Konzert, das er je gehört hatte. Fanny bat Scheuer später um eine Abschrift der Partitur, und als Scheuer sie ihr übergab, redete er ununterbrochen auf Fanny ein. Scheuer hatte ein hübsches, harmonisches Grundmotiv gefunden, weiche Geigen- und Klavierklänge, eine Melodie ein bisschen wie von Wald und Wiesen. Die Teile der Komposition aber, die dieses Grundmotiv unterbrachen oder es zum neuen Einsatz brachten, waren schrill, hektisch und in den Ohren so bohrend, dass Ludwig geneigt war, ausgiebig zu fluchen.

„Alle Achtung“, flüsterte Fanny.

Die Geigenspielerinnen schienen ihre Instrumente zu zersägen, der Mann am Klavier hackte auf den Tasten herum und der Mann am Kontrabass schien seine Einsätze jedes Mal zu verpassen und ließ resigniert den Kopf hängen.

„Man muss frei sein, man muss frei sein“, rief Scheuer.

Die Musik kehrte zurück zu dem hübschen Grundmotiv, Reinhardt dirigierte gemächlicher und ganz langsam wurde die Musik leiser, bis Reinhardt den Taktstock sinken ließ, der Mann am Klavier die Hände von den Tasten hob und die Frauen an den Geigen die Bögen sinken ließen. Das Publikum applaudierte wild, Stühle kippten, Frau Wilke warf sich in die Blumen. „Außergewöhnlich“, sagte Fanny.

Sie klatschte und Scheuer starrte sie an, die Augen wie Glaskugeln in den Höhlen.

„Du bewegst dich hier nicht alleine“, sagte Ludwig.

Er ließ Fanny in der Obhut von Reinhardt, redete mit einzelnen Leuten oder gesellte sich in Gruppen, hörte aufmerksam zu und musste sich immer wieder zwingen, keine Notizen zu machen. Er wollte den Kranken nicht den Eindruck vermitteln, sie seien Forschungsobjekte.

Die Wärter trugen mit einigen männlichen Patienten die Stühle zurück und holten einen Rollwagen für den Transport des Klaviers. Einzelne Frauen und Männer wurden am Arm genommen und in ihre Zellen geführt, andere gingen in Gruppen zu den Schlafsälen. Nach etwa zwanzig Minuten stand Ludwig allein im Innenhof. Die Lichter in den Fenstern waren erloschen, die Nachtluft fühlte sich angenehm und klar an. Aus dem Büro des Pförtners und dem Aufnahmezimmer schimmerte es noch gelblich.

Ludwig hatte angeordnet, dass in diesen beiden Zimmern immer Licht zu brennen habe, damit zu jeder Tages- und Nachtzeit empfangen werden konnte, wer empfangen werden wollte oder gegen seinen Willen in die Anstalt gebracht wurde. Friedrichsberg, sagte Ludwig, stehe jedem Menschen offen.

Als er in sein Büro zurückkam, stand Fanny vor dem Regal und hielt das Zwangsjacken-Schild in den Händen. Sie war der einzige Mensch, der ihn nicht erzürnte, wenn er ungefragt seinen Arbeitsraum betrat. Sie hob das Schild an.

„Reinhardt sagt, es gäbe viele Patienten, die liebeskrank sind“, sagte sie.

„Oh ja, eine Menge. Liebeskrank oder andersartige Erotik. Männer in Frauenkleidern, Männer, die nur lieben können, wenn sie geschlagen werden, Sodomisten. Nymphomane. Frauen, die ununterbrochen geschändet werden wollen. Da gibt es noch viel zu arbeiten. Du verstehst dich gut mit Reinhardt?“

„Er ist ein netter Kerl, Lu.“

Sie stellte das Schild zurück auf den Boden.

„Ich nehme an, du arbeitest jetzt noch ein wenig?“

„Die Heilungsrate wird hier die höchste in ganz Deutschland sein.“

„Es ist Krieg, Lu. Gar nicht weit weg.“

„Ja, ja.“

„Du warst mal Revolutionär. 1848. Interessiert dich Politik denn gar nicht mehr?“

Er drehte mit dem Zeigefinger einen Kreis in die Luft.

„Friedrichsberg ist meine Politik.“

Sie ging, ohne ein Wort zu sagen. Meine Zeit für dich wird kommen, Fanny. Ich weiß nicht wann, aber sie wird kommen. Dann werde ich jeden Tag bei dir sein.

Aber das willst du gar nicht.

Will ich das? Ich will dich, Fanny.

Irgendwie.

Er hatte drei Akten vor sich liegen. Willi Boysen, der Tobsüchtige. Ingenieur Mommsen, der Verfolgte. Frau Wiener, die in einer anderen Welt lebte und sich immer tiefer in Widersprüche verrannte. Ludwig schob die Akten hin und her, nahm die einzelnen Blätter heraus, vermischte sie, schob Frau Wiener Tobsuchtsanfälle zu und Mommsen eine fremde Welt und Boysen hetzte er Dämonen auf den Leib. Boysens Wut – Ludwigs Selbstunterdrückung, Mommsens Verfolgungswahn – Ludwigs Mutter und die Ereignisse in den Kellern St. Georgs, Wieners autarkes Land – Ludwigs Friedrichsberg.

Heilung? Frau Wiener? Wie?

Ein deutscher Mann hatte hart und fleißig zu sein, die deutsche Frau eine treue Gattin. Ludwig wollte manchmal in Fannys Arme sinken, und er wusste, dass sie ihn gerne halten würde, seinen Nacken streicheln und sagen „Ruh dich aus, Lu.“ Aber er tat es nicht. Und Fanny? Hatte sie sich ihm gegenüber je eine Blöße gegeben? Nie. Und was ihn anging – war es eine Blöße, müde, überarbeitet und ausgelaugt zu sein?

Widerwillig ordnete er die Akten und stellte sie ins Regal zurück. Er ging durch die Dunkelheit heim in sein leeres

Häuschen und notierte sich für den nächsten Tag, dass in seinem Anstaltsbüro noch ein Sofa fehlte, ein langes Sofa, auf dem er nächtigen könnte.

„Was sind das für Menschen, die immer wieder meine ‚Besuch erwünscht‘-Schilder massakrieren?“, fragte Ludwig. Er sah aus seinem Büro hinaus den Hausmeister mit einem Hammer in der Hand die Wiese überqueren.

„Normale Menschen“, sagte Fanny. „Warst du jemals bei den ganz normalen, geistig gesunden Verwundeten in der Stadt, Lu? Hunderte grauenhaft verwundete Soldaten werden dort gepflegt. Ich habe den Männern vorgelesen, Julia ebenfalls.“

„Davon hast du gar nichts erzählt.“

„Vielleicht hättest du dir die Szenen in Hamburg ansehen sollen. Du kannst dir nicht vorstellen, welche Wunden diese Männer davongetragen haben. Überall. Im Gesicht. Im Genitalbereich. Furchtbar. Ich habe Dinge gesehen, da dreht es dir den Magen um. Als seien die von allen guten Geistern verlassen. Wahnsinn.“

„Der Wahnsinn ist hier“, sagte Ludwig.

„Glaubst du“, sagte Fanny.

„Küssen?“, fragte Ludwig.

„Wie kommst du jetzt darauf?“

„Darauf komme ich immer, wenn du bei mir bist.“

„Ich will nicht, dass du dich daran gewöhnst“, sagte Fanny.

„Würde ich gerne.“

„Nein. Nein, Ludwig.“

„Ich küsse dich jetzt."

„Nein, das tust du nicht."

„Und ob."

Sie redete weiter, während er sie küsste. Er spürte ihren Atem in seinem Mund. Er schluckte Wörter.

Reinhardt berichtete Ludwig von seinen privaten Forschungen im pharmazeutischen Bereich. Er habe das Interesse dafür von seinem verrückten Vater geerbt und beziehe Schriften auch aus Übersee. Kräuterheilkunde der Indianer, Tees aus Asien, Anregendes aus den Wäldern Südamerikas.

„Da ist so viel zu machen, Herr Doktor. Warum soll es nicht Medikamente geben können, mit denen sich psychische Leiden besser behandeln lassen? Warum entwickeln wir mittelalterliche Kenntnisse über Johanniskraut nicht weiter? Da liegen riesige Felder brach. Ich lasse mir jetzt Mittel aus aller Herren Länder schicken. Dafür ist Hamburg immer gut. Und technisch geht es ebenfalls voran: Mikroskop, Ophthalmoskop, Laryngoskop. Je mehr Kleines man sieht, desto klarer wird der große Zusammenhang."

Ludwig war sich seiner eigenen Position zur Medikamentierung nicht sicher. Manch eine Arznei konnte eine geistige Zwangsjacke sein. Sicher, ohne all die Flaschen, Tuben und Dosen in den großen Glasschränken neben dem Aufnahmezimmer würden sie hier nicht arbeiten können, trotzdem blieb Ludwig zögerlich der Pharmazie gegenüber.

„Wir hätten hier doch genug Möglichkeiten", sagte Reinhardt.

„Wie meinen Sie das?"

„Nun, Sie wollen Friedrichsberg doch auch als Forschungsanstalt etablieren. Wir könnten doch …"

„Seien Sie jetzt vorsichtig, Herr Kollege."

„Die Zeit der Medikamente wird kommen."

„Kennen Sie die neuesten Publikationen zur Hirnforschung? Zur Sprachforschung? Sprache ist eines der zentralen Themen für uns Psychiater."

„Ich will ja nur …"

„Kennen Sie ‚Gehirn und Rückenmark' von Meynert? Oder Karl Ludwig Kahlbaum?"

„Ich lese nicht so viel, Herr Doktor."

„Das sollten Sie aber."

Reinhardt atmete laut aus, murmelte etwas und verließ das Büro.

Ludwig zog den Degen aus dem Ständer und wischte ihn mehrmals durch die Luft, er zeigte mit der Klingenspitze auf die Akten und wünschte sich einen ständigen Fechtgegner oder zwei oder drei.

Ludwig wurde zu einem Kongress nach Berlin eingeladen, auf dem er über seine Erfahrungen mit dem Non-Restraint-System in Friedrichsberg und über seinen Ansatz einer Verschmelzung von Psychik und Somatik reden sollte. Ludwig war immer eher auf der Seite der Somatiker gewesen, weil die Psychiker aus ihrer Lehre der Erkrankung der körperlosen Seele den Schluss zogen, Menschen folterähnlich angehen zu müssen, um ihnen den „Unsinn" auszutreiben. Der Lehre der Somatiker, alle Geisteskrankheiten seien Krankheiten des Gehirns, seien zellularpathologisch, stimmte er jedoch auch nicht vollends zu – nein, es musste eine Verbindung aus beidem sein, aus der Psychik unter Auslassung des Sündebegriffs und aus der Somatik unter Mitwirkung rein geistiger Faktoren, eine Art Soma-Psychik oder Psycho-Somatik oder ähnliches mit noch einem Teil mehr, der ihm verborgen blieb. Seine Schriften zu diesem Thema waren unklar, was viele seiner Kritiker erfreute. Ludwig argumentierte, er sei so frei, sich mit seinen Thesen auf einen Weg zu machen und nicht ständig angebliche Tatsachen zu formulieren. Er wolle weiter, er wolle Dinge zur Diskussion stellen. Während einer seiner Reden donnerte er heraus, Somatiker und Psychiker sollten nicht wie Soldaten an der Front gegeneinander kämpfen, sondern endlich begreifen, dass ihre Theorien verbunden werden müssten. Sie sollten einfach auf ihn hören, dann werde vieles besser.

Applaus und Buhrufe hielten sich die Waage.

Er kannte sich nicht aus in Berlin. Er konnte sich nicht konzentrieren und irrte auf der Suche nach dem Hotel d'Angleterre nahe des Stadtschlosses durch dunkle Gassen. Es war kalt und feucht und nur in wenigen Fenstern brannte noch ein gelbes Licht, er hörte das Klatschen seiner Stadtschuhe auf dem harten Speck des Kopfsteinpflasters. Wäre Fanny doch bei ihm gewesen, vor allem nach seinem Ausbruch bei dem Kongress. Wie laut er sein konnte. „Hören Sie einfach auf mich, dann wird vieles besser." Boysen hätte das wahrscheinlich gefallen.

Unter einem Holzschild leuchtete ein Öllicht, eine Kneipe, eine Spelunke, Ludwig hatte nicht gewusst, dass um diese Zeit noch irgendwo geöffnet sein durfte, aber seine Verwirrung, die Müdigkeit und Durst auf einen großen Humpen Bier trieben ihn durch die Tür. Im Schankraum war es dunkel, vom Tresen aus sahen ihn der Wirt und drei bärtige Männer an. An den Tischen saß niemand mehr und Ludwig sagte in das Schweigen und Starren hinein, er wolle gerne ein Bier trinken, groß und kalt.

„Verlaufen?", fragte der Mann, der Ludwig am nächsten stand.

„Ich befürchte ja."

Die Männer lachten. Warum schien er die Leute gleich wieder zu provozieren? Ludwig wollte gerne ein gutes Verhältnis zu den sogenannten kleinen Leuten haben, zu den Arbeitern, die Tag für Tag hart um ihren Lohn kämpfen mussten. Er mochte die Welt dieser Menschen oder das, was er dafür hielt. Viele Patienten in Friedrichsberg kamen aus ärmlichen Verhältnissen. Er hatte keine Vorbehalte.

„Woher kommt er denn, der Herr?", fragte derselbe Mann.

„Aus einer Irrenanstalt in Hamburg."

Der Wirt verschränkte die Arme, die drei Männer sahen Ludwig an.

„Aus einer Irrenanstalt, so, so."

„Ich habe in Hamburg die erste Heil- und Irrenanstalt bauen lassen, in der keine Zwangsmittel verwendet werden. Ich habe sämtliche Zwangsjacken öffentlich verkauft. Zum Wohl, meine Herren."

Der Wirt ließ die Arme sinken, die Männer strichen sich über die Bärte, keiner von ihnen prostete zurück.

„Ich bitte Sie. Das ist doch etwas. Das ist … schön, meine Herren."

Ludwig trank alleine.

„Außerdem", sagte er, „wird in der forensischen Psychiatrie bald niemand mehr an mir vorbeikommen. Gerichtspsychiatrie. Manch ein Mensch, der ein Verbrechen begeht, kann im Grunde nichts dafür. Wirklich nicht."

„Und den", unterbrach der Mann ihn, „sollen wir dann frei rumlaufen lassen, oder wie? Und Ihre Irren lassen Sie auch frei rumlaufen? Sagen Sie mal, Herr Oberfein, wo sind Sie denn entflohen?"

„Lass den doch palavern, Knut", sagte einer der anderen Männer.

„Nein, warte mal. Da geh ich also hin", sagte Knut, „bring einen um, sag anschließend, ich bin krank und komm dann nicht ins Kittchen, richtig?"

„Falsch", sagte Ludwig. „Ob Sie krank sind oder nicht, unterliegt meinem Urteil, nicht Ihrem. Bei allem Respekt natürlich."

Die Worte kamen wie von selbst oder von jemand anderem. Er war sich immer erst klar, was er gesagt hatte, wenn es bereits zu spät war. Willi Boysen war bei ihm.

„Ob ich krank bin oder nicht … das unterliegt Ihrem Urteil?" Knut kam ihm nahe, seine Augenlider zuckten, er roch nach Bier.

„Natürlich", sagte Ludwig. „Sie können Geisteskrankheiten nicht erkennen. Ich schon."

„Sag mal, du …"

„Ich schließe jetzt!" Die Stimme des Wirtes war laut, er

hielt einen Schlüssel hoch. Ludwig legte Münzen auf den Tresen. Knut rempelte ihn an.

„Was soll das?“, zischte Ludwig. Seine Vergangenheit war zu sehr angefüllt mit Demütigungen, als dass er sich so etwas heute noch gefallen lassen würde. Die beiden Kumpane von Knut schoben diesen durch die Tür nach draußen. Ludwig wartete, bis die Männer fort waren. Der Wirt zeigte auf die Gasse hinaus. „Was bilden Sie sich eigentlich ein?“

„Es war nicht so gemeint“, entgegnete er. „Es tut mir leid.“

„Gesagt ist gesagt, Herr Irrenarzt. Ganz einfach.“

„Ja, Sie haben recht. Wären Sie so freundlich und würden diesem Mann, Knut, einen Gruß und die Bitte um Verzeihung ausrichten?“

„Ich könnte mir vorstellen, dass Sie ihn früher wiedersehen als ich. Bier leer?“

„Gibt es einen Hinterausgang?“

„Für Stammkunden. Und Sie müssen nicht wiederkommen. Gehen Sie in Ihre seltsame Anstalt zurück.“

Ludwig trat langsam auf die Gasse hinaus, hinter ihm verschloss der Wirt von innen die Tür. Kälte legte sich auf seine Gesichtshaut und den Spalt zwischen Handschuh und Mantelärmel. Ludwig sehnte sich nach seinem Degen oder wenigstens einem Knüppel und ging dicht an den Häusern entlang, die Mauern strahlten Kühle ab und obwohl er irgendwo inmitten der größten Stadt Deutschlands seine Füße voreinander setzte, war es totenstill.

Die Faust traf ihn plötzlich. Im ersten Moment spürte er nur wenig Schmerz. Obwohl er mit einem Übergriff gerechnet hatte, jagten der Schreck und die unbegreifbare Unsichtbarkeit des Schlags einen Schock durch seinen Körper. Er fiel rücklings auf das Pflaster. In der nächsten Sekunde trat jemand gegen seine Rippen. Ludwig stöhnte und rollte sich zur Seite, wollte sich an der Wand aufrichten. „Da und da und da", knurrte eine Stimme. Bei jedem „Da" fuhren Schmerzen durch Ludwigs Körper. Knut schien allein zu sein. Ein Tritt traf Ludwig ins Gesicht und sein Hinterkopf schlug dumpf gegen die Wand. Knut packte seinen Kragen, riss ihn hoch und starrte ihn an.

„Ich kann nichts dafür, Euer Hochwohlgeboren. Ich …" Schlag ins Gesicht, brennende Haut. „Bin." Schlag in den Magen, Würge- und Hustenreiz. „Nämlich." Schlag ins Gesicht, Nasenbluten. „Krank." Weites Ausholen, den Arm mit der Faust bis hinter den Kopf zurückgezogen, den Blick starr auf Ludwig gerichtet, voller Verachtung und Hass. Ludwig taumelte. Die Gasse stand schief. Nicht ohne Gegenwehr, rief Boysen. Er duckte sich. Alles tat ihm weh. Er hörte ein knirschendes, dumpfes Geräusch. Knut schrie auf und sein Körper drückte gegen Ludwig, als wolle er ihn umarmen. Er hatte mit voller Wucht gegen die Wand geschlagen. Ludwig stieß ihn weg, Knut schrie und machte eine Pirouette, hielt mit der Linken die zertrümmerte Faust umfangen.

Ludwig bückte sich stöhnend nach seinem Hut und humpelte die Gasse entlang. Er fluchte, er schlug imaginäre Gegner nieder. Er drehte um. Knut saß an eine Mauer gelehnt, er ächzte und hielt sich die Hand. „Helfen Sie mir", flüsterte er. Boysen-Meyer-Boysen-Meyer. Ludwig holte zum Tritt aus. Der Mann auf dem Boden schrie ein lang gezogenes Angst-Nein in die kalte Nacht. Ludwig hastete so schnell er konnte die Gasse hinab. Er spuckte Blut, er lachte und heulte, und er wurde ganz verrückt vor Gedanken und Schmerzen und erst, als er eine beleuchtete Hauptstraße erreichte, Laternen mit der Dunkelheit kämpfen sah, schimmernden Stein und glänzende Kutschen, merkte er, dass er weinte. Er konnte sich nicht erinnern, ob er den wehrlosen Mann getreten hatte oder er sich das nur einbildete. Er hoffte beides.

16

Ludwig hatte lange mit Herrn Mommsen geredet. „Es wird besser, Herr Doktor. Es ist nicht mehr so hart." Ganz gleich, welche Wetter über Friedrichsberg herrschten, auf Ludwigs Rat hin hielt sich Mommsen so oft wie möglich draußen auf. Er machte sogar Turnübungen mit zwei anderen männlichen Insassen, Kniebeugen, Liegestütz. Danach griff Mommsen zum Kamm und zog seinen Scheitel nach.

„Es ist erstaunlich, wie gut die Gespräche mit Ihnen tun, Herr Doktor." Mommsen zeigte auf Ludwigs Gesicht. „Sind Sie geschlagen worden?"

„Mich schlägt niemand, Herr Mommsen. Ebenso wenig wie Sie."

Mommsen lachte. „Sie sagen auch nicht immer die Wahrheit, oder, Herr Doktor?"

Ludwig antwortete nicht.

„Setzen wir heute Abend unsere Schachpartie fort?", fragte Mommsen. „Sie haben Ihre Dame ziemlich exponiert."

„Da könnten Sie recht haben. Bis zum Abend, Herr Mommsen."

Jetzt saß Ludwig in der Zelle von Frau Wiener. Kurz nach dem Umzug schon hatte er ihr geraten, Karten ihres Landes zu zeichnen oder dessen Geschichte aufzuschreiben. Er würde so gerne wissen, hatte er ihr gesagt, wie es dort sei. Frau Wiener, ruhig und angenehm wie immer, hatte sich lange davor gescheut. Seine Motivation hatte sie verunsichert. Ludwig kannte dieses Phänomen bei Geisteskranken. Es gab viele unter ihnen, die ins Wanken gerieten, wenn sie versuchen sollten, ihre Vorstellungen schriftlich oder bildlich festzuhalten.

„Das ist doch fantastisch“, sagte Ludwig. Er wies auf eine Zellenwand, die über und über mit Landkarten bemalt war. Er hatte Frau Wiener Stifte besorgt.

„Ein Gebirge, Flussläufe, Auen. Wo leben Sie, Frau Wiener?“

„An diesem Bach dort. Das habe ich Ihnen schon einmal erzählt, Herr Doktor. Wollen Sie mich prüfen?“

„Frau Wiener, bitte, nichts läge mir ferner. Machen Sie einfach weiter. Solch ein Zimmer hätte ich auch gerne.“

Jemand klopfte an die Tür. Es war Hans, der Oberwärter.

„Doktor Reinhardt schickt mich. Sie haben unangekündigten Besuch. Senator Ulrich.“

„Gleich einweisen“, sagte Ludwig. Er verabschiedete sich von Frau Wiener. Die saß auf ihrem Bett, die Hände im Schoß gefaltet und sah ruhig und zufrieden die bemalte Wand an.

Senator Ulrich blätterte im Stehen eine Akte durch, Doktor Isen saß Ludwigs Schreibtisch gegenüber und sah in den Innenhof.

„Zum Schutze der Patienten sind solche Akten nicht öffentlich“, sagte Ludwig. Ulrich warf die Akte auf den Schreibtisch, Isen erhob sich und grüßte.

„Was kann ich für die Herren tun?“, fragte Ludwig.

„Sie werden monatlich, immer zum letzten Tag, ärztliche

Berichte an die Medicinalbehörde schicken. Das heißt an mich und Doktor Isen", sagte Ulrich.

„Werde ich das?"

„Es geht bei diesem Beschluss darum", sagte Isen, „Ihre Reformen und die Entwicklung Friedrichsbergs, nun, nicht zu kontrollieren, sondern durch fachkundigen Blick von der anderen Seite zu begleiten." Er zeigte aus dem Fenster. „Das sieht recht gut aus. Der Verzicht auf die Zwangsmittel fruchtet?"

„Eine Beruhigung bei vielen Patienten ist seit dem Umzug klar erkennbar. Ich erprobe vielfältige Therapieansätze. Es gibt Entlassungen."

„Es ist uns weiterhin jederzeit erlaubt, die Anstalt zu inspizieren", sagte Ulrich.

„Eine Anmeldung wäre wünschenswert."

„Wann wir wollen, Meyer. Ohne Anmeldung."

„Meine Herren", sagte Isen. „Geht es nicht auch ein einziges Mal ohne verbale Scharmützel?"

Ulrich stellte sich ans Fenster. Seine Schuhspitzen klackten gegen das weiße Schild mit der Aufschrift „Zwangsjacken". Sein Blick fiel darauf und er gab ein grunzendes Geräusch von sich. Der Mann stand immer kerzengerade, nie hatte Ludwig gesehen, dass der Senator sich anlehnte oder, wenn er saß, die Arme aufstützte.

„Da liegt eine Frau und wälzt sich auf der Wiese", sagte er. „Da hinten führt ein Mann Selbstgespräche und dieser Mann dort an der Mauer ist zu dämlich, ein Loch zu graben. Ein paar starren stumpfsinnig vor sich hin. Eine Frau betet mit absurd verzerrtem Gesicht. Eine andere

– um Gottes willen –, sie entblößt die Brüste. Das kann doch nicht wahr sein! Eine nackte Frau am Mittag. Mit so Brüsten. Ungehörig. Ein ordensgeschmückter Zwerg. Eine Frau mit monströs großem Schädel. Herrgott. Männer, die sich Frauenkleider anziehen. Ekelhaft. So was kann man doch nicht erlauben."

„In Friedrichsberg leben Männer mit solchen Neigungen, Herr Senator", sagte Ludwig. „Conträres Sexualempfinden."

„Und Sie, können Sie die heilen von diesem beschämenden, perversen Klamauk?"

Ludwig antwortete nicht.

„Kein klares ‚Ja' mehr, Meyer? Ekelerregendes Schauspiel", schnaubte Ulrich. „Was sagen Sie zu diesem Treiben, Herr Reinhardt?"

„Es ist nicht einfach, Herr Senator. Aber es ergeben sich Forschungsmöglichkeiten. Auch im pharmazeutischen Bereich."

„Arzneien?", fragte Ulrich.

„Möglicherweise, Herr Senator", sagte Reinhardt.

Ulrich fuhr sich mit einer Hand über den glänzenden Schädel, und irritierenderweise sah diese Geste, wie er sich über die Glatze strich, immer sympathisch aus.

„Wie stehen Sie zu den Methoden von Doktor Meyer, Reinhardt? Ich nehme an, Sie führen hier nur Befehle aus?"

Ludwig erwartete eine der vielen amüsierten Bemerkungen von Reinhardt. Der aber presste die Lippen aufeinander.

„So ist das nicht, Herr Senator", sagte Reinhardt.

„Sind Sie sicher, Reinhardt?“, fragte Ulrich. „Mir scheint doch sehr klar, wer hier das Sagen hat. Wer hier der Große ist.“

„Doktor Reinhardt ist mein Kollege“, sagte Ludwig.

„Ab jetzt wird einmal wöchentlich jemand hier inspizieren. Doktor Goller“, sagte Ulrich. „Er wird ebenfalls Berichte schreiben. In der Behörde werden wir dann seine mit Ihren vergleichen. Verstanden?“

„Ich bin Leiter dieser Anstalt. Sie werden hier keine Leute postieren.“

Ulrich zog einen Briefbogen aus der Jackentasche und wedelte damit.

„Auf diesem Papier hier steht, dass es genau so sein wird. Solch ein Papier habe ich. Unterzeichnet, abgesegnet. Solch ein Papier haben Sie nicht, Meyer.“ Ulrich wies mit dem Zeigefinger auf Ludwig. „So. Und jetzt führen Sie mich durch die Anstalt.“

„Führen Sie mich … bitte … durch die Anstalt.“

„Mein Gott, Meyer, sind Sie albern. Ich bitte Sie um gar nichts.“

„Wenn Sie sich einen Moment gedulden würden. Ich muss noch die Medikamentierung eines Schwerkranken überwachen. Ich bin in drei Minuten wieder hier.“

„Ja, ja, machen Sie.“ Ulrich wedelte monarchisch mit der Hand.

Ludwig eilte durch das Haupthaus zum Trakt der Unreinen und Gefährlichen. Er schloss die Tür zum Korridor auf, hastete zu Boysens Zelle und öffnete sie.

„Freigang, Herr Boysen. Raus. Los, los, los.“

Boysen krauste die Stirn. Er lachte.

„Soll ich etwas für dich erledigen, Meyer?“

Wie machte dieser Mann das?

„Gehen Sie einfach raus“, sagte Ludwig. „Und halten Sie das Maul.“

„Oho, Meyer. Harte Worte. Gar nicht so schlecht, Doktorchen.“

Obwohl Senator Ulrich über alle Investitionen in Friedrichsberg Bescheid wusste, ließ er Doktor Isen notieren, dass es ein teures Klavier gebe, einen Billardtisch, eine Kegelbahn, einen Schrank voller Musikinstrumente, eine Tischlerei, die sich manch ein aufrechter Handwerksmeister nicht hätte leisten können.

„Was ist das?“, fragte er, als er in die Zelle von Frau Wiener guckte. „Wieso lassen Sie hier die Wände bemalen, Meyer? Das alles hier hat viel Geld gekostet. Und Sie lassen Wände beschmieren? Was soll das sein? So ein Land gibt es gar nicht.“

Ludwig rieb sich die Stirn. „Herr Senator, bitte, das ist eine Ausdrucksform.“

„Ausdruck? Wovon? Und diese andere Frau, die da Höllenbilder malt und sich für einen neuen Hieronymus Bosch hält – wer bezahlt die Leinwände und die Farben? Welch ein Luxus wird hier betrieben für dieses Pack?“

„Das sind Menschen, Herr Senator“, sagte Ludwig. „Menschen.“

„Hier stinkt es nach Fäkalien.“

„Das lässt sich nicht immer verhindern. Möchten Sie

auch noch die Außenanlagen inspizieren? Den Garten? Wir bauen Gemüse an."

Zwei eng umschlungene Männer kamen an ihnen vorbei, sie heulten und klammerten sich an den jeweils anderen, als ertränken sie in einem wütenden Ozean.

„Können die sich nicht zusammenreißen?" Ulrich wedelte mit dem Zeigefinger. „He, Sie da", rief er. „Was soll das? Was? Soll? Das?"

Doktor Reinhardt ging mit Doktor Isen in die Frauenabteilung, Ludwig mit Ulrich nach draußen. Die Sonne schien gelb, Blumen blühten und einige Insassen arbeiteten unter der ruhigen Leitung einer Wärterin in Gemüsebeeten. Andere lagen auf der Wiese, Frau Wilke grub ihr Gesicht ins Gras. Herr Wenzel, mittlerweile noch mehr Fantasie-Orden auf der Brust, stolzierte vorbei.

„Heute schon gefickt, Herr Hochwohlgeboren?" Er grinste Senator Ulrich an. Dessen Kapillaren blühten auf.

„Unverschämtheit. Un-ver-schämt-heit. So etwas lassen Sie durchgehen, Meyer?"

Boysen stand in einem Salatbeet, die Hände in die Hüften gestützt, die grobbestiefelten Füße in der Erde, als würde er daraus emporwachsen. Er sah Ludwig aus seinen schwarzen Augen an, als warte er auf ein Zeichen.

„Ich bin im Büro", sagte Ludwig. „Ich nehme an, Sie finden alleine raus, Herr Senator."

Ulrichs Kragen war zerrissen. Der Senator stand mit hochrotem Kopf in Ludwigs Büro, Isen und Reinhardt lehnten mit verschränkten Armen an Ludwigs Bücherregalen. „Wie können Sie so jemanden frei rumlaufen lassen?", schrie Ulrich. „Der hat mich angegangen. Mich! Das kann doch wohl nicht wahr sein. Bringen sie dem Manieren bei oder sperren Sie ihn weg, verstanden?"

„Boysen ist viel ruhiger geworden. Er hat ja nichts Schlimmes getan. Reißen Sie sich zusammen, Herr Senator", sagte Ludwig. „Ihre Worte." Er zündete sich einen Zigarillo an. Das Lachen in ihm war böse, laut und klang gut.

„Ich krieg Sie noch dran, Meyer. Isen, kommen Sie."

„Ich muss noch ein paar Dinge mit Doktor Meyer klären, Herr Senator. Ich komme nach."

„Entscheiden Sie sich, wohin Sie gehören. Doktor Reinhardt, auf ein Wort."

Ludwig sah den Männern hinterher, sie blieben außer Hörweite auf dem Flur stehen und redeten eindringlich miteinander.

„Was ist denn passiert?", fragte Isen.

Ludwig lachte und winkte ab. „Mein Schatten hat zugeschlagen", sagte er.

„Wie bitte?"

„Schon gut. Wer ist denn nun dieser Doktor Goller?", fragte er.

„Ein Phrenologe", sagte Isen.

„Ach du lieber Gott", sagte Ludwig. „Einer, der Schädelformen ausmisst? Wird der Schwierigkeiten machen?"

„Was glauben Sie denn?"

„Was ist mit Ulrich?"

„Ich weiß es nicht, Doktor Meyer. Ich kann es nicht sagen."

„Wissen Sie, was sich in diesem kleinen goldenen Büchlein verbirgt? Ulrich guckt da immer wieder rein."

„Ich habe keine Ahnung. Ich glaube, niemand weiß das."

„Eine Frau hat der nicht, oder?"

„Nein."

„Wie wäre es mit einer Zigarre und einem Portwein, Doktor Isen?"

„Gerne." Sie zündeten sich Zigarren an und Ludwig goss Portwein in kleine Gläser. Der Geruch des Tabaks mischte sich mit dem Duft des Weins.

„Ich fühle mich recht wohl bei der Medicinalbehörde", sagte Isen. „Genau wie Sie bin ich früher unendlich fasziniert gewesen von der Psychologie. Aber je näher ich den betroffenen Menschen gekommen bin … Nein, ich kann das nicht gut. Angst? Anfälligkeit?" Er hob die Hände. „Ich weiß es nicht. Und dann prescht da so ein Mediziner aus Hamburg vor, beruft sich auf Conolly, Non-Restraint. Das ist mir alles viel zu schnell gegangen. Es ist zu wenig belegt und etabliert. Er machte mir Sorgen."

„Sie waren nie ein Feind wie Ulrich", sagte Ludwig. „Sie waren anderer Meinung."

„Ich sehe einige Dinge jetzt durchaus anders, Herr Kollege Meyer. Kann ich mich hier gleich noch ein wenig umsehen? Ist es gefährlich?"

„Nein."

„Das kam jetzt sehr schnell, Doktor Meyer. Was ist mit dem Patienten Boysen?"

„Machen Sie sich keine Gedanken. Den habe ich unter Kontrolle."

„Das sah aber nicht so aus."

„Es ist aber so, werter Kollege, es ist so."

Ludwig sah Isen an. Das schwarze Haar, das Bärtchen, die Brille, der tadellos schwarze Anzug, Bildung und sicherlich ein gewisses Maß an Feinfühligkeit.

„Sagen Sie, Doktor Isen, kennen Sie meine Schwester Julia?"

Ludwig fand Reinhardt im Labor. Der junge Mann schüttelte zwei Reagenzgläser mit pflaumenfarbenen Flüssigkeiten.

„Was wollte Ulrich noch von Ihnen?"

„Nichts weiter. Ich vermute, der hatte nur keine Lust mehr, mit Ihnen zu reden. Hat noch ein paar Fragen zur Anstalt gestellt."

„Sonst nichts?"

„Nein." Reinhardt sah tief in die Reagenzgläser.

„Dieser Goller, der da kommen soll, ist ein Phrenologe. Glauben Sie an den Unsinn?"

„Ich glaube an das hier", sagte Reinhard. Er hielt die Reagenzgläser gegen das Licht. Die Flüssigkeiten waren jetzt grau und sahen aus wie eingeschlossener Nebel.

„Ist alles in Ordnung, Doktor Reinhardt?"

„Ja. Warum?"

„Wenn etwas sein sollte, reden Sie mit mir."

„Natürlich."

„Reden ist so wichtig", sagte Ludwig noch. Aber er meinte nicht Reinhardt. Er dachte an Fanny.

Am Abend dieses Tages klopfte Ludwig betrunken an Fannys Tür. Sie kicherte, als er ihr entgegentaumelte, in jeder Hand eine Flasche Sekt.

Er lallte ihr von Boysen und Ulrich vor.

„Der issem annen Kragen gegangen."

„Bedenklich", hörte er Fanny noch sagen. Er versuchte, ihr das Kleid von den Schultern zu ziehen, ging dabei aber in die Knie und spürte sein Gesicht an ihrem Bauch. „Eieiei", sagte er und knallte mit der Stirn zwischen ihren Füßen auf den Boden. Er drehte sich auf den Rücken und sah an ihren Beinen hinauf.

„Unnerkleider sinn …" Er rülpste.

„Was, Lu?"

„Eine Einschränkung vonner Freiheit. Soisset."

Als er aufwachte, lag er zusammengekrümmt auf dem Kanapee. Das war viel zu kurz für ihn. Fanny hatte ihn zugedeckt. Mit einem Pochen hinter der Stirn rief er nach ihr. Keine Antwort. Neben seiner Schlafstätte lag ein Zettel.

Bin zur Probe. Kleist. Blöder Selbstmörder. Stellt sich mit seiner Geliebten an einen See und bringt sich um. Hat aber so gut geschrieben. Pass du auf dich auf.

Probe, dachte er, sie hätte auch bleiben können und mit mir frühstücken. Was soll denn das immer? Er mühte sich hoch, die Schmerzen flossen durch seinen Kopf, stießen mal in die Augenhöhlen, mal unter die Schädeldecke.

Er ging in Fannys Schlafzimmer und zog eine Kommodenschublade auf. Mieder, Nachthemden, Strümpfe. Er roch daran. Sie waren frisch und worin immer sie gewaschen worden waren, sie dufteten hauchzart nach Blumen und Seifenschaum. Er setzte sich an ihren Kirschholzsekretär und zog die kleinen Schubladen auf. Aufgerissene Briefe, eine goldene Kette, abgeschriebene Textauszüge. Nein, dachte er, sie vertraute ihm, hatte ihn zugedeckt und hier alleine gelassen. Das ging nicht. Er stieß die Laden wieder zu und schaute in den kleinen, runden Spiegel auf dem Sekretär. Er sah hundselend aus. Verfluchte Trinkerei. War der Alkohol seine verheerende Medizin geworden? Ludwig zog seine vom Schlaf warmen Kleider aus und legte sich in Fannys Bett. Er schnüffelte. Wo hatten ihre Mundwinkel das Kissen berührt? Wo hatte ihr Rücken gelegen, wo ihr Po? Er fand keine Spuren von ihr. Er hatte sie nie schlafen sehen.

Doktor Goller vermaß Herrn Mommsens Schädel mit einem metallenen Zirkel, er umfasste den Kopf, als wolle er einen Ziegel in eine Wand drücken.

„Seien Sie bitte vorsichtig“, sagte Ludwig. Er hatte sich die Sonnengläser auf die Nase gedrückt.

„Es geht um Wissenschaft, Herr Kollege“, sagte Goller. „Der Mann wird keinen Schaden nehmen.“

Mommsen sah Ludwig ängstlich an. Ludwig war klar, dass ein unter Verfolgungswahn leidender Mensch tief eingeschüchtert sein musste durch Gollers Behandlung. Ludwig hatte vor einigen Wochen mit Mommsens Tochter reden können, die auf sein briefliches Bitten hin aus München angereist war. Sie hatte ihm berichtet, was er mittlerweile vermutet und als nahezu sicher eingestuft hatte, was Mommsen selbst ihm aber so nie hatte erzählen können. Sein tiefes Misstrauen hatte über Jahre hinweg Arbeitskollegen gegolten, dem Bäcker, dem Schuhmacher, dann jedwedem Menschen auf der Straße und schließlich seiner Familie. Immer und überall hatte Mommsen Intrigen und Missgunst gegen sich gesehen, sein Vertrauen in die Menschen um ihn herum war vollkommen zerbröselt, bis er zu einem schreienden, verängstigten Mann wurde. In den Kellern St. Georgs dann, weil es keinerlei Entfaltungsmöglichkeit mehr gab, sondern nur Dreck, Geschrei und Wahn, da hatten sich seine Verfolger endgültig in Dämonen verwandelt.

„Na, sehen Sie, Herr Momper", sagte Goller, „das ist doch alles gar nicht so schlimm."

Ludwig ließ den falschen Namen stehen und sah Mommsen in die Augen. Er lächelte, er nickte. Nun sag es schon, dachte er.

„Ich heiße Mommsen, nicht Momper." Mommsen hatte zwar gestottert, aber er hatte es gesagt. Er blickte zu Ludwig auf. Etwas blitzte in seinen Augen.

„Bei allem Respekt, Herr Gallert", fügte er hinzu. Ludwig lachte und klopfte Goller auf die Schulter.

Goller, ein weißblonder Mann mit hellblauen Augen, legte seine Besuchstage so, dass sie immer zusammenfielen mit den Tagen, an denen Ludwig oder Reinhardt Studentendelegationen durch die Anstalt führten und mit ihnen über die Patienten redeten. Goller schnappte sich dann

Patienten und nahm ihr Gesicht wie einen Becher in die Hand.

„Sie sollten bei diesem Herrn hier – Mommsen, ich weiß – auf dieses breite Kinn achten: Beharrlichkeit, der Patient wird nicht lockerlassen. Die untere Augenpartie: Der Patient ist sehr gut in der Lage, wohlformuliert zu reden – ein Blender möglicherweise, Herr Doktor Meyer. Die Oberlippe verlangt Beifall …“ Mommsen drehte den Kopf weg und stammelte, Goller solle das lassen.

„Hören Sie mal“, sagte Goller, „Ich will Ihnen doch nur helfen.“

„Wenn Sie Herrn Mommsen helfen wollen, müssen Sie mit ihm reden, Herr Kollege“, sagte Ludwig.

„Reden? Mit einem Mann wie dem? Mein Gott, Doktor Meyer, wie soll ich meine Berichte schreiben? Tüdelü, wir haben nett geplaudert?“

„Therapie nennt man das. Schreiben Sie sich das auf, Doktor Goller. The-ra-pie. Mit t-h. Und gehen Sie mir bloß nicht auf die Nerven.“

Reinhardt kam mit einigen Papieren in der Hand vorbei und bat Ludwig ins Büro.

„Ist das eigentlich eine neue Leidenschaft von Ihnen, sich Feinde zu machen?“, fragte er.

„Ich beziehe Stellung.“

„Ihrer Ansicht nach gibt es davon doch viele und nicht die eine singuläre. Das sei doch immer falsch.“

„Tja, Widersprüchlichkeiten. Was gibt es denn?“

„Neueinweisungen.“ Reinhardt legte die Papiere auf den Schreibtisch. „Drei Patienten, zwei Männer, eine Frau. Ich habe alles ausgefüllt und ordentlich bearbeitet. Sie müssen nur unterschreiben."

„Ich schau mir das genau an."

„Machen Sie sich nicht noch mehr Arbeit, als Sie schon haben, Herr Doktor. In fünf Minuten ist Visite, morgen kommen Gäste aus Berlin, am Sonntag halten Sie einen Vortrag vor den Angehörigen aus der Pensionsanstalt."

„Was ist mit den drei Neuen?"

„Herr Lampe, schwer melancholisch, weint den ganzen Tag. Herr Ohlson war im Krieg und muss da etwas erlebt oder gesehen haben, das ihn ununterbrochen zittern lässt. Und Frau Marinescu, gerade vierundzwanzig, weicht der Sonne aus, um die heilige Blässe des Todes zu erlangen. Sie will gefoltert werden, um Märtyrerin zu sein, und betet den ganzen Tag. Eine Tragödie, bildhübsche Frau."

„Ich werde mir die drei dann morgen ansehen."

„Gut. Von mir aus. Sie wissen ja, wo Sie unterschreiben müssen."

Zur Besuchszeit am Nachmittag kam der junge Herr Laurenz zögerlich in den Halbschatten des Innenhofs. Er setzte sich mit verschränkten Händen zu Maria Furtner und schenkte ihr wollene, rote Handschuhe.

„Ein hübsches Paar", sagte Ludwig zu Reinhardt. „Der junge Mann ist verliebt in eine aparte junge Frau, die immer wieder versucht, sich das Leben zu nehmen. Ist der nun auch krank?"

„Ich würde sagen, er strotzt vor Gesundheit und Vitalität", sagte Reinhardt. „Das ist gut."

„Fräulein Furtner hat ihren letzten Selbstmord versucht, nachdem Herr Laurenz bereits mehrmals bei ihr war und ihr ganz sicher deutlich seine Liebe offenbart hat. Gesetzt also den Fall, jemand liebt einen Suizidalen – können Sie sich da so sicher sein, dass er frei von geistigen Störungen ist?"

„Ja", sagte Reinhardt.

„Oder wenn ein Mann eine Frau liebt, von der er weiß, dass sie untreu ist. Was ist mit diesen Menschen?"

„Es sind Menschen", sagte Reinhardt. Ludwig blickte seinem Assistenten in die Augen, Reinhardt sah zu Boden.

„Reinhardt? Haben Sie mir etwas zu sagen?"

Reinhardt zögerte. „Nein, Herr Doktor."

Sie sprachen einige Fälle durch.

Reinhardt oblagen die wirtschaftliche Geschäftsführung und ein Großteil der Verwaltungsaufgaben. Ludwig hasste Zahlen und hatte diese Aufgabe an Reinhardt delegiert.

„Friedrichsberg kreiert keine nennenswerten Verluste", sagte Reinhardt. „Da die Anstalt allerdings zwischen den Ausläufern Wandsbeks und der Straße im Norden liegt, werden die Anstaltswege jetzt häufig als Durchgang benutzt. Ich verhandle deshalb über ein Wegerecht. Es besteht die Möglichkeit, auch daraus ein paar Mark Courant zu machen. Die Gemeinde Wandsbek bleibt der Anstalt aufs Freundschaftlichste verbunden – alles in allem und rein offiziell – und sieht es gerne, würden die Auftritte des Wandsbeker Gesangsvereines in der Anstalt etabliert."

„Musik ist immer gut", sagte Ludwig.

Der Innenhof leerte sich, und es begann zu schneien.

Die Patienten wurden zum Abendessen gerufen, die schweren Fälle vorsichtig am Arm geführt, Frau Wilke aus den Beeten geholt. Herr Laurenz führte Fräulein Furtner zur Tür und verabschiedete sich. Er drehte seinen Hut in den Händen und sah seiner Angebeteten hinterher, schickte einen Handkuss in die Richtung, in die Fräulein Furtner verschwunden war, und ging.

„Beeindruckend", sagte Ludwig.

„Woher kennt Laurenz die junge Dame überhaupt?", fragte Reinhardt.

„Laurenz war mal wegen Spendengeldern bei mir. Da hat er Fräulein Furtner im Innenhof sitzen sehen. Das ist alles."

„Ja", murmelte Reinhardt, „so geht das manchmal."

Fräulein Furtner war eine nette, zurückhaltende Frau, die vor zwei Monaten eingeliefert worden war. Ludwig unterhielt sich oft mit ihr. Es schien festzustehen, dass es bei Furtner keine schlimmen Ereignisse in Kindheit oder Jugend gegeben hatte, ihre Eltern waren vernünftige, ruhige Leute, ihre jüngere Schwester ihr herzlichst verbunden.

„Und dann ganz plötzlich eine so große Traurigkeit. So viel Verzweiflung. Ich weiß nicht mehr ein noch aus, Herr Doktor. Als ob das vom Himmel falle."

Fräulein Furtner hatte, so hielt Ludwig in seinen Akten fest, sehr viel über den Tod nachgedacht. Er lieh ihr Bücher von Seneca und Epikur und anderen, die formuliert hatten, dass der Tod keinerlei Rolle spiele. Die Behandlung Fräulein Furtners wurde zu anstrengenden Gesprächen über die Extreme: Leben und Tod – Liebe und Gewalt.

„Schreiben Sie", schlug er vor. „Meine Fanny schreibt auch. Das ist immer gut, gerade für solch nachdenkliche Menschen wie Sie, junge Dame."

Maria Furtners Eltern hatten während eines Gesprächs in Ludwigs Büro gleichzeitig seine Hände ergriffen.

„Retten Sie sie, Herr Professor", sagte die Frau.

„Retten Sie sie", sagte der Mann. Ein Gebirge aus dreißig Fingern bewegte sich auf der Tischplatte.

Ludwig ging heim. Der nachthelle Schnee knirschte unter seinen Schuhen. Die Anstalt lag still und groß hinter ihm. Zu Hause sah er einen hochgewachsenen Mann im Spiegel, dessen Haar zu lang geworden und schon sehr grau für sein Alter war. Er streckte dieser Erschöpfungsgestalt die Hand entgegen. Sie zitterte. Er ballte die Faust, presste so stark er konnte und streckte die Hand wieder aus. Sie zitterte. Im schummrigen Licht sah es aus, als verlören die Finger die Konturen. Genauso wie Doktor Seward es einst in London gesagt hatte. Er legte die Hand an den Spiegel, das Glas war kühl.

Ludwig machte sich in der Küche eine dicke Scheibe Landbrot mit Butter und Käse und schnitt etwas Schnittlauch aus dem Anstaltsgarten darauf. Er goss Rotwein in ein Wasserglas. Er hatte sich immer noch nicht um Hausstand und Möbel gekümmert.

Träge und schwer vor Müdigkeit legte er sich im Arbeitszimmer auf das Sofa. Meine Güte, bin ich müde, dachte er. Er lachte das fast verzweifelte, aber befreiende Lachen eines Menschen, der kaum noch die Augen aufhalten konnte.

Ludwig entzündete das Licht neben dem Sofa und rauchte einen Zigarillo. Welche Wonne, die Beine auszustrecken und die Füße hochzulegen. Die Bücherregale verlangten nach Bestückung. Den Großteil seiner Bücher hatte er in seinem Büro in der Anstalt. Hier lagen graue Patientenakten, die er nachts noch bearbeitete, ein paar Romane, ein kleiner Band mit Auszügen aus Shakespeares Dramen, einige von Fannys Textbüchern und ein paar Partituren, die Julia ihm in die Hand gedrückt hatte. Er solle sich ein Klavier kaufen, wieder spielen, so wie früher, hatte sie gesagt. „Ich spiele in der Anstalt", war seine Antwort gewesen. „Seit Monaten schon spiele ich wieder, Julia. In Friedrichsberg."

Julia hatte Kindern Klavierunterricht erteilt, deren Eltern solche Stunden nicht bezahlen konnten. Sie hatte ehrenamtlich im Armenkrankenhaus gearbeitet, eine Gruppe für Frauenrechte gegründet und war seit fast einem Jahr für die Auslandsgeschäfte der väterlichen Firma zuständig. Der alte Mann zog sich mehr und mehr zurück, hatte aber seit dem Tod Annette Meyers seine Angestellten eher nach ihrem Charakter als nach ihren Fähigkeiten und Zeugnissen eingestellt. Das sei modern und klug, hatte er Ludwig einst im Vorbeigehen zugeraunt, ohne ihn anzusehen. Als Julia ihn damit überraschte, ihre Englisch- und Französischkenntnisse perfektioniert und außerdem noch Russisch und Spanisch gelernt zu haben – ohne dass jemand in der Familie davon etwas mitbekommen hatte –, schlug er vor, sie solle es im Kaufmännischen versuchen und bei ihm und seinem Kompagnon einsteigen.

Ludwig blies Rauch zur Stuckdecke. Wirklich ärgerlich, dass es keine technische Möglichkeit gab, daheim Musik zu hören. Immer wieder beschäftigte ihn diese Vorstellung. Man müsste etwas haben, worauf Musik eingetragen werden konnte oder konserviert und dann eine Apparatur, die diese Einträge durch eine Art Sprachrohr wieder abgebe – völlig unmöglich, niemals würde das funktionieren können –, aber Eisenbahnen, laut, dreckig, schnell.

Er war zu müde und träge, um aufzustehen und sein Glas aufzufüllen. Er sah nach den Karaffen auf der Kommode, streckte völlig sinnlos den Arm danach aus und dankte sich herzlich, zumindest einen Aschenbecher neben das Sofa gestellt zu haben. Er fuhr mit der Handfläche über den gelben, goldbestickten Brokatstoff. Als Fanny vor etwa einer Woche auf diesem Sofa gesessen hatte, hatte sie ihm vorgelesen – er wusste nicht mehr, welchen Text. Er hatte am Schreibtisch Aufnahmeformulare unterzeichnet, die Reinhardt vorbereitet hatte. Fannys kratzige Stimme, die so wunderbar zu ihrem schmalen Körper passte, war ihm wie beruhigende Hintergrundmusik erschienen. Er hatte sie nicht gefragt, ob sie über Nacht bleiben wolle. Sie hatten sich flüchtig geküsst, fast schon so, als müsse das sein. Ludwig hatte genau gemerkt, dass Fanny nicht wollte. Es gab immer wieder Momente, in denen sie auf harte Distanz ging. Als habe sie Angst vor Nähe oder vor der Verbindung zwischen ihnen. Das Schlimme daran war, dass er diese Gefühle nachvollziehen konnte. Dieses Singuläre, dieses steinerne Alleinsein und eine Art völlig vermurkster Unberührbarkeit.

Er setzte sich ruckartig auf. So konnte das nicht weitergehen. Er musste sich selbst psychiatrisch mehr ins Visier nehmen. Vollkommen verrückt, diese merkwürdige Freundschaft mit Fanny.

Vor einigen Tagen hatte Ludwig Julia nach Friedrichsberg eingeladen und dafür gesorgt, dass Isen an diesem Tag eine Visite in der Anstalt machte. Julia hatte Ludwig später erzählt, der adrette Mann sei sehr forsch gewesen.

„Hast du Doktor Isen von mir erzählt, Ludwig?“, hatte Julia gefragt.

„Ich? Nein.“

„Ludwig?“

„Nein, hab ich nicht.“

„Bruder!“

„Ja nun.“

Sehr forsch sei er gewesen. Das hatte sie gesagt. Dieser schmale Kerl, der weitaus weniger geleistet hatte als Ludwig – der bestürmte da eine hübsche, eigenständige Frau und beeindruckte sie damit.

Ludwig schlüpfte in die Schuhe, warf sich den Mantel über und einen Hut auf den Kopf und stapfte hinüber zur Anstalt, die dunkel und weit in der Nacht thronte. Irgendwo schrie jemand. Flure führten in Dunkelheit. In der Schwärze bewegte sich eine Gestalt in hellem Nachtgewand.

„Fräulein Marinescu“, sagte Ludwig. „Was machen Sie denn noch hier? Sie müssen ruhen.“

„Ich bete“, flüsterte sie. Sie hielt ihre Hände hoch, die Innenflächen Ludwig zugewandt. Beide waren in der Mitte blutig.

„Na, kommen Sie. Ich verbinde das.“

„Es soll bleiben. Sie lassen es und ich verspreche, nach dem nächsten Gebet ins Bett zu gehen.“

Ludwig nahm ihre Hände und betrachtete die Wunden. Sie waren minimal, nur die äußere Epidermis war angekratzt.

„Wie der Herr Jesu“, sagte Fräulein Marinescu.

Ludwig weckte den Anstaltskutscher.

„In die Stadt, jetzt sofort. Zum Dammtor.“

„Was wollen Sie denn da, um diese Zeit, Herr Doktor?“

„Fanny.“

„Irre.“

„Wie bitte?“

Wegen des Mondlichts konnte Ludwig den Schatten der Kutsche auf dem flachen Schneeschleier sehen. Sie fuhren schnell. Die Eisenbeschläge polterten. Die Luft war so kalt, dass Ludwig meinte, er könne mit seinen behandschuhten Fingern Stücke aus ihr reißen.

Er sprang aus der Kutsche und sah sofort hinauf zu den Fenstern von Fannys Wohnung. Ein breiter Rücken, ein Arm auf die Fensterbank gestützt. Der Mann nickte, hob die Rechte und wedelte damit, als motiviere er jemanden. Ludwig ging durch den matschigen Schnee auf die Tür zu.

Ein riesiger Berg, dachte er. Als wolle ich nackt einen riesigen Berg erklimmen, eisige Felswände. Warum? Warum schaffe ich das jetzt nicht? Ich habe so viel geschafft.

Warum hämmere ich sie jetzt nicht alle mit dem Türklopfer aus den Betten und gehe hinauf zu Fanny? Was hätte Boysen jetzt gemacht? Oder Schurz?

Verdammt noch mal.

Man muss sich benehmen können. Anstand. Vielleicht war das da oben einer ihrer Mäzene? Oder ein Schauspielkollege? Ein Verwandter? Er sah die Straße auf und ab, sah den mehligen Schimmer des Schnees im Mondlicht und ging langsam zur Kutsche zurück.

„Was denn nun, Herr Doktor?", fragte Jörg. Er hatte sich in eine Decke gehüllt, nur seine Nasenspitze war zu sehen.

„Zur Anstalt", sagte Ludwig.

Mit verschränkten Armen und Atemdunst vor dem Gesicht ließ er sich zurückrütteln. Warum konnte er so schlecht über Fanny und sich nachdenken? Warum dachte er so selten darüber nach? Es gab Tage in Friedrichsberg, da dachte er nicht ein Mal an sie, war er dann aber voll mit Fallgeschichten und Irrsinn daheim, tauchte sie vor seinen Augen auf und an ihm fraß schlechtes Gewissen. Oder stimmte das nicht? Dachte er nicht doch täglich an sie, ganz kurz wenigstens? Schwebte da nicht immer ihr Gesicht? Hörte er nicht immer ihren schönen Namen?

In den Wintermonaten starrte Ludwig auf die Spuren, die in den Schnee im Innenhof gedrückt worden waren. Körperabdrücke von Frau Wilke, schleifende Schritte der verkrüppelten Frau Sommer, die fast gehackten Spuren des Gnoms Wenzel, der immer marschierte und die Fersen fest in den Boden stieß, die Spuren des Ingenieurs Mommsen, immer dann unterbrochen, wenn er im Gespräch mit Ludwig oder anderen ängstlich aber tapfer stehen blieb.

Die Freiheit fruchtete. Viele der Menschen, die in den Kellern St. Georgs zugrunde gegangen wären, hatten sich durch die intensive Gesprächstherapie, durch eine vorsichtige Reduzierung oder Variationen der Beruhigungsmittel und durch die Entfaltungsmöglichkeiten so weit stabilisiert, dass er manch einen entlassen hatte. Andere würden bleiben. Wahrscheinlich für immer. Die armen Teufel, denen die Hände gefesselt werden mussten, weil sie sich sonst die Kopfhaut bis auf den Knochen aufgekratzt hätten. Sie wollten sich in den Schädel greifen und die grausamen Vorstellungen und Bilder herausreißen.

Die Frau, die diese apokalyptischen Höllenbilder gemalt hatte, war nach einigen Monaten dermaßen gelangweilt davon, dass sie im leisen Gespräch mit Ludwig erklärte, sie fühle sich ganz anders, viel leichter. Genau deshalb versuchte Ludwig immer wieder, möglichst viele Patienten zum Schreiben oder Malen zu motivieren. Wenn er in der Anstalt Klavier spielte, fühlte er sich immer gut. Er konnte dann an seine Mutter denken, ohne sie in den Kellern St. Georgs versinken zu sehen.

Boysen beobachtete Ludwig, Doktor Goller beobachtete Ludwig, Reinhardt war schweigsam geworden. Senator Ulrich kam seit dem Vorfall mit Boysen nur noch nach Vorankündigung zur Inspektion.

Ludwig setzte sich neben Boysen in die Kälte auf die

Bank und betrachtete die paar schlurfenden Gestalten im Innenhof. Er hätte Boysen gerne eine Hand auf die Schulter gelegt.

„Seit wir hier in Friedrichsberg sind, geht es Ihnen besser. Die Arbeit in der Tischlerei, im Garten. Die frische Luft."

„Ich habe nie behauptet, dass es mir schlecht geht. Aber um dich mach ich mir allmählich Sorgen, Doktorchen. Dieses Fräulein Nielsen da, mit der man dich ab und an sieht – arg dünn, aber sehr hübsch. Klappt nicht, richtig?"

„Wie kommen Sie darauf?"

Boysen spreizte Zeige- und Mittelfinger und hielt sie sich vor die Augen.

„Kann meine Frau zu mir in so eine Isolierzelle kommen, Meyer?"

„Ja. Kann sie."

Boysen lehnte sich zurück und sah Ludwig mit einem Blick des Erstaunens an, den er bei ihm noch nie gesehen hatte.

„Wirklich, Meyer?"

„Kriegen wir hin."

„Einer von uns beiden muss es ja wenigstens richtig machen."

„Sie können mich mal am Arsch lecken, Boysen."

„So was, Doktorchen. Welch unflätige Ausdrucksweise von einem feinen Pinkel."

„Nehmen Sie sich in Acht, Herr Boysen. Ich bestimme, was hier geht und was hier nicht geht."

„Du glaubst, irgendwer macht hier, was du sagst? Du traurige Majestät."

„Sie sind ja nicht ganz bei Trost."

„Nee, ich bin Insasse einer Irrenanstalt. Wär ja sonst verkehrte Welt."

„Stimmt auch wieder."

Sie lachten leise, jeder mit gesenktem Haupt, vertraut.

„Ich hatte vor nicht allzu langer Zeit eine Schlägerei in Berlin. Heftig Prügel bezogen. Am Ende aber lag der andere am Boden."

„Warum erzählst du mir das jetzt wieder?"

„Hören Sie doch mal auf mit dieser Frage. Ich erzähle Ihnen, was mir passt."

Fräulein Marinescu lief quer über den Hof, die Hände zum Gebet in den schiefergrauen Himmel gestreckt. Sie schrie hinaus, welch schreckliche Qualen der sündige Mensch in der Hölle zu erleiden hätte.

„Die sollte Schauspielerin werden", sagte Boysen. Irgendetwas an dieser Äußerung irritierte Ludwig. Wahrscheinlich die Erwähnung von Fannys Beruf.

„Sie sind nicht Sie selbst, oder? Wenn Sie so wüten? Sie haben so gewütet, dass man Sie in eine Irrenanstalt gebracht hat."

„Hör auf, Doktor. Du wärst doch selbst gerne so."

„Wäre ich nicht."

„Dir fehlt der Mumm, Meyer. Nicht immer. Reg dich bloß nicht gleich wieder auf. Nicht immer, wirklich. Die Klamotte hier mit Friedrichsberg. Alle Achtung. Aber wenn's drauf ankommt?"

„Es kommt auf vieles an. Man kann nicht immer …"

Mit einer ruckartigen Bewegung packte Boysen Ludwigs

Genitalien und drückte zu. Schreck und durch den ganzen Körper schießender Schmerz ließen Ludwig den Mund aufreißen.

„Boysen, um Himmels willen."

Der Mann kam Ludwigs Gesicht ganz nah. Er knurrte tierisch. Dann stieß er Ludwig weg, stand auf und strich sich die Jacke glatt.

„Sie sind so ein mieses Scheusal", sagte Ludwig.

„Wen meinst du denn jetzt, Meyer?"

Der Oberwärter fand Ludwig allein und verfroren auf der Bank.

„Ist etwas mit Ihnen, Herr Doktor?"

„Alles in Ordnung. Was gibt es denn, Hans?"

„Reinhardt. Das müssen Sie sich ansehen."

„Du lieber Gott, Reinhardt!" Ludwig schloss die Tür zu Reinhardts Zimmer und öffnete die Fenster.

„Großartig", sagte Reinhardt mit verschwommener Stimme. Er saß mit ausgestreckten Beinen auf dem Boden. Im Zimmer hing ein dichter Vorhang süßlich duftenden Rauchs. Reinhardts Labortisch war zugestellt mit Brennern, Reagenzgläsern, Siedern und Schraubleitungen. Säuberlich beschriebene Dosen mit feinen Pulvern waren aufgereiht, dünnes Papier, aus dem Zigaretten gedreht werden konnten. Auf Tischstaffeleien standen Fachbücher über Kräuterkunde, englische, französische und spanische. Rote Punkte auf der Landkarte markierten südamerikanische und asiatische Gebiete. Reinhardt hing eine Zigarette schräg über dem Kinn, seine Augen waren glasig und für seinen Gesichtsausdruck fiel Ludwig keine andere Beschreibung als „tief beseelt" ein.

„Was machen Sie denn da, Reinhardt?"

„Forschen." Reinhardt kicherte. Hans kicherte ebenfalls. Das Rauschhafte fand stets viele Sympathisanten.

„Der Arbeitstag ist noch nicht vorbei. Das kann doch nicht Ihr Ernst sein."

Er nahm Reinhardt die Zigarette aus dem Mund und roch daran. „Was für ein Teufelszeug ist das?"

„Das Leben ist so schön", sagte Reinhardt.

„Hoffentlich hat er sich die Rezeptur aufgeschrieben", sagte Hans.

„Hab ich, Hans", sagte Reinhardt.

„Meine Herren, ich darf doch sehr bitten."

„Können Sie mir …?", fragte Hans.

„Nein, kann er nicht", unterbrach Ludwig. Er half Reinhardt hoch, fühlte dessen Rippen und führte ihn zum Kanapee. Er goss ihm ein großes Glas Wasser ein und bat Hans, eine Tasse schwarzen Kaffee aus der Küche zu holen.

„Und kein Wort über diesen Unsinn hier, Hans."

„Wenn das mal so unsinnig ist, Herr Professor."

„Unsinn ergibt Sinn", sagte Reinhardt. Er kicherte wieder.

„Halten Sie den Mund, Reinhardt."

„Gelassenheit ist eine Zier und niemals geht es ohne ihr."

„Halten. Sie. Jetzt. Den. Schnabel. Verdammt noch mal."

Hans brachte den Kaffee. Ludwig packte Reinhardt am Kragen und zog ihn hoch.

„Trinken Sie das, Mann."

„Sehr wohl."

Hans lachte unterdrückt, er hüpfte ein wenig. Ludwig strich sich über den Bart.

„Sie bleiben hier, bis Sie wieder zurechnungsfähig sind, Reinhardt. Haben Sie mich verstanden? Und ich will, dass Sie mir exakt aufschreiben, welches Elixier Sie hier zusammengemischt und inhaliert haben. Und zu welchem Zweck. Ist das zu Ihnen durchgedrungen?"

Reinhardt zuckte mit den Schultern. „Grüßen Sie die schöne Fanny", murmelte er. „So schön."

„Wie bitte?"

„Ihre Schwester ist auch schön. Erstaunlich, oder? Wie viel Schönheit es gibt."

„Ich versuche es später noch mal", sagte Ludwig. Er zog den Schlüssel ab, folgte dem Wärter auf den Flur und verschloss von außen die Tür. Er sah Hans in die vor Lachen feuchten Augen, sah zu Boden, hörte ihn heftig atmen und ein Prusten unterdrücken, sah den Mann wieder an und begann zu grinsen. Hans' mächtiger Bauch zuckte, Ludwig presste die Lippen aufeinander, beide Männer sahen zur Flurdecke hinauf und dann fingen sie an zu lachen. Sie krümmten sich, zeigten auf die Tür zu Reinhardt und lachten laut. Sie konnten sich nicht mehr bremsen. Zwei ungestüm lachende Männer in einer Irrenanstalt.

Was wurde aus den Friedrichsbergern, die voller Freude oder ängstlich im Schatten des Eingangstores standen und sich von ihm verabschiedeten, um in die andere Welt zurückzukehren? Manche gingen allein und wenn Ludwig ihrer kleiner werdenden Gestalt hinterhersah, wie sie über die geschlängelten Wege vor der Anstalt in Richtung Wandse gingen, kamen sie ihm furchtbar verloren vor. Andere wurden von zögerlichen Angehörigen abgeholt, die mit unsicherem Gesichtsausdruck in den Innenhof schielten. Viele, die gingen, drückten Ludwig fest die Hand, bedankten sich oder schwiegen, andere gingen an ihm vorbei, als sei er überhaupt nicht da und er nahm es ihnen nicht übel, drehte sich um und ging über die Flure der Anstalt und redete und redete mit Hunderten geisteskranken Menschen. Die Heilungsrate war so hoch wie nie zuvor, die Rate der Neuzugänge ebenfalls.

Von Goller oder jemand anderem hatte Senator Ulrich erfahren, dass Ludwig Ehepaaren in Friedrichsberg Stunden in Isolierzellen erlaubte. Ulrich hatte das als Skandal betrachtet, war mit seinem Unterlassungsantrag in Senat und Bürgerschaft aber gescheitert. Isen hatte Ludwig geschrieben, der Senator habe getobt.

Bei Gerichtsverhandlungen aber, wenn Ludwig als forensischer Psychiater hinzugezogen wurde, spürte er den Einfluss Ulrichs auf Richter und Ankläger. Seine Argumente zur Verteidigung eines jungen Pyromanen wurden weggewischt, als sei Ludwig ein nichtsnutziger Hanswurst, er insistierte so lange, bis ihm das Wort verboten wurde. Der Junge wurde abgeführt und sah Ludwig an, das Weiße in seinen Augen so hell wie die Glanzstreifen auf dem polierten Holz des Gerichtsaals. Senator Ulrich redete mit den Eltern des Jungen und zeigte auf Ludwig. Drei Wochen später war der Junge tot. Er hatte sich in der Zelle erhängt.

„Das ist ja furchtbar“, sagte Fanny, nachdem Ludwig ihr davon erzählt hatte. Er hatte Hühnersuppe aus der Anstalt mitgebracht, grüne Kringel von Lauchzwiebeln darin, und mit Fanny zu Abend gegessen.

„Die haben mich da abgefertigt wie einen Nichtskönner“, sagte er. „Verflucht, Fanny, das hat mich wirklich getroffen.“

„Lass dich nicht beirren.“

Er sah sie an. Auf ihrer Nase schimmerten winzige Schweißtröpfchen, wahrscheinlich durch den Suppendampf entstanden. Ihre Bemerkung hatte kühl und unbeteiligt geklungen. Er kannte das. Von sich selbst. Trotzdem irritierte es ihn.

„Kann ich heute Nacht bleiben?“, fragte er. Sie zog die Brauen zusammen, eine dunkle Falte entstand. Ohne ein Wort zu sagen ging sie ins Bad, er hörte die Tür zuschnappen. Was jetzt wieder? Er wusste genau, dass sie nicht wirklich anwesend war, dass sie in anderen Sphären schwebte und selbst nach dem Bericht über den Suizid des Jungen nicht auf die Erde zurückkommen konnte. Er verstand das. Er liebte das. Er verabscheute das.

Sie kam nackt aus dem Bad zurück. Sie setzte sich vor ihm auf den Tisch und spreizte die Beine.

„Mit dem Mund, Lu. Und danach gehst du. Ich finde das so schön. Wir sind frei. Wir lieben. Wir sind ungebunden.“

„Fanny, ich …“

„Mit dem Mund, Lu. Du. Mich.“

„Aber ich …“

„Warte." Sie rutschte vom Tisch, sagte, er solle aufstehen, knöpfte seine Hose auf und zog sie zusammen mit der Unterhose hinab. Dann nahm sie seine Rechte und führte sie an seinen aufgerichteten Penis.

„Jetzt setz dich wieder", sagte sie.

17

Julia hatte Fräulein Hellmann gezeigt, wo sie ungestört und bestens versorgt schlafen konnte. Als sie die Treppe wieder herunterkam, stand Ludwig im Salon. Er hielt einen Kerzenhalter in der Hand und betrachtete das Tuch, das über dem großen Bild seiner Mutter hing.

„Fast so leer hier wie in meinem Häuschen damals", sagte er.

„Ja, das war ein wenig eigentümlich, wie du gewohnt hast."

Julia trug das Haar jetzt offen, im Kerzenlicht hatte es die Farbe nassen Sandes. Die Reife stand Julia gut, die Fältchen, die Erfahrungen. Er wusste zu wenig über sie.

„Ich bin morgen früh wieder hier", sagte sie. „Ich bring ordentlich was zum Frühstücken mit."

„Mochtest du Reinhardt?"

„Hartmut? Er machte gerne Komplimente, ohne aufdringlich zu sein. Aber du hast mich ja dann mit jemand anderem verkuppelt. Doktor Bertram Isen. Nett von dir, Bruderherz."

„Es war mir eine Ehre. Bei anderen hätte ich besser hingucken müssen. Ich weiß nicht, was mich getrieben hat, so blind zu sein."

„Fanny hat gesagt, du wärst reif für die Anstalt."

„Was hat sie gesagt?"

Sie legte ihm eine Hand auf den Oberarm. „Jetzt hab dich nicht so. Bis morgen, großer Bruder. Schlaf mal gut und tief."

„Du auch, Julia. Und danke für alles."

Er zog sie zu sich heran und küsste sie auf die Wange. Sie umarmte ihn.

„Wir sehen uns so selten."

„Jetzt bin ich ja hier, kleine Schwester."

Er brachte Julia durch die Dunkelheit zur Tür. An der Straße sah er eine Kutsche warten, eine Laterne hing am Kutschbock und das Licht zeichnete ein wenig Metall und Holz, Pferdefell und eine Hand des Kutschers.

Als Ludwig zurückging in den Salon, griff er sich die Weinflasche vom Tisch und trank. Er warf Jacke, Weste, Binder und Hemd auf den Boden neben die Matratze und sah zum verhangenen Bild hinüber.

Welchen Weg hätte er eingeschlagen, wäre er damals nicht in Frauenkleidern mit Reinhardt senior in die Keller St. Georgs hinabgestiegen in die bodenlose Verzweiflung seiner Mutter? Er fragte sich das häufig. Er hatte keine Antwort. Er ließ Wein in seinen Hals laufen. Verfluchte Trinkerei, dachte er, heilige Trinkerei. Um sich selbst zu kontrollieren, verzichtete er manchmal wochenlang auf Wein und Cognac. Er kannte die Schäden, die Alkohol anrichten konnte, nur zu gut. Manch einer, der in seiner Obhut landete, hatte sich schlichtweg blöd gesoffen.

Er näherte sich dem Bild. Schritt um Schritt begann das Laken stärker zu leuchten, Schatten wurden schwächer, der Stoff mit den seltsam kantigen Ecken immer größer.

Nimm es ab. Boysens Stimme klang ruhig und freundlich.

Ludwig stellte den Kerzenhalter auf den Kaminsims, streckte sich, spannte die Waden, stand auf den Fußspitzen und zupfte das Tuch von der oberen Rahmenkante. Es fiel herab wie ein von der Rah geschnittenes Segel, jetzt ein weißer Gebirgszug mit hellgrauen Tälern. Ludwig trat zurück.

Die Ölfarben schimmerten unter dem dünnen Firnis. Mutters Gesicht war hell. Sie sah freundlich und offen in eine Welt, die für sie nicht mehr existiert hatte, als das Bild gemalt worden war.

Ludwig ließ sich zu Boden sinken und zog die Knie an. Er wusste nicht, wie der Maler das gemacht hatte, aber aus welchem Winkel er das Bild auch betrachtete, es wirkte immer, als schaue seine Mutter ihm in die Augen.

Was war alles in diesem Blick in den Kellern St. Georgs gewesen? Was hatten ihre Augen ihm gesagt, worum hatten sie gebettelt, was gehofft? Und was war mit ihm geschehen in jenem Augenblick?

Ludwig krabbelte zur Matratze. Er dachte noch, dass es gefährlich sei, die Kerzen brennen zu lassen, aber er war zu müde, um noch einmal aufzustehen.

Du musst mal loslassen, Meyer.

Man muss sich im Griff haben, Herr Boysen. Regungen unterdrücken. Das ist Kultur. Das gehört zum Menschsein.

Kann ja sein. Bis zu einem gewissen Grad, ja. Einverstanden. Aber wo ist die Grenze?

Keine Ahnung.

Eine deiner Lieblingsformulierungen, Meyer.

Ich weiß. Ist ehrlich gemeint.

Du hast Grenzen überschritten, Meyer. Und du bist hier in Hamburg, um es wieder zu tun.

Sie hätten Psychiater werden sollen, Boysen.

Haha. Das hab ich an dir immer gemocht. Du hast nie den Humor verloren. Galgenhumor. Find ich gut, Meyer, find ich gut.

Schläfst du? Meyer? Ich bin noch nicht fertig mit dir. Meyer? Meyer?

***

Manchmal lauschte er an der Tür, wenn Boysen mit seiner Frau in einer Isolierzelle beisammen war. Wegen der Polsterung war so gut wie nichts zu hören. Er legte seine Hand an die Klappe, öffnete sie aber nie. Oft hatte er das Gefühl, Boysen wusste, dass er vor der Tür stand. Ludwig wäre gerne mit Fanny in der Nachbarzelle gewesen.

Boysens Frau war groß, dunkelhaarig und kräftig. Sie kam oft zu Fuß von der Stadt bis nach Friedrichsberg, meist allein, manchmal mit den beiden Söhnen, grimmig dreinguckende, kräftige Kerle mit rabenschwarzem Haar.

„Lange halte ich es ohne meinen Mann nicht mehr aus", sagte Frau Boysen in Ludwigs Büro. Sie starrte das „Zwangsjacken"-Schild an. „Hamburg kümmert sich nicht um Frauen wie mich. Nicht um die Kinder, um nichts. Würde mein Vater mir nicht ab und zu etwas zustecken, dann würden wir verhungern."

Sie wies auf eine von Ludwigs Zeichnungen. „Was soll das sein?"

„Ein Gehirn und ein Herz. Erkennt man das nicht?"

„Ich will meinen Mann zurück."

„Er wird frei sein, Frau Boysen. Wir arbeiten an einer Strategie, damit er sich besser unter Kontrolle hat."

„Hoffentlich nicht immer."

„Bitte?"

„Mann, Sie sind erwachsen. Sie werden ja wohl wissen, was ich meine."

„Sexualität ist mir nicht unbekannt." Gott, warum hatte er das jetzt gesagt? Welch eine bodenlos dämliche Äußerung. Früher hatte er sich Zettel geschrieben mit Sätzen zur Stärkung des Selbstbewusstseins, vielleicht hätte er auch welche formulieren sollen mit Sätzen, die er auf keinen Fall sagen sollte.

Frau Boysen sah ihn mit großen Augen an. Ein Grinsen lauerte.

„Verzeihung", sagte Ludwig. Hätte er das mit seinen Zetteln einem Psychiater erzählt – nicht auszumalen. „Er hat nie einen Menschen verletzt, oder?"

„Nie. Hätte passieren können, ist aber nicht."

„Wenn Sie übrigens von hier wieder in die Stadt müssen, sagen Sie mir Bescheid. Der Kutscher kann Sie fahren. Sie müssen den weiten Weg nicht laufen."

„Danke." Sie hob eine Braue in die Stirn, wie Fanny das häufig machte.

„Er redet oft über Sie", sagte sie.

„Was sagt er denn?"

„Fragen Sie ihn. Aber nie etwas Schlechtes, wenn Sie das beruhigt."

„Nichts Schlechtes?"

„Kein Wort."

„Jetzt ist Mittagsruhe. Sie können gerne in einen der Speisesäle gehen, der Koch bringt Ihnen etwas. Dann könnten Sie nachher noch ein wenig mit Ihrem Mann im Garten beisammen sein."

„Wo ist der Speisesaal?"

Ludwig sagte es ihr. „Heute gibt es Möhren mit Kartoffeln und Bauchfleisch."

„Kann ich was für meine Söhne mitnehmen?"

„Können Sie."

Nachdem Frau Boysen gegangen war, beantwortete Ludwig einige Briefe, las eine Publikation von Snell über Seelenstörung und eine über die Verbigeration, den Redekrampf. Danach ging er zum Koch in die Küche und trank mit ihm eine Tasse Kaffee.

Am Nachmittag kam Doktor Goller nach Friedrichsberg. Er war jetzt ruhiger und entgegenkommender. Manchmal suchte er sogar das Gespräch mit Ludwig. Sie gingen gemeinsam durch den Innenhof und Goller wich einige Schritte aus, als sie an Boysen und seiner Frau vorbeikamen, die nebeneinander auf einer Bank saßen und zu Boden sahen. Etwas zu laut sagte Goller, seine Frau sei doch wesentlich schlanker. Boysen sprang auf.

Ludwig hatte es gewagt, sich mit Boysen in eine Isolierzelle sperren zu lassen. Er hatte Angst. Boysen tigerte auf und ab, er schlug vor die Wände und schrie. Immer wieder starrte er Ludwig an, berührte ihn aber nicht. Ganz ähnlich wie Boysen wütete, hatte Ludwig damals in seiner Gefängniszelle gewütet, aber immer darauf geachtet, dass er nicht durch die Klappe in der Tür von den Wärtern beobachtet wurde. Boysen blieb abrupt stehen, starrte Ludwig an und setzte sich auf die Pritsche, er summte und verdrehte die Augen.

„Goller", sagte er atemlos.

„Da kommt ein Mann daher, der Sie nichts angeht, sagt etwas Despektierliches über Ihre Frau und Sie verlieren sofort die Haltung. Mein Gott, Mann, Sie können auch die Entscheidung treffen, dass es Ihnen vollkommen gleich ist, was der sagt."

Boysen setzte sich aufs Bett und zog die Knie an den Körper.

„Wenn jemand so etwas über deine Liebste sagen würde, Meyer? Aber gut, du hast ja keine."

„Das würde ich so nicht sagen."

„Weißt du was, Meyer, du gehst mir auf die Nerven. Wie wäre es denn, wenn du mal einen klaren Satz sagst? Hä? Und dann fragst du mich immer wieder nach meiner Wut? Was wäre denn, wenn ich das so will?"

Ludwig stellte sich so ins Licht, dass sein Schatten auf Boysen fiel.

„Du willst rausfinden, wo das alles herkommt. Und wenn das klappt? Was passiert dann, Meyer? Ursache erkennen und zack, Fall erledigt? Glaub ich nicht."

„Wenn Sie hier rauswollen, müssen Sie mir entgegenkommen. Greifen Sie allerdings gleich zum Spaten, weil so ein dahergelaufener Hanswurst wie Goller etwas sagt, das Ihnen nicht passt, dann wird das schwer mit der Entlassung. Ich hätte Sie gerne wieder da draußen in der Welt, Herr Boysen."

In der Tür drehte Ludwig sich noch einmal zu ihm um.

„Was für ein Mann war Ihr Vater, Herr Boysen?"

„Er war mein Vater. Ich war sein Sohn. Stark war der, Hände wie Schaufeln."

„Haben Sie ihn …"

Boysen sah Ludwig an und runzelte die Stirn.

„Ich hab ihn geliebt, Meyer."

So einfach war das, dachte Ludwig.

„Und Ihre Mutter, Herr Boysen?"

„Starke Frau. Hat den Laden zusammengehalten. Die haben immer nur gearbeitet. Wie die Tiere. Aber immer auch gelacht. Mit uns. Mit den Kindern."

Boysen lehnte den Kopf an die Wandpolsterung.

„Das mit Goller ist doch egal, Meyer. Aber diesem fetten Senator hab ich einen ganz schönen Schrecken eingejagt. Das hat dir gefallen, nicht wahr, Meyer?"

Ludwig sagte nichts.

„Irgendwann explodierst du, Meyer."

Irgendwann explodierst du. Irgendwann explodierst du. Ludwig saß in seinem Häuschen neben dem Kamin auf dem Boden. Ein Feuer knisterte und zuckte. Er hatte Fallakten und Beschwerdebriefe von Ulrich vor sich ausgebreitet.

Woher wusste Ulrich, dass Ludwig Ehepaaren manchmal Liebesstunden gewährte? Wer hatte ihm das erzählt?

Ludwig hatte immer darauf geachtet, dass möglichst niemand etwas von diesen Dingen mitbekam. Reinhardt wusste davon und Fanny. Allen anderen gegenüber sollte das geheim geblieben sein.

Er griff nach der Mommsen-Akte. Ludwig spielte jetzt ab und an Schach mit ihm. Er hatte ihn zu sich eingeladen und war erstaunt, wie gelassen Mommsen auf Ludwigs Wohnsituation reagiert hatte. Sei auch mal gut, wenn man so viel Platz habe, hatte der Ingenieur gesagt. Nervös war Mommsen immer noch. Seine Augen standen nie still. Aber sein Zustand hatte sich eindeutig gebessert.

Trotzdem war es ganz klar: Irgendwer konnte sein verdammtes Maul nicht halten. Doktor Goller hatte, soweit Ludwig wusste, nie etwas von den Zusammenkünften der Ehepaare mitbekommen. Reinhardt würde nie etwas gegen Ludwig sagen. Und Hans? War ein dummer Zufall gewesen. Aber Hans hatte gelacht, sich den Bauch gehalten und gesagt: „Dann lassen wir die mal. Ist ja gesund."

Du explodierst noch.

Nein. Passiert dir nicht.

Er blätterte in den Aufzeichnungen Kahlbaums über Katatonie, dann in Griesingers „Pathologie und Therapie der psychischen Krankheiten" und danach in Burtons 1621 erschienener „Anatomie der Melancholie". Burton war ein Oxford-Mann gewesen, über zweihundert Jahre tot und dennoch hatte Ludwig bei der Lektüre das Gefühl, dass der Mann Ahnungen gehabt hatte, Intuitionen, ein gewisses vortastendes Gefühl. Allzu viel mehr hatte er selbst nicht.

Die Seele, dachte er. Befreit von den kirchlichen Schwätzereien. Die Seele. Das Zusammenspiel aller im Menschen lebenden Empfindungen. Gefühle. Ahnungen. Vernunft. Sinnlichkeit. Herrgott, ein Charakter änderte sich schon, wenn der dazugehörige Mensch nur lange genug Hunger litt. Wer verliebt war, dachte anders als der, der hasste. Wer lange frieren musste, änderte sich. Der Leib, die Fähigkeit zum Orgasmus, Schmerzen. Klare Theorien? Feststehendes? Da stand überhaupt gar nichts fest im Menschen, weder im gesunden noch im kranken.

Ich komm nicht ran.

Du explodierst noch.

Am nächsten Morgen während der Visite redete er mit Reinhardt über dieses „Nicht-Rankommen." Reinhardt zuckte mit den Schultern.

„Es werden andere Männer kommen, Herr Doktor, nach uns."

„Und damit sind Sie zufrieden, Kollege Reinhardt? Das überrascht mich."

„Irgendwann ist es auch mal gut", sagte Reinhardt.

Ludwig verstand nicht, was er damit meinte, hatte aber auch keine Lust, darauf einzugehen.

„Unsere schönen ‚Besuch erwünscht'-Schilder sind wieder mit Kot beschmiert worden", sagte Ludwig.

„Ich lass das wegmachen", sagte Reinhardt.

„Ich habe das schon weggemacht."

„Wegmachen lassen, Herr Doktor?"

„Weggemacht." Ludwig hob die Hände an.

Reinhardt lächelte. Der junge Mann wirkte müde.

„Trotz all der Mühen“, sagte Reinhardt, „ich stelle es mir großartig vor, Leiter einer solchen Anstalt wie Friedrichsberg zu sein. Ein Büro wie Ihres zu haben. Doch ja, das stelle ich mir für meine Zukunft gerne vor. Unsere Untertanen …“

„Untertanen?“

„In gewisser Weise.“

„Achten Sie auf Ihre Wortwahl. Friedrichsberg ist ein Modell. Es werden noch viele Friedrichsbergs folgen. Sie bekommen Ihre Chance, ganz sicher. “

„Aber nicht in Hamburg. Und wer will aus dieser Stadt schon weg?“

„Ich komme nicht einmal mehr aus der Anstalt weg.“

„Wollen Sie doch auch gar nicht.“

„Doch, Doktor Reinhardt, will ich schon.“

„Aber?“

„Keine Ahnung.“ Er tippte mit dem Stift auf die Pappmappen unter seinem Arm. „Gehen Sie rüber zu den Damen, ich gehe zu den Herren.“

„Jawohl, Herr Doktor.“

Ludwig sah Reinhardt hinterher. Der ist nicht besessen genug, dachte er. Der gute Reinhardt will es sich, trotz seiner Jugend, gemütlich machen. Zu wenig Dampf dahinter.

Ludwig fand Friedrich Mommsen im Billardzimmer.

„Allmählich hab ich den Bogen raus“, sagte der Ingenieur und hob den Queue an.

„Ich würde sagen, Ihr Zustand hat sich erheblich gebessert. Ich sehe Sie hin und wieder mit anderen Insassen reden.“

„Ja. Ja, das tut gut."

Mommsen sah ihn an, nicht mehr ganz so viel Verunsicherung im Blick. Er beugte sich über den Billardtisch, setzte zu einem Stoß an und versenkte eine Kugel, gleich darauf eine zweite. Das Klacken der Kugeln war hart und kurz. Fühlte er sich schwach Ludwig gegenüber? Schämte er sich seines Leidens? Ludwig fragte sich das oft. Es war schwer, jemandem zu gestehen, dass man von Dämonen verfolgt wurde oder Insekten vertilgen wollte oder zehnmal am Tag geschändet oder wenn einen immer wieder Wellen größtmöglicher Todessehnsucht überspülten. Welcher Mut gehörte dazu, über so etwas zu reden und es ihm zu offenbaren? Er war stolz darauf, dass so viele Patienten in Friedrichsberg offen mit ihm redeten – wobei er nie wusste, was sie alles verschwiegen.

„Fräulein Furtner will mir nichts Böses", sagte Mommsen. „Selbst Boysen nicht."

„Reden Sie mit Boysen?"

„Ab und an, ja. Ich habe auch ein paar Sätze mit dieser Frau geredet, die meint, in einer anderen Welt zu leben."

„Frau Wiener."

„Die ist so was von friedlich. So ruhig. Das ist ... das ist sehr seltsam. Auch die will mir nichts."

Ludwig streckte die Hand nach dem Queue aus. Er visierte die weiße Kugel an und über sie hinweg eine rote vor einem Eckloch. Ein bisschen links, dachte er. Er stieß zu. Die rote Kugel lief gegen die Bande und von dort ins Zentrum des Tisches zurück.

„Na ja", sagte Mommsen. Er nahm den Queue und versenkte die rote Kugel. Ludwig wollte sich in den Sessel setzen, war sich aber nicht sicher, woher die dunklen Flecken auf der Sitzfläche stammten. Er lehnte sich ans Fenster.

„Als Ingenieur, Herr Mommsen, was haben Sie da so alles gemacht?"

„Windräder, Flaschenzüge, Kurbeln. Mechanik, Herr Doktor. Kann faszinierend sein." Mommsen erzählte.

Mechanik. Ketten und Seile, die über große Räder liefen und riesig anmutende Bühnenbilder hochzogen oder absenkten, fast geräuschlos. Landschaften mit grün-blauen Bergen im Hintergrund, Schlösser mit rosenbehangenen Balkonen, das Meer. Falltüren in den Bühnenbrettern, aufzukurbeln, um eine Gestalt aus dem Boden kommen oder dorthin versenken zu können. Er stand im Gewirr der Gerüste hinter der Bühne und fragte einen Arbeiter: „Kennen Sie Fräulein Nielsen?"

„Wer kennt die nicht? Läuft hier irgendwo rum. Dürfen Sie hier sein?"

„Fräulein Nielsen sagt, ich könne sie jederzeit besuchen."

„Da sind Sie nicht der Einzige. Die Nielsen hat oft Besuch."

Er wich einigen Männern aus, die einen Pappelefanten trugen und trat auf die Bühne. Wie groß der Zuschauerraum wirkte. Es gehörte Mut dazu, hier zu stehen und zu spielen. Jemand legte einen Haufen Schwerter mit dicken Ledergurten auf die Bühnenbretter und irgendwo hinter ihm rief ein anderer nach Blut. „Ist noch genug da? Blut? Ich glaub', wir haben nicht mehr genug Blut."

Von der anderen Seite erschien Fanny zwischen den schweren Vorhängen. Sie hatte ein Textbuch in der Hand und redete mit gesenktem Kopf mit einem Mann, der eine Perücke hielt. Ludwig räusperte sich.

„Lu? Das ist ja eine Überraschung. Um diese Zeit nicht in Friedrichsberg?"

„Ich muss mein Leben ändern."

Fanny flüsterte mit ihrem Begleiter. Der sah Ludwig an, grinste und verschwand im schattigen Gewirr von Stoff und Bühnenaufbauten.

„Was führt dich her?"

„Ich wollte dich sehen."

Fanny hob eine Braue in die Stirn. Sie lachte.

„Die Fältchen stehen dir gut", sagte Ludwig.

„Das hat mir noch niemand gesagt."

„Das will ich hoffen. Du bist so lebendig, Fanny. So schön."

Sie ließ das Textbuch sinken und schüttelte den Kopf.

„Erst höre ich wieder tagelang nichts von dir und jetzt überfällst du mich mit Komplimenten. Lebendig? Schön? So sind wir Frauen halt. Und unsere Frauenbewegung werdet ihr nicht aufhalten."

„Ich bin der Letzte, der das will. Fanny … ich weiß … ich will sagen, ich würde dir jederzeit vieles verzeihen oder nachsehen oder wie immer du das nennen möchtest. Nur lass mich nicht als Hanswurst dastehen."

„Was meinst du denn damit?"

„Dieser Mann gerade, der hat gegrinst. Was hast du ihm gesagt?"

„Ich habe niemals ein schlechtes Wort über dich gesagt. Kein einziges, ganz gleich, was war."

„Was war denn?"

„Nichts, Lu. Es war nichts. Das ist es ja."

„Wie kannst du das sagen, Fanny? Das nichts war."

Sie drehte das Gesicht weg.

„Du willst doch gar nicht bei mir sein", sagte Ludwig.

„Doch. Will ich. Aber …"

„Aber was, Fanny?"

„Lu, mein Gott, ist es nicht gut so, wie es ist?"

In den letzten Monaten fühlte er seine Fanny immer kleiner werden – so wie sich die Patienten in Friedrichsberg entfalteten und ihre Geschichten durch das Verlassen der Keller St. Georgs immer größer wurden, so wurde Fanny immer mehr zu einem Schemen, einem seltsam entfernten Wesen, das aber pulsierte von Blut und Gefühl. Er liebte sie. Er liebte sie in einem Maße, für das er keine Worte zu finden vermochte und bevor er keine gute, exakte Formulierung fand, sagte er lieber gar nichts. Das war ein schwerer Fehler. Er hoffte, diese Erkenntnis würde ihn ändern.

Fanny öffnete die Hände. Sie wartete darauf, dass er etwas sagte. Er wies auf die Gerüste hinter der Bühne, auf den Elefanten, dessen monströses Hinterteil grau schimmerte.

„Sehr interessant das alles", sagte er.

Sie drehte sich zum Zuschauerraum und breitete die Arme aus.

„In eine Anstalt will er mich stecken", rief sie, „auf dass ich nie wieder von dort entweiche." Sie sah ihn an, Wut in geschlitzten Augen. „Zwischen Stimmen des Wahns, grotesk gebeugten Körpern, in einem Moor der Finsternis, weil dort zu leben ihm beschieden ist."

„Fanny, bitte."

„Gar nicht schlecht für spontan, oder?"

„Das hast du dir zurechtgelegt."

„Nein, hab ich nicht. Was willst du, Lu?"

„Ich? Ich will …"

„Fanny! Fanny!" Ein Mann in schwarzem Gehrock kam auf die Bühne gestürzt und griff nach Fannys Schulter.

„Burkhart ist krank. Wir müssen improvisieren. Jetzt sofort. Der Kerl kommt bis heute Abend nicht wieder auf die Beine. Hör zu, Folgendes …"

Fanny hakte sich bei dem Mann unter und verschwand mit ihm hinter den dunklen, weichen Falten der Vorhänge. Ludwig stand alleine auf der Bühne. Die Luft lag still und warm, die Vorhänge dämpften jedes Geräusch. Er blickte auf die rot gepolsterten Sitzreihen, in die Logen und zu den geschlossenen Ausgängen. Die Theaterarbeit war Fanny wichtiger als er. Und wahrscheinlich dachte sie von ihm das Gleiche in Bezug auf Friedrichsberg. Fanny spielte fast nur noch Hauptrollen. Sie beherrschte eine solche Menge an Texten auswendig, dass er es kaum glauben konnte. Manchmal, wenn sie in seinem Büro saß, rezitierte sie seinen geliebten Shakespeare und war immer erfreut, dass sie ihn damit ablenken konnte.

Ludwig steckte die Hände in die Hosentaschen und verließ die Bühne.

Ludwigs Vater starb vor dem Bild seiner Frau. Als Ludwig in dem Haus ankam, saß Julia still auf einem Stuhl in der schwarz-weiß gefliesten Halle und starrte ins Leere. Ihr Kleid hatte die gleiche Farbe wie der lichtgraue Hintergrund des Bildes. Bertram Isen stand hinter ihr und hatte eine Hand auf ihre Schulter gelegt. Ludwig sah auf den leblosen Körper seines Vaters hinab, Julia hatte ihm die Hände auf dem Oberkörper verschränkt. Seine Augen waren geschlossen. In Ludwigs Brust wuchs ein vibrierender Hohlkörper. Um kein Geräusch von sich zu geben, hielt er sich eine Hand vor den Mund.

„Er hat jedem von uns einen Brief hinterlassen", murmelte Julia. Sie wies in Richtung des väterlichen Arbeitszimmers.

Ludwig ging und setzte sich an den Schreibtisch seines Vaters. Die Schreiben lagen auf der polierten Platte. Mit zitternden Händen riss Ludwig den Umschlag auf. Schwarze Tinte, das Papier schneeweiß.

Ich konnte einfach nicht. Du bist Psychiater geworden, Ludwig. Vielleicht kannst du dir erklären, warum ein Mensch manchmal einfach nicht kann. Ganz gelähmt ist. Ich hoffe, du wirst mir eines Tages verzeihen.

Ich liebe Dich, mein Sohn.

Ludwig sprudelten die Tränen in die Augen. Papa, sagte er mit Rasierschaum auf den Wangen, Papa. Oh Gott, um Himmels willen. Papa. Er wollte schreien, endlich schreien. Endlich einmal alles rauslassen. Warum konnte er das nicht? Fanny, dachte er, komm doch jetzt hierher. Leg mir auch eine Hand auf die Schulter, so wie Isen bei meiner Schwester.

Er schrie.

Julia verkaufte ihre Anteile an der Firma und gründete in Wandsbek, nicht weit von Friedrichsberg entfernt, eine Privatschule für Kinder aus finanzschwachen Familien. Sie verlobte sich mit Doktor Isen, der Ludwig gestand, er habe manchmal beinahe Angst vor der Energie dieser Frau. Während der kleinen Verlobungsfeier nahm Ludwig Fanny beiseite und führte sie in den engen Flur der Isen'schen Wohnung.

„Heirate mich", sagte er.

„In den Hafen der Ehe segeln, Lu? Gerne."

„Was?"

„Wenn ich fünfzig bin." Sie umarmte ihn, sie küsste ihn tief und hart und sehr lang. Dann ließ sie ihn stehen und mischte sich wieder unter die Gäste und in den Geruch von Kaffee und Torten.

Reinhardt experimentierte auf der Suche nach Medikamenten mit Drogen und erschien Ludwig manchmal sehr verwirrt. Doktor Seward, dessen Schrift kaum noch zu entziffern war, schrieb aus London, dass der alte Conolly gestorben sei, habe wohl eine ganze Zeit unentdeckt in seinem Haus gelegen und sei, wenigstens teilweise, in den Kreislauf der Natur zurückgekehrt, verdaut von Käfern und ähnlichem. Er selbst, schrieb Seward, werde sich zurückziehen. Er könne schlichtweg nicht mehr. Wie es um Ludwig stehe?

„Es gibt ja niemanden für uns, Kollege Meyer. Wir immerzu für alle anderen. Aber wer für uns?"

Ludwig bekam die schmeichelhafte Anfrage aus Göttingen, ob er dort eine Irren- und Heilanstalt nach dem Modell Friedrichsbergs aufbauen wolle. Man würde ihm alle nötigen Gelder zur Verfügung stellen, er könne dort frei agieren und forschen und die besten Ärzte nach seinem Gutdünken einstellen. Sein unreifes System hatte sich durchgesetzt. In den Fachblättern wurde er nun mehr gefeiert als angegriffen. Moderate Haltungen zu ihm gab es nicht.

Ärzte aus allen deutschen Staaten kamen nach Friedrichsberg, besichtigten die Anstalt und langweilten Ludwig mit ihrem Gerede. Er provozierte sie, hielt einen Zigarillo im Mundwinkel, sein Haar war zu lang geworden, der Hemdkragen stand offen und trotzdem notierten sich die meisten Männer jedes einzelne seiner Worte. Viele der Kollegen scharten sich auch um Reinhardt, wenn der von seinen pharmakologischen Experimenten erzählte und von neuen Erkenntnissen der Hirnforschung.

„Doktor Meyer hat recht", sagte Reinhardt. „Die Lösung liegt zwischen Somatik und Psychik oder ist eine Summe aus beidem. Nichtsdestotrotz kann man sich der Medikamentierung nicht verweigern. Im Gegenteil: Es sind ganz sicher Mittel sowohl für rein körperliche Fehler zu finden, Fehler, die zu Geisteskrankheit führen könnten, als auch Mittel für die Krankheiten, die tatsächlich ohne körperliche Ursachen entstehen. Und dann – zack, fort ist das Leid. Es ist faszinierend, meine Herren."

Goller tippte sich während dieser Vorträge mit dem Schädelzirkel auf die Hand und fand immer eine Gruppe Studierender, der er seine Vermessungen vorführte und Gesichtspartien deutete. Er war jedoch lustloser seinem Fach gegenüber geworden und beendete seine Vorträge manchmal mit einem „Oder eben auch nicht." Kürzlich erst hatte er Ludwig gefragt, ob er sich die Bücher von Conolly ausleihen dürfe.

Manchmal ertappte Ludwig sich bei dem Gedanken, das Angebot aus Göttingen anzunehmen und erneut eine Anstalt nach seinem System bauen zu lassen. Aber Fanny würde nicht fortwollen aus Hamburg mit seinen Theatern und auch Ludwig liebte diese Stadt mit ihren Seen und Brücken und dem Elbufer. Außerdem erschienen Ludwig seine Göttingen-Überlegungen abstrakt. Er wollte nicht ohne Herrn Mommsen leben, ohne Frau Wiener in ihrem Landkartenzimmer, ohne den Gnom Wenzel und all die anderen. Er wollte auch nicht ohne Boysen leben.

Um nicht vollkommen in Friedrichsberg zu versinken, gewöhnte er sich an, einmal wöchentlich mit Fanny auszufahren, Schaufenster zu gucken unter dem Glasdach von „Sillem's Bazar" an der Alster, ins Theater oder die Oper zu gehen oder in einem Café zu sitzen und die internationale Presse zu lesen. Er hatte endlich erkannt, dass er etwas ändern musste.

„Wenn wir das beibehielten – so einmal die Woche –, das

wäre schön, Lu", sagte Fanny. Er hatte sie zum Fischessen eingeladen. Sie saßen in einem der Separees vom „Cöllns", hatten eine Flasche Weißwein auf dem Tisch stehen und Saibling bestellt.

Fanny war begeistert vom Voranschreiten der Bauarbeiten am Suez-Kanal.

„Es wird gemunkelt, dass Giuseppe Verdi extra für die Eröffnung eine Oper schreibt. Das musst du dir vorstellen, eine Oper unter freiem Himmel in Ägypten. Ich habe die Geschichte von Ferdinand Lesseps verfolgt. Das ist der, der diesen komischen Kanal erbaut hat. Das ist auch so ein Getriebener, Lu. Frage ist nun, was macht der Mann, wenn das Projekt endlich verwirklicht ist? Was dann? Was meinst du, Lu?"

„Er wird sich wohl etwas anderes suchen müssen."

Fanny spielte jetzt auch am Thalia. Sie war eine angesehene Schauspielerin in Hamburg und erhielt zahlreiche Einladungen zu Bällen und Soireen. Manchmal begleitete Ludwig sie sogar, manchmal nicht, dann saß er im Büro, arbeitete und war eifersüchtig. War er bei einer Veranstaltung an Fannys Seite, schämte er sich dafür, nur noch schlecht Konversation machen zu können. Wurde er auf Friedrichsberg angesprochen, holte er zu weit aus und redete zu viel. Eine Menge Menschen interessierte sich für die Abgründe und das Wundersame der Psyche, aber Ludwig verrannte sich im Gespräch zu schnell und zu tief in die Wissenschaft und schreckte seine Zuhörer ab. Die Leichtigkeit ging verloren, mit der er früher über Patientengeschichten geredet hatte.

„Lass dich porträtieren", sagte Ludwig. Zwei Kellner hatten den Fisch und Schalen mit dampfendem Gemüse serviert und sich zurückzogen. „Ich will ein Bild von dir haben. Dann hab ich dich immer bei mir."

„Nackt?"

„Dann würde der Maler dich ja so sehen. Das geht nicht."

„Vor welchem Hintergrund?"

„Vor ein paar Wochen hätte ich noch gesagt Friedrichsberg. Aber lass es das Meer sein oder eine Landschaft oder einfach nur eine Farbe. Ich bezahle das, Fanny."

Sie aß ein Stück Fisch und Ludwig erinnerte sich daran, wie er sie zum ersten Mal ausgeführt hatte in den Pavillon an der Alster.

„Das reicht alles nicht, Lu."

„Fanny, bitte, ich bin auf dem Weg."

„Und wenn ich nicht warte?"

„Warte."

„Rot?"

„Was rot?"

„Der Hintergrund?"

„Perfekt. Zieh bei mir ein, Fanny. Das Haus ist groß genug. Und ich mache dir auch erst wieder einen Heiratsantrag, wenn du fünfzig wirst. An deinem Geburtstag. Versprochen."

Fanny ließ das Besteck sinken und tupfte sich die Lippen ab.

„Für mich ist es … es ist sehr schön, eine eigene Wohnung zu haben. Das geht doch, Lu."

„Ich glaube nicht, dass du das wirklich ernst meinst, Fanny."

„Dann lass es."

„Fanny? Was ist mit dir?"

„Ich will dich, Lu. Und ich will dich nicht. Nicht gewöhnlich. Vielleicht ändert sich das, wenn ich älter werde. Und jetzt, Lu, jetzt lass uns tanzen gehen."

* * *

Er schlug die Augen auf. Helligkeit erfüllte ihn. Seine Mutter sah ihn an, die Ölfarben reflektierten das einfallende Licht und ließen das Gesicht unnatürlich schimmern. Es ist nur ein Bild, dachte er.

„Das hat dir mal gutgetan, oder?" Julia stand in der Tür.

„Wir Frauen dachten, wir lassen dich mal ausschlafen. Kaffee?"

Aus der Wärme des Schlafes setzte er sich auf und fuhr sich durchs Haar.

„Kaffee ist gut", sagte er. „Wie geht es Fräulein Hellmann? Hat sie gut geschlafen?"

„Der geht's gut und wohl geruht hat sie auch. Die hat mal einen ordentlichen Appetit."

Ludwig machte ein paar Kniebeugen und einige Liegestütze. Davon konnte er nicht mehr viele, der Rücken schmerzte dann immer.

In der Küche begrüßte ihn Fräulein Hellmann mit offenem Haar und in einem anderen Kleid als gestern. Es war sonnenblumengelb mit weißen Borten.

„Der Kutscher steht seit fast drei Stunden da draußen. Sie waren wohl ein wenig enthusiastisch, als Sie ihn gestern bestellt haben. Julia und ich haben ihn versorgt."

„Er hat sogar etwas zu lesen", sagte Julia. „Eine meiner Schriften zum Frauenrecht. Wenn ihn das nicht interessiert, ist er kein richtiger Mann."

„So ist das", sagte Fräulein Hellmann.

Ludwig trank Kaffee, aß ein Stück Brot mit Butter und Konfitüre und einen aufgeschnittenen Apfel. Der Schlaf hatte ihn gestärkt und seinen wütenden Geist beruhigt. Er fühlte sich gut.

„Diese junge Frau, von der sie erzählten, die, die sich auch … Hat dieser Mann sich wirklich in sie verliebt? In solch eine Frau?", fragte Fräulein Hellmann.

„Warum nicht? Ich war dabei, als Herr Laurenz Fräulein Furtner abgeholt hat. Ich habe die Dame nie wiedergesehen und auch nicht gehört, dass ihr etwas zugestoßen sei."

Ludwig sah in den sonnengrünen Garten hinaus. Die Rose, die er früher beschnitten hatte, wucherte, streckte Äste aus wie dünne Tentakeln und hing voll mit Blüten.

„Wie haben Sie die Frau geheilt, Herr Professor?"

„Ich riet ihr, Nein zum Tod und Ja zum Leben zu sagen. Wir haben geredet, geredet, geredet. Wir haben ihr – beziehungsweise sie sich selbst – neue Blickwinkel geschaffen. Fräulein Furtner ist während der Zeit in Friedrichsberg stabiler geworden. Und sie hat gelernt, mit sich umzugehen. Eine tanzende Seele war sie nie und wird sie nie sein. Aber das macht nichts. Jeder ist anders. Sie hat gelernt zu erkennen, was sie braucht, worauf sie achten muss und auch was sie von sich fernhalten muss, selbst wenn es wehtut. So viel Reinhardt auch experimentiert hat – es gibt sie nicht, die Pille, die alles gutmacht. Opiate? Na, da wäre ich mal ganz vorsichtig. Und eine Langzeitmedikamentierung mit anderen Stoffen? Schwierig. Lavendel, Baldrian – mit diesen Dingen kann man nicht viel falsch machen. Aber ich weiß nicht, ob wir die Psyche je durchschauen werden. Ich tue mich schwer mit kirchlichem Vokabular, und es gibt eine Menge Wörter, die kirchlich besetzt sind – aber worum geht es in der Psychiatrie? Um die Seele. Und die ist so komplex. So wahnsinnig komplex. Wir müssen unser Unwissen und unser Scheitern akzeptieren. Ein Mensch ist ein ganzes Universum."

Er goss Kaffee nach und roch an der Tasse. „So was hier", sagte er, „das machen Sie ganz richtig, Fräulein Hellmann: Die vermeintlichen Kleinigkeiten schätzen. Auf eine Tasse Kaffee muss man sich freuen, sonst ist das alles doch Murks."

„Kannst du das, Ludwig?", fragte Julia.

„Ich habe es gelernt. Hat lange gedauert. Aber ich hab's gelernt. Kannst du mir ruhig glauben."

„Sei bloß nicht sofort wieder eingeschnappt."

„Bin ich nicht."

„Bist du wohl."

Fräulein Hellmann lachte. „Sie müssten sich mal hören. Wie Kleinkinder."

Ludwig sah Julia an. Die grinste, er räusperte sich.

„Ich glaube", sagte er, „Senator Ulrich hat damals jeden

mit Argusaugen beobachten lassen, den ich als geheilt entlassen habe."

„Was hatte der eigentlich gegen dich?"

„Keine Ahnung. Der kriegte Ausschlag, wenn er in meiner Nähe war. Manchmal sah der Mann heimlich in ein kleines Büchlein. Er wirkte dann immer ein wenig mitgenommen oder traurig. Ich weiß nicht, was da los war."

„Und du hast ihm den Gefallen getan, wegzugehen?"

„Der dürfte triumphiert haben. Er hatte Helfer."

„Wen?"

„Würdest du nicht glauben, Julia."

„Dann weihe uns ein."

„Ich mach mich jetzt ein wenig frisch und dann fahren wir."

„Wohin?", fragte Julia.

„Nach Friedrichsberg." Er klopfte auf die Ledertasche.

18

Fanny blätterte in einer Partitur, die neben ihrem Teller lag. Ludwig hatte sie zum Abendessen zu sich eingeladen und gesagt, er habe gekocht. Das stimmte nicht. Er hatte den Anstaltskoch gefragt, ob der etwas zubereiten könne. Der Koch hatte Gemüse gegart, ein paar Kartoffeln gekocht und zwei Schollen gebraten und mit fein gehackten Zwiebeln garniert. Was das sei, fragte Ludwig und deutete auf die Partitur.

„Die ‚Aufforderung zum Tanz' von Carl Maria von Weber, Des- Dur, nicht ganz einfach zu spielen", sagte Fanny.

„Ich habe in meiner Kindheit auch Klavier gespielt. Es hörte auf, als meine Mutter nach St. Georg gebracht wurde. Wir könnten es vierhändig probieren."

„So oft, wie wir uns sehen?"

Er ging ins Schlafzimmer. Mittlerweile standen hier immerhin ein Bett und ein Kleiderschrank mit verspiegelten Türen, die er immer offen ließ. Er nahm das Porträt von Fanny und setzte sich damit wieder zu ihr. Der Maler hatte das sehr gut gemacht, Fannys helles Gesicht mit den Grübchen und der hübschen Nase schien sich ebenso von der Leinwand lösen und ins Leben kommen zu wollen wie Ludwigs Mutter auf dem großen Bild im Elternhaus. Fannys Gesicht war im Halbprofil gemalt, der Hintergrund rot, was die Schwärze ihres Haars betonte.

„Schläfst du mit anderen?"

Er drehte das Bild in dem verzierten Goldrahmen auf den Kopf. Fanny starrte auf die Partitur, die andere Fanny sah aus einer Kopfstandposition an ihm vorbei.

„Ich mag das nicht. Wenn du solche Fragen stellst, Lu.“ Sie drückte die Fäuste auf die Partitur. „Ludwig Meyer, der Befreier. Mir würdest du keine Freiheit lassen.“

„Habe ich dich je eingeengt, Fanny?“

„Am liebsten wäre es dir doch, ich hätte ein Zimmer in Friedrichsberg.“ Sie wies aus dem Fenster. „Da drüben.“

„Was willst du, Fanny?“

„Was willst du, Lu?“

„Liebst du mich?“

Sie sah ihm in die Augen. Er war gespannt, was sie sagen würde, er hatte Angst davor und freute sich.

„Manchmal fühle ich mich dir so nahe“, sagte sie. „Da will ich ganz in dich hineinkrabbeln. Und dann wieder ist es fast, als würde ich dich nicht kennen.“

„Du kennst mich besser als jeder andere.“

Sie legte die Hände vor das Gesicht. „Ich möchte jetzt gehen“, murmelte sie.

„Bleib doch. Bleib bei mir, Fanny.“

Sie schluchzte. Sie setzte sich auf seinen Schoß und umarmte ihn fest.

„Willst du das wirklich? Dass ich bleibe?“

„Ich kann mir nichts Schöneres vorstellen.“

Sie legte die Hände an seine Wangen, er spürte seinen Bart. Fanny sah ihm so tief in die Augen, dass er weggucken musste. Er hielt nicht stand.

„Du bist so weit weg, Lu.“

„Nein. Nein, Fanny, das täuscht. Wirklich." Er legte die Hände auf ihre Brüste. „Ich denke jeden Tag an dich, Fanny. Auch wenn du das sicher nicht merkst oder wissen kannst, bist du mir eine so große Stütze. Wenn es mir schlecht geht, dann denke ich an dich. Und alles wird besser. Ich habe Angst, Fanny, Angst, dass ich das alles nicht in den Griff kriege. Ich habe jede Ordnung verloren. Ich weiß nicht, wie ich dich halten soll."

Jemand klopfte hart an die Tür. Ludwig hörte eine Stimme „Herr Doktor, Herr Doktor" rufen. Er hob Fanny von seinem Schoß. Der Oberwärter Hans stand vor dem Haus, seine Hände verzweifelten in seiner Mütze.

„Schwerer Anfall bei Frau Wiener, Herr Doktor. Wir wissen nicht, was wir tun sollen. Sie hat Ihren Namen gerufen."

„Ich bin sofort da." Diese vier Wörter kamen wie ein Atemreflex. Sie waren ihm tief eingeschrieben. Er hörte etwas in der Küche rappeln.

„Ach, verdammt, Hans, Reinhardt soll sich darum kümmern. Ich kann jetzt nicht."

„Sie können nicht?"

„Laufen Sie los, Hans. Bitte. Kümmern Sie sich."

Er eilte in die Küche. Fanny war fort. Das Fenster stand offen. Er sah sie noch die Wiese hinter dem Haus entlanglaufen, das Kleid im Abendlicht wie eine Wolke.

„Fanny", rief er. „Fanny, ich hab ihn weggeschickt. Fanny." Sie drehte sich zu ihm um. Er konnte sie kaum noch erkennen. Sie würde nicht zu ihm zurückkommen. Da war es wieder, dachte er, da war sie genau wie er. Wenn man ging, dann ging man. Wieso konnten sie beide nicht einmal nachgiebiger sein? Weicher?

„Fanny, bitte. Komm zu mir."

Wenn er es richtig sah, schien sie zu zögern.

„Komm, Fanny", murmelte er.

Sie hob die Rechte, als stehe sie an der Reling eines ablegenden Schiffes. Eine Sekunde später löste sie sich in der Nacht auf.

„Dann eben nicht", fluchte er. „Ich werde nicht betteln." Er schmiss das Fenster zu, dass die Scheiben klirrten, zog sich die Jacke über und den Kittel und ging, wohin er gehörte.

Es war Reinhardt, der Ludwig im nächtlichen Gespräch im Büro sagte, ein Mensch könne mit manch einem Wahn vielleicht auch leben. „Sich damit anfreunden, die Vorstellung integrieren, sie akzeptieren", sagte Reinhardt. „Wenn Mommsen seine Verfolger als nicht mehr gefährlich zu erkennen in der Lage ist, wenn sie zudem immer seltener hinter ihm her sein werden – warum den Mann dann nicht versuchsweise entlassen, sollte er in den nächsten Wochen oder Monaten damit einverstanden sein?"

Sie rauchten Zigarren, Reinhardt wies auf die Zeichnungen.

„Ich finde das gut, Herr Doktor, mit den Hirnen und Herzen."

„Früher hingen nur Zeichnungen vom Hirn in meinem Büro. Aber irgendetwas fehlt immer noch", sagte Ludwig.

„Ich experimentiere jetzt an einer Intensivierung des

Baldrians, auch an Chloralhydrat und an einer Form von Alkohol als reinem Medikament. Ich habe mit erneut großem Interesse die Bücher der Hildegard von Bingen über Heilkräuter gelesen und mich auch beim alten Asklepios diesbezüglich noch einmal umgesehen. Mir fehlen echte Forschungsmöglichkeiten. Menschen, Freiwillige, mit denen ich arbeiten kann,“, sagte Reinhardt.

„Das hatten wir schon. Machen Sie keinen Unsinn.“

„Tiere?“, fragte Reinhardt.

„Ich bitte Sie, das Quälen oder Töten von Tieren schockiert Menschen oft noch mehr. Ich kenne einen englischen Marinebericht aus der Zeit der napoleonischen Kriege. Ein Fregattenkapitän beschoss die spanische Küste und als er seinen Männer befehlen ließ, die Pferdegespanne am Strand anzuvisieren, haben die Leute sich geweigert. Leute, die Minuten zuvor ohne zu zögern auf Menschen geschossen haben.“

Reinhardt wedelte mit dem Zeigefinger, eine neue Angewohnheit von ihm. Seine Gesichtshaut war unrein geworden, er hatte kleine Pickel und Kratzer vom Rasieren.

„Das hat mit der Unschuld zu tun“, sagte er. „Tiere können nichts für den Murks – so nennen Sie das doch immer, oder? –, also für den Murks, den wir Menschen verzapfen.“

„Warum verzapfen wir denn so viel Murks?“

„Weil wir Menschen sind“, sagte Reinhardt.

„Der Schutzschirm der Kultur“, sagte Ludwig, „ist hauchdünn. Und seltsamerweise befürchte ich, dass sich das nicht ändern wird.“

„Ludwig Meyer so melancholisch?“

Ludwig sah aus dem Fenster. Im Innenhof brannten einige Laternen, ihr Licht war schwach, es hauchte den Boden und Stückchen der Gebäudewände an.

„Kollege Reinhardt, es fällt mir nicht leicht, das zu sagen, aber Sie wirken in den letzten Monaten ein wenig nachlässig. Sowohl in der Arbeit als auch mit sich selbst. Achten Sie auf sich, junger Mann."

„Ich pass schon auf. Keine Sorge."

Doktor Goller sah jedes Mal fassungslos zu, wenn Herr Laurenz Fräulein Furtners Hand hielt. Als Ludwig ihm im Vorbeigehen sagte, die beiden planten zu heiraten, ließ er sich auf eine Bank im Innenhof sinken und schlug sich mit dem Schädelzirkel in die Handflächen, dann rief er ihm hinterher: „Ich möchte um Verzeihung bitten. Für mein Benehmen."

Ludwig akzeptierte. Er vermutete, dass auch Doktor Goller, wie so viele Menschen, eine Rolle spielte, die ihm diktiert worden war und die er angenommen hatte, ohne je kritisch darüber nachzudenken.

Der Gnom Wenzel marschierte an der Bank vorbei, auf der Goller saß. Bevor er seine Fickificki-Frage stellen konnte, sagte Goller: „Hab ich gestern Nacht gemacht." Das war das erste Mal, dass Ludwig den Gnom vollkommen erstaunt sah, sogar mürrisch. Mit fest zusammengepressten Lippen und starrem Blick zog Wenzel weiter.

Ludwig setzte sich eine Zeit zu Frau Wiener, deren Zelle mittlerweile über und über mit Landkarten bemalt war. Er ging zu jener Frau mit den Höllenbildern, fragte, ob sie noch male, was sie verneinte. Ludwig schlug ihr vor, eine Ausstellung mit ihren Bildern hier in Friedrichsberg zu machen. Sie strahlte ihn an, das wäre wunderbar.

Herr Mommsen stand in der Tischlerei an einer Werkbank und ließ sich von einem ehemaligen Zimmermann in die Kunst der Holzverarbeitung einweisen. „Das kann ich brauchen, wenn ich wieder draußen bin", sagte er.

Ludwig half Julia, einige Möbel im Elternhaus umzustellen. Julia wollte noch eine Zeit dort wohnen bleiben und überlegte, eine Etage zu vermieten. Sie beide hatten vom Vater nicht unerheblich geerbt, dazu hatte Julia das Geld aus dem Verkauf ihrer Firmenanteile und das kleine Einkommen aus ihrer Privatschule.

„Dieses blöde Segelschiffbild an der Treppe fasse ich nicht an", sagte Julia. „Was habt ihr Männer eigentlich immer mit Schiffen? Mein Bertram mag dieses Bild auch."

„Damit kann man wegfahren."

„Typisch. Männer."

Ludwig entkorkte eine Weinflasche.

„Schurz hat mir wieder geschrieben. Ist General im Bürgerkrieg. Da gibt es auch Bataillone von 48ern. Ehemalige deutsche Revolutionäre. Ich sehne mich danach."

„Wonach?"

„Nach Eindeutigkeit." Das hatte er nie zuvor jemandem erzählt und er wunderte sich, es jetzt ausgesprochen zu haben.

„Ich will", er hob die Hände in die Luft, „ich will anders kämpfen."

„Du bist doch nicht bei Trost, Ludwig. Und was um alles in der Welt machst du mit Fanny?"

„Ich bin zu einem Notfall gerufen worden, Herrgott. Ich bin nicht dahin. Verstehst du? Ich wollte, dass Fanny zurückkommt. Ist sie aber nicht."

„Das hat sie mir anders geschildert. Du hättest Prioritäten gesetzt. Und dabei habe sie nicht an erster Stelle gestanden."

„Das stimmt doch überhaupt nicht."

„Bitte, Ludwig, mir wird das allmählich zu bunt mit euch."

Sie setzten sich auf die Treppe und tranken Wein.

„Wenn Fanny bei mir ist", sagte Ludwig, „ist es, als balanciere ich über ein Seil. Ohne Sicherheitsnetz."

„So ist das, wenn man liebt. Fanny meint, du bist ... du bist nie wirklich da."

„Das muss gerade sie sagen."

„Ja, verrückt seid ihr beide."

„Ich habe ihr einen Antrag gemacht, Julia."

„Wirklich? Hat sie mir gar nicht erzählt."

„Nicht? ... Herrgott."

„Fanny war sehr erschrocken darüber, wie schnell Bertram und ich uns verlobt haben. Sie konnte das gar nicht fassen. Vielleicht", Julia legte eine Hand auf Ludwigs Schulter, „vielleicht gibt es solche Menschen, die es schwer haben mit ... damit, mit jemandem zusammen zu sein. Ich meine, wirklich zusammen zu sein."

„Ja, das kann wohl sein", murmelte Ludwig.

„Ich kenne Fanny jetzt so lange", sagte Julia. „Die liebt

dich, Bruderherz. Die liebt dich." Julia hielt ihm das geleerte Glas hin. „Auf ihre Art", sagte sie.

Ludwig ließ die Kaffeetasse sinken und sah in den Innenhof. Viele Patienten zupften Unkraut, überprüften den Wuchs im Gemüsebeet oder wurden von Wärtern spazieren geführt. Irgendwo in einem der Flure schrie jemand laut und erbarmungswürdig. Boysen saß allein auf einer Bank und sah zu Ludwigs Büro herüber, Frau Richter flehte mit strichdünnen Lippen und weit heruntergezogenen Mundwinkeln Gott um Chaos und Vernichtung an. Fräulein Marinescu, die keinerlei Kontakt zu anderen Insassen pflegte, betete wieder theatralisch gen Himmel. Albern fast, dachte Ludwig, wenn er sich dieses Wort Patienten gegenüber erlaubt hätte. Der Ingenieur Mommsen ging nachdenklich, aber mit festem Schritt über die Wege. Ludwig hatte ihm ein Hemd und einen Gehrock geschenkt. Eine Gruppe Schwachsinniger hockte zusammen und brabbelte und manchmal lachte einer hell auf, jaulend fast. Frau Wilke lag auf der Wiese und redete mit einem Gänseblümchen. Ludwig war sich sicher, dass diese zurückgebliebene Frau glücklich war. Frau Sommer mit den monströsen Knochenwucherungen war vor zwei Wochen im Schlaf erstickt. Mommsen war sehr traurig gewesen. „Die war so lieb, Herr Doktor."

Ludwig sah zwischen den Patienten im Hof und den Akten hin und her. Er hatte Hunderte Anfragen von Psychiatern aus ganz Deutschland zu beantworten. Er rauchte in letzter Zeit zu viel und manchmal brannte ihm der Magen, eine nervöse Reizung, diagnostizierte er und trank ab und zu eine Tasse grünen Tee. Kürzlich hatte er einen Beschwerdebrief von einem Kollegen aus München bekommen, der bei allem Respekt beklagte, Ludwig lasse ihn so lange auf eine Antwort bezüglich seines Schreibens über Spaltirrsinn warten. Was dieser Kerl sich eigentlich denke, hatte er Fanny geschrieben. Ob der glaube, Ludwig habe nichts anderes zu tun?

Goller saß jetzt oft auf einer der Bänke in den Fluren und starrte vor sich auf den Boden. Er hatte seine ersten Berichte über Friedrichsberg und Ludwig bei Ulrich abgeliefert, aber Ludwig hatte nichts gehört vom Senator. Einmal erschien Gollers Frau mit zwei kleinen blonden Kindern, um ihren Mann aus der Anstalt abzuholen und Ludwig sah, wie Goller die ganze Zeit heftig auf seine Frau einredete. Dann drehte Goller mit seiner Frau am Arm um und kam in Ludwigs Büro.

„Entschuldigen Sie, Herr Doktor. Meine Frau Luise. Luise, das ist der Mann. Das ist Doktor Ludwig Meyer. Der Beste auf seinem Gebiet." Goller griff in die Rocktasche und holte seinen Zirkel heraus. Er klappte ihn auf und spannte die Schenkel immer weiter, bis das Vermessungswerkzeug zerbrach.

In Wandsbek und Eimsbüttel qualmte es aus den Schornsteinen der Fabriken. Der Blick über Hamburg veränderte sich schneller, als Ludwig lieb war. Als er mit Fanny zum ersten Mal die neu eröffnete Kunsthalle besuchte, brachen sie morgens früh auf und je näher sie der Stadt kamen, desto lauter und hektischer wurde es um sie herum.

„Es gibt jetzt erste seriöse Untersuchungen", sagte Ludwig, „die belegen, dass das schnelle Reisen mit der Eisenbahn der Psyche Schaden zufügen kann. Diese Geschwindigkeit, das ist nicht gesund."

„Soviel ich weiß", sagte Fanny, „fahren die etwa dreißig Kilometer in der Stunde. Also, ich finde das wundervoll. Überlege mal, was da in der Zukunft alles möglich wird."

„Die Eisenbahn, das ist der Beginn des Untergangs, Fanny. Schnelligkeit wird in allen Lebensbereichen zu einer Tugend erhoben werden. Das ist falsch. Stell dir mal vor, wir wären immer so schnell, wenn wir …"

„Das wäre nicht so schön."

„In Friedrichsberg ticken die Uhren langsamer. Da haben wir zum ersten Mal miteinander geschlafen." Fanny lachte ihn an, sie küsste ihn.

Unter der Lombardsbrücke wurden schmale, mit sechs oder acht Mann besetzte Ruderboote durchs Wasser getrieben, ein Alsterdampfer tuckerte und an der Anlegestelle drängten sich Menschen. Auf der Brücke trieb der Führer eines Pferdeeisenbahnwagens mit wilden Peitschenhieben den Schimmel an, neben ihm dampfte die neue Eisenbahn mit gleich fünf angehängten Waggons und die Droschken, die über die Brücke fuhren, erschienen Ludwig wie Relikte einer längst vergangenen Zeit. Auf der Binnenalster waren künstliche schwimmende Tempel voller Wimpel aufgebaut und an den Ufern der Alster drängten sich die Menschen im Spaziergang. Immerhin ausnahmslos gut gekleidet, dachte

Ludwig. Aber so viele. Ein Chaos, Massenbewegung, Unruhe, Nervosität, Ausbeutung. War nicht erst vor wenigen Monaten „Das Kapital“ von Karl Marx hier in Hamburg bei Meissner in großer Erstauflage erschienen? Was nützte diese Schrift gegen die wütende Industrialisierung, die schon jetzt niemand mehr beherrschte? Passte doch, dass gleichzeitig zu diesen Entwicklungen die Auswandererschiffe in Altona, an der Veddel und anderen Anlegeplätzen überfüllt waren und zu schwimmenden, stinkenden Seuchenherden wurden und auch von dort Leute zu ihm geschickt wurden, die den Verstand verloren hatten. Streiks gegen Lohnsenkungen, gleichzeitig das erste Rennen für dreijährige Galopper in Horn, nicht weit von Friedrichsberg entfernt, verbunden mit einem finanziellen Aufwand, der anderenorts Kranken helfen oder Kinder fördern könnte.

„Stattdessen schauen die Leute zu, wie Pferde im Kreis laufen“, sagte Ludwig.

„Mein Gott, Lu, jetzt sieh dir lieber diese prächtige Kunsthalle an, die ist ganz wundervoll gelungen“, sagte Fanny. „Von dort aus kann man bis auf die Alster sehen. Und du solltest nicht vergessen, dass auch dafür ganz viele Menschen gespendet haben.“

Er versuchte Gedanken zu fischen, fand aber keine. Griesgrämig, obwohl er nicht griesgrämig sein wollte, stampfte er neben Fanny her und war bis zur Ohrfeigenbereitschaft gereizt, als ein eleganter junger Mann Fanny grüßte und sagte, wie ungeheuer schön es sei, sie einmal nicht nur auf der Bühne, sondern in all ihrer Pracht ganz privat zu sehen. Höflich reichte der Mann Ludwig die

Hand. „Auf Wiedersehen“, sagte Ludwig. Fanny kicherte. Ludwig streichelte ihre Wange.

„Es tut mir alles furchtbar leid, Fanny. Ich bessere mich.“

Er hörte sie atmen, sie sah weg, den Kopf weit nach rechts gedreht, ihr Kieferknochen zeichnete sich hart ab.

„Du bist mir sehr viel, Herr Doktor.“

Sie legte ihm eine Hand an den Oberarm. „Lass uns Bilder gucken, Lu. Das tut gut. Ich muss nachher noch zur Probe.“

„Oh nein.“

„Oh doch. Aber Bilder gucken und Proben, das sind Beschäftigungen, die mich … anregen. Ich schlage also vor, du wartest bei mir daheim.“

„Und dann gehen wir ins Bett.“

„Dann gehen wir ins Bett.“

„Und danach gehe ich nach Hause?“

„Man schläft besser, wenn man alleine ist“, sagte Fanny.

Nach langen Überlegungen entschloss sich Ludwig, den Ingenieur in einigen Wochen zu entlassen.

„Einverstanden“, sagte Mommsen. „Mir geht es gut, Herr Doktor.“

„Sie sind eine starke Persönlichkeit, Herr Mommsen. Ich werde Sie vermissen. Und unsere Schachpartien.“

„Es ist seltsam, Herr Doktor, aber … nun, vielleicht ist mir niemals jemand so nahegekommen wie Sie. Nicht einmal meine Tochter.“

„Das alles bleibt unter uns, alter Freund. Machen Sie sich keine Gedanken.“

Wenzel marschierte an ihnen vorbei.

„Die Herren", grüßte er, „schon prächtig gefickt heute? Immer fickificki, die Herren, kann nicht schaden. Schönen Tag Ihnen." Sein Leben lang war der zwergwüchsige, dickwangige Mann gehänselt und verachtet und von dem Gefühl zerstört worden, dass er niemals eine Frau haben noch jemals gesellschaftliche Anerkennung erfahren werde. Irgendwann hatte sein Geist umgeschaltet. Im Größenwahn ging es dem Mann besser als je zuvor. Seit dem Umzug nach Friedrichsberg hatte Wenzel nicht ein einziges Mal geklagt, und die Ohrfeigen, die ihm ins Gesicht knallten, wenn er wieder nach Brüsten oder Hintern gegriffen hatte, lachte er weg. Wohin hätte ein Mann wie Wenzel gehen sollen, wohin hätte Ludwig ihn entlassen können? Friedrichsberg, dachte er, müsste als eigenes Land auf den Karten verzeichnet werden.

Der Gnom, dachte er, war eine stehende Größe in seinem Leben. Der Mann veränderte sich nicht, er entwickelte sich nicht. Auf den geilen, hässlichen, ausgeschlossenen Wenzel war Verlass.

Mommsen lachte. „Den werde ich auch vermissen, Herr Doktor."

„Ludwig. Ich heiße Ludwig. Und genau so sollten Sie mich nennen."

Sie schüttelten sich die Hände.

Ebenso Verlass war auf Maria Furtner. Ludwig führte noch viele, lange Gespräche mit ihr und war anschließend immer erschöpft, fühlte sich, als sei er eben durch die ganze Welt gereist. Aber Fräulein Furtner und er schafften es, etwas in ihr zu stabilisieren. Er wollte, dass sie hinausging in die Welt und diesen jungen Mann liebte, er wollte, dass Mommsen seine Verfolger loswurde und irgendwo dort draußen verschwand, wo Ludwig ihn nie wiedersehen würde. Er wollte, dass Boysen in der Welt war und laut sagte, was zu sagen war. Er dachte nie lange darüber nach, warum ihm gerade Boysen so am Herzen lag, er wollte ihn draußen haben.

Ludwig entließ auch Fräulein Furtner. Herr Laurenz holte sie ab, und Ludwig sah zu, wie die beiden sich vor den Toren der Anstalt umarmten und küssten und sich in die Gesichter lachten und ihn nicht beachteten. Erst als die Droschke beinahe in der Senke zur Wandse verschwunden war, drehte Fräulein Furtner sich um. Sie winkte ihm, erst vorsichtig, doch dann schwang sie beide Arme. Sie schickte ihm Luftküsse, so überschwänglich, dass sie ihrem Begleiter den Hut vom Kopf stieß. Ludwig küsste zurück.

Boysens Frau war erkrankt. Er hatte sie seit zwei Wochen nicht gesehen. Er war wütend, bewegte sich wie ein Faustkämpfer, schlug aber weder Stühle kaputt noch trat er vor Schränke. Er schlage nur noch Luftlöcher, hatte er vor einigen Tagen zu Ludwig gesagt. Und er fechte mit unsichtbaren Gegnern, hatte Ludwig geantwortet.

Boysen traf Mommsen im Speisesaal. Mommsen wollte wohl, so erfuhr Ludwig, als alles zu spät war, kurz mit ihm reden und sich verabschieden, eine dünne Tasche unter dem Arm. Boysen sagte, er solle ihn einfach in Ruhe lassen. Er schubste ihn weg. Wie stets war er sich seiner

Kraft nicht bewusst. Mommsen, beide Arme um die Tasche mit seinen Habseligkeiten gelegt, stürzte rücklings auf eine Stuhlkante. Es gab keine Zeugen. Es war Mittagsruhe.

Es war Reinhardt, der Ludwig davon berichtete. Eine Zwangsjacke, dachte Ludwig, ein Königreich für eine Zwangsjacke. Er rannte in den Speisesaal.

Hans kam, von Reinhardt gerufen, aus dem Innenhof und murmelte „Ich hab es doch gesagt, ich hab es doch gesagt." Reinhardt lehnte sich an die Tischkante und verschränkte die Arme. Ludwig kniete bei der Leiche. Mommsen starrte an die geweißte Zimmerdecke, seine Tasche lag neben ihm. „Alter Freund", murmelte Ludwig. Er hatte Angst, dem Mann die Augen zuzudrücken, er hatte Angst, die Feuchtigkeit dieser Augen fühlen zu müssen. Seine Hand zitterte. Er legte Daumen und Zeigefinger auf Mommsens Augenbrauen, aber der Tremor war zu stark.

„Soll ich das machen?", fragte Reinhardt.

„Auf keinen Fall", stotterte Ludwig. „Der Mann war ein Freund von mir."

Er ballte eine Faust, legte die Finger dann erneut auf Mommsens Brauen und spürte die Härchen an den Fingerspitzen. Mit einer schnellen Bewegung zog er die Hand hinunter. Mommsens Augen waren geschlossen.

„Es war ein Unfall", sagte Ludwig. „Wo ist Boysen?"

„Als ich herkam, starrte er die Leiche an. Er ist dann freiwillig in seine Zelle", sagte Reinhardt.

„Ein Unfall", wiederholte Ludwig. „Ein tragischer Unfall."

„Abwarten", sagte Hans und sah auf Ludwig hinab.

Ludwig erhob sich langsam und baute sich vor Hans auf. Selbstbewusste Wärter hatte er haben wollen, genauso stand Hans jetzt vor ihm. Der Mann hatte keine Angst vor ihm.

„Denken Sie gut nach, Hans", sagte Ludwig. „Denken Sie genau darüber nach, was Sie sagen und was Sie nicht sagen. Und jetzt lassen Sie mich bitte alle einen Augenblick allein." Ludwig verschloss die beiden Türen zum Speisesaal. Er setzte sich neben den Toten auf den Boden. Alter Freund, dachte er. Er hätte gerne in Mommsens Tasche gesehen, hätte gern gewusst, was der Mann hatte mit hinausnehmen wollen in sein neues Leben nach Friedrichsberg. Es konnte nicht viel sein, so mager wie die Tasche aussah. Aber so etwas tat man nicht. Er saß lange bei der Leiche, sah den Toten ab und zu kurz an. Mommsen war blass, sein stets sauber gezogener Scheitel weiß wie Schnee.

Ludwig verließ den Speisesaal, beorderte Reinhardt, sich um den Toten zu kümmern und trat in Boysens Isolationszelle. Der Mann stand vor dem Fenster, er hatte die Arme verschränkt und sah zu Boden. Ludwig holte weit aus. Die Ohrfeige klatschte laut, Boysen gab keinen Ton von sich. Als Ludwig die Tür wieder aufzog, sagte Boysen: „Das wollte ich nicht."

„Ich weiß", sagte Ludwig.

„Du wirst Schwierigkeiten kriegen, Meyer. Dieser Oberwärter ist nicht gerade ein Freund von dir."

„Ich krieg das hin."

„Und verlass dich nicht auf Reinhardt."

Boysen sah Ludwig an, er war kreidebleich. Seine Bartstoppeln und das dichte, geschorene Haar wirkten unnatürlich.

„Du hast mich freigelassen, Meyer."

„Halten Sie die Schnauze, Boysen."

Boysen kam auf ihn zu, der Brustkorb wie ein Amboss. Er riss den Mund auf und stellte den Kopf schief.

Ludwig schlug zu.

Boysen taumelte gegen die Polsterwand. Er wischte sich über die blutigen Lippen, senkte den Kopf und sah Ludwig an.

„Hat das wehgetan, Meyer?"

„Komm her!"

„Bin schon da."

Ludwig humpelte in die Küche und ließ sich vom Koch Eis in ein Geschirrtuch wickeln. Er drückte es sich auf die Wange. Was denn um Himmels willen passiert sei? Er sei gestürzt, sagte Ludwig.

In seinem Büro warteten Reinhardt und Hans auf ihn. Reinhardt wies auf sein Gesicht. Ludwig winkte ab.

„Folgendes, meine Herren", setzte Ludwig an. Reinhardt hob die Hände und unterbrach ihn.

„Gehen Sie nach Göttingen", sagte er. Auf dem Revers seines Kittels war ein brauner, verschmierter Fleck.

„Das ist jetzt nicht das Thema", sagte Ludwig.

„Riesige Anstalt. Ein Dutzend Assistenten. Alles nach Ihrem Wunsch. Die besten Forschungsmöglichkeiten. Sie werden bald Professor sein, Lehrstuhlinhaber."

„Was reden Sie denn da, Reinhardt?"

„Gehen Sie nach Göttingen."

Ludwig setzte sich an seinen Schreibtisch. Er begriff nicht, was Reinhardt wollte.

Hans hatte die Arme verschränkt und sah auf ihn hinab. „Ich habe es Ihnen gesagt", sagte er.

Ludwig legte das Tuch mit den Eisstücken auf den Tisch. Er schob einige Akten zur Seite.

„Herr Mommsen ist unglücklich eine Treppe hinabgestürzt. Das passiert öfter, als man denkt."

„Herr Mommsen ist von einem Mitinsassen zu Tode gebracht worden", sagte Reinhardt. Er setzte sich auf die Tischkante, eine Hand auf dem Oberschenkel. „Von einem Insassen, der durch Ihre Art der Anstaltsführung überhaupt erst die Möglichkeit dazu hatte." Reinhardt sah aus dem Fenster. „Wenn das herauskommt, ist es vorbei mit Doktor Ludwig Meyer."

„Geht ruckzuck", sagte Hans.

Gedanken nebelten durch Ludwigs Kopf, Wortfetzen von Reinhardt, Blicke von Senator Ulrich. Er bekam es nicht zusammen.

„Bei allem Respekt, Hans, es wäre schön, Sie würden Doktor Reinhardt und mich jetzt alleine lassen."

„Hans bleibt", sagte Reinhardt.

„Was ist hier los?"

„Denken Sie nach, Doktor Meyer. Göttingen. Das kann so großartig für Sie werden."

Ludwig stützte die Stirn in eine Hand. Das konnte doch nicht wahr sein.

„Wenn Ihr Vater das wüsste, Reinhardt."

„Mein Vater war ein Spinner. Wie ist das übrigens? Als Mann in Frauenkleidern?“ Reinhardt kicherte. Hans zeigte auf Ludwig und grinste.

„War sicher keine Sternstunde, oder? Gehen Sie nach Göttingen.“

„Und Sie werden der Leiter von Friedrichsberg?“

„Ganz genau, Herr Kollege.“

„Damit kommen Sie nicht durch“, sagte Ludwig.

„Oh doch. Es ist ja nicht nur Mommsen. Damit konnte ja niemand rechnen, nicht so direkt jedenfalls. Aber Sie kennen den Fall Marinescu? Natürlich kennen Sie den, Sie kennen ja jeden einzelnen Untertanen hier in diesen heiligen Hallen.“

Reinhardt ging zur Tür und winkte. Fräulein Marinescu erschien, die Hände wie zum Gebet vor dem Mund. Aber sie betete nicht.

Reinhardt drückte ihr Geldscheine vor die Brust.

„Sie können gehen. Und denken Sie daran, ein Wort über das, was hier vorgefallen ist, und wir vernichten Sie, bis nichts von Ihnen übrig ist. Ich will Sie nie wiedersehen und nichts von Ihnen hören. Ist das klar?“

Sie machte einen Knicks. Sie sah Ludwig an.

„Entschuldigen S’, Herr Doktor.“

Reinhardt wedelte sie herrisch hinaus.

„Sie haben ihr Einweisungsformular unterschrieben, Doktor Meyer. Die Marinescu ist kerngesund. Ziemlich schlechte Simulantin, wenn Sie mich fragen. Sollte das rauskommen … Der große Ludwig Meyer, Begründer von Friedrichsberg.“

Ludwig spürte, wie ihm ein grober Strick um den Hals gelegt wurde. Sein Herz blähte sich schmerzhaft, seine Gedanken taumelten.

„Die Marinescu hat gar nix", sagte Hans.

Gib dir jetzt keine Blöße. Du darfst denen deine Verzweiflung nicht zeigen. Warum eigentlich nicht? Vielleicht hätte er sogar Fanny wirklich und ganz erobern können, wenn er sich mehr gezeigt hätte. Warum? War es nicht stärker, diesen beiden Männern hier gegenüber jetzt zu zeigen, dass er verzweifelt war? Er ließ den Kopf hängen, seine Hände zitterten heftiger als je zuvor.

„Sie können mir Friedrichsberg nicht wegnehmen", sagte er leise.

„Und ob", sagte Hans. „Sie haben mir die Jacke auch weggenommen."

„Lächerlicher Fatzke", raunte Ludwig.

„Mein Gott, Herr Doktor, Göttingen", sagte Reinhardt. „Das ist doch großartig. Kommen Sie nur nie wieder nach Hamburg. Ach, und um Fanny kümmere ich mich schon."

Ludwig sprang auf, der Stuhl polterte zu Boden. Reinhardt hob die Hände.

„Ich würde mir das jetzt sehr genau überlegen", sagte er.

Die Nacht war warm. Ludwig ging die langen Flure der Anstalt entlang. Er hörte Menschen weinen, andere stöhnten, irgendwo im Frauentrakt schrie jemand kurz auf und er überlegte, wer das gewesen sein könnte, war sich aber nicht sicher. Von einigen Neuzugängen kannte er die Namen noch nicht oder verwechselte sie. Er sah in die Schlafsäle der unheilbaren Frauen und Männer, all die verlorenen Geschöpfe. Frau Wieners Zimmer war über und über bemalt mit Karten eines Landes, das nur sie kannte, und aus dem sie nicht zurückkehren würde. Er setzte sich eine Zeit zu ihr, und sie schwiegen. Ludwig war sich sicher, dass es schön war in diesem Land und er sagte Frau Wiener das. Sie lächelte und nickte. Ludwig verließ sie und ging weiter. Suizidalen waren die Hände mit weichen Binden an die Betten gebunden, und er roch Kaffee auf den Tischen der Wärterinnen und Wärter, die Nachtschicht hatten. Frau Wilke schlief friedlich mit einem Blumentopf im Arm.

Am Ende des Rundgangs, nachdem er den Trakt der Unreinen und Tobsüchtigen fast durchquert hatte, schloss er Boysens Zelle auf und trat ein. Der Mann sah aus dem Fenster in die Nacht.

Ludwig stellte sich hinter ihn. Ihre Schatten waren fast deckungsgleich auf dem harten Boden.

„Das war keine Absicht. Meyer, wirklich. Das wollte ich nicht. Ich bin kein Mörder."

Ludwig setzte sich auf Boysens Pritsche.

„Hatte der Kinder?"

„Eine Tochter."

„Tut weh, Meyer. Da drin." Boysen klopfte sich auf die linke Brustseite. Er deutete auf Ludwigs geschwollenes Gesicht.

„Schlimm?"

„Machen Sie sich keine Gedanken."

Boysen setzte sich neben ihn. Die Matratze sackte durch, das Bett quietschte.

„Warum haben Sie mir nicht gesagt, dass hier ein neues Bett rein muss? Ich hätte mich darum gekümmert."

„Ich weiß, Meyer."

„Die Dinge laufen aus dem Ruder, Boysen. Ganz gewaltig."

„Dieser Mistkerl von Oberwärter?"

„Auch, ja. Weil ich die Zwangsjacken verkauft habe. Und seine ganz persönliche Drecksjacke verbrannt habe."

„Bring ihn um, Meyer."

„Hab ich schon dran gedacht. Aber Reinhardt hat sich auch gegen mich gestellt. Die haben das verdammt gut vorbereitet, mich loszuwerden."

„Bring den auch um."

Ludwig nickte. Sonst nichts. Er versuchte, nicht zu denken. Er vermied Worte.

„Die haben mich in der Hand, Herr Boysen. Die haben mich tatsächlich gekriegt."

„Ich habe dich gewarnt."

„Wie machen Sie das?"

Boysen wies mit Zeige- und Mittelfinger auf seine schwarzen Augen.

„Verstehe", sagte Ludwig. „Kommen Sie mit."

So viele Bücher auf einem Haufen habe er noch nie gesehen, sagte Boysen in Ludwigs Büro.

„Bücher", sagte Ludwig, „sind gute Freunde. Wer einmal ein gutes Buch gelesen hat, vergisst das nie wieder. Es bleibt immer bei einem. Es gibt Beispiele, zeigt Alternativen, geht nie wieder fort."

Sie rauchten, tranken Cognac und schwiegen, und Boysen sah sich die Zeichnungen von Herzen und Gehirnen an.

„Was ist denn wichtiger, Meyer?"

„Das Herz", sagte Ludwig.

Er holte die Akte Boysen aus einem Regal und blätterte sie auf.

„Ist das alles über mich? All diese Seiten?"

„Wollen Sie es lesen, Herr Boysen?"

„Ich kann nicht lesen, Meyer. Das weißt du ganz genau."

„Dann lernen Sie's, verdammt noch mal."

Boysen lachte mit gesenktem Kopf.

„Es ist besser, wenn ich hierbleibe, Meyer. In Friedrichsberg."

Boysen stand auf, drückte Ludwig die Hand und ging. Ludwig konnte nicht glauben, was Boysen gesagt hatte. Der Tobsüchtige blieb in der Tür stehen und drehte sich zu Ludwig um.

„Dieser Arzt da aus St. Georg ... Krummbein?"

„Krümmer."

„Krümmer, richtig. Der hat wahrscheinlich kaum Akten über uns hinterlassen, oder?"

„Beinahe nichts."

„Nun, Meyer, was du nicht wissen kannst, dich aber bestimmt interessiert ..."

„Was denn, Herr Boysen?"

„Ich bin freiwillig hier."

Ludwig ließ den Cognacschwenker fallen. Das hauchdünne Glas zersplitterte, der Cognac färbte den Holzboden des Büros honigfarben und verströmte seinen Geruch. „Sie wollen Ihre Frau, Ihre Frau will Sie. Sie haben versucht zu entkommen."

„Du bist der Psychiater, Meyer, nicht ich."

Boysen führte die Fingerspitzen eng aneinander.

„Meyer und Boysen", sagte er.

Ludwig schlug auf den Tisch, er sprang auf, schlug wieder und wieder, er trat vor den Stuhl. Boysen lachte. Er lehnte sich in den Türrahmen wie zu einem Gespräch mit einem alten Freund.

„Sagen Sie mir, dass das nicht stimmt, Herr Boysen. Sie sind nicht freiwillig in Friedrichsberg."

„Muss dich enttäuschen, Meyer. Irgendwann fing ich an, Angst zu kriegen wegen …" Er hob seine prankenartigen Hände.

Ludwig ließ sich auf den Stuhl sinken. Boysen beugte sich über den Schreibtisch, er stützte sich mit beiden Fäusten auf die Platte, seine Bartstoppeln schimmerten gräulich, die Kraft seiner Schultern war enorm, er war ganz ruhig. Er holte Ludwig ein neues Glas aus der Vitrine und goss ihm einen Cognac ein. Er selbst trank aus der Flasche.

„Der Alkohol ist nicht gut für Sie", flüsterte Ludwig.

„Ach, Junge", seufzte Boysen. „Meyer, Meyer, Meyer."

„Gehen Sie, Herr Boysen. Vielleicht treffen Sie Hans und Doktor Reinhardt."

„Und dann soll ich deine Arbeit machen, Meyer?"

In der Tür drehte Boysen sich noch einmal zu Ludwig um.

„Werde ich dich wiedersehen, Meyer?"

Ludwig wusste nichts darauf zu sagen. Aus einem der Flure drangen Schreie, irgendwo wurde eine Tür hart ins Schloss geschlagen.

„Ich werde dich wiedersehen, Meyer. Irgendwann." Er drehte mit dem Finger einen Kreis in die Luft. „Hier. In Friedrichsberg."

Ludwig sah ihn nicht an, er konnte nicht.

„Leben Sie wohl, Herr Boysen."

„Du auch. Wirst mir fehlen, Meyer."

Ludwig sah dem Mann hinterher. Auf dem Flur vor dem Büro begegnete Boysen Doktor Reinhardt. Er rempelte ihn mit der Schulter an, Reinhardt stolperte zur Seite und fluchte. Boysen wandte sich ihm zu. Reinhardt duckte sich weg und schnippte hektisch mit den Fingern. Vier Wärter warfen sich auf Boysen. Der wehrte sich mit aller Kraft. Er stieß mit den Ellenbogen zu, er trat, er biss einem der Männer ins Ohr. Gut, dachte Ludwig, gut so.

„Für den brechen jetzt andere Zeiten an", sagte Reinhardt, als er das Büro betrat. „Den werde ich kurieren."

„Lassen Sie mir", sagte Ludwig, „noch einen Cognac und einen Zigarillo in meinem Büro, Reinhardt. Allein."

Reinhardt sah ihn an. Ludwig hätte würgen können ob des Triumphs und der Belustigung in Reinhardts Blick.

„Ich lasse Gnade walten. Danach aber husch, husch!"

Jetzt lachte Ludwig. „Diese Pointe musste jetzt sein, Reinhardt? Primitiv. Wirklich sehr einfältig."

„Ihre Überheblichkeit können Sie sich sonst wohin stecken. Rauchen Sie Ihren Zigarillo, trinken Sie Ihren Schnaps. Und dann gehen Sie."

Ludwig sah die Akten in den Regalen an, die Zeichnungen von Herzen und Hirnen und den Ständer mit dem Degen. Er zündete sich einen Zigarillo an und verrauchte Zeit und Abschied. Dann nahm er das „Zwangsjacken"-Schild vom Regal, lehnte es schräg an die Wand und trat das Brett in der Mitte durch. Er warf die gesplitterten Holzteile in das Feuer des großen Ofens in der Anstaltsküche. Er ging in den kleinen, dunklen Garten der Küche und ließ die drei Hühner frei, die irgendwann demnächst in einem Topf gelandet wären. Die Käfige trat er in Stücke. Dann ging er.

Er erledigte alle administrative Arbeit von seinem Häuschen aus. Der Schock machte ihn schwer, das Leben war grau. Er hätte Fanny gerne erzählt, was geschehen war, aber er tat es nicht. Er musste das erst mit sich alleine klären. Er wollte so gerne zu Fanny, aber es ging nicht. Sein Vater hatte von Lähmung geschrieben und gefragt, woran das läge. Es war eben manchmal so. Bei jedem wahrscheinlich, je nach Situation. Reinhardt hatte ihm seine Akten aus dem Büro nicht geben wollen, wusste aber nicht, wie viele Dokumente Ludwig mit nach Hause genommen hatte. Ludwig band strohfarbene Schnüre um Aktenstapel und verpackte sie in hartwandigen Koffern. Einmal stand er in der Tür und rauchte einen Zigarillo, als er eine große Kutsche vorfahren sah. Senator Ulrich stieg aus. Reinhardt eilte ihm entgegen und breitete die Arme aus. Auch aus der Entfernung sah Ludwig den Männern an, dass sie lachten. Ulrich winkte Reinhardt zum Heck der Kutsche und öffnete einen Verschlag.

Unzerreißbarer Drillich, lange Ärmel, breite, unnachgiebige Lederriemen mit Doppelschnallen.

Ludwig schloss die Tür.

Gegen Nachmittag ging er hinüber zur Anstalt. Der Weg war ihm fremd und es schien ihm, als brauche er mehr Schritte als je zuvor. Das „Besuch erwünscht“-Schild war entfernt worden, das Loch grob mit Erde gefüllt. Der Pförtner konnte ihm nicht in die Augen sehen. Er wisse nicht warum, aber Doktor Reinhardt habe ihm verboten, den Herrn Doktor Meyer in die Anstalt zu lassen.

„Holen Sie ihn bitte“, sagte Ludwig. „Ich verspreche Ihnen, hier zu warten.“

Reinhardt ließ sich Zeit. Sein Kittel leuchtete strahlend weiß, als er zum Eingang kam.

„Was wollen Sie noch?“

„Mich von einigen Leuten verabschieden.“

„Es ist gut jetzt, Doktor Meyer. Erledigen Sie den ganzen Papierkram. Seien Sie einfach froh, dass wir keine Untersuchung gegen Sie anstrengen. Der Fall Marinescu. Boysen. Da kommt einiges zusammen.“

„Warum tun Sie es nicht, Reinhardt?“

„Ein gewisser Respekt, Doktor Meyer, ein gewisser Respekt. Außerdem würde einiges vielleicht auch auf mich zurückfallen. Auf Friedrichsberg. Und jetzt gehen Sie.“

Wie matt er war, wie erschlagen von den Ereignissen. Er wusste, dass er eines Tages hierher zurückkommen würde, er wusste, dass das hier nicht das Ende war. Er war schon einmal zurückgekommen.

„Boysen ist übrigens streng isoliert. Wenzel ebenfalls", sagte Reinhardt. „Und die Zelle von Frau Wiener ist bereits frisch gestrichen. Wände werden nicht bemalt."

„Warum, Reinhardt? Warum? Und was will Senator Ulrich eigentlich? Was stimmt mit dem Mann nicht?"

Reinhardt antwortete nicht. Er sah Ludwig von oben bis unten an, er wollte stark und wissend wirken.

„Leiter von Friedrichsberg? Herrscher über Untertanen?", fragte Ludwig.

„Gehen Sie."

„Ich werde wiederkommen", sagte Ludwig. Er hatte diesen Satz nicht auf einem seiner Selbstbewusstseins-Zettel gefunden. Er hatte ihn einfach gesagt und es auch so gemeint.

Am Abend ließ er sich zum Thalia Theater fahren. Ihm war, als glitte die Kutsche fast schwerelos über die Straße zur Stadt, und er fühlte sich, als sei er allein auf der Welt. Die Vorstellung war beendet, Menschen strömten aus dem Theater und plauderten fröhlich miteinander. Sie schienen ihm alle so friedlich und unbekümmert. Er begriff das alles nicht, konnte nicht denken, aber er freute sich darüber, dass sie alle wegen Fanny einen schönen Abend gehabt hatten.

Fanny saß in ihrer Garderobe, das Gesicht komplett weiß, um die Augen herum tintenschwarz. Sie roch tatsächlich ein klein wenig nach Schweiß.

„Ich bin gerade auf der Bühne gestorben", sagte sie. „Da sieht man so aus."

Ludwig räumte Kostüme vom Stuhl, er sah sich in mehreren Spiegeln aus den verschiedensten Perspektiven, hell, dunkel, geteilt.

„Komm mit mir", sagte er.

„Wohin geht es denn?"

„Nach Göttingen."

Fanny zog die Brauen zusammen. Unter der dicken Schminke schien sich ihr Gesicht zu verzerren.

„Ich verlasse Friedrichsberg. Schon bald. Eigentlich habe ich es schon verlassen."

„Ich verstehe nicht."

„Komm mit mir, Fanny."

„Lu, was ist denn? Du siehst furchtbar aus."

„Ich kann dir das nicht erzählen. Noch nicht. Komm, Fanny."

Er streckte den Arm nach ihr aus. Seine Hand war groß und zitterte. Doktor Seward hatte das Zittern damals vorhergesagt, in London, vor zehntausend Jahren. Wie er das hasste.

„Erzähle es mir."

„Das geht wirklich nicht, Fanny. Noch nicht. Komm."

„Das Theater? Mein Schauspiel? Meine Karriere? Wieso denn Göttingen? Wieso weg von Friedrichsberg?"

„Du wolltest doch immer, dass ich von dort weggehe."

„Du solltest nur anders dort sein."

„Komm."

Sie wich zurück.

Er ging vor ihr auf die Knie. Er hätte nicht gedacht, dass er das jemals tun würde. All sein Stolz, die Arroganz, die er manchmal an den Tag legte, die unnachgiebige Härte und seine Besessenheit verboten das. Aber jetzt. Er meinte es ganz ernst.

„Was machst du denn, Lu? Steh bitte auf."

„Komm mit mir, Fanny. Ich tue alles für dich."

„Dann geh nicht."

„Ich muss. Komm mit."

„Ich kann doch nicht."

„Zieh dich aus."

Sie weinten beide, als sie miteinander schliefen.

19

„Das ist also Friedrichsberg“, sagte Fräulein Hellmann. Sie standen vor der Kutsche und sahen die Front der Anstalt von der Wandsbeker Straße aus an. Von hier war Ludwig selten gekommen, sein Häuschen hatte auf der anderen Seite zur Wandse hin gestanden.

„Ja“, sagte Ludwig, „das ist Friedrichsberg. Meine ‚Besuch erwünscht‘-Schilder sind weg. Wollt ihr mit reinkommen?“

„Mach du das alleine, Ludwig“, sagte Julia. „Aber warum sind wir vorher an dieser Brauerei in Marienthal vorbeigefahren?“

„Ich hab da mal mit Fanny auf Bierfässern gesessen“, sagte Ludwig. „Musste nur kurz etwas erledigen. Wollt ihr vielleicht doch mit?“

„Ich warte, keine Sorge“, sagte der Kutscher vom Bock herab. „Aber wenn die Damen woanders hinmöchten – vor einiger Zeit hat ein hübsches kleines Café hier die Straße runter eröffnet.“

„Kuchen wäre gut“, sagte Fräulein Hellmann. Julia griff nach Ludwigs Schulter, sie sah es ihm an.

„Mach keinen Unsinn, Bruder.“

Ludwig sagte nichts.

„Versprochen?“

„Ich bringe ein paar Dinge in Ordnung, Julia. Geht ihr Kuchen essen. Mit Sahne. Das ist doch was Feines.“

„Versprechen Sie es doch einfach, Herr Professor“, sagte Fräulein Hellmann.

„Versprochen.“

Die Frauen stiegen in die Kutsche. Ludwig schloss die Tür. Er sah zum Kutscher hinauf.

„Wenn ich nicht wiederkommen sollte, kümmern Sie sich darum, dass die Damen hinkommen, wo sie hinwollen."

„Sie können sich auf mich verlassen. Aber, verzeihen Sie, was um alles in der Welt haben Sie jetzt vor? Sie wirken recht … durcheinander?"

„Ich bin mir nicht sicher. Ich war es oft, jetzt bin ich es nicht."

Friedrichsberg. Da kamen sie alle aus dem Tor. Herr Mommsen, die Hand zum Gruß erhoben, Willi Boysen, Frau Wiener, Fräulein Furtner und wie sie alle hießen. Es waren Hunderte. Sie umringten ihn, lachten und schüttelten ihm die Hand. Manchen drückten ihn kurz an sich. „Wie schön, dass Sie wieder da sind", sagten sie.

Dann waren sie wieder fort. Ludwig schraubte den Flachmann auf und trank den Rest Cognac.

Der neue Portier sah hinter der Scheibe am Empfang zu ihm hinauf.

„Professor Ludwig Meyer. Der Begründer dieser Anstalt."

„Oh, Herr Professor." Der Mann erhob sich und faltete die Hände vor dem Bauch. „Welch eine Ehre! Was führt Sie hierher, wenn es gestattet ist zu fragen?"

„Ich bin auf Familienbesuch in Hamburg und dachte mir, ich schaue mal vorbei. Ich nehme an, ich muss nicht angemeldet werden?"

„Sie doch nicht. Doktor Reinhardt hat so viel über Sie erzählt. Was er von Ihnen alles gelernt hat. Es ist mir eine Ehre, Sie einmal persönlich kennenzulernen."

„Danke. Ganz meinerseits. Reinhardt ist in seinem Büro?"

„Um diese Zeit sollte der Herr Doktor dort sein. Sie kennen sich ja aus."

„Oh ja, allerdings." Ludwig sah den Mann an und mit all seiner Erfahrung deutete er dessen Gesicht, den Ausdruck seiner Augen, die Weichheit des kleinen Mundes, die schmalen Schultern, die Haltung.

„Sagen Sie, Sie haben doch sicher Schlüssel zu den einzelnen Abteilungen? Würden Sie mir die borgen? Dem Begründer dieses Hauses, Professor Doktor Meyer?"

„Selbstverständlich, Herr Professor Doktor. Ihnen doch immer." Der Mann reichte ihm einen Schlüsselbund.

„Ich habe jeweils kleine Schildchen an die Schlüssel gemacht, Herr Professor Doktor, damit ..."

„Ich verstehe schon, guter Mann. Danke."

Ludwig machte ein paar Schritte und kniff dann die Augen zusammen. Es war still in der Anstalt, es roch nach Kohlsuppe. Viel zu wenige Fenster waren geöffnet. Wie viele Kilometer mochte er hier von einem Patienten zum anderen gelaufen sein? Wie viele Stunden hatte er an den Betten vollkommen abwesender Menschen gesessen? Friedrichsberg. Wurde er von einem Wärter angesprochen, stellte er sich als Professor Meyer vor und man ließ ihn gewähren. Er ging ins Billardzimmer. Der Bezug des Tisches war staubig und abgestoßen, die Sessel verschwunden. Die

Bücher in der Bibliothek waren nicht mehr geordnet, in den Schlafsälen hätten die Betten frisch bezogen werden müssen, viele waren nicht aufgeschüttelt. Er verließ das Gebäude auf der Gartenseite. Einige Patienten saßen apathisch auf den Bänken, die Gemüsebeete waren trocken. Wärter und Wärterinnen standen in Grüppchen beieinander und unterhielten sich. Er zupfte ein wenig Unkraut und schnippte es auf den Pflasterweg.

Im Flur zu Reinhardts Büro begegnete er einer ehemaligen Patientin, ihr Name fiel ihm nicht ein. Religiöser Wahn, das wusste er noch. Die Frau ging grußlos und gebeugt an ihm vorbei und murmelte vor sich hin. Ihre Kleider rochen verbraucht. Ludwig hielt inne. Er musste nur mehr als ein Jahrzehnt hinzuzählen, matt gewordenes Haar und Leiden an Ungerechtigkeit und Einsamkeit.

„Frau Marinescu?"

Die Frau drehte sich zu ihm um. Sie war es.

„Was machen Sie hier? Kennen Sie mich noch, Frau Marinescu?" Sie schüttelte den Kopf. Mein Gott, dachte Ludwig, die haben sie zurückgeholt und eingesperrt. „Frau Marinescu? Ich bin Profess … ich bin Doktor Meyer. Sie kennen mich doch. Was machen Sie denn hier? Sie waren doch … Simulantin."

Frau Marinescu wich zurück, ihre Augen wurden nass. „Die haben mich zurückgeholt", sagte sie. „Wenn man lange genug an solch einem Ort leben muss …" Sie drehte sich um und ging.

Ludwig krampfte die Hand um die Ledertasche, er spürte die harte Ausbuchtung. Er ging auf die Tür von Reinhardts Büro zu. Anstaltsleitung, Doktor Hartmut Reinhardt. Solch ein Schild hatte er nie an der Tür gehabt.

Er hatte keine Ahnung, was er Reinhardt sagen würde. Wut biss in seine Gedanken, zugleich fühlte er vollkommene Ruhe in sich.

Er klopfte an.

„Herein." Wie gut er diese Stimme kannte.

Er öffnete. In die Vergangenheit, ins Jetzt.

Reinhardt saß am Schreibtisch und las in einer Zeitung. Der Tisch war mit Intarsien verziert und hatte goldene Füße. Reinhardts Stuhl war rot gepolstert. Ein Thron, dachte Ludwig, und musterte Reinhardts Profil. Auf der Fensterbank verwaisten große Porzellanvasen.

„Was gibt's?", fragte Reinhardt. Er trug keinen Kittel, auf seinem Hemdrücken kreuzten sich Hosenträger. Ludwig musste fast schmunzeln, weil er nichts empfand. Er wusste, die Gefühle würden kommen, aber jetzt gerade in diesem Augenblick war er völlig leer und es war still in ihm.

„Nun?"

Ludwig sagte immer noch nichts. Reinhardt hob den Kopf und blickte sich langsam um. Ludwig schob die Tür zu. Reinhardts Augen weiteten sich, sein Mund öffnete sich zu einem rosafarbenen Schlitz im Bart. Er lehnte sich im Stuhl zurück, als wolle er rücklings in eine Höhle flüchten.

„Sie?"

„Ich."

Reinhardt stand auf, Stuhlbeine schrammten über den Boden. Die Überraschung zeichnete sein Gesicht, er stammelte.

„Herr Professor, wie schön, Sie zu sehen."

Ludwig lachte laut und herzlich. Er konnte nicht fassen, was Reinhardt gerade gesagt hatte.

„Sie Schafskopf, Reinhardt." Er setzte sich in den Besucherstuhl und kicherte. Auch Reinhardt setzte sich wieder, er starrte Ludwig an. Ganz langsam fühlte Ludwig erste Regungen in sich, ohne dass er sie hätte benennen können. Um etwas zu tun, legte er die Füße auf den Schreibtisch. Das hatte er früher nur gemacht, wenn er alleine war. Die Absätze seiner Schuhe verschoben einige Akten. Reinhardt setzte erneut an, etwas zu sagen, schaffte aber nur erste Wörter.

„Können Sie nicht mehr sprechen, Reinhardt? Was ist los mit Ihnen?"

„Was wollen Sie, Herr Professor?"

Ludwig zog den Revolver aus der Ledertasche und richtete den Lauf auf Reinhardts Bauch. Er spannte den Hahn, Metall klickte. Hätte das jemand mit ihm gemacht, er wäre ruhig geblieben – so hoffte er. Er wäre ruhig geblieben, weil damals in den Kellern von St. Georg etwas in ihm verloren gegangen war, das er seitdem gesucht, aber nie wiedergefunden hatte. Reinhardt hob die bebenden Hände neben die Wangen. Und Ludwig ließ es sich gefallen. Er ließ es sich gefallen, dass ihn die Reaktion freute.

„Wie viele Patienten sind jetzt hier? Wie steht es um Ihre Forschungen? Wo lese ich Ihre Publikationen? Sind Sie über die neuesten Theorien informiert? Nucleus Meynert? Aphasischer Symptomenkomplex? Wie hoch ist die Heilungsrate?" Ludwig richtete den Revolverlauf zur Zimmerdecke. „Carl Schurz hat mir den aus Amerika geschickt. Ist ein guter Mann. Im Gegensatz zu Ihnen."

Er hasste sich, er liebte sich. Er war ein Ekel, er war ein Held. Er steckte in dem lebendigen Sumpf der Extreme und Widersprüche. Er war alles zugleich. Ein Mensch eben.

„Warum ist Frau Marinescu hier?"

Reinhardt war blass, er schwitzte.

„Sie hatten die arme Frau doch für ihre Dienste bezahlt. Ist sie zu einem Unsicherheitsfaktor geworden, Reinhardt? Hat sie versucht, Sie zu erpressen?"

Der Revolver wog schwer. Ludwig stützte den Ellenbogen auf dem Schreibtisch ab. Reinhardt schossen Tränen in die Augen. Ludwig hatte sich oft so schwer getan damit, jemanden für erbärmlich zu halten. Seine Patienten, ganz gleich, von welch abnormen Phänomenen sie gequält wurden, hatte er nie für erbärmlich gehalten.

Er bewegte den Hahn mit dem Daumen ein Stück zurück und ließ ihn dann sachte auf die Trommel drücken. Er steckte den Revolver in die Ledertasche zurück.

„Sie taugen nichts, Reinhardt. Sie sind eine Beleidigung für unseren Berufsstand."

„Das lasse ich mir nicht bieten." Reinhardts Stimme war hoch und bebte. Ludwig hörte Wut, Angst und Weinerlichkeit.

„Und ob Sie sich das bieten lassen, Reinhardt. Außerdem reden Sie mich mit Herr Professor an, ist das klar?"

„Ich ruf die Wärter."

„Alleine haben Sie nie etwas bewerkstelligt. Nur zu, rufen Sie." Ludwig sah seinen ehemaligen Kollegen an und wartete. „Doch nicht? Sie fragten mich einmal, wie es in Frauenkleidern gewesen sei. Nun, ich habe diese Kleider aus einer Not heraus getragen. Ich habe das gemacht, um etwas zu erreichen. Es hatte einen Grund, verstehen Sie? Jetzt, Reinhardt, sagen Sie mir, wie es ist, sich vor einem anderen Mann so erbärmlich zu benehmen? Auch keine Sternstunde, oder?“

Reinhardt liefen Tränen an den Wangen hinab. Ludwig war fertig hier. Mit dem Wegstecken der Waffe kehrte er wieder zu sich zurück.

„Seit neun Jahren gibt es keine Publikation von Ihnen“, sagte er. „Neun Jahre. Nichts. Die Anstalt macht einen vernachlässigten Eindruck. Wann war zum letzten Mal eine Studentendelegation hier? Wo in Ihrem lächerlichen, verstaubten Thronsaal hier liegen all die Fachmagazine, die unsereins ständig liest und studiert? Wo? Vielleicht erscheint bald ein Artikel über die ehemalige Vorzeigeanstalt Friedrichsberg, Reinhardt. Auf meine Artikel wartet jeder Publizist. Jeder, verstehen Sie.“

Ludwig stand auf und sah auf Reinhardt hinab. Fanny hätte wahrscheinlich ewig auf den Mann eingeredet, das konnte sie. Aber er hatte hier nicht mehr viel zu sagen.

„Sie bleiben hier, Reinhardt. Ich will Sie da draußen nicht sehen.“

Er verließ sein ehemaliges Büro. Er ging durch den Frauentrakt. Die Sonne schien durch die Fenster, Staubteilchen schwebten im Licht. Frau Wiener saß still auf einer Bank im Flur und hatte die Hände in den Schoß gelegt. Sie war ganz grau geworden. Ludwig grüßte sie.

„Kennen Sie mich noch, Frau Wiener?"
Die alte Frau sah ihn freundlich an. „Ich habe Sie noch nie gesehen."
„Ach, Frau Wiener, Sie haben mich oft gesehen. Ich habe immer gerne mit Ihnen geredet. Geht es Ihnen gut?"
„Ja, danke."
„Das freut mich. Ich habe Ihnen einen dicken Stift mitgebracht. Ich kenne die Landkarten, die Sie früher an die Wände gemalt haben." Er reichte ihr den Stift. „Können Sie das noch?"
Die Frau begann zu zittern. Sie würde es noch können.
„Bleiben Sie ganz ruhig, Frau Wiener. Alles ist gut."
Er betrat mit ihr die Zelle und klopfte mit der flachen Hand an die Wand.
„Da war ein Gebirge, Auen und der Bach, an dem Sie leben, Frau Wiener. Machen Sie ruhig. Nur zu."
„Sie wissen, dass ich an dem Bach wohne?"
„Natürlich. Kommen Sie. Fangen Sie an. Haben Sie keine Angst. Ich bin bei Ihnen."
Er führte ihre runzlige Hand mit dem Stift vorsichtig an die Wand. Die Frau atmete schwer, sie war aufgeregt. Er legte ihr eine Hand auf den Rücken. Ludwig hatte sich nie gescheut, solche Gesten zum Gegenstand seiner Publikationen zu machen. Es war schlichtweg hochgradig erstaunlich, wie sehr es einen Menschen beruhigen konnte, legte ein anderer ihm nur sachte die Hand auf den Rücken. Am besten auf den nackten Rücken. Auf Fannys Rücken. Auf den seiner Frau in Göttingen.
Frau Wiener begann zaghaft zu zeichnen. Ludwig blieb

lange bei ihr und sah ein Land entstehen. Ein Land, das es wirklich gab.

Ludwig ging weiter zur Tischlerwerkstatt. Dort roch es nach frischem Holz und Leim, aber an den Werkbänken arbeitete niemand mehr. Ein Schaukelpferd stand in einer Ecke.

Boysen saß auf einer Bank im Garten, er hielt einen Krug in den großen Händen. Er sah zu Boden, schien friedlich. Sein Haar war silbergrau geworden. Ludwig setzte sich neben ihn. Boysen sah ihn nicht an, er rührte sich kaum.

„Meyer. Das ist ja schön."

„Es freut mich auch, Sie zu sehen, Herr Boysen."

Boysen reichte ihm den Krug.

„Einen Schluck Apfelsaft, Meyer?"

„Kommt noch was Besseres, ein wenig Geduld. Die Gärten könnten in einem gepflegteren Zustand sein."

„Und noch so einiges. Wie geht's dir, Meyer?"

„Gute Frage."

Jetzt sah Boysen ihn an, er lächelte, seine Zähne waren grau. Er warf einen kurzen Blick auf die Tasche.

„Ist es das, was ich denke?"

„Was denken Sie denn?"

Boysen strich über die Tasche.

„Es ist das, was ich denke", sagte er.

„Verdammt, Boysen, wie machen Sie das immer?"

„Meyer, du weißt es doch." Boysen lachte leise.

„Sie sind doch ein alter Halunke, Boysen."

„Und du erst."

„Wie geht es Ihnen denn, Herr Boysen?"

„Ich habe mich hier reingefunden. Hat gedauert. Die erste Zeit, nachdem du weg warst, war schlimm. Ich war fast immer eingesperrt. Aber im Laufe der Jahre ... Reinhardt interessiert das alles hier schon lange nicht mehr. Es ist schon in Ordnung." Er legte Ludwig eine Hand auf die Schulter. „Du konntestes mir damals nicht sagen, richtig? Dass du ein Papier unterschrieben hast, dass ich unheilbar bin. Dass ich hier nicht mehr raus darf."

Ludwig zögerte keine Sekunde. „Nein", sagte er, „ich konnte Ihnen das nicht sagen. Ulrich und Reinhardt haben mich gezwungen."

„Du hast mich verkauft."

„Es tut mir sehr leid, Herr Boysen."

„Ich weiß. Es ist schon gut. Ich hier, du draußen. Passt doch, oder?"

Ludwig sah auf seine Uhr. Es würde noch etwas dauern. „Was ist aus Wenzel geworden?"

„Nachdem der meistens isoliert war? Der hatte nur noch zwei Stunden Ausgang am Tag. Es gab wohl eine klare Anweisung, den jedes Mal wegzusperren, wenn er mit seinem Fickificki anfing. Ich glaub, der ist noch kleiner geworden. Ist vor ein paar Jahren gestorben."

„Und Senator Ulrich?"

„Woher soll ich das denn wissen? Anfangs, nach deinem Weggang, kam der oft. Das ließ allerdings schnell nach. Du hast dem wohl gefehlt."

„Gott bewahre. Was ist mit Ihrer Frau, Herr Boysen? Und Ihren Söhnen?"

„Sie ist meine Frau, Meyer. Kommt mich oft besuchen. Ich lieb die. Ist alles ziemlich schwer. Sehr schwer. Von den Jungs ist einer nach Amerika. Der andere ist Oberbootsmann. Der aus Amerika schreibt oft."

„Hm", machte Ludwig.

„Nichts da. Ich habe lesen gelernt, Meyer. Dein Verdienst."

„Wer hat Ihnen das beigebracht?"

„Meine Frau, mit den Briefen. Hat mir Wort für Wort vorgelesen, so mit dem Finger unten den Buchstaben."

„Gut gemacht. Fehlt noch Hans, unser Oberwärter."

„Liegt wahrscheinlich in seiner Zelle und pennt. Willst du den auch erschießen?"

„Zu verfehlen ist der ja nicht."

Sie lehnten sich zurück und streckten die Beine aus, ihre Bewegungen waren synchron.

„Wie steht es um Ihre Anfälle, Herr Boysen?"

„Sind eingeschlafen, sag ich mal."

„Bier?", fragte Ludwig.

„Hier gibt's kein Bier."

Ludwig ließ die Uhr aufspringen.

„Irrtum", sagte er. „Kommen Sie mal mit."

Es war ein langer, offener Leiterwagen mit dem Schriftzug der Brauerei aus Marienthal an den Seiten. Er stand vor dem Haupteingang.

„Meyer, das kann doch nicht wahr sein."

„Schon mal Fässer gerollt, Herr Boysen?"

Boysen grinste. Ludwig griff nach seiner Schulter.

„Wir müssen Acht geben, Boysen. Kein Bier für die Epileptiker – und bei den anderen … nun, ein wenig vorsichtig sein."

„Reden oder rollen, Meyer?"

„Rollen."

„Mein ich auch."

Verwirrte. Abwesende. Melancholiker. Brabbelnde. Zuckende. Zurückgebliebene. Männer. Frauen. Männer in Frauenkleidern. Wahnhaft Religiöse. Schreiende. Den irritierten Wärtern sagte Ludwig, die Aktion sei von Doktor Reinhardt persönlich nicht nur genehmigt, sondern gar empfohlen worden. „Kommen Sie", sagte er, „gönnen Sie sich auch einen Krug."

Völlig vom Alkohol entwöhnt, trat die Wirkung bei vielen Insassen schnell und laut zutage. Da wurde gerungen und getanzt, sich hingeschmissen und gesungen, gehüpft und gewälzt, geschielt und in die trockenen Rabatten gekotzt. Ludwig hielt seinen Anstaltskrug am häufigsten unter den schäumenden Hahn am Boden des Fasses. Als er immer sorgloser und freier wurde, war es Boysen, der ihn ermahnte und zurückhielt, es bei den anderen nicht zu übertreiben. Boysen passte auf Ludwig auf.

Hans kam in den Hof gerannt, er stopfte sich das Hemd in die Hose.

„Was ist hier los?"

Er riss einem drahtdürren Mann den Krug aus der Hand und drohte ihm. Ludwig schlug ihm von hinten auf die Schulter.

„Was zum Teufel … Sie?!"

„Das mit dem Bier geschieht auf Anordnung von Doktor Reinhardt. Weil Sie alle hier jetzt so lange und friedlich zusammenleben."

Ludwig saß schlaff an die Wand von Friedrichsberg gelehnt. Es war der Kutscher, der ihn bei Anbruch der Nacht hochzog, seine Arme über die Schultern nahm und ihn zur Kutsche schleifte. „Sie sind mal ein selten komischer Vogel", murmelte er. Die beiden Frauen nahmen Ludwig zwischen sich und lachten. In ihm schwankte alles. Er konnte die Augen kaum offenhalten und wenn er es schaffte, verschwammen die Gesichter von Fräulein Hellmann und Julia und die Kutsche bewegte sich wie ein Segelschiff in rauer See.

„Zu schnell zu viel getrunken", lallte er. „Ich hab's nicht getan." Er klopfte auf die Ledertasche. Er lachte mit weit offenem Mund, laut, schallend. Er konnte nicht mehr aufhören. Trotz seines Rauschs wusste er noch, dass Lachen ansteckend war. Er lachte weiter. Und irgendwann, nach rumpelnden Sekunden oder verzerrten Jahrzehnten in dieser krachenden Kutsche, stimmten die beiden Frauen ein, und dann hörten sie den Kutscher die Pferde antreiben, die Peitsche schwingen und sie hörten ihn lachen. Im wilden Galopp preschte die Kutsche voran durch die Nacht. Ludwig streckte den Kopf aus dem Fenster und ließ sein Haar flattern. Er brüllte in die kühle Dunkelheit hinaus.

Am nächsten Tag hatte er Kopfschmerzen und trug von morgens an seine kleinglasige Sonnenbrille. Julia fuhr mit Fräulein Hellmann in die Stadt, und er geisterte durch das leere Haus. Es war niemand mehr dort. Die Stimmen waren verstummt.

Er saß mit Fräulein Hellmann und Julia in der Loge. Er sagte seiner Schwester, dass er diese Loge für acht Leute bestellt und darauf bestanden habe, dass außer ihnen dreien niemand dazukommen dürfe.

„Ein bisschen arrogant, oder, Ludwig?", meinte sie.

„Auf jeden Fall", sagte er.

Das Theater war angefüllt mit Stimmengewirr und Ludwig dachte, dass die Kronleuchter sehr heiß sein mussten. Ständig strömten Zuschauer herein, drängten durch die Sitzreihen, grüßten Bekannte. Kleider verhakten sich in Schuhspitzen, Besucher erhoben sich, um andere passieren zu lassen und ganz langsam wurde es stiller. Fräulein Hellmann flüsterte Julia beinahe ununterbrochen ins Ohr, Julia lachte laut.

„Wenn ihr mich entschuldigt", sagte Ludwig. „Wir sehen uns nachher."

„Was ist denn? Willst du nicht …" Julia sah ihn an.

Er lächelte. „Nein", sagte er, „ich will sie nicht noch einmal auf der Bühne sehen. Wirklich nicht."

Er setzte sich an die Binnenalster. Er sah hinüber zu den Häusern am Neuen Jungfernstieg, atmete die warme, gute Luft, dachte an seine Frau und seine Söhne und an Friedrichsberg. Er zündete sich einen Zigarillo an, trank aus dem Flachmann und streckte die Beine aus.

Er war voller Frieden. Endlich.

Als die Vorstellung sich ihrem Ende zuneigte, ging er zurück zum Theater. Das Publikum strömte aus den Türen und die Stufen hinab, die Männer alle in Schwarz mit weißen Hemden, die Frauen in farbenfrohen Kleidern. Ein Gewirr fröhlicher Stimmen, immer wieder hörte er den Namen Fanny Nielsen. Er sah Fräulein Hellmann am Rande des Gedränges mit Julia lachen. Fräulein Hellmann schien völlig losgelöst. Sie griff nach Julias Händen und redete und redete, so wie er es anfangs oft mit Fanny erlebt hatte.

„Guten Abend, Fanny."

Ihr Rücken wurde hart, ihr Hals streckte sich. Sie hatte graue Strähnchen im Haar. Ludwig begriff immer noch nicht, wie zierlich diese Frau war, wie schmal, und dass in einem solch leichten Körper so viel Kraft sein konnte und eine so raue Stimme. Die Garderobe war eng, dicht behangen mit Kostümen, ein großer dreiteiliger Spiegel mit einem Stuhl davor stand an der Wand. Ludwig konnte Fannys Profil in einem Spiegelteil sehen.

„Hier dürfte jetzt niemand sein", sagte sie. Sie trug nur noch ihr cremefarbenes Unterkleid.

„Ich war ein wenig nachdrücklich", sagte Ludwig. „Na, sehr nachdrücklich."

Sie drehte sich zu ihm um. Ihr Gesicht war blass von der Creme, mit der sie die Schminke entfernt hatte. Fannys

Wangen waren schmaler geworden, sie hatte Fältchen in den Augenwinkeln. Wie sehr hatte er dieses Gesicht geliebt. Es war weit über zehn Jahre her, dass er vor ihr gekniet und sie angebettelt hatte, mit ihm zu kommen. So lange. Diese Zeit, was immer Zeit auch sein mochte, stand zwischen ihnen. Und doch fühlte er sich Fanny vertraut und nah.

„Lu?" Ihre Stimme schwankte. „Lu?"

„Fanny. Liebe Fanny."

Ein Moment von Schweigen schwebte im Raum, spürbar angefüllt mit Erinnerungen und Fragen und Gefühlen.

„Was machst du hier? Lu … ich …"

„Ich wollte dich noch einmal sehen. Bevor du verschwindest. Julia hat dir doch gesagt, dass ich kommen würde."

„Ich war mir nicht sicher, Lu."

Sie kam auf ihn zu, die Hände ausgestreckt. Kurz bevor sie ihn berühren konnte, blieb sie stehen.

„Mein Gott, Lu. Ich dachte, ich würde dich nie wiedersehen. Mein Gott. Ich … ich weiß gar nicht …" Sie legte die Hände vor das Gesicht und schüttelte den Kopf. „Wie schön", sagte sie.

Er trat zu ihr, mit einem einzigen großen Schritt. Er nahm sie in die Arme. Er umfasste sie ganz und spürte ihren atmenden Körper und roch ihr Haar. Sie erwiderte die Umarmung nicht, fast leblos schien sie in seinen Armen zu liegen. So lange her, dachte er.

„Lu?"

Sie griff nach seinen Schultern, schob ihn sanft weg und sah ihm in die Augen.

„Du … du siehst ziemlich mitgenommen aus“, sagte sie.

„Ich hab ganz Friedrichsberg betrunken gemacht. Alle, wie sie da waren. Mich eingeschlossen. Na ja, mich eigentlich am meisten.“

Er erzählte es ihr. Alles.

„Julia, ihr Mann und ich“, sagte Fanny, „wir haben damals viel darüber geredet, dass du so plötzlich nach Göttingen verschwunden bist. Isen hatte sich ja von Ulrich zurückgezogen. Es gab Gerüchte. Und … und du warst ja bei mir gewesen. Wolltest, dass ich …“

„Es wäre so schön gewesen, Fanny.“

„Wissen wir das?“

„Nein. Das wissen wir nicht. Aber es wäre schön gewesen. Damals.“

Er griff in die Jackentasche, zog den Revolver hervor und legte ihn zwischen Dosen und Tuben auf den Schminktisch.

„Kannst du in Amerika vielleicht brauchen. Schurz sagt, da trägt jeder so ein Ding.“

„Ich hasse Waffen.“

„Es gibt wohl auch spezielle Revolver für Frauen. Die sind kleiner als das Ding da. Aber“, er lachte, „ob du so etwas hasst oder nicht, ein Revolver passt zu dir.“

„Hat Julia dir geschrieben, dass ich gehe?“

„Das wird bestimmt großartig für dich.“

„Ich weiß es nicht. Amerika reizt mich.“ Sie nahm ein Tuch, wischte sich über das Gesicht und tupfte sich in die Augenwinkel. „Und du bist gekommen, um mich noch einmal zu sehen?“ Sie schluchzte und zog die Nase hoch.

„Ich konnte dich nicht nach Amerika gehen lassen, ohne dich noch einmal zu sehen.“ Er fuhr mit der Spitze des Zeigefingers über ihre Augenbrauen.

„Lu“, sagte sie, „das bringt mich jetzt gerade alles ganz durcheinander.“

„Oh, durcheinander ist gut, Fanny. Sehr gut. Wirklich.“

Sie setzten sich an den Schminktisch, vielgesichtig durch die Spiegel.

„Du hast Frau und Söhne?“

„In Göttingen.“

„Ist sie eine gute Frau, Lu?“

„Ja. Sie malt. Sie hat so ganz volle Wangen. Lustig ist sie, beschwingt. Wenn sie lacht, bekommt sie ganz, ganz kleine Augen. Das sieht hinreißend aus. Und meine Söhne – ich lieb die so.“

„Das freut mich für dich. Das ist schön.“

Sie sahen sich an. Er wusste nicht, welche Erinnerungen jetzt in ihr schwammen, bei ihm war es der Moment, als er ihr von Friedrichsberg berichtet und sie ihn zum ersten Mal Lu genannt hatte, in ihrer Wohnung damals am Dammtor. Lu, das gefalle ihr, hatte sie gesagt.

„Du hättest mich haben können, Lu.“

„Fanny und Ludwig?“

Er griff in die satten Falten eines Kostüms und roch daran. Parfum. Er griff nach einem anderen. Auch Parfum, aber weicher und blumiger.

„Ich habe zu lange gebraucht, um von meinen Kranken zu lernen. Ich dachte damals, ein Mensch müsse sich entscheiden, in welcher Welt er leben will. Oder muss. Alles

Murks, Fanny. Unser Glück ist es, dass wir in zwei Welten zugleich leben können. Oder in dreien oder noch mehr. Wir dürfen das nicht als Problem sehen. Es ist ein Segen. Wir sind viele."

Sie lächelten sich an. Ludwig nahm ihr Gesicht in die Hände und küsste sie auf den Mund.

„Leb wohl, Fanny. Habe viel Glück und Erfolg. Und pass auf dich auf."

„Ich werde dir nicht schreiben."

„Schreib mir nicht."

„Ich liebe dich, Lu."

„Ich liebe dich auch. Wir sollten …"

Fanny sah ihn an. Tränen standen in ihren Augen.

„Wir sollten …", setzte er wieder an.

Fanny sagte es. „Liebe machen?"

Danksagung

Viele Menschen haben auf unterschiedlichste Weise zur Entstehung des Romans „Von allen guten Geistern“ beigetragen.

Besonders meine Frau Heidi, wie immer. Unsere Zwillinge Lily und Ben auf ihre Art.

Bedanken will ich mich bei meinen Freunden und Kollegen Alexander Häusser und Angelika Wollermann sowie bei Julia Kaufhold, Timon Schlichenmaier, Sieglind Hellgardt und Nicola Bittscheidt.

Dr. Kai Sammet von der Universitätsklinik Hamburg-Eppendorf hat mir gute Hinweise gegeben, ebenso die Mitarbeiterinnen der verschiedenen Bibliotheken der Klinik und des Instituts für Geschichte und Ethik der Medizin. Auch die Damen in der Bibliothek des Vereins für Hamburgische Geschichte im Staatsarchiv Hamburg-Wandsbek waren ausgesprochen freundlich und hilfsbereit. Einige Damen und Herren der Schönklinik-Eilbek, der früheren Heil- und Irrenanstalt Friedrichsberg, standen mir mit Rat und Tat zur Seite.

Meinem Agenten Lars Schultze-Kossack und seinem Team gilt Dank, ebenso meinem Verleger Günther Butkus und seinen Leuten vom Pendragon Verlag. Dann sind da noch Romy Fölck, Jürgen Heimbach, Nora Luttmer und Ralf Bitter – wer immer jetzt hier nicht namentlich erwähnt ist: Ich danke euch.

Wir danken für die Förderung dieses Projektes der Kunststiftung NRW

KUNST
STIFTUNG
NRW

Pendragon Verlag
gegründet 1981
www.pendragon.de

Originalausgabe
Veröffentlicht im Pendragon Verlag
Günther Butkus, Bielefeld 2017

Lektorat: Eike Birck, Günther Butkus, Eva Weigl
Umschlag und Herstellung: Uta Zeißler, Bielefeld
Umschlagfoto: Dr. Paul Wolff & Tritschler – Corbis Historical
Satz: Pendragon Verlag auf Macintosh
Gesetzt aus der Adobe Garamond
ISBN 978-3-86532-575-4
Gedruckt in Deutschland